Une troublante association

L'alibi du cœur

MARIE FERRARELLA

Une troublante association

Traduction française de
FABRICE CANEPA

BLACK ROSE

HARLEQUIN

Collection : BLACK ROSE

Titre original :
CAVANAUGH STAKEOUT

HARPERCOLLINS FRANCE
83-85, boulevard Vincent-Auriol, 75646 PARIS CEDEX 13
Service Lectrices — Tél. : 01 45 82 47 47 - www.harlequin.fr
ISBN 978-2-2804-6279-2 — ISSN 1950-2753

Composé et édité par HarperCollins France. Achevé d'imprimer en août 2021.
par CPI Black Print - Barcelone - Espagne
Dépôt légal : septembre 2021.

FSC www.fsc.org
MIXTE
Papier issu de sources responsables
FSC® C159065

Pour limiter l'empreinte environnementale de ses livres, HarperCollins France s'engage à n'utiliser que du papier fabriqué à partir de bois provenant de forêts gérées durablement et de manière responsable.

Prologue

Seamus Cavanaugh se sentait vieux et il détestait ça.

Même monter en voiture lui prenait plus de temps qu'auparavant. Au lieu de se glisser naturellement derrière le volant, il était désormais obligé de s'asseoir sur son siège avant de ramener une à une ses jambes à l'intérieur.

Par-delà la perte de temps et l'humiliation que cela représentait, il se sentait trahi par son propre corps. Ses proches lui auraient probablement assuré que c'était inévitable, lorsque l'on atteignait l'âge très respectable de quatre-vingt-un ans. Et c'était la raison pour laquelle il s'abstenait de leur en parler.

De toute façon, il n'avait pas pour habitude de se plaindre - particulièrement lorsqu'il s'agissait de choses sur lesquelles il n'avait aucune prise comme le temps, la vieillesse ou l'approche inexorable de la mort. Mais il n'entendait pas pour autant s'y résigner passivement.

C'est la raison pour laquelle il refusait de prendre sa retraite. Il travaillait toujours pour l'agence de sécurité privée qu'il avait fondée et continuerait de le faire tant que ses jambes le porteraient encore.

À la demande de ses fils, il avait bien essayé de lever le pied et de s'accorder plus de temps libre. Mais il avait très vite commencé à s'ennuyer et à tourner en rond dans son appartement.

Seamus Cavanaugh avait besoin de se sentir actif, quel qu'en soit le prix à payer. Et il ne se laisserait pas décourager par les rhumatismes qui lui nouaient les genoux, les épaules ou le dos. Il continuerait de serrer les dents comme il l'avait toujours fait.

Il ne cessait de le répéter à qui voulait l'entendre : un Cavanaugh ne se plaignait jamais.

C'était la raison pour laquelle il se trouvait dans ce quartier industriel d'Aurora au beau milieu de la nuit, à surveiller un entrepôt que son entreprise avait été chargée de protéger après une série de cambriolages.

L'équipe qu'il avait envoyée sur place avait tout d'abord équipé le bâtiment d'un système d'alarme nettement plus perfectionné. Ses hommes avaient également disposé un certain nombre de caméras en plusieurs points stratégiques. Mais, jusqu'à présent, cette surveillance électronique n'avait rien donné.

Les experts que Seamus employait comptaient parmi les plus doués dans leur domaine, et pourtant lui-même n'avait qu'une confiance limitée dans leurs gadgets technologiques. Il savait d'expérience que ceux-ci n'avaient de valeur que tant qu'un petit malin n'avait pas trouvé une façon de les pirater. Et cela finissait toujours par se produire.

Seamus estimait donc que leur emploi n'était qu'une précaution supplémentaire qui ne pouvait en aucun cas se substituer à une surveillance plus traditionnelle. Peut-être était-il un peu vieux jeu mais, jusqu'à ce jour, cette méthode lui avait toujours réussi.

C'était la raison pour laquelle il avait décidé de se rendre sur place, ce soir-là, afin de s'assurer en personne qu'il ne se produisait aucun va-et-vient suspect dans les parages. Sa ronde lui avait permis de se rendre compte que tout était parfaitement calme, et il était revenu sur le parking où il avait garé sa voiture.

Il s'apprêtait à présent à rentrer chez lui et à s'accorder le verre de whisky qu'il s'était promis. Son cardiologue, le Dr Benevenuti, aurait probablement désapprouvé cette habitude. Mais le spécialiste qui le suivait depuis des années avait tendance à ne se fier qu'à la date de naissance de Seamus sans tenir compte de sa constitution robuste ni de sa volonté de fer.

D'ailleurs, Seamus ne voyait pas vraiment l'intérêt de prolonger indéfiniment son existence si c'était pour se priver de tous les petits plaisirs qu'elle pouvait lui procurer…

La vieillesse était déjà bien assez ingrate comme cela, songea-t-il en sentant s'éveiller une douleur au creux de l'épaule, là où il avait été blessé par balle, près de quarante ans auparavant. Il travaillait alors pour la police, comme un grand nombre de Cavanaugh le faisaient encore aujourd'hui.

Ce tiraillement familier lui indiqua qu'il allait probablement pleuvoir. Fort heureusement, cela ne se produisait pas très souvent en Californie. Réprimant une grimace de souffrance, Seamus se massa doucement l'épaule.

— J'ai besoin de ta voiture, grand-père. Alors sors de là !

Seamus sursauta légèrement, surpris de découvrir que quelqu'un se tenait à côté de sa portière toujours grande ouverte. Plongé dans ses pensées, il ne l'avait pas entendu approcher. Il constata également que l'homme tenait à la main un pistolet automatique qu'il pointait dans sa direction.

— Fichez le camp ! s'exclama Seamus, furieux de s'être laissé surprendre de cette façon.

— Mauvaise réponse, l'ancêtre, répliqua l'homme en riant d'un air mauvais.

Mais Seamus n'entendait pas se laisser intimider aussi facilement.

— Pour qui est-ce que vous vous prenez ? s'emporta-t-il.

Assis dans la voiture, il ne pouvait voir le visage de l'homme qui le menaçait. En revanche, il crut distinguer une autre silhouette, un peu en retrait, et espéra que ce témoin appellerait la police.

— Je suis l'homme qui est sur le point de partir avec ta voiture, répondit son agresseur d'un ton amusé. Quant à toi, grand-père, je t'assure que si tu continues à faire le malin tu n'auras plus jamais besoin de voiture…

— Je ne suis pas encore mort, répliqua Seamus en tentant d'attraper le poignet de son adversaire.

De sa main libre, il plongea la main sous sa veste pour sortir le revolver dont il ne se séparait jamais. Cela faisait bien longtemps qu'il n'appartenait plus à la police, mais il avait un permis de port d'arme en bonne et due forme. Et, chaque semaine, il se rendait au stand de tir pour s'entraîner.

— Terrible erreur, papy, s'exclama l'homme dont il venait de saisir le poignet.

D'un coup sec, il recula le bras, arrachant Seamus à son siège. Ce dernier parvint difficilement à conserver son équilibre et tenta de se défendre. Mais il devait y avoir quarante ans d'écart entre les deux adversaires, et la lutte fut inégale et de courte durée.

Seamus fut projeté tête la première contre l'asphalte qui lui entailla cruellement le front. Il manqua de s'évanouir et, avant qu'il ait pu recouvrer complètement ses esprits, il sentit un coup de pied vicieux percuter ses côtes flottantes, lui arrachant un gémissement de souffrance.

Une fois de plus, il tenta de dégainer son arme. Mais son adversaire était désormais sur ses gardes, et un second coup de pied fit voler le revolver à quelques mètres de là.

— Je dois reconnaître que tu as du cran, l'ancêtre, déclara son agresseur avec ironie. Mais dis-toi qu'on ne peut pas gagner à tous les coups.

Sur ce, il pressa la détente de son arme. Un coup de feu retentit, assourdissant, et Seamus sentit une douleur fulgurante lui déchirer l'épaule gauche. Une fois de plus, il faillit perdre connaissance. Au loin, il lui sembla entendre un cri de femme - mais peut-être ne s'agissait-il là que d'un effet de son imagination.

— Voilà ce qu'on récolte lorsqu'on veut jouer au plus malin avec moi, murmura son agresseur en s'approchant de lui.

Il fit mine de s'agenouiller pour vérifier que Seamus était bien mort, mais le bruit d'une voiture qui approchait l'en dissuada. Réprimant un juron, il se redressa et enjamba le corps du vieil homme pour se diriger vers la voiture.

Quelques instants plus tard, Seamus entendit claquer une portière, puis une autre, et sa voiture démarra dans un rugissement de moteur. Puis, brusquement, les ténèbres se refermèrent sur lui, et tout redevint silencieux.

1

Andrew Cavanaugh fut brusquement tiré de son sommeil par la sonnerie du téléphone. Instantanément, une angoisse glacée s'insinua en lui. Lorsqu'il était encore le chef de la police, il détestait ces appels nocturnes qui étaient souvent synonymes de mauvaises nouvelles. Les bonnes, curieusement, semblaient toujours pouvoir attendre le lendemain matin.

Aujourd'hui, bien sûr, il n'appartenait plus officiellement à la police d'Aurora. Mais un grand nombre des membres du clan Cavanaugh en faisaient partie. Et il redoutait toujours le jour où il apprendrait au beau milieu de la nuit que l'un d'eux s'était fait abattre au cours d'une intervention.

Se redressant sur son lit, Andrew tâtonna à la recherche du mobile posé sur sa table de nuit. Rose, son épouse, s'était également assise, partageant sans doute cette angoisse si familière.

— Qui est-ce ? souffla-t-elle.

Andrew ne lui répondit pas. Il avait déjà décroché et écoutait attentivement ce que son correspondant était en train de lui dire.

L'inquiétude qui se lisait sur son visage ne fit qu'accentuer celle que Rose éprouvait. Elle posa doucement la main sur son bras, comme si ce simple contact pouvait l'aider à deviner les paroles de son interlocuteur.

— Quand est-ce arrivé ? s'exclama alors Andrew. Est-ce qu'il est… ?

Rose le vit pousser un soupir de soulagement. Il paraissait pourtant sous le choc de ce qu'on venait de lui dire.

— À quel hôpital a-t-il été emmené ? demanda-t-il.

À ces mots, Rose sortit du lit et entreprit de s'habiller à la hâte. Elle sortit ensuite des vêtements pour son mari. Elle le connaissait suffisamment pour savoir qu'il voudrait se rendre à l'hôpital, quel que puisse être le membre de la famille qui avait été blessé ce soir-là.

Elle n'avait en revanche aucun moyen de deviner de qui il pouvait bien s'agir. Ils comptaient parmi leurs proches bien trop de policiers qui risquaient régulièrement leur vie pour respecter le serment qu'ils avaient fait de protéger et de servir la population d'Aurora.

Cela faisait bien longtemps qu'elle s'était résignée à cet état de fait. Mais elle savait aussi qu'elle ne s'habituerait jamais à ce genre de coups de téléphone nocturnes…

Comme elle se faisait cette réflexion, Andrew raccrocha et se leva à son tour.

— Qui est-ce ? s'enquit-elle.

Andrew la considéra d'un air légèrement hébété, comme s'il avait du mal à croire ce qu'il venait d'entendre.

— Seamus, souffla-t-il.

Rose le considéra avec stupeur tandis qu'il commençait à enfiler les habits qu'elle venait de sélectionner pour lui. De tous les noms qu'elle s'était attendue à l'entendre prononcer, celui de son père était bien le dernier.

— Est-ce qu'il a eu une attaque ? demanda-t-elle.

Andrew secoua la tête.

— C'est une blessure par balle, répondit-il. D'après les policiers qui ont été dépêchés sur place, il s'agissait probablement d'un vol de voiture.

Rose ne put réprimer une exclamation horrifiée.

— Comment va-t-il ?

Andrew détourna les yeux, mais elle eut le temps de discerner le mélange d'incertitude et d'angoisse qui s'y lisait en cet instant.

— Il est vivant, répondit-il sobrement. Mais il n'a pas repris connaissance depuis qu'on l'a découvert dans ce parking.

Son père venait tout juste d'entrer au bloc opératoire et, à ce stade, les médecins se gardaient bien de tout pronostic. Il pouvait le comprendre, d'ailleurs. Seamus était doté d'une solide constitution et d'un moral d'acier, mais il n'en était pas moins âgé de quatre-vingt-un ans.

S'efforçant de réprimer l'angoisse qui le tenaillait, Andrew se dirigea vers la porte.

— Je file à l'hôpital, annonça-t-il.

— Je t'accompagne, répondit Rose sans hésiter.

Andrew secoua la tête.

— Ça ne sert à rien, lui assura-t-il. Ils sont en train de l'opérer. Je ne pourrai probablement pas le voir avant plusieurs heures.

— Justement ! Je ne vais pas te laisser attendre tout seul là-bas, répliqua Rose d'un ton décidé.

Il sentit monter en lui un mélange d'agacement et de tendresse.

— Mieux vaut que tu restes ici tranquillement. Je suis sûr que les autres membres de la famille ne vont pas tarder à appeler.

— Je pourrai tout aussi bien leur répondre de l'hôpital, déclara-t-elle. Et, si cela peut te rassurer, je vais même transférer les appels du fixe sur mon portable. Ton père me rend parfois folle, mais je l'aime beaucoup et je ne compte pas rester ici à me tourner les pouces en attendant des nouvelles. Alors, au lieu de perdre du temps en discussions stériles, je pense que nous devrions y aller.

Andrew se pencha vers elle et posa un petit baiser sur ses lèvres.

— Au cas où je ne l'aurais pas mentionné dernièrement, je tiens à te dire que je t'aime, Rose McGee Cavanaugh.

Elle lui décocha ce sourire radieux qui, même après toutes ces années de vie commune, ne manquait jamais de lui réchauffer le cœur.

Malgré ces circonstances dramatiques, sa simple présence à ses côtés suffisait à lui redonner espoir. Et, une fois encore, il se répéta qu'il était l'un des hommes les plus chanceux qui soient.

En dépit de l'heure tardive, le parking de l'hôpital d'Aurora était empli de véhicules - parmi lesquels on comptait un nombre anormalement élevé de voitures de patrouille.

Durant le trajet qui les avait conduits jusque-là, Rose avait contacté les principaux membres de la famille, qui avaient à leur tour relayé l'information. Le clan Cavanaugh s'était naturellement regroupé autour de son patriarche blessé.

Dès qu'ils eurent trouvé une place disponible, Rose et lui se dirigèrent à grands pas vers l'entrée des urgences.

Andrew n'aurait su dire combien de fois au cours de sa carrière il s'était retrouvé là, au beau milieu de la nuit, pour soutenir la famille de l'un de ses hommes blessés. Il y avait même été admis lui-même, après une blessure par balle, des années auparavant.

Pourtant, il ne s'était peut-être jamais senti aussi inquiet que ce jour-là. Car, cette fois, c'était son propre père qui avait été blessé et qui, en cet instant même, se trouvait entre la vie et la mort.

— Vous êtes là pour Seamus Cavanaugh ? leur demanda l'infirmière qui se trouvait à la réception et que son badge identifiait comme étant Marsha Williams.

— En effet, acquiesça Andrew. Comment va-t-il ?

Avant que la jeune femme ait eu le temps de lui répondre, Callie, la fille aînée d'Andrew, les rejoignit.

— Grand-père est une vraie force de la nature, s'exclama-t-elle. Je suis sûre qu'il va s'en sortir.

Andrew se tourna vers elle et aperçut Benton Montgomery, son époux, ainsi que ses deux frères, Shaw et Clay, ses deux sœurs, Teri et Rayn, et leurs conjoints respectifs.

— Je suis content que vous soyez tous là, déclara-t-il.

Callie serra son père dans ses bras.

— Nous sommes venus dès que maman nous a avertis, répondit-elle. D'autres membres de la famille sont en chemin.

Rose décocha à Andrew un sourire empreint d'une pointe de malice.

— Et toi qui voulais que je reste à la maison, lui dit-elle en secouant doucement la tête. Est-ce que l'un d'entre vous a parlé au médecin qui s'est occupé de Seamus ? demanda-t-elle à la cantonade.

— Nous ne l'avons pas encore vu, fit Dax Cavanaugh, qui les avait rejoints à son tour.

Son père, Brian Cavanaugh, l'un des frères d'Andrew, qui était l'actuel inspecteur en chef d'Aurora, se tenait à quelques pas derrière lui.

— On m'avait prévenu que cela arriverait, un de ces jours, murmura alors Marsha Williams en les considérant avec curiosité.

— Que quoi arriverait ? s'enquit Brian.

— L'infirmière en chef qui m'a précédée, Rachel Rubin, m'a dit que je verrais un jour une horde de Cavanaugh déferler aux urgences parce que l'un d'eux aurait été blessé.

— C'était effectivement à prévoir, reconnut Lila, la femme de Brian. Mais dites-nous si vous avez du nouveau au sujet de Seamus.

Marsha jeta un coup d'œil à l'écran qui se trouvait devant elle.

— Apparemment, il vient tout juste de sortir de la salle d'opération, déclara-t-elle. Je vais aller chercher le Dr Logan, qui a supervisé l'intervention chirurgicale. Il aura certainement plus de détails à vous fournir.

— Merci beaucoup, mademoiselle, dit Lila.

Marsha répondit par un petit hochement de la tête. Quittant son poste, elle se dirigea rapidement vers le couloir qui s'ouvrait au fond de la salle d'attente.

— Est-ce que l'on sait ce qui s'est vraiment passé ? demanda Andrew à Brian.

— Apparemment, quelqu'un a volé la voiture de papa, annonça ce dernier. Il a dû résister. Une altercation s'est ensuivie, et il s'est fait tirer dessus.

— Qui a prévenu la police ?

— Un homme qui était sorti promener son chien, répondit Brian. Il a vu de loin deux personnes se disputer sur le parking. En s'apercevant que l'une d'elles était armée, il a immédiatement appelé la police.

— Qui est chargé de l'enquête ? s'enquit Andrew.

— C'est moi, répondit Finley Cavanaugh en s'avançant.

Finn appartenait à la branche cadette de la famille. Il était l'un des petits-enfants de Murdoch Cavanaugh, le frère de Seamus. Seamus et Murdoch s'étaient perdus de vue étant jeunes, lorsque leurs parents avaient divorcé. C'était Andrew qui avait fini par retrouver la trace de son oncle et de ses descendants. Malheureusement, Murdoch était mort avant que les deux frères puissent être réunis.

Bon nombre de ses enfants et de ses petits-enfants avaient cependant décidé de renouer avec leurs parents éloignés, et certains d'entre eux étaient même venus s'installer à Aurora. Curieusement, eux aussi comptaient dans leurs rangs beaucoup de policiers.

Finley était inspecteur et appartenait à la division chargée des vols et cambriolages. Avant qu'Andrew ait pu l'interroger plus avant sur ce qu'il avait pu apprendre, ils furent interrompus par l'arrivée du chirurgien qui venait d'opérer Seamus.

Tous se tournèrent vers lui, attendant avec angoisse son diagnostic.

2

Le Dr Joshua Logan ne s'était installé que très récemment à Aurora. Il avait grandi, étudié et commencé à travailler sur la côte Est et était considéré comme l'un des meilleurs chirurgiens urgentistes de sa génération.

En s'avançant dans la salle d'attente, il observa avec une pointe de curiosité les gens qui venaient de se tourner vers lui et qui, s'il fallait en croire Marsha Williams, appartenaient tous à la famille de son patient.

— J'ai de bonnes nouvelles à vous annoncer, leur dit-il. L'état de M. Cavanaugh est stable, et je ne suis plus inquiet pour sa survie. La balle qui l'a atteint a traversé l'épaule, manquant de peu le poumon. Il a perdu beaucoup de sang, et nous avons procédé à une transfusion. Il présente aussi plusieurs fractures au niveau des côtes. Mais, physiquement, il devrait se remettre assez rapidement de ses blessures.

— Physiquement ? répéta Andrew, à qui l'insistance du chirurgien sur ce terme n'avait pas échappé.

— Moralement, ce sera peut-être plus dur. M. Cavanaugh a subi un traumatisme. Et il en a été très affecté.

— Il vous a parlé ? s'enquit Andrew. Est-ce qu'il est conscient ?

— Il a repris conscience en salle de réveil, acquiesça Joshua Logan. Mais il était très agité, et j'ai jugé préférable de lui administrer un sédatif.

Brian s'avança aux côtés d'Andrew.

— Notre père n'aime pas trop les hôpitaux, expliqua-t-il.

— C'est assez courant, déclara le chirurgien. Malheureusement pour lui, je vais devoir le garder en observation pendant au moins vingt-quatre heures. Il a subi une blessure par balle, et je ne veux courir aucun risque.

— Bien sûr, fit Andrew. Nous nous en remettons entièrement à vous. Nous tenons tous à ce qu'il se rétablisse au plus vite.

Joshua hocha la tête.

— Je pense que ce devrait être le cas, déclara-t-il. M. Cavanaugh est en très bonne condition physique, pour un homme de son âge. Et il semble doté d'une excellente constitution.

— C'est le cas, acquiesça Andrew. Mais dites-moi, docteur, quand nous sera-t-il possible de le voir ?

En dépit du soulagement qu'il avait éprouvé en écoutant le rapport du chirurgien, il avait besoin de s'assurer de ses propres yeux que son père était bien vivant.

— Pas avant demain matin, répondit Joshua.

— Docteur, ne serait-il pas possible de le voir, ne fût-ce que quelques instants ? intervint alors Rose.

Le chirurgien hésita. Mais la supplique muette qu'il lut dans les yeux du couple qui lui faisait face eut raison de ses réticences.

— D'accord, concéda-t-il. Mais juste une personne. Et pas plus de cinq minutes. Si jamais M. Cavanaugh se réveille, je ne tiens pas à ce que sa chambre soit envahie de monde.

Andrew se tourna vers ses deux frères, Brian et Sean, les interrogeant du regard.

— Vas-y, l'encouragea Brian.

— Et dépêche-toi avant que le médecin change d'avis, renchérit leur benjamin.

— Merci, leur dit Andrew avant d'emboîter le pas à Joshua.

Ils quittèrent la salle d'attente et remontèrent un long corridor qui desservait plusieurs chambres.

— Il est ici, annonça le chirurgien en désignant l'une des portes. Allez-y et souvenez-vous : pas plus de cinq minutes.

— C'est promis, répondit solennellement Andrew.

Il poussa la porte et pénétra dans la petite chambre au milieu de laquelle se dressait un lit d'hôpital sur lequel était étendu son père. Andrew fut frappé par son extrême pâleur et par l'immense fatigue qui se lisait sur son visage. Il lui parut bien plus vieux que lorsqu'ils s'étaient croisés, la veille.

Le cœur battant, Andrew s'approcha du lit et prit la main de Seamus dans la sienne. Elle était frêle et veinée, bien différente de celles dont il avait gardé le souvenir. Il la serra doucement, mais les doigts de Seamus demeurèrent inertes.

Andrew avisa alors le bandage qui entourait l'épaule et le torse de son père. Prenant vraiment conscience de ce qui aurait pu se produire, il sentit son cœur se serrer dans sa poitrine et dut lutter pour réprimer les larmes qui lui montaient aux yeux. Il ne pouvait se permettre de craquer alors que toute la famille comptait sur lui.

— Tu nous as fait une sacrée frayeur, murmura-t-il. Qu'est-ce qui t'est arrivé, exactement ? Que faisais-tu sur ce parking, au beau milieu de la nuit ? Je parie que tu étais sur une affaire. Mais tu aurais pu en charger l'un de tes employés. Depuis le temps, tu devrais avoir appris à déléguer…

Andrew soupira, sachant qu'une telle chose ne se produirait probablement jamais. Chaque fois que lui ou l'un de ses frères osait suggérer qu'il était peut-être temps pour Seamus de passer la main, ce dernier se mettait dans une colère noire.

— Je connais ça, reprit Andrew. Moi aussi, j'ai peur de devenir obsolète. C'est la malédiction des Cavanaugh, j'imagine : nous pensons avoir toujours quelque chose à prouver - à nous-même sinon aux autres…

Son père ne répondit pas, bien sûr. Et pourtant, en cet instant, il aurait donné n'importe quoi pour entendre sa voix.

— Tout ce que j'espère, c'est que tu pourras nous dire qui t'a fait ça. Je peux t'assurer que tous les membres de la famille n'ont qu'une envie : se mettre à la recherche de ce salopard et le faire payer ce qu'il a fait…

Jetant un coup d'œil à sa montre, Andrew s'aperçut que le temps qui lui avait été imparti s'était presque écoulé.

— Le plus important, dit-il à son père, c'est que tu sois toujours des nôtres.

Il se leva et fit mine de sortir de la chambre. Mais il avisa alors le sachet en plastique qui était posé sur la table de la chambre et dans lequel le personnel médical avait glissé les effets personnels de Seamus. Sans hésiter, Andrew alla récupérer le téléphone portable de son père.

Puisque celui-ci était inconscient, ils ne pouvaient se permettre de négliger aucune piste pour retrouver ses agresseurs. Le portable de Seamus les aiderait à déterminer la localisation précise de ce dernier au cours des minutes qui avaient précédé son agression.

Et, avec un peu de chance, ils trouveraient un témoin ou une caméra de surveillance qui leur permettrait de découvrir qui l'avait attaqué…

Quittant la chambre de son père, Andrew rejoignit sa famille dans la salle d'attente. Là, il chercha des yeux Brenda, la belle-fille de Brian, qui dirigeait le département informatique de la police d'Aurora. Elle se trouvait aux côtés de Dax, son mari.

— Comment va-t-il ? lui demanda ce dernier lorsque Andrew les rejoignit.

— Il est toujours inconscient. Et il a dû passer un sale quart d'heure. Mais Seamus a la peau dure. Je suis sûr que d'ici quelques jours il sera de nouveau sur pied.

— Dieu merci, murmura Brenda.

Andrew lui tendit le téléphone de Seamus.

— C'est le portable de mon père, lui indiqua-t-il. Je compte sur toi pour en tirer tout ce qui pourrait nous être utile pour l'enquête.

— C'est comme si c'était fait, répondit-elle en lui prenant l'appareil des mains.

Andrew se tourna vers les autres membres de la famille, qui s'étaient rapprochés d'eux.

— Écoutez, déclara-t-il, je sais que je ne suis plus le chef de la police et que je n'ai plus aucune autorité légale. Mais je vous demande de faire tout votre possible pour retrouver le type qui a fait ça.

— Tu peux compter sur nous, affirma Shaw, son fils, qui se trouvait être l'actuel chef de la police. Nous trouverons celui qui s'en est pris à grand-père.

Andrew se tourna vers Finley.

— C'est toi qui es responsable de cette enquête, lui dit-il. Je compte sur toi pour coordonner les efforts de tous les autres.

— Bien sûr, répondit gravement Finley.

Dans ses yeux, Andrew lut la même résolution que celle qui brillait dans le regard de ses enfants et de ses neveux. Finley appartenait peut-être à l'autre branche de la famille, mais il n'en était pas moins décidé à venger Seamus.

— Je ne veux marcher sur les plates-bandes de personne, ajouta Finley en se tournant vers ses cousins. Mais, si vous me permettez de mener l'enquête, je vous assure que je retrouverai ce salopard et que je veillerai à ce qu'il finisse derrière les barreaux.

Un murmure d'approbation se fit entendre.

— Si cet homme n'avait pas décidé de promener son chien en pleine nuit, grand-père ne serait peut-être plus là aujourd'hui, déclara alors Riley, la fille de Brian.

— Mais il était là, et Seamus est vivant, répondit ce dernier. C'est tout ce qui compte. Nous allons tous devoir nous retrousser les manches, ajouta-t-il à l'intention des autres membres de la famille. Restez aux aguets : si vous apprenez quoi que ce soit qui pourrait faire avancer l'enquête, n'hésitez pas à faire remonter l'information au plus vite.

— Je suis d'accord, approuva Andrew. Il nous faut agir vite et obtenir rapidement des réponses. Sinon, l'agresseur de Seamus aura tout le temps d'effacer ses traces et de disparaître. Nous devons savoir s'il s'agissait vraiment d'une simple agression ou si papa était visé personnellement. Dans ce dernier cas, nous devons découvrir qui est responsable et quelles sont ses motivations.

— Nous appartenons à l'une des forces de police les plus efficaces du pays, conclut Brian. Alors mettons toute notre expérience à profit et retrouvons cet homme au plus vite !

— Le moins qu'on puisse dire, c'est qu'on n'a pas mis longtemps à la localiser, déclara Sean.

Finn et lui contemplaient la voiture de Seamus, qui avait été retrouvée à moins de dix kilomètres du parking sur lequel ce dernier s'était fait agresser. Les membres de l'équipe de la police scientifique s'activaient autour du véhicule, prenant des photos et relevant toutes les empreintes qu'ils pouvaient trouver.

— En tout cas, ça ne ressemble pas à un coup des gangs du quartier, commenta Finn. La voiture n'a pas été incendiée et elle ne semble pas avoir été particulièrement maltraitée.

Sean hocha pensivement la tête.

— Il comptait peut-être s'en servir pour un casse, suggéra-t-il.

— C'est ce que j'ai pensé en la voyant. Mais, à cette heure, nous n'avons reçu aucune plainte de ce genre : ni banque, ni joaillerie, ni pharmacie… Évidemment, il est possible qu'après avoir tiré sur quelqu'un l'homme ait décidé de se débarrasser de la voiture plutôt que de courir le risque de la garder. Par acquit de conscience, je surveillerai les vols de voiture et les casses au cours des jours qui viennent…

— Avec un peu de chance, répondit Sean, nous trouverons des empreintes. Et, si l'homme qui a volé la voiture est un récidiviste, nous ne mettrons pas très longtemps à le retrouver…

— Au moins, je suis certain que, s'il y a une empreinte, tes hommes la trouveront. Comme le disait souvent mon père : la meilleure façon d'obtenir des résultats, c'est de savoir s'entourer des meilleurs.

— Je regrette vraiment de ne pas l'avoir connu, déclara Sean.

— Je crois que vous vous seriez très bien entendus, tous les deux, répondit Finn avec un pâle sourire. À vrai dire, tu me fais parfois penser à lui…

Finn haussa les épaules.

— Bon, je vais vous laisser travailler tranquillement, conclut-il. Appelle-moi s'il y a du nouveau.

— Tu peux compter sur moi, lui assura Sean. Quoi que nous découvrions, tu seras le premier au courant.

Vers 6 heures du matin, Finn fut réveillé en sursaut par la sonnerie de son portable. Il était rentré chez lui, histoire de s'accorder quelques heures de sommeil avant de se remettre au travail. Un coup d'œil à l'écran lui apprit que c'était Sean qui cherchait à le contacter.

— Alors ? fit-il en décrochant. Qu'est-ce que vous avez découvert d'intéressant ?

— La première chose intéressante, à vrai dire, c'est ce que nous n'avons pas découvert, répondit Sean. À savoir, des empreintes sur le volant ou sur les poignées de porte. Celui qui a fait le coup devait porter des gants, ce qui confirme qu'il ne s'agit probablement pas d'un membre de gang.

— Dommage, soupira Finn.

— Nous avons quand même réussi à en dégoter une, ajouta Sean. Quelqu'un l'a laissée en ajustant le rétroviseur.

— Bizarre, s'il portait des gants, non ?

— De deux choses l'une : soit il les a enlevés à un moment, ce qui semble effectivement un peu étrange, soit le conducteur n'était pas seul à bord, et c'est son passager qui a ajusté le rétro.

— Bien vu, approuva Finn. Est-ce que vous avez une idée de l'identité de cette personne ?

— Pas encore, répondit Sean. L'empreinte ne figurait pas dans les bases de données de la police. Mais Valri est sur le coup.

— Espérons qu'elle trouvera quelque chose.

— Si quelqu'un a une chance de découvrir une correspondance, c'est bien Val. Elle est de très loin notre meilleure informaticienne.

— Peut-être. Mais rien ne dit que cette personne soit fichée quelque part…

— Ne sois pas si pessimiste, objecta Sean. Il y a de plus en plus de bases qui intègrent ce genre de données biométriques, de nos jours. Et, même si Valri ne trouve rien, nous avons une autre piste sous la main.

— Laquelle ?

— Comme je te l'ai dit, il n'y avait qu'une empreinte dans la voiture. En revanche, nous avons trouvé du sang dans le coffre. Pas mal de sang, à vrai dire…

— Vous pensez qu'on s'est servi de la voiture pour transporter un corps ? s'exclama Finn, sidéré.

— Ça m'en a tout l'air. Il y avait aussi des fibres et des cheveux dans le coffre.

— Est-ce que vous avez pu identifier la victime ?

— Pas encore, mais nous y travaillons. Je t'appellerai dès que nous aurons des résultats. Tu ferais mieux de dormir un peu, en attendant. Quelque chose me dit que cette affaire ne va pas être de tout repos.

— Je doute de réussir à fermer l'œil après ces révélations, objecta Finn. Je vais retourner au commissariat. Contacte-moi là-bas dès que tu auras du nouveau…

Moins d'une heure plus tard, Finn était assis à son bureau, une tasse de café corsé posée devant lui. Il passait en revue les rapports de police des dernières heures à la recherche du moindre indice qui aurait pu lui indiquer l'identité du cadavre que transportait l'agresseur, l'endroit où cette personne avait été tuée ou celui où elle avait été déposée.

Malheureusement, il n'avait rien trouvé de très concluant pour le moment. Lorsque Sean le rappela enfin, il décrocha à la première sonnerie.

— Ne t'avais-je pas dit qu'il fallait toujours rester positif ? lui demanda le benjamin de Seamus.

— Si, répondit Finn. Tu as du nouveau ?

— Le mérite en revient à Valri, répondit Sean. Elle

a découvert à qui appartenait l'empreinte relevée sur le rétroviseur.

— Excellente nouvelle ! lança Finn, plein d'espoir. Alors ? De qui s'agit-il ?

— D'une certaine Marilyn Palmer. Ce qui est curieux, en revanche, c'est que jusqu'à présent elle n'avait strictement rien à se reprocher. Pas même un PV pour excès de vitesse.

— C'était peut-être l'otage de l'homme qui a agressé Seamus.

— Ou sa petite amie, répondit Sean. Ou encore sa sœur. Il est trop tôt pour le savoir.

— Je vais aller lui poser directement la question, déclara Finn.

— J'ai son adresse.

Finn la nota sur le calepin dont il ne se séparait jamais.

— Et pour le sang qui se trouvait dans le coffre ?

— Il est en cours d'analyse au laboratoire, annonça Sean. Nous ne devrions pas tarder à avoir des réponses.

— Beau boulot, s'exclama Finn. Avec un peu de chance, cette affaire sera bouclée d'ici ce soir !

3

Finn était sur le point de quitter le commissariat pour se rendre au domicile de Marilyn Palmer lorsque Joe Harley, l'un de ses collègues qui lui tenait parfois lieu de coéquipier, passa la tête par l'embrasure de la porte de son bureau.

— Finn, il y a une fille qui demande à te voir. On dirait que tu as décroché le gros lot, cette fois-ci. C'est une vraie beauté.

Finn haussa les épaules. Pour le moment, la seule chose qui lui importait, c'était de remonter la piste que Sean venait de lui soumettre. Et il ne pouvait se permettre de perdre une minute. Car, si Marilyn Palmer était impliquée dans l'agression de Seamus et une affaire de meurtre, elle pouvait juger préférable de disparaître au plus vite.

— Je n'ai vraiment pas le temps, Joe, répondit-il à son coéquipier. Occupe-toi d'elle.

— Crois-moi, je ne demanderais pas mieux. Mais elle a insisté pour parler à la personne chargée de l'enquête concernant la voiture de Seamus Cavanaugh.

Finn fronça les sourcils. Se pouvait-il que Marilyn Palmer soit venue le trouver ?

— Est-ce qu'elle t'a dit son nom ? s'enquit-il.

— Nikola Kowalski.

— Nikola ? répéta Finn en haussant un sourcil. Tu es certain que c'est une femme ?

— Aucun doute là-dessus, je t'assure, répondit Joe en riant.

— Est-ce qu'elle t'a dit comment elle avait entendu parler de cette affaire ? On a retrouvé la voiture en question il y a seulement quelques heures.

Joe haussa les épaules.

— Je te l'ai dit : elle ne veut parler qu'à toi.

— Très bien, soupira Finn, fais-la entrer.

Joe sortit et revint quelques instants plus tard, accompagné de la femme en question. En l'apercevant, Finn songea que pour une fois son équipier n'avait pas exagéré. Elle était réellement magnifique. Grande, élancée, avec de longs cheveux blonds et d'immenses yeux d'un bleu lumineux, elle avait des traits d'une finesse exquise et une silhouette de mannequin.

S'efforçant de surmonter l'étonnement et l'admiration qui menaçaient de lui faire perdre contenance, il se leva et contourna son bureau pour se porter à sa rencontre. Joe en profita pour s'éclipser, les laissant seuls.

— Je suis l'inspecteur Finn Cavanaugh, annonça-t-il en lui tendant la main.

Lorsqu'elle la serra, il sentit un léger frisson remonter le long de son avant-bras.

— Je sais qui vous êtes, répondit-elle. Je suis Nikola Kowalski. La plupart des gens m'appellent Nik.

Elle posa son autre main sur la sienne et décocha à Finn un sourire qui lui transperça le cœur. Jamais encore il n'avait rencontré une femme aussi séduisante. Mais ce mélange de charme et de cordialité éveilla simultanément sa méfiance. Il ignorait encore les raisons pour lesquelles cette femme avait voulu le rencontrer, mais était prêt à parier qu'elle allait lui demander un service.

— D'après l'inspecteur Harley, vous vous intéressez

à une affaire sur laquelle nous enquêtons actuellement, mademoiselle Kowalski.

L'emploi de son nom de famille et le ton empli de retenue sur lequel il venait de s'exprimer n'échappèrent pas à Nik. Visiblement, l'inspecteur Cavanaugh était doté d'un tempérament suspicieux. Cela ne faciliterait peut-être pas sa démarche, mais il en fallait bien plus que cela pour la décourager.

— Vous pouvez m'appeler Nik, inspecteur, lui dit-elle en lui décochant un nouveau sourire.

Il comprit alors qu'il ne s'était pas trompé à son sujet : elle était parfaitement consciente de son pouvoir de séduction et n'hésitait pas à en jouer. Il décida donc de redoubler de méfiance à son endroit.

— Pouvez-vous me dire comment vous avez eu connaissance de l'affaire en question, *mademoiselle Kowalski* ? lui demanda-t-il.

Nik haussa les épaules.

— Disons que je suis quelqu'un de très bien informé, répondit-elle en haussant les épaules. Je sais par exemple que ce n'est pas Marilyn Palmer qui a volé cette voiture…

Finn se figea, redoublant de suspicion. Comment pouvait-elle avoir entendu parler de Marilyn Palmer alors que lui-même venait juste d'apprendre l'existence de cette femme ?

— Je ne vois pas très bien comment vous pourriez le savoir, à moins bien sûr d'être impliquée vous aussi dans cette affaire.

— Je le suis, répondit-elle. Mais seulement en tant que bon Samaritain.

— Il va vous falloir être un peu plus précise que cela, mademoiselle Kowalski.

Nik soupira intérieurement. De toute évidence, Finn et elle étaient partis du mauvais pied.

— Appelez-moi Nik, l'encouragea-t-elle sans se faire d'illusions. Et j'aurais sans doute dû commencer par vous dire que je suis moi-même enquêtrice. Je travaille pour une compagnie d'assurances.

Finn leva un sourcil étonné.

— Je doute fort que Seamus Cavanaugh ait sollicité son assureur, à ce stade, remarqua-t-il.

— Ce n'est pas pour la compagnie d'assurances que je mène l'enquête, dans ce cas précis, dit Nik. Mais Kim Palmer, la mère de Marilyn, est l'une de mes amies. Elle est venue me trouver, il y a quelques jours, parce qu'elle pensait que sa fille avait des problèmes. D'après Kim, elle sort avec quelqu'un qui a une mauvaise influence sur elle. Kim craignait qu'elle ne fasse une bêtise…

— Il semblerait effectivement que ce soit le cas, déclara Finn. Mais comment l'avez-vous appris ?

— En tant qu'enquêtrice, je dispose de nombreux informateurs, répondit Nik. Certains appartiennent à la police d'Aurora.

— Je vois, fit sobrement Finn. Et savez-vous où se trouve Marilyn Palmer, en ce moment ?

— Je l'ignore. Sa mère m'a chargée de la retrouver.

— Vous savez que vous pourriez être inculpée pour obstruction à la justice ?

Loin de paraître intimidée le moins du monde, Nik sourit de plus belle.

— Je suis sûre que vous dites ça à toutes les filles que vous rencontrez, plaisanta-t-elle.

— Seulement à celles que je suis sur le point d'arrêter, répliqua-t-il d'un ton glacial. Vous marchez sur des œufs, mademoiselle Kowalski.

— Nik, le reprit-elle une fois de plus. Sachez que je ne cherche pas du tout à entraver votre enquête, bien au contraire. Mais j'ignore réellement où se trouve Marilyn, à l'heure actuelle. Je ne sais pas non plus qui est l'homme avec lequel elle sort. Kim ne connaissait même pas son nom.

— Ce qui m'amène à la question suivante, répondit Finn. Pourquoi êtes-vous venue me trouver ?

— Eh bien, je me suis dit que nous pourrions coopérer puisque nous recherchons tous deux Marilyn.

— Coopérer ? répéta Finn d'un air interdit.

— Échanger les informations dont nous disposons, précisa-t-elle. Cela nous ferait gagner un temps précieux à tous les deux.

Finn secoua la tête. Il était hors de question qu'il travaille avec une amatrice, si ravissante soit-elle. Si elle disposait d'éléments pouvant faire avancer son enquête, il était tout disposé à les entendre. Mais il était hors de question que lui-même partage la moindre information avec elle.

À ses yeux, elle ne valait pas beaucoup mieux qu'une journaliste, et il avait toujours préféré se tenir à prudente distance des reporters.

— Je vous écoute, lui dit-il.

Elle aurait vraiment préféré qu'il commence mais était convaincue qu'il s'y refuserait catégoriquement. Le mieux qu'elle pouvait espérer, c'était de gagner sa confiance en se montrant parfaitement transparente avec lui.

— D'après ce que m'a dit Kim, Marilyn a été une fille sans problème jusqu'ici.

Finn n'était pas convaincu que les parents soient les meilleurs juges, dans ce genre de situation. La plupart du temps, ils tombaient des nues en apprenant que leur enfant avait commis un crime. Mais il préféra ne pas relever, attendant que Nik poursuive.

— Ce n'est que depuis qu'elle a rencontré cet homme que Marilyn a commencé à changer, reprit-elle. Et cela fait plusieurs jours qu'elle a purement et simplement disparu sans donner signe de vie. Kim est folle d'inquiétude.

— Vous m'avez déjà dit tout cela, remarqua Finn. Avez-vous la moindre indication au sujet de cet homme ? Une description physique, au moins ?

— Malheureusement, non, soupira Nik. Kim ne l'a jamais vu.

Elle avait bien conscience de manquer cruellement de données. D'un autre côté, si elle en avait eu plus, elle n'aurait pas eu besoin de solliciter l'aide de Finn Cavanaugh.

— Revenez me voir lorsque vous aurez quelque chose de plus substantiel, lui dit ce dernier.

En réalité, il obtiendrait sans doute bientôt une photo de l'homme qui avait agressé Seamus et volé sa voiture. Il avait demandé à Valri d'exploiter toutes les caméras vidéo de la ville qui se trouvaient à proximité du parking. Par acquit de conscience, il avait aussi chargé plusieurs agents de récupérer les bandes des caméras privées des établissements du voisinage.

— Et vous ? lui demanda alors Nik. Qu'avez-vous découvert ?

— Rien qui vous concerne, répondit-il.

— Vous m'avez promis de me dire ce que vous savez, protesta-t-elle.

Finn secoua la tête.

— Je n'ai rien promis du tout. J'ai juste accepté d'écouter ce que vous aviez à me dire. Et, très franchement, vous ne m'avez pas fourni beaucoup de nouvelles informations.

— Je vous ai dit que Marilyn avait rencontré quelqu'un et qu'elle avait fugué pour le rejoindre.

— J'étais déjà convaincu qu'elle se trouvait en compagnie d'un homme, objecta Finn. Il a agressé le frère de mon grand-père et lui a tiré dessus à bout portant avant de lui voler sa voiture, le laissant pour mort sur un parking.

Alors même qu'il prononçait ces mots, il sentit un goût

amer envahir sa bouche. L'idée que quelqu'un ait pu s'en prendre de cette façon à un vieil homme le rendait malade.

— Je savais déjà tout cela, remarqua Nik.

— Cet échange d'informations n'a donc pas été si utile que cela, en fin de compte, ironisa Finn. Maintenant, si vous voulez bien m'excuser…

Il se dirigea vers la porte de son bureau, et Nik lui emboîta le pas, quittant la pièce à sa suite.

— Où allons-nous ? lui demanda-t-elle alors.

— Moi, je vais au labo de la police, répondit-il. Quant à vous, je n'en ai aucune idée.

— Je vous accompagne, déclara-t-elle avec un bel aplomb.

Finn comprit qu'il était temps de mettre un terme à cette petite comédie.

— Il n'en est pas question, lui dit-il sèchement.

Nik ne s'était vraiment pas attendue à ce qu'il se montre si peu coopératif.

— Que les choses soient claires, lâcha-t-il. Je suis de la police et pas vous.

— Mais nous sommes tous deux enquêteurs, objecta-t-elle.

— Au sens très large du terme, sans doute, concéda Finn avec une pointe d'impatience.

Il ne pouvait se permettre de perdre plus de temps alors que son enquête piétinait. Nik poussa un soupir et sortit de son sac à main une carte de visite qu'elle lui tendit.

— Tenez, lui dit-elle. Si vous changez d'avis, n'hésitez pas à me contacter. Je vous assure que je suis très douée et que vous avez tout à gagner en me mettant à contribution.

Finn lui prit la carte en espérant que cela mettrait un terme à cette entrevue. Il ne fut pas déçu : Nik lui jeta un dernier regard dans lequel il crut lire l'ombre d'un reproche. Puis, sans ajouter un mot, elle s'éloigna à grands pas.

— Alors ? Est-ce que tu as quelque chose pour moi ? demanda Finn en pénétrant dans le bureau de Valri.

Elle détourna les yeux de l'écran qu'elle fixait depuis des heures et cligna des paupières pour tenter d'accoutumer sa vision.

— J'ai surtout un sacré mal de crâne, répondit-elle avec un pâle sourire.

Elle se massa l'arête du nez pour tenter de l'atténuer. En vain.

— Je crois que je vais rêver de cette voiture pendant des mois, soupira-t-elle.

— Mais tu n'as toujours pas pu identifier le voleur.

Un sourire goguenard se dessina sur les lèvres de la jeune femme.

— Ce que j'aime, chez toi, c'est que tu piges vite, lui dit-elle. Je te promets que je t'appellerai dès que j'aurai découvert quelque chose.

— En espérant qu'une de ces caméras de surveillance ait capté une image de ce type, soupira-t-il.

— Si c'est le cas, je la trouverai, déclara Valri d'un ton décidé. Je ne laisserai pas celui qui a agressé grand-père s'en tirer à si bon compte ! Est-ce que Ramirez et Collins ont découvert de nouvelles bandes ?

Finn secoua la tête. Les deux inspecteurs qui avaient ratissé le quartier lui avaient confirmé qu'ils avaient obtenu toutes celles qui étaient susceptibles d'avoir filmé la scène.

— Tu as tout ce que nous avons, répondit-il.

— Il n'y avait rien non plus là où la voiture a été retrouvée ? s'enquit Valri.

— Non. Celui qui a volé la voiture a choisi un endroit discret. Il n'y avait aucune caméra aux alentours.

— Dommage, soupira-t-elle. Et pour le sang ? Est-ce que le labo a pu identifier la victime ?

— Pas encore, hélas, répondit Finn. Pour l'instant,

c'est un peu l'impasse, j'en ai peur. Bon, je ne vais pas t'embêter plus longtemps. Appelle-moi si tu trouves quoi que ce soit, d'accord ?

— C'est promis.

Finn quitta le labo de Valri, bien décidé à retrouver Marilyn Palmer. Pour le moment, elle était sa seule piste sérieuse. S'il parvenait à la retrouver, il découvrirait peut-être qui avait attaqué Seamus…

4

La journée touchait à sa fin, et Finn avait la désagréable impression que son enquête piétinait. Marilyn Palmer n'avait toujours pas donné signe de vie. Le laboratoire ne leur avait pas encore fait parvenir les résultats des tests sanguins. Le visionnage des vidéos de sécurité n'avait rien donné. Quant à Seamus, il n'avait toujours pas repris conscience.

Frustré et à court d'idées, Finn décida qu'il était temps pour lui de faire une pause. En dehors des quelques heures de sommeil qu'il avait réussi à grappiller en fin de nuit, il avait travaillé sans discontinuer durant près de trente-deux heures. S'il ne s'accordait pas un peu de repos, il ne serait plus bon à rien.

Avant de rentrer chez lui, il fit pourtant un crochet par le Malone, le pub attitré de la plupart des policiers d'Aurora. Il y avait peu de monde, ce soir-là. Et, au lieu de s'installer à l'une des tables, Finn prit place directement au bar. Quelques instants plus tard, Devin Wilson, le barman, vint poser devant lui une pinte de bière fraîche.

— Je n'avais encore rien commandé, s'étonna Finn.

Il n'avait pas de boisson attitrée, et il n'était pas dans les habitudes de Devin d'anticiper les demandes de ses clients.

— Effectivement, acquiesça le barman avec un sourire entendu. Mais elle l'a fait pour toi, ajouta-t-il en désignant l'autre bout du comptoir.

Surpris, Finn chercha des yeux cette généreuse donatrice. Et il eut la surprise d'apercevoir l'enquêtrice des assurances qui était venue le trouver, le matin même. Elle leva sa propre pinte en un salut légèrement ironique avant de la porter à ses lèvres.

Réprimant un soupir, Finn prit sa bière et se dirigea vers la jeune femme.

— Est-ce que vous m'avez filé jusqu'ici ? lui demanda-t-il.

Bien sûr, le Malone était un établissement ouvert à tous. Mais il doutait fort que Nik Kowalski ait décidé par pure coïncidence de s'y rendre ce soir-là. Le sourire malicieux qui se peignit alors sur les lèvres de la jeune femme lui confirma qu'il ne s'était pas trompé. Contrairement à lui, elle paraissait trouver cette situation très divertissante.

— Vous êtes sûr que ce n'est pas le contraire ? répondit-elle d'un ton moqueur. Après tout, j'étais ici la première. Alors ? Seriez-vous en train de m'espionner, inspecteur Cavanaugh ?

— Ne soyez pas ridicule.

Elle secoua doucement la tête.

— Je devrais sans doute me sentir offensée du fait que cette idée vous semble si absurde, remarqua-t-elle. Mais je serai magnanime : asseyez-vous, inspecteur, et racontez-moi comment s'est passée votre journée.

— Je ne pense pas que cela vous intéresserait.

— Au contraire, lui assura-t-elle. Je suis prête à parier que vous avez passé le plus clair de votre temps à étudier une affaire qui nous tient à cœur à tous les deux.

— Peut-être, répondit Finn évasivement.

— Vous savez que lorsque vous êtes de mauvaise humeur vos yeux lancent des éclairs ? dit Nik en souriant de plus belle.

— Au moins, vous avez compris que je n'appréciais pas

de vous voir vous immiscer dans cette enquête, marmonna Finn. C'est déjà ça…

— Vous ne devriez pas être si négatif, objecta Nik. Ce n'est pas la meilleure façon de vous concilier les bonnes grâces des gens qui vous entourent.

— Justement, je ne cherche pas à m'attirer vos bonnes grâces, comme vous dites, répliqua Finn.

— Vous devriez, pourtant. On n'a jamais assez de contacts lorsqu'on exerce un métier comme le vôtre. Et, à ce sujet, est-ce que vous avez eu le temps de réfléchir à ma proposition ?

Alors que Finn s'apprêtait à la rembarrer de façon plus explicite encore qu'il ne l'avait fait jusque-là, ils furent interrompus par Miles Crawford, l'un de ses collègues inspecteurs, qui était venu commander au bar - visiblement pas pour la première fois de la soirée.

— Salut, ma jolie, dit-il à Nik en lui adressant un sourire légèrement éméché. Tu sais, si tu t'ennuies avec ce rabat-joie de Finn, tu es la bienvenue à ma table…

— Je te conseille de dessoûler un peu avant de faire ce genre de proposition, répondit Finn.

Crawford se tourna vers lui en plissant les yeux.

— Je ne voulais pas marcher sur tes plates-bandes, Cavanaugh. Mais, à voir ta tête, j'ai pensé que tu n'étais pas intéressé…

— Je crois que tu devrais présenter tes excuses, lui suggéra Finn.

Percevant sans doute la menace qui perçait dans sa voix, Crawford ne put s'empêcher de tiquer.

— Je suis désolé si je vous ai importunée, lâcha-t-il en se tournant vers Nik. Et je suis encore plus désolé de vous voir passer la soirée en si mauvaise compagnie.

Sur ce, il posa bruyamment sa chope sur le comptoir.

— Devin, sers-m'en un autre ! demanda-t-il au barman.

Finn écarta le verre et secoua la tête.

— Je crois que tu as eu ton compte pour ce soir, Crawford. Laisse-moi t'appeler un taxi. Tu n'es pas en état de conduire.

Crawford le fusilla du regard.

— Pour qui est-ce que tu te prends ? s'exclama-t-il.

— Pour quelqu'un de plus sobre que toi, intervint Devin. Finn a raison, Miles. Tu ne devrais pas rentrer en voiture, vu l'état dans lequel tu te trouves.

— Si je prends un taxi, je serai obligé d'en appeler un autre demain pour venir récupérer ma voiture, objecta l'inspecteur.

— Cela vaut mieux que de te tuer au volant, lui dit Finn. Ou, pire encore, de tuer quelqu'un d'autre.

— Si tu veux, tu peux dormir sur le canapé de mon bureau, suggéra Devin. Mais, je te préviens, il n'est vraiment pas confortable.

— D'accord, soupira Crawford, vaincu. J'ai compris. Je vais prendre votre fichu taxi…

— Dan, appelle un taxi pour Miles, s'il te plaît ! demanda Devin au serveur à la carrure imposante qui tenait également lieu de videur, les soirs où l'ambiance se faisait plus remuante.

— Je m'en occupe, boss, répondit Dan McGuire. Suivez-moi, inspecteur, ajouta-t-il à l'intention de Crawford.

Ce dernier s'exécuta sans grand enthousiasme, et les deux hommes contournèrent le bar et disparurent bientôt dans l'arrière-salle. Devin se tourna alors vers Nik et lui décocha un sourire navré.

— Je suis désolé, déclara-t-il. Les clients qui viennent ici sont un peu mieux élevés, d'habitude…

— Ne vous en faites pas pour ça, dit-elle en haussant les épaules. J'ai connu bien pire.

Elle crut discerner de la curiosité dans le regard de

Finn, mais cette réaction fut de courte durée et, très vite, il reprit l'air distant qui lui était familier.

— Alors ? lui lança-t-elle. Qu'en dites-vous ?

Finn la considéra avec une pointe d'étonnement. L'intervention de Crawford lui avait fait perdre le fil de leur conversation. Il en serait volontiers resté là, d'ailleurs, mais Nik n'était apparemment pas de cet avis.

— Avez-vous réfléchi à ma proposition ? lui redemanda-t-elle. Ne pensez-vous pas que nous serions plus efficaces si nous collaborions ?

Après la journée qui venait de s'écouler, Finn devait bien reconnaître que ses investigations ne l'avaient pas mené bien loin. Mais il n'était malgré tout pas décidé à s'associer avec la première personne venue dans le cadre d'une affaire aussi sensible, tant sur le plan professionnel que sur le plan familial.

— Vous savez que vous êtes particulièrement têtue ? soupira-t-il.

La remarque ne parut pas la vexer le moins du monde. Au contraire, même, elle sembla s'en amuser.

— Je suis d'origine polonaise, lui dit-elle. Et les Polonais ont la réputation d'avoir la tête dure. Mais, si vous trouvez que je suis têtue, vous devriez rencontrer ma sœur…

— Ce ne sera vraiment pas nécessaire, répliqua Finn, qui n'osait imaginer la sœur en question.

— Vous savez, reprit-elle sans se formaliser de cette nouvelle fin de non-recevoir, être têtu est plutôt une qualité, pour une enquêtrice. Vous n'avez rien à perdre et tout à gagner en travaillant avec moi.

Finn termina sa bière d'une longue gorgée et reposa sa chope sur le comptoir. Il était évident que ce n'était pas chez Malone qu'il parviendrait à se changer les idées comme il en avait eu envie.

— Écoutez, dit-il gravement à Nik, vous êtes sans doute

quelqu'un de très bien, et je ne doute pas que vous soyez très douée dans votre métier. Mais je n'ai pas pour habitude de travailler avec des civils. Alors je vous remercie pour votre proposition, mais je vais devoir la décliner. Sur ce, je vous souhaite une très bonne soirée, mademoiselle Kowalski.

— Nik, répliqua-t-elle par réflexe.

Elle le suivit des yeux tandis qu'il s'éloignait en direction de la sortie. L'espace de quelques instants, elle fut tentée de le suivre mais y renonça, sachant que cela ne ferait que l'agacer un peu plus.

Elle était convaincue qu'il finirait par entendre raison. Et, s'il persistait à refuser son aide, elle pourrait toujours se tourner vers ses autres contacts au sein de la police…

Nik resta donc assise au bar et finit tranquillement de déguster sa bière.

Une fois de plus, Finn fut réveillé au beau milieu de la nuit par un coup de téléphone. Il craignit un instant qu'il ne s'agisse de Nik. Il la croyait parfaitement capable de l'appeler à cette heure pour lui demander s'il n'avait pas changé d'avis. Mais le numéro qui s'affichait était celui de Joe Harley.

— Cavanaugh, j'espère que je ne te dérange pas, lui dit son coéquipier d'un ton légèrement goguenard.

— Très drôle, répondit Finn en se redressant. Qu'est-ce qui me vaut le déplaisir de cet appel ?

— Je me suis dit que tu voudrais être tenu au courant, déclara Joe d'une voix plus sérieuse. Ça concerne l'affaire dont tu t'occupes.

— L'agression de Seamus ?

— Oui. On a peut-être retrouvé le cadavre que l'attaquant transportait dans son coffre.

— Je suis tout ouïe.

— Un SDF qui fouillait la poubelle d'un restaurant à la recherche de quelque chose à se mettre sous la dent a découvert le corps d'une femme. Elle est morte depuis moins d'une journée.

— Qu'est-ce qui te fait dire que sa mort a un rapport avec l'agresseur de Seamus ?

— À cause de ce que l'on vient de retrouver dans son sac à main. C'était une serviette en papier sur laquelle étaient inscrits le nom de Marilyn Palmer et un numéro de téléphone.

— Tu as essayé d'appeler le numéro en question ?

— Oui, mais ça sonnait dans le vide. Je n'ai même pas obtenu de messagerie. Je suppose qu'il s'agit d'un numéro prépayé.

— Sans doute, acquiesça Finn. Est-ce que le labo s'est enfin décidé à nous envoyer les résultats des prélèvements sanguins faits dans le coffre ?

— Je ne sais pas, reconnut Joe. Si ça a été fait, personne n'a pensé à me prévenir. Mais les types de la police scientifique viennent de faire des prélèvements sur le cadavre, et nous saurons très vite s'il s'agit bien de la même personne.

— Est-ce que le corps est déjà parti pour la morgue ?

— À l'instant même.

— Et toi, tu es toujours sur place ?

— Oui. Je me suis dit que tu voudrais voir la scène de crime de tes propres yeux.

— Tu as eu raison, approuva Finn. Où est-ce ?

— Au croisement de McFadden et Adams.

— Je saute dans mes vêtements et j'arrive dès que possible !

— Je t'attends. Tâche de ne pas traîner en route.

Finn avait déjà commencé à enfiler ses habits tout en se contorsionnant pour maintenir le téléphone contre son oreille.

— Je ne devrais pas en avoir pour plus d'un quart d'heure.

— De l'avantage de travailler de nuit, ironisa Joe. Au moins, nous ne sommes pas retardés par la circulation.

— Je crois que j'aurais quand même préféré dormir un peu plus longtemps, objecta Finn. Mais merci de m'avoir appelé, Joe.

— Bah, c'est à ça que servent les amis, non ?

Il fallut moins de quinze minutes à Finn pour atteindre la scène de crime. Lorsqu'il arriva, Jake Newman, l'inspecteur de la criminelle en charge de l'enquête, le considéra d'un air résigné.

— J'aurais dû me douter qu'un Cavanaugh ne tarderait pas à débarquer, commenta-t-il. Mais je croyais que tu bossais pour la division des vols et cambriolages ?

— Le cadavre que vous venez de retrouver est lié à une affaire de vol sur laquelle je travaille.

— Une affaire de vol qui te fait rappliquer au beau milieu de la nuit ? Laisse-moi deviner, c'est de Seamus qu'il s'agit, n'est-ce pas ?

— On ne peut rien te cacher.

— Dans ce cas, j'imagine que tu vas vouloir reprendre cette enquête, commenta Newman.

— C'est un problème ?

Newman haussa les épaules.

— Franchement ? Non. J'ai déjà suffisamment de pain sur la planche. Si ça t'amuse de faire des heures supplémentaires, c'est toi que ça regarde.

D'un geste ironique, Newman désigna la scène de crime entourée de rubalise de la police.

— À vous l'honneur, inspecteur, lui dit-il avant de s'éloigner à grands pas en direction de sa voiture banalisée.

Finn le suivit des yeux. Ce n'était pas la première fois

qu'il devait faire face à ce genre d'attitude. Il savait pertinemment que l'omniprésence des Cavanaugh au sein de la police n'était pas appréciée par tous ses collègues. Il n'était pourtant jamais très plaisant de se faire prendre de haut de cette manière.

Alors même qu'il se faisait cette réflexion, il éprouva une pointe de culpabilité en songeant à la façon dont lui-même s'était conduit à l'égard de Nik Kowalski. Après tout, elle avait juste essayé de lui proposer son aide.

Il se promit que, dès qu'il aurait passé la scène de crime au peigne fin, il prendrait contact avec elle pour faire amende honorable.

Lorsque Finn retourna à sa voiture après avoir inspecté les lieux en détail, il était près de 5 heures du matin. Il fouilla les poches de son jean à la recherche de la carte de visite de Nik Kowalski qu'il y avait machinalement glissée le matin même. Sur le moment, il avait eu l'intention de la jeter dans la première corbeille venue, mais il l'avait oubliée.

Décrochant son téléphone, il composa le numéro qui y figurait. Il s'attendait à tomber sur son répondeur mais, à sa grande surprise, ce fut la jeune femme qui décrocha à la deuxième sonnerie.

— Nik Kowalski, fit-elle d'une voix que le sommeil rendait légèrement rauque et qu'il ne put s'empêcher de trouver terriblement sexy.

— J'ai du nouveau pour vous, lui dit-il sans autre forme de procès.

— Inspecteur Cavanaugh ? s'exclama-t-elle. Quelle heureuse surprise !

Finn se demanda comment elle pouvait faire preuve de tant de fraîcheur et d'enthousiasme alors qu'il venait de la réveiller à l'aube.

— Que puis-je faire pour vous ? lui demanda-t-elle.

Il entendit un froissement et s'efforça d'ignorer l'image de la jeune femme vêtue d'une simple chemise de nuit, qui s'insinuait dans son esprit.

— Je vous l'ai dit, mademoiselle Kowalski, répondit-il d'un ton volontairement distant. J'ai des informations qui pourraient vous intéresser.

— Je croyais que vous ne vouliez pas travailler avec quelqu'un qui n'était pas de la police, lui rappela-t-elle.

— Vous tenez à me faire changer d'avis ?

— Pas du tout, lui assura-t-elle. Je veux juste comprendre ce qui motive un tel revirement.

Finn hésita quelques instants avant de lui répondre.

— J'ai réfléchi à votre proposition, lui expliqua-t-il. Et je me suis dit qu'en fin de compte votre aide pourrait peut-être s'avérer utile…

Il n'avait pas besoin de la voir pour imaginer le sourire amusé qui devait se dessiner sur ses lèvres en cet instant même.

5

Nik était passablement stupéfaite. Après leur discussion chez Malone, elle s'était résignée à solliciter un autre de ses contacts au sein de la police. Finn paraissait décidé à ne pas partager les informations dont il disposait. Et, si elle voulait retrouver Marilyn avant que celle-ci commette une erreur irréparable, elle ne pouvait se permettre de perdre plus de temps.

— J'avoue que je suis un peu étonnée, déclara-t-elle. J'avais renoncé à vous convaincre.

— Je suis un peu déçu, répliqua-t-il. Je vous croyais plus têtue que cela, mademoiselle Kowalski…

— Têtue, oui, répondit-elle avec un demi-sourire. Mais pas masochiste.

— Alors ? Est-ce que vous êtes toujours partante ?

— Bien sûr. Je reste persuadée qu'une telle collaboration pourrait s'avérer très productive. Donc, je vous écoute, inspecteur, qu'avez-vous découvert de nouveau ?

— Un cadavre ! Celui d'une femme que nous avons retrouvée dans une poubelle, cette nuit.

— D'accord, dit Nik, qui se demandait quel rapport cela pouvait bien avoir avec leur affaire.

Elle se figea soudain, le cœur battant à tout rompre.

— Ce n'est pas Marilyn, n'est-ce pas ? lâcha-t-elle.

— Non, je vous rassure, répondit vivement Finn. En

revanche, cette femme avait une serviette en papier sur laquelle était inscrit le nom de Marilyn.

— Est-ce que vous avez pu identifier la victime ?

— Pas encore. Mais je dois vous poser la question, Nik : avez-vous la moindre raison de penser que Marilyn puisse être impliquée dans un meurtre ?

Nik ne put s'empêcher de remarquer que, pour la première fois depuis qu'ils se connaissaient, il venait de l'appeler par son prénom.

— Je ne suis pas assez naïve pour ignorer que, dans certaines conditions, des personnes parfaitement recommandables sont capables du pire, répondit-elle. Mais franchement, à moins qu'elle n'y ait été forcée, je doute que Marilyn ait pu commettre un tel acte. Je vous l'ai dit : ça a toujours été quelqu'un de bien…

Elle entendit Finn soupirer.

— Où êtes-vous, en ce moment ? lui demanda-t-elle.

— Toujours à proximité de la scène du crime.

— Où est-ce, exactement ?

— Au croisement de McFadden et Adams.

Nik connaissait bien l'endroit : son restaurant mexicain préféré était situé juste à côté.

— Je vous rejoins tout de suite. Je peux être là d'ici vingt minutes.

Finn hésita durant quelques instants.

— D'accord, soupira-t-il enfin d'une voix presque résignée. Je vous attends. Tâchez de vous dépêcher.

Il fallut à Nik dix-sept minutes pour rejoindre le croisement où il lui avait donné rendez-vous. Elle gara dans un crissement de pneus le coupé sport noir qu'elle conduisait, et Finn ne put réprimer son admiration en la voyant sortir de ce bolide.

Même à cette heure matinale, alors qu'il venait de la tirer du lit sans lui laisser le temps de se préparer, elle était magnifique. Elle n'avait pas pris le temps de se maquiller, et ses longs cheveux blonds retombaient librement sur ses épaules, mais elle lui paraissait plus séduisante encore au naturel.

— Je me demande combien de feux vous avez brûlés, lui dit-il lorsqu'elle l'eut rejoint.

— Aucun, répondit-elle.

Il lui lança un regard ouvertement dubitatif.

— C'est juste une question de timing, ajouta-t-elle. Si vous attendez qu'un feu passe au vert et que vous roulez ensuite à vitesse constante, vous êtes sûr que tous les autres feux seront verts. Évidemment, ça ne marche que s'il n'y a pas de circulation. Mais, à cette heure, ce n'est pas un problème.

Finn ne paraissait toujours pas convaincu.

— C'est mon père qui m'a appris ça, ajouta-t-elle.

— Votre père ?

— Oui. Il a fait partie des informaticiens qui ont mis en place le réseau de gestion automatisé des feux à Aurora.

Finn ne sut que répondre à cela.

— Pouvez-vous me conduire à l'endroit où l'on a retrouvé le corps ? lui demanda Nik sans transition.

— Suivez-moi.

Il la guida jusqu'à la ruelle dans laquelle se trouvait la poubelle où l'on avait découvert le cadavre de la jeune femme.

— Vous m'avez dit qu'elle était en possession d'une serviette avec le nom de Marilyn.

— Il y avait aussi un numéro. Mais nous avons vérifié : il s'agit d'une carte prépayée.

Nik fronça les sourcils. Ce détail n'augurait rien de bon. Si Marilyn n'avait eu aucune intention néfaste, pourquoi se serait-elle servie d'un numéro anonyme plutôt que de son propre numéro de portable ?

— Comment cette femme est-elle morte ? demanda-t-elle, la gorge serrée.

— D'après mon coéquipier, elle a été poignardée en plein cœur.

— Vous n'avez pas vu le corps ?

— Non. Lorsque je suis arrivé, il était déjà parti pour la morgue.

— À quelle heure est-ce que nous pouvons aller le voir ? s'enquit-elle.

Finn hésita. Lorsqu'il avait appelé Nik, il comptait seulement l'informer par courtoisie de l'évolution de son enquête. Mais elle avait décidé de le rejoindre, et il ne s'y était pas opposé. À présent, elle voulait se rendre à la morgue. Était-il vraiment prêt à la laisser prendre une part aussi active dans cette investigation ?

— Nous devons savoir comment elle a été tuée exactement, reprit-elle. Je suppose que transpercer le cœur de quelqu'un d'un coup de couteau demande une certaine force. Il faut également vérifier si le coup a été porté par un gaucher ou un droitier. Avec un peu de chance, le médecin légiste pourra même nous donner une idée de l'angle d'attaque et donc de la taille de l'agresseur…

Finn la considéra avec un brin de surprise.

— Je ne savais pas qu'enquêter pour les assurances requérait de telles notions en matière de criminologie, remarqua-t-il.

Nik haussa modestement les épaules.

— J'ai étudié toutes sortes de sujets, répondit-elle. La criminologie en fait partie.

— Très bien, acquiesça Finn. Je veux bien que vous m'accompagniez à la morgue. Mais, avant cela, il va nous falloir établir un certain nombre de règles.

— Je vous écoute, dit Nik en croisant les bras sur sa poitrine.

— Tout d'abord, je tiens à ce que la situation soit parfaitement claire : nous ne sommes pas sur un pied d'égalité, dans cette enquête. Je suis de la police, et vous intervenez à titre de consultante externe. En cas de désaccord entre nous, vous devrez vous plier à mes décisions - quitte à me faire part de vos réserves en aparté.

— Ne vous en faites pas, Cavanaugh, déclara-t-elle en souriant, j'essayerai de ne pas vous faire perdre la face.

— Ce n'est pas une plaisanterie, protesta-t-il.

— Oh ! mais je n'en doutais pas, rétorqua-t-elle. Je sais que vous êtes quelqu'un de très sérieux - trop sérieux, même, si vous voulez mon avis…

— Vous comptez me psychanalyser, maintenant ?

— Je ne m'y risquerais pas.

— Tant mieux, répondit-il, regrettant une fois de plus de l'avoir appelée.

Tous deux demeurèrent quelques instants silencieux.

— Est-ce que vous êtes réellement amie avec la mère de Marilyn ? lui demanda-t-il enfin.

— Bien sûr ! Pourquoi vous l'aurais-je dit, dans le cas contraire ?

Finn haussa les épaules.

— J'ai remarqué que vous aviez une certaine tendance à l'exagération…

Nik le considéra d'un œil moqueur.

— Vous devez vraiment avoir du mal à travailler en équipe, vous, remarqua-t-elle.

— Que voulez-vous dire ?

— Vous me connaissez à peine et déjà vous me soupçonnez de m'inventer une amitié dans l'espoir de satisfaire je ne sais quelle sombre ambition…

— Je suis vraiment désolé si j'ai pu vous froisser, répondit-il d'un ton ironique.

Rien ne l'avait préparé au sourire radieux qui illumina alors le visage de la jeune femme.

— J'accepte vos excuses, lui dit-elle.

Il la considéra d'un air incrédule.

— Vous, vous n'avez vraiment pas le sens du sarcasme, commenta-t-il.

— Détrompez-vous. J'ai bien compris que vous étiez en train de vous moquer de moi. Mais il faut bien que l'un d'entre nous se conduise en adulte. J'ai simplement préféré prendre votre manque de manières pour une forme de maladresse sociale…

Finn ne put s'empêcher de tiquer. Il n'avait pas l'habitude de se faire moucher de cette façon. Mais, au fond, il devait bien admettre qu'il l'avait probablement mérité. Depuis qu'il l'avait rencontrée, il se montrait envers elle d'une agressivité qui ne lui était pas coutumière.

Il connaissait parfaitement les raisons de cette attitude : il se méfiait de l'indéniable pouvoir de séduction qu'elle exerçait sur lui et faisait tout son possible pour s'y soustraire. Mais ce n'était pas une raison pour se montrer aussi désobligeant.

— Je suis désolé, lui dit-il d'un ton nettement plus sobre.

— Excuses acceptées, répondit-elle gracieusement. Mais pourquoi cette question au sujet de mes relations avec Kim ?

— Est-ce que vous croyez qu'elle serait réveillée, à cette heure ?

— J'en suis sûre.

Finn lui lança un regard étonné.

— Depuis que sa fille a disparu, elle se fait un sang d'encre et elle a beaucoup de mal à dormir, lui expliqua-t-elle.

— Dans ce cas, je crois que nous devrions commencer

par lui rendre une petite visite, déclara-t-il. J'aurais quelques questions à lui poser. Et, de toute façon, le médecin légiste n'aura probablement pas encore toutes les informations qui nous intéressent.

— Si vous pensez que ça peut aider, acquiesça Nik.

— Je vous suis. Évitez juste de rouler à tombeau ouvert...

— Je vous promets que je prendrai tout mon temps, répondit-elle sur un ton de moniteur d'auto-école. Je ne tiens pas à vous perdre.

— Si seulement, murmura-t-il pour lui-même.

— J'ai entendu, s'exclama Nik en riant.

Ils se dirigèrent vers leurs voitures respectives. Tandis que Finn prenait place au volant, il se demanda une fois encore s'il n'avait pas commis une énorme erreur en appelant la jeune femme.

Mais, si elle connaissait Kim Palmer aussi bien qu'elle l'affirmait, elle lui permettrait peut-être d'obtenir des informations que la mère de Marilyn aurait peut-être hésité à confier à un policier.

Finn était suffisamment conscient de ses propres forces et faiblesses pour savoir qu'il n'était pas aussi doué que certains de ses collègues et parents pour les interrogatoires. Il manquait de cette fausse décontraction qui mettait témoins et suspects en confiance et les poussait à parler plus librement qu'ils n'avaient l'intention de le faire.

Nik, au contraire, semblait avoir un don pour les relations humaines. N'était-elle pas venue à bout de ses propres réticences à force d'insistance ?

Finn suivit son coupé, qui se traînait à une vitesse d'escargot. Il était évident qu'elle le faisait exprès. Au bout de quelques minutes, il se résolut à la dépasser. De toute façon, il connaissait l'adresse de Kim Palmer.

Mais Nik ne lui laissa pas le temps de s'éloigner. Accélérant à son tour, elle lui fit une queue de poisson.

Finn dut se faire violence pour résister à l'envie qu'il avait de l'imiter. Il n'était pas d'un naturel particulièrement compétitif, mais il devait bien reconnaître que Nik avait le don de le pousser à bout…

6

Kim Palmer occupait une maison de taille relativement modeste mais qui paraissait soigneusement entretenue. Le petit bout de jardin qui l'entourait était décoré de jolis massifs de fleurs.

Avant même que Nik ou Finn aient eu le temps de sonner, la porte d'entrée s'ouvrit, laissant apparaître une femme d'une quarantaine d'années, de type eurasien aux longs cheveux noirs, qui aurait sans doute pu paraître très séduisante si son visage n'avait pas été ravagé par le chagrin et l'angoisse.

Les cernes qui soulignaient son regard confirmaient que Nik ne s'était pas trompée : elle n'avait pas dû beaucoup se reposer, ces temps-ci. Lorsqu'elle les aperçut, Kim écarquilla les yeux sous l'effet de l'effroi.

— Vous l'avez retrouvée, n'est-ce pas ? demanda-t-elle. Elle est morte…

Sa voix se brisa, et Finn la vit vaciller sur ses jambes. Il eut tout juste le temps de s'élancer vers elle avant qu'elle s'effondre sous le coup de l'émotion.

— Suivez-moi, s'exclama Nik en rejoignant Finn, qui soutenait Kim évanouie. Portons-la jusqu'au salon.

Il hocha la tête et souleva la mère de Marilyn entre ses bras. Elle lui parut étonnamment légère. Emboîtant le pas à Nik, il emmena Kim jusqu'à la pièce principale où il la déposa précautionneusement sur le canapé. Nik glissa un coussin sous la nuque de son amie, puis fit mine de quitter la pièce.

— Où allez-vous ? l'interpella-t-il, surpris.

— À la cuisine, répondit-elle. Je vais chercher un linge humide…

Finn hocha la tête. Revenant auprès de Kim Palmer, il lui prit délicatement le poignet et chercha son pouls. À son grand soulagement, il était fort et régulier. Au moins, elle n'avait pas été victime d'une crise cardiaque.

Quelques instants plus tard, Nik revint avec une serviette mouillée dont elle se servit pour tamponner doucement le front et les tempes de Kim Palmer.

— Kim, réveille-toi, l'encouragea-t-elle. Ouvre les yeux. C'est moi, Nik…

Les paupières de son amie finirent par papillonner doucement avant de s'ouvrir. Dès qu'elle eut repris conscience, elle se redressa vivement sur le canapé et jeta à Nik un regard éperdu d'angoisse.

— Est-ce qu'elle est… ? souffla-t-elle.

— Non, lui assura Nik aussitôt. Elle n'est pas morte.

— En tout cas, nous n'avons pas de raison de le penser, intervint prudemment Finn.

Nik lui jeta un regard mi-sidéré, mi-réprobateur. Il se rendit alors compte que la précision qu'il venait d'apporter n'était peut-être pas très diplomatique. Mais, en tant que policier, il estimait devoir s'en tenir aux faits. Et, de toute évidence, Marilyn Palmer fréquentait un assassin.

Mais Nik préféra détourner le cours de la conversation.

— Une empreinte digitale de Marilyn a été retrouvée à bord d'une voiture volée, expliqua-t-elle.

L'inquiétude qui se lisait sur le visage de Kim s'atténua, remplacée par un mélange de tristesse et de déception.

— Je lui avais bien dit qu'elle devait se méfier de cet homme. Je savais que tout cela finirait mal…

Elle prit la main de Nik et lui lança un regard presque éperdu.

— Pourquoi a-t-elle refusé de m'écouter ? lui demanda-t-elle.

Nik lui décocha un sourire qui se voulait rassurant.

— Parce que les filles de son âge n'écoutent jamais leurs mères, répondit-elle. Elles pensent qu'elles sont parfaitement capables de se débrouiller toutes seules et que leurs parents sont trop vieux pour comprendre ce qu'elles peuvent ressentir…

Kim Palmer poussa un soupir empli de résignation, et Finn songea que cette femme avait dû être bien malmenée par la vie. Elle les fixa tour à tour d'un air incertain.

— Que suis-je censée faire ? s'enquit-elle d'une toute petite voix. Comment puis-je l'aider ?

— En priant pour elle, dit Nik. Et, quand elle rentrera, en la serrant dans tes bras et en lui assurant que tu seras là pour elle, quoi qu'il arrive.

Elle s'était exprimée avec une conviction qui étonna Finn : il paraissait évident que ces mots venaient du fond du cœur.

— Quoi qu'il arrive ? répéta Kim.

— Quoi qu'il arrive, acquiesça Nik. Cela ne veut pas dire pour autant que tu approuves ce qu'elle a pu faire. Juste que tu l'aideras à assumer les conséquences de ses actes, quelles qu'elles puissent être.

Nik jeta un coup d'œil en direction de Finn, surprise qu'il ne cherche pas à la reprendre. Elle était convaincue qu'il ne partageait pas sa vision des choses. À ses yeux, le monde se divisait sans doute en deux catégories parfaitement étanches : les coupables et les innocents. Et, si Marilyn était coupable, elle ne trouverait jamais grâce à ses yeux.

Mais peut-être préférait-il la laisser parler parce qu'il

espérait obtenir plus d'informations de cette façon. Au fond, cela n'avait pas d'importance. Tous deux avaient exactement le même objectif pour le moment : retrouver Marilyn au plus vite.

— Kim, j'aimerais que tu essayes de te souvenir du nom de l'homme avec lequel ta fille sortait. Plus vite nous parviendrons à le localiser, plus vite nous la retrouverons.

— Son prénom commençait par J, répondit Kim. Jim, peut-être, ou James…

Kim se mordilla nerveusement la lèvre inférieure.

— Je ne sais plus, soupira-t-elle. Je ne l'ai jamais vu, et Marilyn ne m'en parlait pas beaucoup. Elle disait que c'était son jardin secret. Je l'ai entendue discuter avec lui une fois ou deux au téléphone. Sans cela, je n'aurais même probablement jamais eu connaissance de son existence.

— Marilyn ne vous a donc jamais dit quel était son nom de famille ? s'enquit alors Finn.

Jusqu'à présent, il était demeuré parfaitement silencieux, et son intervention fit légèrement sursauter l'amie de Nik.

— Non, répondit-elle en l'observant avec curiosité.

— Kim, je te présente l'inspecteur Finley Cavanaugh, lui dit Nik. C'est lui qui est responsable de cette affaire.

— Est-ce que vous pensez que ma fille est en danger, inspecteur ? lui demanda Kim.

Nik se tourna de nouveau vers lui et lui adressa une mise en garde silencieuse. Elle ne voulait pas qu'il perturbe Kim plus qu'elle ne l'était déjà. Mais elle n'était pas certaine qu'il comprendrait le message - ni même qu'il tiendrait compte de cet avertissement, le cas échéant.

— Je crois que plus vite nous la retrouverons et moins elle courra de risques, répondit-il prudemment.

— Est-ce que par hasard tu aurais vu une photo de cet homme ? s'enquit Nik pour faire diversion. Sur le portable de Marilyn, par exemple…

— Non, soupira Kim, qui paraissait plus abattue que jamais. Je vous l'ai dit, elle était très secrète, ces derniers temps… Les choses n'en seraient peut-être pas arrivées là si Frank avait joué son rôle de père. Malheureusement, il n'a jamais été là pour elle…

— Y a-t-il quoi que ce soit dont vous vous souveniez ? demanda Finn. Quelque chose que votre fille aurait pu dire au sujet de son petit ami ? Une conversation que vous auriez pu surprendre ? Un endroit où ils avaient coutume de se retrouver…

Kim secoua la tête, les larmes aux yeux. Elle paraissait totalement désemparée.

— Je ne vois rien, lâcha-t-elle d'une voix tremblante. Elle m'a juste dit qu'il était plus âgé qu'elle mais qu'ils s'aimaient…

— Cela ne fait rien, affirma Finn pour la rassurer. Quelque chose finira peut-être par vous revenir. Si c'est le cas, n'hésitez surtout pas à me contacter à n'importe quelle heure du jour ou de la nuit, ajouta-t-il en lui tendant sa carte de visite.

Kim s'en empara et la considéra d'un air hésitant.

— J'ai déjà le numéro de Nik, remarqua-t-elle.

— Tu peux m'appeler si tu préfères. Mais l'inspecteur Cavanaugh appartient à la police d'Aurora et il a accès à plus de ressources que moi.

— Elle a vraiment des problèmes, n'est-ce pas ? demanda Kim en se tournant vers Finn.

Finn était sur le point de lui répondre, mais Nik préféra prendre les devants, de peur qu'il ne fasse une nouvelle démonstration de son franc-parler habituel.

— Pour le moment, nous n'en savons rien, dit-elle. La seule chose qui compte, c'est de la retrouver au plus vite.

Nik observa son amie d'un air préoccupé. Elle faisait vraiment peine à voir.

— En attendant, je crois vraiment que tu ne devrais pas rester seule, déclara-t-elle. Y a-t-il une amie ou un membre de ta famille qui pourrait venir te tenir compagnie ?

— Je peux appeler ma sœur, acquiesça Kim.

— Tu devrais le faire dès maintenant, lui conseilla Nik. Est-ce que tu veux que nous restions… que je reste ? proposa-t-elle en songeant que Finn ne tenait peut-être pas à jouer les baby-sitters.

Il n'était d'ailleurs pas la personne idéale pour le faire.

— C'est gentil, mais ce n'est pas la peine. Claire n'habite pas très loin d'ici. Tout ira bien, je vous assure.

Comme pour le leur prouver, elle se leva du canapé.

— Appelle-la, insista Nik. Personne ne devrait être seul dans un moment pareil.

Kim hocha la tête et vint serrer affectueusement Nik dans ses bras.

— Merci beaucoup, souffla-t-elle.

À la grande surprise de Finn, elle en fit autant avec lui. Il lui rendit maladroitement son étreinte.

— Merci à tous les deux, leur dit-elle d'une voix tremblante de larmes à peine contenues.

— Il n'y a pas de quoi, répondit Nik. Et surtout, n'oublie pas que tu peux m'appeler quand tu veux. N'hésite surtout pas.

Après avoir pris congé de Kim, ils ressortirent.

— Vous avez l'air d'être sous le choc, remarqua Nik en avisant l'expression désemparée qui se lisait sur le visage de son compagnon.

— C'est vrai, reconnut-il sans détour. D'ordinaire, j'enquête sur des affaires de vol. Je n'ai pas vraiment l'habitude de ce genre de situation…

— C'est ce que j'ai cru comprendre, acquiesça Nik avec un sourire légèrement ironique.

Il lui lança un regard interrogatif.

— À l'avenir, lorsque vous voudrez rassurer une mère, évitez de lui dire que sa fille pourrait très bien être morte…

— C'est pourtant la vérité, objecta-t-il. Rien ne nous dit que ce type n'a pas tué Marilyn.

— Mais rien ne nous permet d'affirmer le contraire, répliqua-t-elle. Et, dans ce cas, il ne sert à rien d'inquiéter inutilement les gens.

— Je vois ce que vous voulez dire, soupira Finn.

— Ne vous en faites pas, lui dit-elle. Vous vous en êtes mieux sorti que je ne l'aurais cru possible. Je pense que votre cas n'est pas totalement désespéré…

— Je ne sais vraiment pas si je dois prendre ça pour une insulte ou pour un compliment.

— Un compliment, bien sûr ! s'exclama-t-elle. Mais je veux bien reconnaître que la formulation pouvait effectivement prêter à confusion.

Elle lui décocha un sourire amusé.

— Ne vous en faites pas, avec le temps vous vous habituerez à ma façon de parler.

— Je ne crois pas que notre collaboration durera assez longtemps pour cela, objecta-t-il.

— Qu'est-ce qui vous fait dire cela ?

Finn haussa les épaules.

— Dès que Seamus reprendra conscience et qu'il pourra témoigner, nous devrions être fixés sur ce qui s'est passé exactement sur ce parking.

— Cela ne nous dira pas forcément comment s'est déroulé le meurtre de cette femme.

— Effectivement, concéda Finn. Mais, une fois la question du vol de voiture résolu, je ne serai probablement pas en charge du reste de l'enquête.

— À moins que les deux crimes ne soient intimement liés, remarqua Nik.

— J'espère que ce ne sera pas le cas. Les affaires de meurtre ne sont pas ma spécialité.

— Je suis sûre que vous ferez de l'excellent boulot quoi qu'il arrive, déclara-t-elle.

— Vous me connaissez à peine, objecta Finn.

— Détrompez-vous. J'ai fait quelques recherches avant de vous approcher. Je sais que vous êtes sorti major de votre promotion à l'académie de police, que vous avez décroché le record du plus grand nombre d'interpellations au cours des trois dernières années, que vous avez déjà reçu deux citations pour des actions d'éclat… Vous êtes un bon flic, Finn. Dans le cas contraire, je n'aurai pas perdu mon temps à vous courir après.

Tandis qu'elle parlait, l'amusement de Finn avait disparu, remplacé par un mélange d'étonnement et de curiosité. Jusqu'à présent, il n'avait pas vraiment pris au sérieux les compétences d'enquêtrice de Nik. Mais il commençait à se demander si sa légèreté apparente et ses perpétuelles plaisanteries ne cachaient pas un esprit nettement plus affûté qu'il n'avait bien voulu le reconnaître.

La présence de la jeune femme s'était avérée précieuse, face à Kim Palmer. Elle avait démontré qu'elle possédait un réel talent pour mener un interrogatoire. Elle savait mettre les gens en confiance et les pousser à se livrer. Pour le moment, ce don ne leur avait pas vraiment permis de faire avancer l'enquête. Mais il pourrait se révéler utile par la suite.

Finn avait pour habitude de ne négliger aucune piste. Il se targuait d'être un investigateur patient et méticuleux. Et, si Nik pouvait constituer un atout pour son enquête, il ne voyait pas de raison de se priver de son aide.

— Nous devrions passer à la morgue, suggéra-t-il. Avec un peu de chance, le médecin légiste aura terminé l'autopsie et pourra nous en dire plus sur les circonstances de la mort.

— D'accord, répondit Nik. Mais que diriez-vous de vous arrêter en route pour prendre un petit déjeuner ? Je n'ai rien avalé, ce matin, et je suis affamée.

— Vous êtes sûre de vouloir manger avant d'aller à la morgue ? s'enquit Finn, dubitatif.

La plupart des gens avaient du mal à supporter la vue d'une autopsie. Même les policiers les plus aguerris se sentaient souvent mal à l'aise en de telles circonstances.

— Oh ! ne vous en faites pas pour moi, s'exclama Nik. Avant de faire des études pour devenir enquêtrice, j'ai fait deux ans de médecine. Je devrais pouvoir tenir le coup.

— Vous êtes pleine de surprises, Kowalski.

— Vous n'avez pas idée, répondit-elle en souriant. Allez, suivez-moi, inspecteur, je connais un sympathique petit restaurant dans le coin qui propose des brunchs délicieux.

7

— Alors ? Qu'est-ce que vous en pensez ? ne put s'empêcher de demander Nik.

Cela faisait quelques minutes que tous deux étaient attablés devant une assiette d'œufs à la ranchero accompagnés d'une épaisse tranche de lard et de petits pains de maïs artisanaux. De tous les petits déjeuners qu'elle avait pu goûter depuis qu'elle avait commencé à fréquenter les restaurants d'Aurora, ceux de Chez Roberto étaient ses préférés.

Tous les gens qu'elle avait amenés là s'étaient régalés et n'avaient pas manqué de faire des commentaires élogieux à propos de cette cuisine simple mais délicieuse. Or, depuis qu'ils étaient arrivés, Finn était demeuré silencieux, plongé dans ses pensées.

— Vous voulez parler de notre affaire ? lui demanda-t-il, arraché à ses réflexions.

— Du repas, objecta-t-elle. Qu'est-ce que vous en dites ?

— C'est bon, répondit-il d'un ton presque surpris, comme s'il ne s'était pas vraiment posé la question jusqu'alors.

Nik le considéra d'un air incrédule. Elle n'avait peut-être jamais rencontré quelqu'un d'aussi différent d'elle. L'inspecteur Finn Cavanaugh était sans doute l'homme le plus consciencieux, le plus appliqué et le plus sérieux qu'elle connaissait.

Elle se demanda avec une pointe d'ironie ce qu'il pouvait bien faire de son temps libre : lire les comptes rendus d'enquête de ses collègues, peut-être, ou des tableaux statistiques concernant la criminalité d'Aurora, ou encore les dernières tendances en matière de jurisprudence pénale…

— Seulement bon ?

— Très bon, précisa-t-il, paraissant enfin prendre conscience de l'endroit où il se trouvait.

— Tant mieux. Je viens ici depuis des années. À l'époque, c'était Roberto qui était en cuisine. Aujourd'hui, c'est son fils qui a pris la relève. Mais toute la famille travaille pour le restaurant. Sa belle-fille tient la comptabilité, et ses petits-enfants servent en salle, le soir…

Finn hocha la tête d'un air absent. Jamais il n'avait rencontré quelqu'un d'aussi bavard que Nik. Et il n'avait pas encore décidé s'il trouvait cela charmant ou agaçant.

— Comment savez-vous toutes ces choses ? lui demanda-t-il.

— Je vous l'ai dit : je mange très souvent ici.

— Je ne parlais pas seulement de ce restaurant mais aussi des feux verts, du magasin dont vous m'avez parlé en venant ici, des relations de Kim Palmer et de sa fille…

Nik haussa les épaules.

— Je ne sais pas, répondit-elle, étonnée par sa question. Je suis curieuse. Je pose des questions.

— À vous entendre, on pourrait croire que tout vous intéresse, remarqua-t-il.

Elle ne voyait toujours pas où il voulait en venir.

— N'est-ce pas votre cas ?

Finn lui lança un regard mi-étonné, mi-amusé.

— Non, bien sûr. À vrai dire, je ne connais personne qui s'intéresse à tout.

— Vous me connaissez, moi, objecta-t-elle en souriant.

— Effectivement… Mais vous êtes probablement la seule.

— Et vous ? À quoi vous intéressez-vous ?

Il hésita quelques instants avant de lui répondre :

— À mon travail, surtout.

Cet aveu ne fit que confirmer ce qu'elle avait déjà deviné.

— Vous ne trouvez pas ça un peu limitatif ?

— Cela me permet de rester concentré sur l'essentiel, répondit-il. De ne pas me perdre dans des considérations inutiles…

Nik secoua doucement la tête.

— Je ne vois pas du tout les choses de la même façon.

— Vraiment ? fit-il d'un ton ironique.

— Vraiment, affirma-t-elle le plus sérieusement du monde. N'avez-vous jamais entendu parler de la sérendipité ? Parfois, des détails qui peuvent paraître anodins et sans importance vous permettent soudain de saisir une réalité fondamentale. C'est de cette façon que se sont opérés des tas de découvertes scientifiques.

— Je doute que l'organisation des cuisines de Chez Roberto vous permette de découvrir une nouvelle théorie de la relativité, railla Finn.

— Peut-être pas, concéda-t-elle en riant. Mais garder un esprit curieux, ouvert et disponible me paraît une qualité fondamentale, pour un enquêteur. Cela permet d'être réceptif aux idées nouvelles, de ne pas être victime de ses propres préconceptions.

— Eh bien, moi, lorsque je travaille, j'ai surtout besoin de me concentrer sur ce que j'ai à faire.

Il s'abstint d'ajouter que la présence de Nik n'était guère propice à cela. Et ce n'était pas uniquement parce qu'elle parlait beaucoup. Le simple fait de la regarder suffisait à le déconcentrer.

À plusieurs reprises, il s'était surpris en train de l'observer à la dérobée, fasciné par l'intelligence qui brillait dans ses yeux, par la sensualité de ses lèvres ou par la charmante fossette que son sourire creusait au creux de sa joue gauche.

Se forçant à ne regarder que son assiette, Finn termina son petit déjeuner.

— Vous ne devriez pas manger aussi vite, lui dit alors Nik. C'est très mauvais pour la digestion.

— Ne vous inquiétez pas pour ça, répondit-il. Cela fait des années que je suis dans la police, et j'ai pris l'habitude d'avaler mes repas en quatrième vitesse à n'importe quelle heure du jour ou de la nuit.

Il reposa ses couverts et avala une dernière gorgée de café.

— Est-ce que vous êtes prête ?

Nik hocha la tête, et tous deux quittèrent leur table pour se diriger vers le bar derrière lequel se tenait Roberto Perez, le propriétaire des lieux.

L'homme ne devait pas mesurer beaucoup plus d'un mètre cinquante et arborait une épaisse moustache et une tignasse de cheveux bouclés qui avaient viré au poivre et sel au cours des dernières années. Depuis qu'elle le connaissait, Nik ne l'avait jamais vu se départir de son sourire étincelant et de son humeur joviale.

— Est-ce que quelque chose n'allait pas ? lui demanda-t-il en jetant un coup d'œil étonné à leur table sur laquelle l'assiette de la jeune femme était encore à moitié pleine.

— Non, c'était parfait, comme d'habitude, lui assura-t-elle. Mais nous sommes très pressés.

— Vous ne voulez pas que je vous prépare un *doggy bag* ?

Nik jeta un coup d'œil à Finn. Avisant l'impatience qui se lisait dans son regard, elle jugea préférable de décliner cette proposition.

— Je suis vraiment désolée, mais le devoir nous appelle, dit-elle à Roberto.

— Je comprends, acquiesça gravement ce dernier.

N'hésitez pas à revenir quand vous aurez un peu plus de temps, tous les deux. Je vous ferai découvrir une de mes spécialités…

— C'est promis, répondit-elle en faisant mine de sortir son portefeuille.

— C'est pour moi, objecta aussitôt Finn en posant deux billets de vingt dollars sur le comptoir.

Il se détourna pour se diriger vers la sortie.

— Vous oubliez votre monnaie, l'interpella Roberto.

— Gardez-la. C'était délicieux.

Le sourire de Roberto s'épanouit encore un peu plus. Nik lui adressa un petit salut de la tête avant de suivre son compagnon à l'extérieur.

— Je me demandais quelque chose, lui dit-il alors. Est-ce que vous essayez de sympathiser avec tous les gens que vous rencontrez ?

Nik considéra sa question durant quelques instants avant de secouer la tête.

— Ce n'est pas quelque chose que je fais consciemment. Cela se produit tout seul. Mais pourquoi cette question ?

— Pour rien, éluda Finn.

— On dirait que cela vous ennuie.

— Pas du tout.

— Vous n'êtes pas jaloux, j'espère ? lui demanda-t-elle, un brin moqueuse. Ce n'est pas si difficile, vous savez : il suffit de poser des questions.

Finn lui lança un regard ouvertement dubitatif.

— Vous n'avez qu'à interroger les gens sur ce qu'ils aiment, sur leur famille, leur travail ou sur leurs loisirs…, précisa-t-elle. Et, si vous les écoutez vraiment, ils se sentent valorisés et vous trouvent sympathique.

— C'est une forme de manipulation, en somme.

— Si vous ne vous intéressez pas réellement à ce qu'ils

sont et à ce qu'ils font, oui. Mais vous l'avez dit vous-même : je m'intéresse à tout - et à tout le monde.

Finn secoua la tête d'un air incrédule.

— Je n'avais encore jamais rencontré quelqu'un comme vous. On dirait un personnage tout droit sorti de *La Mélodie du bonheur*…

— Je prends ça pour un compliment.

— Le contraire m'aurait étonné, répondit Finn sans parvenir à réprimer un sourire.

Nik se prit à espérer que le mur de glace qu'il avait visiblement décidé d'ériger entre eux commençait lentement à se fissurer. Qui sait ? Peut-être parviendrait-elle à le convaincre que collaborer avec elle ne constituait pas une totale perte de temps comme il semblait le penser.

Lorsqu'ils arrivèrent à la morgue, Finn demanda à voir le médecin de garde, le Dr Jonah Grady.

— Vous savez, inspecteur Cavanaugh, je n'ai que deux mains, déclara-t-il d'un ton las en guise de préambule. Pour le moment, j'ai seulement eu le temps de faire une autopsie préliminaire du corps que l'on a retrouvé dans la benne à ordures du restaurant…

Avisant la présence de Nik à ses côtés, le médecin changea brusquement de ton et d'attitude.

— Je suis désolé, dit-il d'un ton nettement plus affable. Je travaille tellement que j'en oublie parfois mes bonnes manières. Je suis le Dr Grady. Je ne crois pas vous avoir rencontrée auparavant…

— Elle ne fait que passer, intervint Finn avec une pointe d'agacement dans la voix. Et la seule chose qui l'intéresse, c'est de connaître l'heure exacte de la mort de cette femme.

La frustration qui se lisait dans le regard de Grady n'échappa pas à Nik. Finn ne semblait pas se rendre compte du fait qu'en adoptant cette attitude revêche il avait peu de chances de se concilier les bonnes grâces du médecin. S'avançant vers ce dernier, elle lui tendit la main.

— Je m'appelle Nik Kowalski, déclara-t-elle.

— Enchanté de faire votre connaissance, mademoiselle Kowalski.

Grady pâlit soudain.

— J'espère que vous n'êtes pas une parente de la victime…, ajouta-t-il.

— Non, je vous rassure. Mais cet assassinat est lié à une affaire sur laquelle nous enquêtons, Finn et moi.

Finn se rembrunit, n'appréciant probablement pas le fait qu'en formulant les choses de cette façon elle se faisait plus ou moins passer pour un membre de la police.

— Je ne savais pas que vous aviez une nouvelle coéquipière, remarqua le médecin en lui lançant un coup d'œil interrogateur.

— C'est assez urgent, déclara Finn. Qu'a révélé l'autopsie préliminaire ?

Ils avaient perdu suffisamment de temps comme cela, et il ne tenait vraiment pas à s'étendre sur la nature exacte de ses relations avec Nik.

— Suivez-moi, soupira Grady.

Ils remontèrent un couloir au sol et aux murs carrelés jusqu'à une pièce au centre de laquelle se trouvait une table métallique. Rabattant le drap qui la recouvrait, Grady révéla le corps blême et dénudé d'une jeune femme.

— Comme vous pouvez le voir, leur dit-il en désignant le thorax de la victime, elle a été poignardée en plein cœur. Les autres blessures indiquent que le tueur l'a frappée à plusieurs reprises avant de porter le coup mortel. La mort est survenue entre minuit et 2 heures du matin.

— La victime a-t-elle été agressée sexuellement ? demanda Nik.

— Non, répondit sans hésiter le médecin. Il n'y a aucune trace de viol. Je ne pense pas non plus qu'il s'agisse d'un vol qui aurait mal tourné.

— Qu'est-ce qui vous fait dire cela ? s'enquit Nik.

— L'arme utilisée par l'attaquant. Il ne s'agissait pas d'un rasoir ou d'un couteau à cran mais d'une lame nettement plus imposante. Un couteau de chasse ou de cuisine, probablement. Celui qui a frappé cherchait délibérément à la tuer.

Finn hocha la tête. C'était effectivement la conclusion à laquelle il était parvenu en voyant le grand nombre d'entailles que présentait le corps.

— Est-ce que vous êtes mariée ? demanda alors Grady à Nik.

Celle-ci ne parut pas s'étonner outre mesure de cette question - ni des circonstances pour le moins inhabituelles dans lesquelles elle lui était posée.

— Fiancée, répondit-elle.

— Aurais-je la moindre chance de vous faire changer d'avis ?

Elle ne se formalisa apparemment pas de cette nouvelle question peu subtile.

— Aucune, désolée, dit-elle en souriant. Mais je suis flattée que vous me le demandiez.

Grady haussa les épaules d'un air fataliste.

— Au moins, j'aurai tenté ma chance, déclara-t-il. Au fait, ajouta-t-il en se tournant vers Finn, le sang de la victime correspond bien à celui qui se trouvait dans la voiture de Seamus Cavanaugh.

— Quel sang ? s'enquit Nik, surprise.

— On a retrouvé du sang dans le coffre de mon grand-oncle, expliqua Finn.

— Vous ne m'en aviez pas parlé, objecta-t-elle.

— Nous pensons qu'on a pu voler la voiture de Seamus

pour transporter le corps. Nous savons que la victime n'a pas été tuée sur place.

— Je vois, acquiesça Nik.

Elle se tourna vers le médecin légiste.

— Merci pour votre aide, docteur. Nous allons vous laisser retourner à votre travail.

Sur ce, elle se dirigea vers la porte. Après avoir adressé un petit salut de la tête à Grady, Finn lui emboîta le pas.

— Je ne savais pas que vous étiez fiancée, remarqua-t-il lorsqu'ils se retrouvèrent dans le couloir.

— Vous ne savez pas grand-chose de moi, répliqua-t-elle.

— C'est vrai, concéda Finn.

Il regretta brusquement de ne pas s'être renseigné un peu plus à son sujet.

— Mais, pour répondre à votre remarque, je ne le suis pas.

Il la considéra avec étonnement.

— Pourtant, vous avez dit au Dr Grady…

— Je lui ai dit ce qu'il fallait pour qu'il n'insiste pas, expliqua-t-elle. C'est l'un des plus vieux subterfuges au monde.

— Sans doute, murmura Finn en s'efforçant d'ignorer le soulagement qu'il éprouvait.

En quoi pouvait-il bien être concerné par le fait qu'elle soit fiancée ? Ou même mariée ? Après tout, il n'avait pas l'intention de sortir avec elle…

— Est-ce que cela change quelque chose pour vous ? lui demanda-t-elle alors.

— Non, répondit-il un peu trop précipitamment. Bien sûr que non… Je voulais juste clarifier la situation, c'est tout…

Elle hocha la tête.

— Et maintenant ? Que faisons-nous ?

— Il faut que j'aille voir Andrew, le fils de Seamus, pour lui confirmer que la voiture de son père a bien été utilisée pour transporter un corps. Seamus devait quitter l'hôpital ce matin et, avec un peu de chance, il pourra me donner quelques détails supplémentaires au sujet de son agresseur. S'il se souvient de son visage, je ferai établir un portrait-robot. Cela nous aidera peut-être à l'identifier.

— Bonne idée, approuva Nik. Allons-y.

— Je ferais mieux d'y aller seul, objecta Finn. Si j'apprends quoi que ce soit, je vous appellerai.

— Ce ne sera pas nécessaire si je viens avec vous, déclara Nik. Nous gagnerons ainsi un temps précieux.

— Ce n'est vraiment pas la peine.

— Franchement, je n'ai rien de mieux à faire, pour le moment, répondit-elle. Et vous avez vu Kim Palmer : la pauvre est au bord de la dépression. Si je ne lui apporte pas très vite des nouvelles encourageantes, elle risque de se laisser sombrer complètement. Idéalement, j'aimerais lui ramener sa fille en personne…

Finn la considéra gravement.

— Vous vous rendez compte que ce ne sera peut-être pas possible, n'est-ce pas ? Marilyn Palmer pourrait bien être complice d'un meurtre. Je vous rappelle que l'on a retrouvé ses empreintes dans la voiture et son nom dans le sac à main de la victime.

— Je sais, concéda Nik. Mais je persiste à croire qu'elle est innocente. Je la connais depuis des années, et elle n'a jamais rien fait de mal.

— Sa mère nous a dit que l'homme qu'elle fréquentait avait une mauvaise influence sur elle.

— Peut-être la retient-il contre son gré, suggéra Nik. Et, même si tel n'est pas le cas, même si elle est vraiment complice, cela signifie au moins qu'elle est toujours vivante. C'est déjà ça, non ?

Finn secoua la tête d'un air incrédule.

— Vous savez que vous êtes vraiment incroyable ?

s'exclama-t-il enfin. Dans votre bouche, même une complicité d'assassinat pourrait passer pour une bonne nouvelle !

— N'hésitez pas à me répéter que je suis incroyable, rétorqua Nik avec un sourire radieux. En attendant, je persiste et signe : à ce stade, Kim n'est même pas certaine que sa fille soit en vie. Lui rapporter la preuve que tel est bien le cas serait déjà une première victoire.

— Sans doute, concéda Finn. Quant à moi, j'espère surtout que nous retrouverons l'assassin avant qu'il ait eu le temps de récidiver…

Nik fronça légèrement les sourcils.

— Vous pensez qu'il va recommencer ?

— Vous avez entendu ce qu'a dit le médecin : il ne s'agit probablement pas d'un vol.

— Ce pourrait être une vengeance personnelle ou un règlement de comptes.

— Souhaitons-le. Mais le fait que l'assassin ait voulu déplacer le corps pour le jeter dans une poubelle ne me dit rien de bon.

— Vous pensez qu'il pourrait s'agir d'une sorte de rituel ? Que nous aurions affaire à un meurtrier compulsif ?

— Espérons que non, murmura Finn.

Mais, au fond de lui, il était déjà presque convaincu que tel était le cas…

8

— Jolie maison, commenta Nik lorsque Finn et elle se garèrent devant le domicile de l'ancien chef de la police. Est-ce que vous venez souvent ici ?

— Régulièrement, acquiesça-t-il. C'est un peu le quartier général des Cavanaugh à Aurora.

Ils descendirent de voiture et gravirent les marches du perron. Finn pressa la sonnette, et tous deux patientèrent durant une dizaine de secondes avant qu'Andrew en personne vienne leur ouvrir.

— Je t'attendais, dit-il à Finn. Entre.

Finn s'exécuta et pénétra dans un grand hall. Déjà, Rose les avait rejoints et elle vint l'embrasser.

— Est-ce que Seamus est en état de parler ? s'enquit-il alors. J'aimerais beaucoup pouvoir prendre sa déposition.

À ces mots, le visage d'Andrew se ferma, trahissant son inquiétude.

— Papa est conscient et lucide, répondit-il. Mais je ne suis pas sûr que tu tires grand-chose de lui, pour le moment.

— Il n'a pas de souvenir de l'agression ? Ce genre d'amnésie passagère est très commune, dans ces circonstances. Mais j'imagine que tu le sais aussi bien que moi…

— Je ne pense pas que ce soit une question d'amnésie, objecta Andrew d'une voix hésitante. Ce serait plutôt une forme de stress post-traumatique.

— Ce type de symptômes n'est généralement que temporaire, dit Finn pour tenter de le rassurer. La plupart du temps, ils finissent par se résorber dans les semaines qui suivent le traumatisme.

— J'espère que tel sera le cas, acquiesça Andrew. Mais je t'avoue que je suis inquiet. Je ne l'ai jamais vu si abattu.

Finn fronça les sourcils. Le choix de cet adjectif lui paraissait effectivement inquiétant. Il avait du mal à imaginer que son grand-oncle puisse être déprimé. Seamus était une véritable force de la nature, toujours plein de vie et d'énergie. Il était doté d'une volonté farouche et d'un caractère bien trempé.

— C'est une réaction parfaitement naturelle, après ce genre d'agression, remarqua alors Nik. Il n'est pas facile de faire face au sentiment d'impuissance que l'on éprouve dans ces moments-là.

Andrew la considéra avec étonnement, semblant seulement prendre conscience de sa présence.

— Andrew, je te présente Nik Kowalski, déclara Finn. Elle est enquêtrice pour une compagnie d'assurances.

— Je ne savais pas que l'assureur de la voiture avait dépêché sa propre enquêtrice, dit Andrew, surpris.

— Nik ne travaille pas pour eux, répondit Finn.

— La fille de l'une de mes amies semble être impliquée dans cette histoire, expliqua Nik. La police a relevé l'une de ses empreintes dans la voiture de votre père. Son nom était également inscrit sur une serviette en papier, dans le sac à main de la victime que l'on a découverte dans la benne à ordures.

— Et votre amie vous a demandé de retrouver sa fille, j'imagine ? s'enquit Andrew.

— C'est exact.

Andrew jeta un regard interrogatif en direction de Finn. Le fait que Nik s'intéresse de très près à cette affaire n'expliquait pas pourquoi il avait accepté de la conduire jusqu'ici.

— L'aide de Nik s'est avérée précieuse, déclara Finn.

La jeune femme lui adressa un regard à la fois étonné et reconnaissant. Elle ne s'était pas attendue à un tel compliment de la part de quelqu'un qui n'avait jusqu'alors collaboré avec elle qu'à contrecœur.

— Très bien, acquiesça Andrew, apparemment satisfait par cette explication. Suivez-moi. Mon père se trouve dans la chambre d'amis du rez-de-chaussée.

Ils lui emboîtèrent le pas. Andrew alla frapper à la porte d'une chambre qui donnait sur le jardin, à l'arrière de la maison. Personne ne répondit, et il recommença.

— Entrez, fit enfin une voix à peine audible.

Andrew ouvrit doucement la porte, révélant une chambre confortable. Un vieil homme était assis sur le lit, le visage tourné vers la fenêtre à travers laquelle on pouvait apercevoir le jardin.

— Papa, Finn est ici, lui annonça Andrew. Il aimerait s'entretenir avec toi, si tu te sens d'attaque.

— Je peux très bien revenir ultérieurement si vous vous sentez fatigué, proposa Finn.

La douceur et la prévenance que Nik perçut dans sa voix, en cet instant, lui confirmèrent qu'elle ne s'était pas trompée à son sujet : il était parfois difficile mais il avait un bon fond.

Seamus haussa les épaules d'un air indifférent.

— Peu importe, répondit-il d'une voix toujours aussi faible. Entre…

Finn sentit sa gorge se serrer. Son grand-oncle faisait vraiment peine à voir. Il paraissait vidé de toute énergie, de toute volonté, aux antipodes de l'homme plein d'allant et de caractère qu'il était en temps normal.

— Il est comme ça depuis qu'il est sorti de l'hôpital,

lui souffla Andrew, à qui la réaction de Finn n'avait pas échappé. Totalement méconnaissable…

Finn jeta un coup d'œil à Rose, qui approuva de la tête. Elle paraissait tout aussi désemparée que son époux.

— Que voulais-tu me demander ? s'enquit Seamus d'un ton las.

Nik s'avança alors et sortit son téléphone portable de sa poche pour faire apparaître une photo de Marilyn Palmer.

— Est-ce que vous avez déjà vu cette femme, monsieur Cavanaugh ?

Seamus lui jeta un regard vaguement étonné. Il ne lui demanda pourtant même pas qui elle était et considéra la photo qu'elle lui montrait d'un air absent.

— Je ne crois pas, marmonna-t-il enfin.

— Est-ce que vous l'avez vue sur le parking, la nuit où vous avez été agressé ? s'enquit-elle en observant avec attention son visage à la recherche du moindre signe révélateur.

— Je ne me souviens plus de rien, soupira Seamus. Pas même du visage de celui qui m'a attaqué… Et franchement, j'aime autant ne rien me rappeler. Tout ce que je veux, c'est pouvoir me reposer…

— Bien sûr, lui dit Nik. Nous repasserons plus tard.

Seamus secoua faiblement la tête.

— C'est inutile, leur assura-t-il. Je ne pourrai pas vous en dire plus.

S'étendant sur son lit, Seamus croisa les mains sur sa poitrine et ferma les yeux, leur indiquant clairement qu'il ne voulait plus être dérangé. Tous quatre quittèrent la pièce sur la pointe des pieds, et Andrew referma doucement la porte derrière eux.

— Pouvez-vous me montrer cette photo ? demanda-t-il à Nik.

Elle hocha la tête et lui tendit son portable.

— Pensez-vous qu'elle soit complice ou victime de l'homme qui a attaqué mon père ?

— J'aimerais croire que Marilyn n'est qu'une victime, soupira Nik.

— Mais ?

— Mais je dois bien reconnaître que les éléments dont nous disposons pour le moment ne plaident pas en sa faveur. D'après sa mère, l'homme avec lequel elle s'est enfuie exerçait sur elle une influence néfaste. Il se peut qu'elle se trouve sous son emprise. Nous ne le saurons que lorsque nous les aurons retrouvés…

— Les caméras de surveillance des environs vous ont-elles permis d'obtenir une photo de l'homme en question ? s'enquit Andrew.

— Les seules images que Valri ait récupérées ne permettent pas de distinguer clairement son visage, répondit Finn. Seamus était garé sur une section du parking très mal éclairée - probablement parce qu'il voulait surveiller discrètement les environs. On voit cependant deux personnes monter à bord de la voiture : une femme qui s'installe au volant et un homme qui prend place du côté passager. Il est impossible de dire s'il la menaçait.

— Qu'en est-il de cette femme que l'on a retrouvée morte, ce matin ?

— C'est bien son sang que l'on a prélevé dans le coffre. Nous pensons que le couple a volé la voiture pour transporter son corps. Nous ignorons en revanche où elle a été tuée.

— Est-ce que tu as lancé un avis de recherche au nom de cette Marilyn Palmer ? demanda Andrew.

— J'espérais pouvoir déterminer son degré d'implication avant de le faire, répondit Finn. Mais, étant donné les circonstances, je vais effectivement en lancer un. Nous ne pouvons nous permettre de perdre plus de temps.

— Je suis d'accord. Quelle que soit la responsabilité de

cette fille, la retrouver devrait nous permettre de remonter rapidement jusqu'à l'agresseur de Seamus.

— Et de l'interpeller avant qu'il commette un nouveau meurtre, ajouta Finn. Car je pense malheureusement qu'il pourrait très bien récidiver dans les jours qui viennent.

Finn expliqua à Andrew ce que le médecin légiste avait découvert.

— Je partage ton analyse, hélas, soupira Andrew lorsqu'il eut terminé son macabre exposé. Il faut lancer cet avis de recherche au plus vite.

— As-tu toujours des contacts au sein de la police criminelle ? s'enquit Finn. Ils pourraient diffuser l'avis de recherche de façon bien plus large que ne le ferait mon service.

— Je m'en occupe, acquiesça Andrew. En attendant, comment comptez-vous procéder, tous les deux ?

Alors même qu'il posait la question, Andrew se rendit compte que Nik avait disparu.

— Où est passée ton amie ? demanda-t-il à Finn.

Ce dernier ne vit pas l'intérêt de préciser que Nik n'était pas son amie.

— Je n'en ai aucune idée, répondit-il en la cherchant vainement des yeux.

Tandis que Finn exposait à Andrew le résultat de leurs investigations, Nik s'était discrètement éclipsée pour retourner jusqu'à la chambre de Seamus. Elle voulait faire une nouvelle tentative pour interroger ce dernier. Elle commença par frapper doucement à sa porte, puis se glissa à l'intérieur sans attendre la réponse.

Seamus ne semblait pas avoir bougé depuis qu'ils l'avaient quitté : il était toujours allongé sur son lit, les mains croisées sur la poitrine.

— Monsieur Cavanaugh, appela-t-elle à mi-voix.

Il ne réagit pas, semblant ne pas même l'avoir entendue.

— Monsieur Cavanaugh, est-ce que je peux entrer ? lui demanda-t-elle.

Les paupières de Seamus s'ouvrirent, et il lança un coup d'œil dans sa direction.

— Vous êtes déjà entrée, lui fit-il remarquer d'un ton toujours aussi las. Qu'est-ce que vous voulez ?

Le père de Nik lui avait toujours dit qu'elle était beaucoup trop sûre d'elle, ce qu'elle avait toujours considéré comme un compliment. Et, chaque fois qu'elle se sentait gagnée par le doute, elle repensait à ce commentaire qui avait le don de lui redonner du courage.

Elle referma la porte derrière elle et se mit à parler en espérant que son récit éveillerait en Seamus l'écho qu'elle espérait.

— Lorsque j'étais petite, mon grand-oncle Walter me faisait l'effet d'être un véritable géant. Il était très grand, avait une carrure impressionnante et une cage thoracique aussi large qu'un tonneau. C'était une véritable force de la nature. Il travaillait comme chef de chantier. J'avais treize ans quand il a eu ce terrible accident. Je ne sais pas ce qui s'est produit exactement, mais il est tombé d'une hauteur de deux étages…

Tout en parlant, Nik s'était légèrement rapprochée de Seamus.

— Les médecins ne pensaient pas qu'il s'en sortirait. Puis ils étaient convaincus qu'il ne remarcherait jamais. Mais il y est parvenu. Ça lui a pris des mois, et il a dû puiser au plus profond de lui-même, mais il a réussi. Ce que nous n'avions pas imaginé, en revanche, c'est que son esprit aurait besoin de beaucoup plus de temps que son corps pour se remettre. Walter estimait qu'il aurait dû anticiper cet accident et l'éviter - que, s'il avait été plus jeune, jamais il n'aurait commis une telle erreur. Il se sentait vieux, inutile et dépassé.

— Je connais cette sensation, acquiesça Seamus d'une voix amère.

— Walter se trompait, mais il lui a fallu longtemps pour s'en rendre compte, pour comprendre qu'il n'était pas inutile, qu'il avait encore beaucoup à offrir.

— Quoi donc ? lui demanda Seamus.

Elle comprit alors qu'elle avait réussi à éveiller son intérêt.

— Ses connaissances et son expérience, répondit-elle. Walter n'était peut-être plus capable d'accomplir lui-même un certain nombre de tâches, mais il pouvait les enseigner à des hommes plus jeunes. Ce n'est que lorsqu'il a cessé de s'apitoyer sur son propre sort qu'il a fini par le comprendre et par imaginer une façon de se reconstruire. Et c'est alors qu'il a eu une révélation.

— Laquelle ? s'enquit Seamus, curieux.

— Il a compris que, si le vieillissement du corps était un phénomène physiologique inexorable, celui de l'esprit, lui, ne dépendait que de la vision que nous avons de nous-mêmes.

Un long silence suivit cette conclusion. Elle espéra qu'elle était parvenue à convaincre Seamus, mais il finit par refermer les yeux.

— Laissez-moi, à présent, lui dit-il. Je suis fatigué.

Elle sentit son cœur se serrer dans sa poitrine.

— Bien, monsieur, répondit-elle avant de se diriger vers la porte.

Elle savait qu'il ne servirait à rien d'insister pour le moment. Mais elle était bien décidée à revenir pour tenter de nouveau sa chance. Comme Finn avait déjà pu le constater, lorsque Nik se mettait une idée en tête, elle n'y renonçait pas facilement. Et elle était convaincue que Seamus Cavanaugh avait besoin d'aide.

En sortant de la chambre du vieil homme, elle tomba nez à nez avec Finn.

— Qu'est-ce que vous faisiez là-dedans ? lui demanda-t-il d'un ton suspicieux.

— Je parlais à votre grand-oncle.

— Je m'en doutais, dit-il d'un ton un peu agacé. Vous pensiez sans doute qu'il vous suffirait de lui faire votre petit numéro de charme pour qu'il vous raconte en détail tout ce qui s'est passé sur le parking l'autre nuit ?

— Pas du tout, rétorqua-t-elle en souriant. J'étais juste en train de lui parler de Walter.

— Qui ça ?

— Walter, répéta-t-elle. C'était l'oncle de mon père. Il travaillait dans le bâtiment jusqu'au jour où il a eu un accident. Il a chuté d'une hauteur de deux étages…

— Laissez-moi deviner, l'interrompit Finn d'un ton sarcastique. Il s'est envolé ?

Nik haussa les épaules.

— Stop ! De toute façon, cette histoire n'est pas faite pour les gens comme vous.

Sur ce, Nik se remit en marche, se laissant guider par les voix d'Andrew et de Rose jusqu'à la cuisine où tous deux étaient en train de discuter. Finn lui emboîta le pas, se demandant ce qu'elle avait bien pu vouloir dire par « des gens comme vous ».

— Est-ce que tout va bien ? lui demanda Andrew, qui devait percevoir la tension entre eux.

— Très bien, répondit Nik en se forçant à lui sourire.

— Voulez-vous manger un morceau avant de repartir ?

— Mon mari se sent toujours coupable lorsque quelqu'un sort de chez lui sans rien avoir avalé, expliqua Rose d'un ton à la fois moqueur et affectueux.

— Peut-être une prochaine fois, répondit Finn. Il est grand temps que nous reprenions notre investigation.

— Vous me tiendrez au courant, n'est-ce pas ? leur demanda Andrew.

— Vous *nous* tiendrez au courant, rectifia Rose. Mon mari a tendance à oublier qu'après toutes ces années je suis presque aussi attachée que lui à ce vieux brigand.

— Si vous l'aimez vraiment, vous devriez éviter de le traiter de vieux, remarqua Nik. C'est justement ce qui le terrifie, en ce moment.

— Je suis désolé, s'excusa Finn. Nik a la fâcheuse habitude de dire tout ce qui lui passe par la tête…

9

— De quel droit vous permettez-vous de donner des conseils à Rose et à Andrew sur la façon dont ils devraient se comporter avec Seamus ? s'exclama Finn lorsqu'ils eurent quitté la maison et qu'ils se trouvèrent hors de portée de voix. Vous n'avez donc vraiment aucun filtre ?

Nik se tourna vers lui et le dévisagea avec étonnement.

— Je cherchais seulement à me rendre utile, répondit-elle.

— Vous connaissez ces gens depuis moins d'une journée et vous vous estimez qualifiée pour leur donner de telles recommandations ? Vous, on peut dire que vous ne manquez vraiment pas d'air…

Nik était d'un naturel patient et compréhensif. Mais, depuis qu'elle le connaissait, Finn ne cessait de l'accabler de reproches et de critiques. Et elle commençait à en avoir plus qu'assez.

— Quel est votre problème, Cavanaugh ? lui demanda-t-elle sèchement.

— Vous, en l'occurrence. Vous vous mêlez de ce qui ne vous regarde pas.

— Je vous rappelle que c'est vous qui m'avez appelée ce matin pour me proposer de me joindre à vous.

— Je ne pensais vraiment pas que vous en profiteriez pour jouer les conseillers familiaux !

Ils furent interrompus par une musique. Nik reconnut

aussitôt le thème de *La Panthère rose*. En voyant Finn sortir son portable, elle comprit qu'il s'agissait de sa sonnerie de téléphone.

— Tu es géniale, Valri ! lança-t-il au bout de quelques instants. Je te dois une fière chandelle… D'accord, tu as raison : je te dois un chandelier tout entier. J'arrive tout de suite.

Il raccrocha et se tourna vers Nik, qui le considérait d'un œil goguenard.

— Qu'est-ce qui vous fait rire ? lui demanda-t-il.

— *La Panthère rose*, répondit-elle.

Il haussa les épaules.

— Ça m'a paru de circonstance, lorsque j'ai été nommé inspecteur, répondit-il.

Jamais Nik ne se serait attendue à le voir faire preuve d'un tel second degré.

— Valri, notre spécialiste en informatique, vient de découvrir l'identité de la victime qu'on a retrouvée cette nuit, lui annonça-t-il.

— Qui est-ce ?

— Une certaine Julie Everett. Valri est en train de rassembler toutes les informations qu'elle peut dénicher à son sujet.

— Excellente nouvelle. Avec un peu de chance, en interrogeant les proches de Julie nous parviendrons à remonter jusqu'à l'homme qui l'a tuée.

— À moins qu'il ne s'agisse d'un tueur compulsif, objecta Finn. Mais, pour le moment, c'est effectivement notre seule piste.

— Je vous accompagne, déclara-t-elle.

Finn haussa les épaules. Au point où ils en étaient, il aurait paru absurde de refuser. Qu'il le veuille ou non, Nik faisait désormais partie intégrante de cette enquête.

Ils regagnèrent donc leurs voitures respectives et

partirent pour le commissariat central. Là, ils se rendirent directement dans l'aile qui abritait les locaux de la police scientifique. En avisant le panneau sur lequel étaient recensés les différents laboratoires, Nik remarqua le nom de famille de Valri.

— Votre spécialiste en informatique est aussi une Cavanaugh ? s'étonna-t-elle. On dirait que vous avez vraiment noyauté la police de la ville !

— Ce n'est pas complètement faux, reconnut Finn avec un demi-sourire. Nous sommes une grande famille, et la majorité d'entre nous travaille dans la police. Dans le cas de Valri, pourtant, rien ne le laissait présager. C'était l'une des personnes les plus gentilles et les plus douces que je connaisse.

— C'était ? répéta Nik, curieuse.

Finn hocha la tête.

— Depuis qu'elle est entrée dans la police, elle s'est endurcie, expliqua-t-il. J'imagine que c'était inévitable.

— J'ai hâte de la rencontrer, en tout cas. Et je vous promets que je me garderai de lui dispenser le moindre conseil.

— À ce propos, lui dit Finn d'un air légèrement embarrassé, je suis désolé pour tout à l'heure. Je n'aurais pas dû réagir de façon aussi épidermique.

— Je ne vous en veux pas, lui assura Nik. Il est parfaitement naturel de prendre la défense de sa famille. Et vous aviez raison : je n'aurais probablement pas dû me mêler de ce qui ne me regardait pas.

Tout en discutant, ils avaient suivi le couloir qui conduisait au bureau de Valri. Finn poussa la porte et entra, suivi de près par Nik. La jeune informaticienne était assise devant une rangée d'écrans qu'elle observait avec attention. Elle était si concentrée qu'elle ne les entendit pas approcher et sursauta violemment lorsque Finn prononça son nom.

— Tu as failli me flanquer une crise cardiaque ! s'exclama-t-elle. Qu'est-ce qui te prend de t'approcher en catimini de cette façon ?

— Je n'ai pas cherché à être discret, objecta-t-il. Mais si tu veux, la prochaine fois, j'apporterai un gong pour signaler mon arrivée.

— Très drôle, répliqua-t-elle.

— J'espère au moins que je ne te dérange pas.

— Si, bien sûr. Tes collègues et toi ne cessez de déverser des tombereaux de nouveaux dossiers sur mon bureau. J'ai de quoi m'occuper au moins jusqu'à Noël ! Peut-être même jusqu'au Noël suivant, à vrai dire…

Valri remarqua alors la présence de Nik qui se tenait légèrement en retrait.

— Il ne me semble pas vous avoir déjà vue, remarqua-t-elle. Vous êtes une nouvelle inspectrice ?

— Juste une consultante externe, répondit Nik. Je m'appelle Nik Kowalski.

Valri serra la main qu'elle lui tendait tout en adressant à Finn un coup d'œil interrogatif. Mais ce dernier ne prit pas la peine de s'expliquer. Il était bien trop impatient d'obtenir des réponses à ses propres questions.

— Alors ? Qu'as-tu découvert au sujet de cette Julie Everett ?

— Qu'elle travaillait pour Hanover & Wallace, répondit Valri.

— Hanover & Wallace ? s'exclama Nik. C'est le cabinet d'expertise comptable dans lequel Marilyn a fait un stage, récemment. Cela pourrait expliquer qu'elle ait donné son numéro de téléphone à cette Julie Everett.

— Sauf que le numéro qu'elle a donné n'était pas le sien, lui rappela Finn. Est-ce que tu as du nouveau, à ce sujet, Valri ?

— Il s'agissait bien d'un numéro correspondant à une

carte prépayée. Tout ce que je peux te dire, c'est qu'elle a été achetée à la gare centrale d'Aurora.

— Est-ce que tu as pu trouver l'adresse de Julie Everett ?

— Bien sûr, répondit Valri en lui tendant une feuille sur laquelle elle l'avait imprimée. Malheureusement, cela ne vous aidera probablement pas beaucoup. Julie était célibataire et vivait seule.

— Nous devrions aller interroger les gens avec qui elle travaillait chez Hanover & Wallace, suggéra Nik. Quelqu'un pourra peut-être nous en dire un peu plus sur ses fréquentations.

— Et sur ses relations avec Marilyn, renchérit Finn. Cela nous permettra peut-être de comprendre pourquoi Julie a été assassinée. Merci pour ces renseignements, ajouta-t-il en se tournant vers Valri. Une fois de plus, ton aide s'est avérée inestimable.

— Ils disent tous ça, répliqua Valri en levant les yeux au ciel. Et pourtant, ce ne sont jamais les techniciens de la police scientifique qui font la une des journaux…

— Si nous parvenons à coincer le salopard qui a agressé Seamus et tué Julie, je te promets de parler de toi aux journalistes, répondit Finn en souriant.

Nik et lui quittèrent le bureau de la jeune femme.

— Vous devriez lui offrir une bonne bouteille, remarqua Nik tandis qu'ils se dirigeaient vers le parking du commissariat. Elle l'a bien méritée.

Finn lui jeta un coup d'œil amusé.

— Vous savez que vous avez raté votre vocation, lui dit-il. Vous auriez dû travailler dans les ressources humaines.

— Je suis bien trop indépendante d'esprit pour ça, objecta Nik.

— C'est ce que j'avais cru remarquer, en effet, acquiesça Finn avec un sourire ironique.

Hanover & Wallace était l'un des cabinets d'expertise comptable les plus réputés d'Aurora. Son siège était situé à proximité de Quail Hill, le quartier le plus méridional de la ville, qui se trouvait être le plus huppé.

— Je me demande toujours qui a les moyens de vivre ici, commenta Finn en désignant les superbes demeures devant lesquelles ils passaient.

— Toutes sortes de gens, répondit Nik. Des hommes d'affaires, des banquiers, des artistes… J'ai traité pas mal de dossiers d'assurance dans le quartier.

— Ce doit être plutôt lucratif, remarqua-t-il.

— Je ne suis pas à plaindre, concéda-t-elle. Mais ne vous faites pas trop d'illusions : dans le petit monde de l'assurance, les enquêteurs ne comptent pas parmi les gens les mieux rémunérés, loin de là.

— J'imagine que, vous non plus, vous n'auriez pas les moyens de vivre par ici.

— Effectivement. Mais je vous avoue que, même si tel était le cas, je ne déménagerais pas. J'adore mon quartier.

— Où habitez-vous, exactement ?

— En centre-ville.

C'était assez vague, mais Finn se garda de lui demander des précisions. Il ne tenait pas à ce qu'elle se méprenne sur les raisons de son intérêt.

Après s'être garés dans le parking souterrain de l'Atwater Building, ils prirent l'ascenseur pour gagner le dernier étage de l'immeuble qu'occupaient les locaux de Hanover & Wallace. Là, ils furent accueillis par Miriam Harris, la réceptionniste, qui paraissait totalement débordée.

— Puis-je savoir avec qui vous avez rendez-vous ? leur demanda-t-elle.

— À vrai dire, nous n'avons pas de rendez-vous, répondit Finn.

— Je suis désolée mais, sans rendez-vous, vous ne pourrez

pas être reçus. En temps normal, l'une de nos assistantes aurait fait le point sur vos besoins pour vous orienter vers la bonne personne. Malheureusement, elle s'est absentée sans prévenir, et c'est un peu le chaos, aujourd'hui…

La voix de la réceptionniste trahissait la tension nerveuse qui l'habitait, et Finn devina que c'était elle qui devait probablement pallier l'absence de sa collègue. Et il paraissait évident que la pression était trop forte pour elle.

— L'assistante dont vous parlez s'appellerait-elle Julie Everett, par hasard ?

Miriam Harris le considéra avec étonnement.

— Vous la connaissez ? demanda-t-elle.

— Pas personnellement, répondit-il. Étiez-vous proche de Mlle Everett ?

— Vous parlez au passé, murmura Miriam, est-ce qu'elle est… ?

Finn hocha la tête.

— Mlle Everett a été assassinée cette nuit.

— Mon Dieu ! balbutia la réceptionniste d'une voix tremblante. Mais comment ? Que lui est-il arrivé ?

— C'est ce que nous essayons de découvrir, lui dit-il en sortant son insigne. Je suis l'inspecteur Cavanaugh, de la police d'Aurora. Et voici l'enquêtrice Kowalski, ajouta-t-il en désignant Nik. Nous aimerions vous poser quelques questions au sujet de Julie.

Miriam le considéra d'un air désemparé.

— Bien sûr, souffla-t-elle. Mais je ne sais pas si je vous serai d'une grande aide. Je ne la connaissais pas très bien.

— Depuis combien de temps travaillait-elle ici ?

— Quatre mois, environ. Elle a été engagée pour remplacer l'une de mes collègues qui est partie en congé maternité. Vous êtes sûr que vous ne vous êtes pas trompé ? Cela paraît tellement incroyable…

Finn sortit son téléphone portable et fit apparaître une

photo qu'il avait prise à la morgue. On ne voyait que le visage de Julie et l'on aurait presque pu croire qu'elle était juste endormie.

— C'est bien elle, lâcha Miriam d'une voix blanche.

Finn fit disparaître le téléphone dans sa poche.

— Est-ce qu'elle était proche de quelqu'un, chez Hanover & Wallace ? lui demanda-t-il.

Miriam secoua la tête.

— J'étais celle qui la voyait le plus, répondit-elle.

— Était-elle compétente ?

La jeune réceptionniste hésita. Il était évident qu'elle ne voulait pas dire du mal d'une morte.

— Disons qu'elle faisait ce qu'on lui demandait et qu'elle s'en tirait tout à fait honorablement. Mais il était évident qu'elle n'était pas très motivée. Je ne peux pas lui en vouloir, d'ailleurs. Son poste n'était que temporaire, et ce n'était pas le plus passionnant du monde. Et puis, Julie était jeune et elle aimait surtout sortir et s'amuser…

— Qu'est-ce qui vous fait dire cela ?

— Elle faisait souvent allusion aux soirées qu'elle passait en boîte de nuit ou dans les bars. D'après ce que j'ai cru comprendre, elle menait une existence assez dissolue.

Miriam s'était exprimée d'une voix égale, mais il était évident qu'elle désapprouvait ce mode de vie.

— Avait-elle un petit ami ?

— Non. Pas de relation régulière, en tout cas. Elle m'a dit une fois qu'elle ne croyait pas à la monogamie.

— Pouvez-vous me dire quand vous l'avez vue pour la dernière fois ?

— Avant-hier soir, répondit Miriam. Elle devait aller dîner au restaurant.

— Vous a-t-elle dit avec qui ?

— Non.

Finn hocha la tête.

— Pouvez-vous me parler de Marilyn Palmer ? lui demanda-t-il alors.

Miriam lui lança un regard étonné.

— La jeune stagiaire qui travaillait ici cet été ?

— Était-elle proche de Julie ?

Miriam réfléchit quelques instants avant de lui répondre :

— Elles s'entendaient bien. Mais je ne crois pas que leurs relations s'étendaient au-delà de leur travail.

— Quand le stage de Marilyn s'est-il terminé ?

— À la mi-septembre. Elle devait retourner à la fac début octobre, je crois.

Finn jeta un coup d'œil interrogatif à Nik, qui confirma d'un hochement de tête.

— Marilyn a-t-elle repris contact avec Julie, par la suite ?

— Je l'ignore. Si tel est le cas, Julie ne m'en a pas parlé. Mais, comme je vous l'ai dit, nous n'étions pas très proches.

— Je vois, acquiesça Finn en tirant une carte de visite de sa poche. Si quoi que ce soit vous revient ou si vous avez des nouvelles de Marilyn, n'hésitez pas à m'appeler.

— C'est promis, déclara Miriam. Est-ce que vous croyez que Marilyn peut avoir un rapport avec la mort de Julie ?

— Nous avons des raisons de le penser, dit-il sobrement.

— Je suis prête à parier qu'elle va vous appeler très bientôt, lança Nik lorsque Finn et elle reprirent l'ascenseur qui menait au parking. Et ce ne sera pas en rapport avec notre enquête…

— Que voulez-vous dire ?

— Vous n'avez pas vu la façon dont elle vous regardait ? C'est ce qu'on appelle se faire dévorer des yeux !

— Vous avez vraiment trop d'imagination.

— C'est vrai, répondit-elle en riant. Mais, dans ce cas

précis, je ne crois pas que mon imagination y soit pour grand-chose. Vous avez un ticket, inspecteur…

Finn haussa les épaules d'un air indifférent.

— Quoi qu'il en soit, cette visite ne nous a pas beaucoup avancés.

— Elle nous a au moins confirmé que Julie et Marilyn se connaissaient, objecta Nik. Il se pourrait qu'elles se soient recroisées dans un bar ou une boîte de nuit que fréquentait Julie. Marilyn lui aura donné son numéro, ce qui expliquerait qu'il soit écrit sur une serviette en papier.

— Reste à savoir si elles avaient bien rendez-vous toutes les deux, avant-hier soir…

— Que suggérez-vous, à présent ?

— Je pense que nous devrions nous séparer pour gagner du temps, répondit-il sans hésiter. De mon côté, je me chargerai de Julie. Je vais aller jeter un coup d'œil à son appartement. Puis j'interrogerai ses parents, ses amis et toutes les personnes qu'elle pouvait fréquenter. Vous ferez de même avec les proches de Marilyn. Quelqu'un, quelque part, sait forcément quelque chose sur ce qui s'est passé avant-hier soir.

— D'accord. Je vous appelle ce soir vers 8 heures pour que nous fassions le point.

À 8 heures précises, le téléphone portable de Finn se mit à sonner. Il écarta le plat de riz cantonais qu'il était en train de manger tout en relisant les notes qu'il avait prises ce jour-là.

— Mademoiselle Kowalski, vous m'avez manqué, dit-il d'une voix narquoise après avoir décroché.

— Nik, rectifia-t-elle.

— J'espère que vous avez eu plus de chance que moi, cet après-midi.

— Vous n'avez rien trouvé ?

— Rien qui fasse avancer notre enquête, j'en ai peur. J'ai fouillé l'appartement de Julie, j'ai parlé avec ses parents, avec ses voisins, avec ses amis… Miriam ne se trompait pas au sujet de Julie. Elle aimait faire la fête et sortait quasiment tous les soirs. Malheureusement, personne n'a pu me dire où elle était avant-hier.

— Elle n'avait pas d'agenda ?

— Peut-être sur son téléphone portable, mais on ne l'a pas retrouvé dans la poubelle, et il n'était pas chez elle non plus.

— Vous avez essayé de l'appeler ?

— À plusieurs reprises. Mais je suis tombé à chaque fois sur la messagerie. Et de votre côté ? Est-ce que vous savez ce que Marilyn a fait de sa soirée avant de se retrouver dans la voiture de Seamus ?

— L'une de ses amies m'a dit qu'elle devait sortir avec son petit ami.

— Est-ce qu'elle vous a donné un nom ? Ou une description physique ?

— Non. Elle n'en savait pas beaucoup plus que Kim à son sujet. Elle m'a juste confirmé qu'il était plus âgé que Marilyn.

Nik ne put réprimer un soupir.

— Nous voilà revenus à la case départ, conclut-elle.

— Pas tout à fait, objecta Finn. Valri continue à passer en revue les vidéos de sécurité collectées aux abords de l'endroit où le corps de Julie a été retrouvé. Le médecin légiste doit également nous faire parvenir les résultats des tests approfondis. Et il n'est pas impossible que Seamus finisse par se rappeler quelque chose.

— Je ne vous aurais jamais imaginé si optimiste, remarqua Nik.

— C'est moins une question d'optimisme que d'expérience, répondit-il. Il ne s'agit plus d'une simple affaire de vol de voiture ou même de disparition inquiétante. Je suis de plus en plus convaincu que nous avons affaire à un tueur compulsif. Et les enquêtes de ce genre se résolvent rarement en l'espace d'une journée.

— Espérons seulement que nous parviendrons à retrouver Marilyn et son petit ami avant que quelqu'un d'autre se fasse tuer…

10

Lorsque Nik fut réveillée en sursaut par son téléphone portable et qu'elle avisa le numéro de Finn qui s'affichait à l'écran, elle eut vaguement l'impression de se retrouver projetée dans le film *Un jour sans fin*. C'était la deuxième fois de suite qu'il l'appelait à l'aube.

— Finn ? Que se passe-t-il ? lui demanda-t-elle d'une voix ensommeillée.

— Votre souhait n'a pas été exaucé, j'en ai peur, répondit-il. On a retrouvé une autre victime.

Ces mots suffirent à dissiper complètement les dernières brumes de sommeil, et elle se redressa sur son lit.

— Déjà ? s'exclama-t-elle, horrifiée.

— J'en ai bien peur, soupira-t-il.

— Est-ce qu'on est sûr qu'il s'agit bien du même tueur ?

— Pas complètement, reconnut-il. Mais, cette fois encore, il s'agit d'une femme jeune et séduisante qui a été poignardée en plein cœur.

— Est-ce que le corps était aussi abandonné dans une poubelle ?

— Non. Mais on l'a retrouvé dans une ruelle du même genre que celle d'hier, derrière un restaurant.

— Quand l'a-t-on découvert ?

— Il y a moins d'une heure. On vient juste de me prévenir, et je suis sur le point de partir pour la scène du crime.

— Je vous rejoins là-bas, déclara Nik. Quel est le nom du restaurant ?

— Rafferty, à l'angle de Main Street et de Jeffery.

Nik jeta un coup d'œil à son réveil.

— J'y serai dans moins d'une demi-heure.

— Je peux passer vous chercher, si vous voulez.

Nik n'aimait pas trop l'idée d'être dépendante du véhicule de Finn. Mais elle sentait bien que sa proposition symbolisait le tournant qu'étaient en train de prendre leurs relations. Non seulement il l'avait appelée, mais de plus il ne cherchait pas à la dissuader de l'accompagner. Au contraire, même, il semblait tenir la chose pour acquise.

— C'est d'accord, répondit-elle.

— Il va d'abord me falloir votre adresse.

Elle la lui donna.

— Nous sommes quasiment voisins, remarqua-t-il. Je serai là d'ici dix minutes.

— Je vous attends.

Tandis qu'elle s'habillait à la hâte, Nik se demanda si elle devait appeler Kim pour la prévenir de ce nouveau développement.

En fin de compte, elle préféra s'en abstenir. Cela n'aurait fait qu'ajouter à l'angoisse qui rongeait son amie. D'autant que rien ne permettait d'affirmer pour le moment que les deux meurtres étaient liés - ni que Marilyn se trouvait mêlée au second.

— C'est décidé, murmura-t-elle en achevant de boutonner son chemisier. Je n'aurai jamais d'enfants. Je crois que je serais tout bonnement incapable de surmonter de telles angoisses…

Évidemment, Nik n'était pas dupe. Alors même qu'elle prononçait ces mots, elle savait en son for intérieur qu'un jour elle aussi voudrait un bébé. Elle aimait beaucoup trop les enfants pour qu'il en aille autrement. Toute la question était de savoir où elle pourrait bien trouver un père à la hauteur.

Comme elle formulait cette question, la sonnette de la porte d'entrée retentit, annonçant l'arrivée de Finn Cavanaugh. Après avoir vérifié qu'elle était présentable, Nik gagna le vestibule et jeta un coup d'œil par l'œilleton pour être certaine que c'était bien l'inspecteur qui se trouvait sur le seuil.

Rassurée sur ce point, elle lui ouvrit.

— Vous êtes venu !

— Bien sûr, répondit-il, visiblement surpris qu'elle ait pu en douter.

Nik ramassa son sac à main et activa l'alarme de l'appartement avant de le rejoindre sur le palier.

— Nous ne pouvons vraiment pas continuer à nous rencontrer de cette façon, lui dit-elle en souriant.

Finn secoua doucement la tête.

— Je ne sais pas comment vous pouvez avoir le cœur à plaisanter à une heure pareille, alors que nous sommes sur le point d'aller voir un cadavre…

— Il me semble justement que c'est dans ces moments-là qu'il est important de garder son sens de l'humour. Sans cela, la vie serait bien trop insoutenable.

Tandis qu'ils descendaient l'escalier de l'immeuble, Finn lui jeta un regard songeur.

— Nous ne sommes vraiment pas sur la même longueur d'onde, tous les deux, remarqua-t-il.

— Je préfère penser que nous sommes complémentaires, vous et moi, répondit-elle.

— Je crois vraiment que je n'ai jamais rencontré quelqu'un d'aussi optimiste.

— Merci !

— Ce n'était pas un compliment.

— Pour vous, peut-être. Mais c'en est un pour moi. Maintenant, parlez-moi plutôt de notre nouvelle victime.

— Ce sont deux agents en patrouille qui ont découvert le corps, lui indiqua Finn. L'un d'eux a tout de suite remarqué les similarités avec celui qui avait été retrouvé la nuit précédente. Il a prévenu le central qui a immédiatement contacté l'inspecteur en charge de l'affaire - moi, en l'occurrence.

— Les similarités en question étant le sexe et l'âge de la victime ainsi que le mode opératoire, un coup de couteau en plein cœur, j'imagine.

— En effet, mais pas seulement : d'après ce que j'ai compris, les deux victimes étaient habillées de la même façon.

— Elles portaient les mêmes vêtements ? s'étonna Nik.

— Le même genre de vêtements, précisa-t-il.

Tout en discutant, ils avaient rejoint la voiture de Finn, qui était garée juste devant l'immeuble de Nik. Tous deux prirent place à bord, et il démarra avant de se diriger vers le centre-ville.

— Elles étaient toutes deux habillées pour sortir, reprit-il. Elles étaient maquillées et portaient des vêtements assez sexy.

— Vous pensez qu'elles avaient toutes deux un rendez-vous amoureux avec le tueur ?

— C'est possible, acquiesça Finn. Ce pourrait être son mode opératoire : leur donner rendez-vous au restaurant ou dans un bar, les faire boire ou les droguer pour éviter qu'elles lui résistent, puis les poignarder en plein cœur. Ça expliquerait que Julie Everett ne se soit quasiment pas défendue.

— Comment le savez-vous ?

— Les blessures se concentraient sur le thorax, et il n'y en avait ni sur les bras ni sur les mains, comme c'est le cas lorsque quelqu'un cherche à se défendre. On n'a pas non plus prélevé de traces de sang ou de tissus sous les ongles, qui auraient pu suggérer des griffures défensives…

— Je vois, acquiesça Nik. Mais, si les choses se sont passées de cette façon, quel est le rôle de Marilyn dans tout ça ?

— Je ne sais pas encore, avoua Finn. Il se peut qu'elle ait été sa première victime, mais que nous ne l'ayons pas encore retrouvée…

Nik ne put réprimer un frisson à cette idée.

— Il est également possible que Marilyn lui serve de complice, ajouta Finn. Peut-être qu'elle l'aide à mettre ces femmes en confiance…

— Je ne peux pas croire ça, protesta Nik. Marilyn est peut-être un peu paumée, comme beaucoup de filles de son âge, mais ce n'est pas une criminelle.

Finn haussa les épaules.

— Je sais que c'est elle que vous cherchez, lui dit-il. Mais, étant donné les circonstances, je vous avoue que ce qui m'importe le plus, c'est de mettre la main sur le meurtrier. Nous aurons tout le temps ensuite de déterminer le rôle qu'a bien pu jouer Marilyn dans cette affaire…

Moins de dix minutes plus tard, ils arrivèrent à proximité de la petite impasse où l'on avait découvert le corps. Nik constata que deux voitures de patrouille se trouvaient déjà sur place. Il y avait aussi le corbillard du coroner et une camionnette de la police scientifique.

— On dirait que la fête bat déjà son plein, commenta-t-elle tandis que tous deux descendaient de voiture.

— Tenez, lui dit Finn en lui tendant une paire de gants en latex. Tâchez de ne rien toucher mais, si vous devez le faire, cela vous évitera de contaminer la scène du crime.

— Ne vous en faites pas, répondit-elle. Ce n'est pas ma première fois.

Finn hocha la tête. Il se demanda de nouveau s'il avait vraiment bien fait de l'amener ici. N'aurait-il pas mieux valu se contenter de l'appeler après coup pour lui faire part de ce qu'ils avaient découvert sur place ?

Pourtant, il sentait confusément que Nik avait raison : d'une certaine façon, tous deux étaient complémentaires. Et le regard souvent décalé de la jeune femme pourrait s'avérer précieux.

Lorsqu'ils franchirent la rubalise qui délimitait la scène de crime, Sean Cavanaugh s'avança à leur rencontre.

— Mademoiselle Kowalski, je ne m'attendais pas à vous voir ici, lui dit-il.

— Si ce meurtre a bien été commis par la même personne que le précédent, alors la fille de mon amie y est indirectement mêlée, j'en ai peur, expliqua-t-elle. Nous essayons de comprendre le rôle qu'elle a pu jouer dans cette histoire.

— Nous ? répéta Sean en haussant un sourcil étonné.

Il se tourna vers Finn et le considéra d'un œil goguenard.

— Je ne savais pas que tu avais décidé de te trouver une coéquipière.

Finn soupira intérieurement. Il aurait dû se douter qu'en invitant Nik à l'accompagner il s'attirerait quelques moqueries de ce genre. Et il savait pertinemment qu'il ne servirait à rien de tenter de se justifier.

— Qu'est-ce que vous avez découvert ? demanda-t-il seulement.

Sean parut hésiter, visiblement très tenté de taquiner son petit-cousin. Mais il dut estimer que le lieu et le moment ne s'y prêtaient guère.

— Le meurtre a été plus brutal que la première fois, indiqua-t-il. Les coups ont été portés avec plus de violence, mais c'est la même arme ou une arme très similaire.

— Est-ce que ces assassinats auraient pu être commis

par une femme ? s'enquit Finn, qui n'avait pas encore totalement écarté l'idée que Marilyn puisse être coupable.

— Très franchement, ça ne m'avait pas traversé l'esprit. Ce n'est pas totalement impossible. Si cette femme se trouvait sous l'emprise d'un accès de rage, peut-être… Mais il aurait fallu que ce soit quelqu'un de très massif ou de particulièrement athlétique.

— Et quelqu'un de cinquante-cinq kilos et de force normale ? demanda-t-il.

— Eh bien, je ne pense pas m'avancer beaucoup en disant que ce serait éminemment improbable.

Finn adressa un coup d'œil à Nik qui hocha imperceptiblement la tête, visiblement rassurée que la fille de son amie soit innocentée.

— Il y a autre chose qui mériterait d'être creusé, reprit alors Sean. La victime, tout comme celle d'hier, ne présente aucune blessure défensive. Il y a donc de fortes chances pour qu'elle ait été droguée.

— C'est ce que j'avais supposé, acquiesça Finn. J'ai demandé un examen toxicologique approfondi et j'en demanderai un pour la nouvelle victime.

— Parfait, approuva Sean.

Il était sur le point de retourner auprès de son équipe lorsqu'il parut se rappeler quelque chose.

— Andrew m'a demandé de te dire qu'il organisait une petite fête pour célébrer le retour de Seamus de l'hôpital.

— Je doute que votre père soit ravi, remarqua Finn. Il ne paraissait pas réellement d'humeur à faire la fête, lorsque nous sommes passés le voir.

— Effectivement, reconnut Sean. Mais Andrew s'est dit que ce serait l'occasion de rassurer tout le monde. Et tu sais comment il est, lorsqu'il se met une idée en tête.

Finn opina du chef.

— Cette fête fera peut-être du bien à Seamus, intervint alors Nik.

Elle savait que Finn n'apprécierait peut-être pas qu'elle se mêle une fois de plus de quelque chose qui ne la regardait pas. Mais elle était convaincue que Seamus était en proie à une forme de dépression post-traumatique. Et une telle fête pouvait très bien lui faire l'effet d'un électrochoc et l'arracher à la dépression qu'il traversait.

— Le fait de se trouver en compagnie de sa famille et des gens qu'il aime et qui l'aiment lui fera peut-être prendre conscience de la chance qu'il a eue, ce soir-là.

— Peut-être, concéda Sean. J'imagine que nous n'avons pas grand-chose à perdre, de toute façon.

— Je t'en prie, ne l'encourage pas à jouer les psys, s'exclama Finn d'un air faussement horrifié.

Sean se fendit d'un sourire malicieux.

— Quelque chose me dit que ton amie n'a pas besoin d'encouragements pour dire ce qu'elle a sur le cœur. Mais ça n'a pas dû déplaire à Andrew. Il a explicitement demandé que tu transmettes son invitation à ton amie qui travaille pour les assurances. J'imagine que c'est de vous qu'il parlait, ajouta-t-il à l'intention de Nik.

Elle hocha la tête. Et, lorsque Sean s'éloigna, elle jeta un coup d'œil malicieux à Finn.

— Vous voyez : Andrew ne m'en a pas voulu.

Finn préféra garder le silence.

— Je serais ravie de participer à cette fête, déclara-t-elle. Et je suis très curieuse de rencontrer les autres membres de la célèbre famille Cavanaugh.

— Sans blague…, marmonna Finn.

Elle le considéra en fronçant très légèrement les sourcils.

— Si vous ne voulez pas que je vienne, dites-le-moi.

— Est-ce que cela vous en dissuaderait ? s'enquit-il.

— Bien sûr ! s'exclama-t-elle, apparemment choquée qu'il puisse penser le contraire.

— Vraiment ? s'étonna-t-il.

— Vraiment. Si vous ne voulez pas que je vienne, je ne m'imposerai pas.

— Pourquoi cela ? lui demanda-t-il, curieux. Vous auriez peur que cela ne mette en péril nos relations de travail ?

— Très franchement, oui, répondit-elle. Si vous décidez brusquement de ne plus me laisser suivre votre enquête, je n'y pourrai pas grand-chose. Or j'ai promis à Kim de faire tout ce qui serait en mon pouvoir pour retrouver sa fille. Je suis parfaitement consciente du fait que cela me serait beaucoup plus difficile sans votre aide.

— Cette affaire vous tient vraiment à cœur, on dirait.

— C'est une question de loyauté envers mon amie, déclara-t-elle. Je ne donne pas ma parole à la légère ; lorsque je le fais, je prends cela très au sérieux. Kim compte sur moi, et je ne la décevrai pas, même si je dois ravaler pour cela la curiosité que m'inspire votre famille.

— Je ne compte pas vous interdire d'assister à cette fête, vous savez, lui dit Finn. C'est Andrew qui vous a invitée, après tout. S'il tient à ce que vous soyez là, je ne vais pas m'y opposer. D'autant qu'il ne manquerait pas de me demander pourquoi vous n'êtes pas venue…

Un large sourire illumina le visage de la jeune femme.

— Formidable ! lança-t-elle. Dans ce cas, c'est entendu : j'y serai. Vers quelle heure vos fêtes de famille commencent-elles ?

— Généralement à l'heure du déjeuner, répondit-il. Et je préfère vous prévenir : elles durent parfois jusqu'à une heure avancée de la nuit. Ceux qui le désirent peuvent même dormir sur place et prendre le petit déjeuner le lendemain.

— On dirait que les Cavanaugh ont le sens de la fête, remarqua Nik.

— En effet, reconnut Finn. Mais trêve de discussions. Nous avons du pain sur la planche.

Avisant le médecin légiste, qui supervisait l'enlèvement du corps, Finn se dirigea vers lui sans attendre.

— Bonjour, docteur, lui dit-il. Inspecteur Finn Cavanaugh, c'est moi qui suis en charge de cette enquête. Je voulais savoir si vous aviez déjà une idée de l'heure du décès.

— Je dirais entre 11 heures du soir et 1 heure du matin, répondit le médecin. Je ne peux pas être beaucoup plus précis tant que je n'aurai pas effectué un examen plus approfondi.

— Cette approximation me convient parfaitement, pour le moment. Je voulais aussi vous demander de réaliser un examen toxicologique.

— Je le fais toujours, lui assura le médecin légiste.

— Je sais. Mais j'aimerais qu'il soit particulièrement approfondi, cette fois-ci.

— Est-ce que vous cherchez quelque chose en particulier ?

— La présence éventuelle de GHB ou de toute autre substance ayant des effets comparables.

— La victime ne semble pas avoir été violée, objecta le médecin.

— Nous pensons que la drogue a peut-être été utilisée pour l'empêcher de se défendre, expliqua Nik.

— Je n'avais pas pensé à cela, mais vous avez raison : ça pourrait expliquer l'absence de coupures sur les avant-bras et sur les mains.

— Quand aurez-vous les résultats ?

— Dès que possible, soupira le médecin légiste avec une pointe d'agacement dans la voix. Mais je préfère vous prévenir : vous n'êtes pas le seul à demander ce genre d'examens, et les ressources du labo sont limitées. Ce n'est pas parce que vous vous appelez Cavanaugh que vous serez forcément servi en premier…

11

— Est-ce que votre nom de famille provoque souvent des réactions aussi épidermiques ? s'enquit Nik lorsque le médecin se fut éloigné.

— Vous l'avez dit vous-même : nous occupons un certain nombre de postes clés au sein de la police d'Aurora. Ce n'est pas forcément du goût de tout le monde.

— Espérons juste que cela ne le pousse pas à négliger ses responsabilités, soupira Nik.

— Oh ! il finira par nous fournir ces résultats. Mais je suis prêt à parier qu'il prendra tout son temps pour cela. Pour me faire l'avocat du diable, je dois bien reconnaître que nos labos scientifiques sont surchargés…

— C'est ce que disait Valri, acquiesça Nik. Mais ça ne l'empêchait pas pour autant de faire son travail.

— Effectivement, concéda Finn.

Elle était très surprise de le voir réagir avec tant de calme et de distance. Jusqu'à présent, il lui avait pourtant semblé être quelqu'un de plutôt impatient.

— Je ne comprends pas comment vous pouvez être aussi calme, lui dit-elle. Des vies sont en jeu !

— Je le sais très bien. Mais je sais aussi que tout le monde n'apprécie pas l'omniprésence des Cavanaugh.

— Justement, ne pourriez-vous pas vous servir de

vos contacts pour accélérer la procédure et obtenir plus rapidement cet examen toxicologique ?

Finn secoua la tête.

— Ce n'est pas la façon dont nous procédons, répondit-il.

Nik comprit qu'il voulait parler de l'ensemble de sa famille. De toute évidence, les Cavanaugh avaient parfaitement conscience des avantages et des passe-droits qu'ils auraient aisément pu obtenir. Le fait qu'ils se refusent à en profiter était tout à leur honneur.

Mais, tout en admirant cette forme d'intégrité, Nik ne pouvait se départir d'une certaine frustration. À sa place, elle ne se serait probablement pas embarrassée de tels principes. La seule chose qui comptait, à ses yeux, c'était de mettre un terme à cette série de meurtres et de réunir Marilyn et sa mère au plus vite.

— Savez-vous à quelle heure ouvre le restaurant ?

— Quel restaurant ?

— Celui derrière lequel nous nous trouvons, répondit-elle en désignant la porte de service située dans l'impasse.

— Vous avez un petit creux ?

— Je ne refuserais pas un bon petit déjeuner, à vrai dire… Mais ce n'est pas la raison première de ma question. Je repensais juste à ce que nous a dit Miriam, hier : Julie avait rendez-vous pour dîner, le soir où elle s'est fait tuer…

— Et vous pensez que c'est à cette occasion que le tueur l'a droguée ? C'est tout à fait possible. Mais l'assassin a transporté son corps après avoir tué Julie. Il a très bien pu faire de même cette nuit.

Nik secoua la tête.

— Je ne suis pas spécialiste en la matière mais, cette fois-ci, il y a beaucoup de sang, dit-elle en désignant la flaque qui maculait le trottoir à l'endroit où l'on avait découvert le corps de la nouvelle victime. Je serais prête à parier que cette fille s'est fait tuer ici même.

Finn observa attentivement la petite ruelle dans laquelle ils se trouvaient. De nuit, personne n'avait de raison de s'y aventurer et, si le meurtre s'était déroulé assez rapidement, il avait très bien pu passer complètement inaperçu.

— Avec un peu de chance, il y a peut-être des caméras de sécurité dans les parages, ajouta Nik. Elles auraient pu filmer le tueur et sa victime avant qu'ils pénètrent dans l'impasse.

— Ça vaut le coup d'essayer, approuva Finn. Après tout, ce n'est malheureusement pas comme si nous avions beaucoup d'autres pistes disponibles, pour le moment.

— Il faudrait aussi pouvoir comparer avec les images des caméras de sécurité qui se trouvaient à proximité de la benne à ordures d'hier.

— Une telle comparaison risque de nous prendre un temps fou, remarqua Finn. Mais je suis d'accord avec vous : si quelqu'un apparaît aux deux endroits, nous tiendrons un suspect…

Les propriétaires des boutiques situées aux alentours de la ruelle ne leur furent malheureusement pas d'une grande aide. La plupart des magasins étaient fermés depuis longtemps, au moment où avait eu lieu le meurtre. Rares étaient ceux qui possédaient des caméras de sécurité, et aucune n'était pointée dans la direction de l'impasse.

Lorsque le restaurant ouvrit vers 11 heures, Max Baldwin, le gérant, les accueillit dans son bureau pour répondre à leurs questions.

— Nous n'avons pas de caméra de sécurité, expliqua-t-il lorsqu'ils l'interrogèrent à ce sujet. Nous ne voulons pas empiéter sur la vie privée de nos clients.

— En tant que citoyen, je ne peux que vous en féliciter, soupira Finn. Mais cela ne va pas nous simplifier la tâche.

Il sortit alors son téléphone portable et le posa sur le bureau devant Baldwin.

— Reconnaissez-vous l'une de ces femmes ? lui demanda-t-il en faisant défiler lentement les photos de Marilyn et des deux victimes.

Baldwin étudia les trois visages et pâlit légèrement.

— Est-ce qu'elles sont mortes ?

— Deux d'entre elles au moins, acquiesça Finn. C'est la raison pour laquelle il est très important que vous répondiez à ma question. À votre connaissance, une ou plusieurs d'entre elles sont-elles venues dîner au restaurant au cours des dernières semaines ?

— Leurs visages ne me disent rien, reconnut Baldwin. Mais cela ne veut pas dire grand-chose. Je passe le plus clair de mon temps en cuisine. Vous devriez poser la question à Henri, le serveur. Lui est au contact direct des clients.

— Où puis-je le joindre ?

— Je peux vous donner son adresse, mais je sais qu'il n'est pas chez lui aujourd'hui.

— Pourquoi donc ?

— Parce qu'il est parti faire du deltaplane dans le désert avec des amis.

Finn nota l'adresse et le numéro de téléphone du serveur, puis Nik et lui quittèrent le restaurant.

— Il n'y a plus qu'à espérer que notre homme ne se casse pas le cou en jouant les écureuils volants, lui dit-elle.

— Croisons les doigts, acquiesça Finn en souriant.

Nik jeta un coup d'œil à sa montre.

— En attendant, déclara-t-elle, j'ai peut-être une idée pour tuer le temps.

— Je vous écoute.

— Nous avons déjà fouillé aux alentours de cette scène de crime et de la première. Mais, à la lueur de nos dernières déductions, je crois que nous devrions également chercher un restaurant qui se trouverait aux environs du parking où la voiture de Seamus a été volée.

— Bonne idée ! acquiesça Finn. Il s'en est servi pour transporter le corps, ce qui signifie qu'elle a été tuée dans ce quartier. Et, s'il invite effectivement ses victimes au restaurant pour les droguer avant de les assassiner, ils ont dû dîner dans les parages… Nik, vous êtes géniale !

Elle sourit modestement, secrètement ravie de lui avoir démontré la valeur ajoutée qu'elle pouvait apporter dans cette enquête. Elle était également convaincue que cette nouvelle piste pouvait se révéler très fructueuse.

— Le fait qu'il ait voulu déplacer le corps est encourageant, reprit-elle. S'il craignait qu'elle ne soit retrouvée sur place, c'est peut-être qu'il a commis une erreur.

— Et l'avantage, renchérit Finn, c'est que dans une zone commerciale comme celle-là il ne doit pas y avoir des dizaines de restaurants ouverts en soirée…

Finn ne s'était pas trompé. La plupart des établissements situés dans le quartier industriel où Seamus avait été agressé ne servaient que le midi. Un seul faisait exception. Installé dans un ancien entrepôt, c'était un endroit à la mode qui proposait une cuisine fusion dans un décor faussement bohème.

Ils décidèrent d'y déjeuner et en profitèrent pour interroger leur serveur.

— J'ai vu cette fille, leur affirma-t-il lorsqu'ils lui montrèrent les photos des deux victimes et de Marilyn.

Il désignait Julie Everett.

— Elle est venue dîner ici récemment, ajouta-t-il.

Finn et Nik échangèrent un regard plein d'espoir. C'était la première piste réellement sérieuse qu'ils tenaient depuis le début de leur enquête.

— Vous souvenez-vous du jour exact où elle est venue manger ici ? s'enquit Finn.

— Désolé, mais tous les services se ressemblent un peu…

— Vous rappelez-vous si elle était seule ?

— Non. Elle était avec un homme…

— Pourriez-vous nous le décrire ?

Le serveur secoua la tête.

— Il était brun, je crois… C'est tout ce que je peux vous dire.

— Pourtant, vous vous souvenez d'elle, remarqua Nik.

— C'est juste parce que je l'ai trouvée vraiment très jolie, expliqua-t-il en lui décochant un sourire un peu gêné.

— Je vois, soupira-t-elle. S'est-il passé quoi que ce soit de particulier, pendant ce dîner ?

— Non… Sauf que quelqu'un les a rejoints, au bout d'un moment.

— Un homme ?

— Une femme. Elle a pris le café avec eux, et ils sont partis tous les trois.

— Était-ce cette fille-là ? s'enquit Finn en lui montrant la photo de Marilyn.

— C'est possible, répondit l'homme en étudiant attentivement le cliché. Mais je n'en suis pas sûr. Elle n'est vraiment pas restée longtemps…

À cet instant, le téléphone portable de Finn se mit à sonner. Le garçon s'écarta discrètement pour qu'il puisse répondre.

— Valri ? fit-il en décrochant. Tu as du nouveau ?

Tandis qu'il écoutait ce que lui disait sa cousine, son expression se fit plus grave.

— C'est compris. Je m'en occupe, conclut-il avant de raccrocher.

Il se tourna alors vers Nik.

— Nous connaissons désormais l'identité de notre seconde victime, déclara-t-il. Theresa Allen, âgée de vingt-deux ans.

— C'est une bonne chose, non ?

— Sauf qu'une fois de plus je vais devoir prévenir ses parents. Et, comme elle vivait encore chez eux à Aurora, contrairement à Julie Everett, il va me falloir leur porter la nouvelle en personne…

— Est-ce qu'ils ont signalé sa disparition ?

— Non. Mais, pour le moment, ils n'ont pas de raison particulière de s'inquiéter : elle n'est probablement partie de chez elle que depuis hier.

Il secoua la tête.

— C'est vraiment la partie de ce travail que j'exècre le plus, soupira-t-il. Il n'y a rien de plus terrible que d'annoncer à des parents la mort de leur enfant.

— Je croyais que vous travailliez sur des affaires de vol, d'ordinaire, remarqua Nik.

— C'est vrai. Et je ne suis pas aussi exposé à ce genre de situation que ceux qui enquêtent sur des meurtres. Mais, dans le cas de cambriolages ou de vols avec violence, il arrive malheureusement que certaines victimes succombent à leurs blessures…

Finn appela le serveur d'un signe de la main et lui demanda de leur apporter l'addition. Il régla par carte, et tous deux quittèrent le restaurant.

— Je vais vous ramener chez vous avant d'aller trouver les Allen, dit-il.

— Je vous accompagne. Un peu de soutien moral ne fera pas de mal.

— Croyez-le ou non, mais je suis formé à ce genre de choses.

— Je ne parlais pas de soutien moral pour les parents de Theresa mais pour vous, objecta-t-elle. Le simple fait d'avoir quelqu'un à vos côtés rendra les choses un petit peu moins difficiles.

Le regard que Finn lui adressa trahissait un mélange de reconnaissance et d'étonnement.

— Rien ne vous oblige à faire ça.

— Je sais, répondit-elle.

Ce soutien le toucha malgré lui. Jusqu'à présent, il n'avait guère donné à Nik de raisons de prendre son parti.

— Merci, lui dit-il gravement.

Le quartier où vivaient les Allen était assez éloigné de celui où ils avaient déjeuné, et il leur fallut près d'une heure pour atteindre la petite maison de banlieue qu'ils habitaient. Nik suivit Finn tandis qu'il gravissait la volée de marches permettant d'accéder au perron. Là, il sonna et attendit.

Quelques instants plus tard, une femme aux longs cheveux blancs tressés et vêtue d'un caftan aux couleurs chatoyantes vint leur ouvrir.

— Puis-je vous aider ? s'enquit-elle avec un grand sourire.

— Madame Allen ? lui demanda Finn.

— C'est moi-même, acquiesça-t-elle.

— Est-ce que votre mari est là ?

Il préférait ne pas avoir à annoncer une telle nouvelle à deux reprises.

— Il est dans le jardin, en train de tailler nos pruniers, répondit Joannie Allen. C'est son passe-temps, depuis qu'il a pris sa retraite…

— Vous devriez peut-être lui demander de nous rejoindre, lui conseilla Finn.

Quelque chose dans sa voix dut mettre la puce à l'oreille de Joannie, car elle fronça légèrement les sourcils.

— Qui êtes-vous, exactement ? lui demanda-t-elle.

Il sortit son badge et le lui tendit.

— Inspecteur Cavanaugh de la police d'Aurora, se présenta-t-il.

À ces mots, Joannie Allen pâlit et écarquilla les yeux sous l'effet de l'angoisse.

— C'est à cause de Theresa, balbutia-t-elle. Elle n'est pas rentrée, cette nuit. Il lui est arrivé quelque chose, n'est-ce pas ?

— Je suis vraiment désolé..., murmura-t-il.

— Non ! s'écria Joannie, qui devait pressentir ce qu'il s'apprêtait à lui dire.

Elle secoua la tête.

— Non, répéta-t-elle.

— Madame Allen...

Il fut interrompu par l'arrivée de Bill Allen, qui observa son épouse d'un air inquiet avant de tourner vers eux un regard accusateur.

— Qu'est-ce que vous lui avez dit ? demanda-t-il sèchement.

— Je suis vraiment navré, monsieur Allen, déclara Finn, la mort dans l'âme. Votre fille a été retrouvée assassinée ce matin.

Le cri inarticulé que poussa Bill Allen poignarda Nik en plein cœur. Jamais encore elle n'avait vu quelqu'un en proie à un tel désarroi. Elle comprit alors que Finn n'avait pas exagéré : jamais dans sa vie elle ne s'était sentie aussi triste et désemparée qu'en cet instant.

12

Lorsqu'ils ressortirent de chez les Allen, quasiment une heure plus tard, Nik était totalement vidée. Cette épreuve avait été plus rude encore que de réconforter Kim, qui était pourtant l'une de ses amies. Au moins, il restait un espoir de retrouver Marilyn saine et sauve.

— Je me suis sentie tellement impuissante, avoua-t-elle à Finn tandis qu'ils prenaient place à bord de leur voiture. Je ne savais vraiment pas quoi leur dire…

— Il n'y a rien à dire, répondit-il. La seule chose que l'on puisse faire, dans ce genre de situation, c'est promettre à la famille que l'on va mettre la main sur le salopard qui a fait ça et l'arrêter. Ça ne leur rendra pas leur fille, bien sûr. Mais il n'y a rien de pire pour des parents que de savoir que celui qui a détruit leur vie est toujours en liberté, susceptible de récidiver à tout moment…

— J'espère que nous pourrons leur apporter rapidement ce réconfort…

— Vous êtes donc décidée à continuer ? lui demanda-t-il.

Elle le considéra avec étonnement.

— Cette discussion aurait pu vous en dissuader, expliqua Finn en haussant les épaules. Après tout, contrairement à moi, rien ne vous oblige à mener cette enquête. Si vous préférez, je pourrais vous tenir régulièrement au courant de son évolution…

— Je vous l'ai dit : j'ai promis à Kim de tout faire pour retrouver Marilyn. Et, à vrai dire, cette discussion n'a fait que renforcer ma motivation : je ne veux pas que nous soyons obligés d'expliquer à d'autres parents que leur fille s'est fait tuer. Nous devons l'arrêter coûte que coûte !

— Nous sommes au moins d'accord là-dessus, acquiesça Finn. Mais, en attendant, il faut que je repasse au commissariat pour faire mon rapport sur ce qui s'est passé aujourd'hui. Je vais vous déposer chez vous au passage.

Nik secoua la tête.

— Si cela ne vous ennuie pas, je préférerais aller au commissariat avec vous. Je pourrai vous aider à rédiger ce rapport.

— Vous êtes vraiment sûre ? lui demanda-t-il. C'est la partie la plus ingrate du métier de policier, vous savez.

D'ordinaire, Finn repoussait au maximum le moment de rédiger ses comptes rendus d'enquête. Mais, cette fois-ci, la gravité des actes perpétrés ne lui laissait guère le choix. Ses supérieurs souhaiteraient être tenus au courant de l'évolution de son enquête.

— On voit que vous n'avez jamais travaillé pour une compagnie d'assurances, répondit-elle en souriant. Vous n'imaginez pas la quantité de rapports que je dois pondre chaque mois ! Je suis une spécialiste en la matière.

— C'est d'accord, dit Finn, un peu surpris par cette généreuse proposition.

Après tout, il ne lui avait guère donné de raisons de lui venir en aide. Mais c'était la deuxième fois de suite qu'elle insistait pour le faire. Ils rentrèrent donc ensemble au commissariat. Là, Finn trouva un bureau disponible où elle pourrait s'installer.

— Vous êtes sûr qu'il est libre ? lui demanda-t-elle en considérant les photos qui étaient disposées dessus. Votre collègue ne risque-t-il pas de revenir à l'improviste ?

— Monroe est en arrêt maladie, en ce moment, répondit-il. Il s'est cassé la jambe et ne reviendra pas avant quelques semaines. Et, le connaissant, je vous assure qu'il ne risque pas de passer pour s'occuper de ses dossiers en souffrance.

— Que lui est-il arrivé ? s'enquit Nik.

— Il était en train de poursuivre à pied un cambrioleur qui s'enfuyait en voiture. Mais, au lieu d'accélérer pour le laisser sur place, l'homme a fait demi-tour et lui a foncé dessus.

Nik fit une petite grimace douloureuse.

— Est-ce qu'il s'est fait percuter ?

— Non. Il a réussi à se jeter de côté à la toute dernière seconde, mais il a trébuché sur une borne d'incendie qu'il n'avait pas vue et est mal retombé. Je ne sais pas comment il s'est débrouillé, mais il a réussi à se casser le fémur !

Nik grimaça de plus belle.

— Ouille !

— Je crois que sur le moment il a utilisé un langage plus fleuri, remarqua Finn en riant.

Il alluma l'ordinateur qui se trouvait sur le bureau et se servit de ses identifiants pour sortir un rapport de police qu'il avait rédigé quelques mois plus tôt.

— Cela devrait vous donner une idée de la forme et du ton que nous employons, expliqua-t-il à Nik. Sur ce modèle, vous pouvez rédiger un rapport sur les différentes démarches que nous avons effectuées, les éléments que nous avons pu réunir et les hypothèses que nous avons commencé à échafauder.

— C'est parti ! lança-t-elle en s'installant dans le fauteuil de Monroe.

Elle se mit aussitôt au travail tandis que Finn se chargeait de rattraper le travail administratif qu'il avait en souffrance.

Les deux jours suivants se révélèrent particulièrement frustrants. Finn avait espéré que les indices matériels récoltés sur les différentes scènes de crime leur fourniraient de nouvelles pistes qu'ils pourraient exploiter mais, à sa grande frustration, il n'en fut rien.

Henri, l'amateur de deltaplane qui travaillait au restaurant près duquel Theresa avait été tuée, se rappelait bien l'avoir vue, le soir du meurtre, mais il leur avait assuré qu'elle y avait dîné seule.

Quant à l'avis de recherche qu'ils avaient lancé pour tenter de mettre la main sur Marilyn, il n'avait toujours donné aucun résultat. La jeune femme paraissait introuvable, ce qui ne pouvait signifier que deux choses : soit elle se cachait, ce qui faisait d'elle une complice du meurtrier, soit elle s'était fait assassiner, elle aussi.

Cette absence de nouvelles ne faisait bien sûr qu'alimenter l'angoisse de Kim Palmer. Nik avait de plus en plus de mal à la convaincre que la situation finirait par s'arranger, et il était évident qu'en dépit de son optimisme naturel elle-même avait à présent du mal à le croire.

Ce que Finn redoutait par-dessus tout finit par se produire : au bout de deux jours, on découvrit une nouvelle victime. Comme les autres, il s'agissait d'une jeune femme d'une vingtaine d'années, et les vêtements qu'elle portait indiquaient qu'elle était sortie pour faire la fête.

Au vu des similitudes avec les autres meurtres, Brian Cavanaugh confia une fois de plus l'enquête à Finn. Mais il lui fit comprendre qu'il allait devoir trouver rapidement des réponses.

L'affaire devenait en effet très sensible : les médias s'en étaient emparés et commençaient à parler de tueur en série, ce qui rendait le maire très nerveux. Il avait déjà fait pression sur le chef de la police pour obtenir rapidement des résultats.

Ce surplus de pression ne contribua guère à améliorer le moral de Finn. Il se sentait frustré et impuissant et il détestait ça. En quittant le bureau de Brian, il retrouva Nik, qui l'attendait en faisant les cent pas dans le couloir.

— Alors ? s'enquit-elle. Qu'est-ce qu'il a dit ?

— Qu'il voulait que je reste sur l'affaire.

— Est-ce qu'il est toujours d'accord pour que je vous seconde ?

Finn hocha la tête.

— À ce propos, il m'a demandé de vous féliciter pour vos rapports d'enquête.

— Très franchement, j'aurais préféré écrire moins et résoudre plus, soupira-t-elle.

— À qui le dites-vous ?

— Est-ce que vous avez eu le rapport du légiste au sujet de la dernière victime ?

— Oui. Sans surprise, il a confirmé que la fille avait été tuée avant les deux premières. Il faut dire que son corps était nettement mieux caché que les deux autres.

— En soit, c'est assez révélateur, murmura Nik d'un air sombre.

Finn l'interrogea du regard. Il avait appris à prêter attention aux intuitions de la jeune femme, qui se révélaient souvent très pertinentes.

— Le tueur a pris soin de dissimuler sa première victime, tellement bien, en fait, que nous ne l'avons retrouvée qu'aujourd'hui. Pour la deuxième, il a volé une voiture et l'a déposée dans une poubelle. Il cherchait juste à l'éloigner de l'endroit où il l'avait tuée. La troisième, il l'a abandonnée sur place sans même prendre la peine de la cacher. Ses crimes sont de moins en moins maîtrisés, ce qui signifie que nous sommes face à une escalade.

— Je suis d'accord, acquiesça Finn. Cette évolution ne présage rien de bon.

— Est-ce qu'elle a été tuée comme les deux autres ?

— D'un coup de couteau en plein cœur, oui.

— Et qu'a donné le test toxicologique ?

— Je ne l'ai pas encore reçu. En revanche, il y a une différence avec les deux autres meurtres. D'après le médecin légiste, cette victime-ci avait le ventre vide. De toute évidence, elle n'avait pas eu droit au dîner préliminaire au restaurant. Vu sa tenue et l'endroit où on l'a retrouvée, le plus probable est que le tueur l'a rencontrée dans une boîte de nuit située à quelques centaines de mètres de là.

— Est-ce qu'ils ont des caméras de surveillance ?

— Cette fois, oui, répondit Finn. Et, par chance, ils ont toujours les images de la nuit du meurtre. En revanche, d'après ce que j'ai compris, elles sont de très mauvaise qualité.

— Je pense que nous devrions quand même les visionner, déclara Nik. Au cas où nous trouverions une image de la victime sortant de la boîte en compagnie de son meurtrier…

— C'est aussi mon avis. Et j'ai déjà réuni une petite équipe pour les dérusher. Si vous voulez, vous pouvez vous joindre à nous.

— Si cela peut aider, j'en serai, acquiesça-t-elle.

L'idée de passer des heures à scruter des images floues et pixélisées ne l'enthousiasmait pas vraiment mais, à ce stade de l'enquête, elle était prête à tout pour la faire avancer.

— Vous ne manquez pas de courage, Nik, déclara Finn en souriant. Je dois au moins vous reconnaître ce mérite.

— Ne me dites pas que c'est le seul, quand même…

Finn la regarda droit dans les yeux.

— Non, répondit-il gravement. Et je crois que vous le savez parfaitement…

Il la vit rougir. Et, pour la première fois depuis qu'il la connaissait, elle ne trouva rien à répondre.

Finn posa sur le bureau de Nik une bouteille d'eau et un tube de comprimés d'aspirine.

— Quelque chose me dit que vous allez en avoir besoin, vous aussi, déclara-t-il.

Elle appuya sur la barre espace pour mettre en pause l'enregistrement qu'elle était en train de visionner et se tourna vers lui.

— Soyez béni, Finley Cavanaugh, s'exclama-t-elle. Vous êtes mon héros !

Elle sortit trois comprimés et les avala avec une gorgée d'eau.

— Euh… Je ne crois pas que vous soyez censée les avaler comme de simples bonbons, objecta Finn.

— Je les ai bien mérités, répliqua-t-elle. J'ai l'impression que quelqu'un est en train de me marteler le crâne de l'intérieur.

— À ce point-là ?

— À ce point-là, affirma-t-elle. J'ai l'impression de voir tout en double.

— Je crois qu'il est temps que vous rentriez chez vous. Vous en avez fait plus qu'assez.

— Mais je n'ai encore rien découvert d'intéressant, protesta-t-elle. Je n'ai même pas encore trouvé d'images de la supposée première victime !

— Pourquoi « supposée » ?

Elle haussa les épaules.

— Rien ne nous dit que la série a commencé avec elle. Il pourrait y avoir d'autres victimes, que nous n'avons pas encore retrouvées ou avec lesquelles nous n'avons pas encore fait le rapprochement.

— C'est vrai, concéda Finn. Nous devrions rechercher les meurtres non résolus présentant un mode opératoire similaire.

— Je m'en occupe, leur dit Valri, à qui leur conversation

n'avait apparemment pas échappé. Vous savez que vous devriez rejoindre les rangs de la police d'Aurora, ajouta-t-elle à l'intention de Nik. Vous avez un excellent instinct.

— Venant d'une Cavanaugh, je ne prends pas le compliment à la légère, répondit Nik en souriant. Mais je ne suis pas sûre que votre cousin apprécierait de me croiser tous les jours au commissariat.

— Je vous croise déjà tous les jours, répliqua Finn. Et je ne m'en porte pas plus mal.

— Finn a toujours eu le chic pour parler aux femmes, commenta Valri en riant. Je crois que ce qu'il essaye de vous dire, en fait, c'est qu'il vous aime bien.

— En tout cas, je ne tiens pas à vous perdre, déclara Finn. Fermez cet ordinateur avant de devenir complètement aveugle. Nous continuerons demain. En attendant, je vous offre un verre chez Malone. Vous l'avez bien mérité.

— Je n'ai rien trouvé, objecta Nik.

— Mais vous nous avez permis d'éliminer des heures d'enregistrements vidéo inutiles. Ce n'est sans doute pas une tâche exaltante, mais elle est nécessaire.

— Si vous le dites, fit Nik d'un ton qui manquait singulièrement de conviction.

Elle marqua le *time code* correspondant au moment où elle avait arrêté la vidéo et éteignit son ordinateur. Lorsqu'elle se leva, elle s'aperçut avec une pointe d'étonnement qu'elle se sentait totalement vidée.

— Je ferais peut-être mieux de rentrer directement à la maison, déclara-t-elle. Je vais prendre ma voiture…

— Vous oubliez que je suis passé vous prendre, ce matin. Votre voiture est toujours garée devant chez vous.

Nik fronça les sourcils, s'efforçant de se rappeler ce qu'elle avait fait le matin même. En vain. Les heures qu'elle avait passées devant l'écran avaient été plus épuisantes encore qu'elle ne l'avait imaginé.

— Dans ce cas, je vous suis, dit-elle à Finn.

— Valri, tu devrais rentrer, toi aussi, conseilla ce dernier à sa cousine.

— Je ne te promets rien, répondit la jeune femme. J'ai des tas de choses à faire - et pas seulement pour vous deux.

— Tâche au moins de ne pas rester toute la nuit ici, pour une fois.

Valri haussa les épaules.

— Ne t'en fais pas pour moi, lui dit-elle. De toute façon, personne ne m'attend à la maison…

13

Lorsque Devin Wilson vit Nik et Finn pénétrer dans la salle principale du Malone, un large sourire se dessina sur ses lèvres.

— Heureux de vous revoir, dit-il à la jeune femme. Que puis-je vous servir ?

— Une vodka orange, s'il vous plaît. Et n'hésitez pas à forcer sur la vodka. J'ai eu une journée difficile et je vous rassure : c'est Finn qui conduit.

— Vodka orange, acquiesça Devin. Cela fait longtemps qu'on ne m'avait pas demandé ça, mais rien ne vaut les classiques, j'imagine. Et toi, Finn, qu'est-ce que je te sers ?

— Une pinte de brune, s'il te plaît.

— C'est comme si c'était fait, déclara Devin. Trouvez-vous une table tranquille, et je vous apporte vos verres.

— Nous ne comptions pas rester très longtemps, objecta Finn.

— La question n'est pas là, trancha Devin d'un ton qui n'admettait pas de réplique. Tout le monde sait qu'une boisson s'apprécie beaucoup plus lorsqu'on est confortablement assis à une table plutôt que juché sur un tabouret de bar. Et c'est beaucoup plus propice à la conversation. Allez vous asseoir, et j'arrive tout de suite.

— C'est bien la première fois que Devin me force à

aller m'asseoir, souffla Finn à Nik lorsque tous deux se furent installés à l'une des tables libres.

— Je crois qu'il voulait nous ménager un peu d'intimité, répondit-elle.

Finn lui lança un regard surpris.

— Pourquoi ? s'enquit-il.

Nik ne put réprimer un petit rire.

— Si je ne commençais pas à bien vous connaître, je pourrais me sentir insultée par votre étonnement, répondit-elle.

Comprenant brusquement où elle voulait en venir, Finn ne put s'empêcher de rougir.

— Il sait que nous travaillons ensemble.

— Nous ne serions sans doute pas le premier couple qu'il ait vu se former au sein des rangs de la police, objecta-t-elle. Et puis, techniquement, je ne suis qu'une consultante externe. D'ailleurs, on ne peut pas reprocher à Devin d'avoir mal interprété nos relations : la dernière fois que nous sommes venus, vous paraissiez sur le point de m'étrangler. Et aujourd'hui vous m'offrez un verre…

— Ce n'est pas…, commença-t-il.

Il s'interrompit et passa nerveusement une main dans ses cheveux.

— Rassurez-vous, dit Nik en posant doucement la main sur son avant-bras. Je sais que vos intentions sont parfaitement innocentes.

Finn hocha la tête. Mais le contact des doigts de la jeune femme éveillait sur sa peau un délicieux frisson qui semblait relativiser quelque peu l'innocence supposée de ses intentions.

Ils furent interrompus par l'arrivée de Devin qui déposa leurs consommations devant eux. Nik retira sa main un peu trop précipitamment, ce que le barman ne manqua pas de remarquer avec une pointe d'amusement. Cette réaction ne faisait sans doute que renforcer son intime conviction.

— Vodka orange pour la jeune fille et bière brune pour le jeune homme. Est-ce qu'il vous faudra autre chose ? Des cacahuètes ? Des chips ? Si vous voulez être plus au calme, vous pouvez vous installer dans l'arrière-salle. Il n'y a personne…

— Est-ce que tous les barmans sont aussi intrusifs ? lui demanda Finn.

Devin fit mine de réfléchir à la question.

— Je crois que c'est une des qualités requises dans cette profession. Il est important de connaître ses clients pour pouvoir satisfaire leurs besoins.

— Je t'assure que nos besoins sont parfaitement satisfaits, répliqua Finn. À moins que vous ne vouliez manger quelque chose, Nik ?

La journée avait été bien remplie, et il ne se rappelait pas l'avoir vue avaler quelque chose depuis le petit déjeuner qu'ils avaient pris ensemble et qui avait été interrompu par la découverte du nouveau corps.

— Mon mal de tête m'a coupé l'appétit, répondit-elle. Je crois que je vais me contenter d'un verre et appeler un taxi.

— Vous avez raison de ne pas le laisser vous raccompagner, déclara Devin avec un sourire malicieux. À votre place, je me méfierais aussi…

— Dis donc, tu n'es pas censé tenir le bar, toi ? lui demanda Finn.

— Au cas où tu ne l'aurais pas remarqué, c'est plutôt calme, ce soir.

— Les gens ont peut-être décidé de déserter ton bar parce qu'ils en avaient assez de tes indiscrétions, répliqua Finn.

— J'ai coutume de dire que le barman fait le même métier qu'un prêtre ou un psychanalyste, mais il est moins culpabilisant que le premier et moins onéreux que le second…

Sur ce, Devin s'éloigna en souriant pour aller s'occuper de l'un de ses clients au bar. Nik le suivit des yeux et le regarda encaisser la commande. En voyant le client tendre sa carte bleue, elle ne put réprimer une exclamation.

— Que se passe-t-il ? s'enquit Finn.

— Les cartes bleues !

Il la considéra d'un air abasourdi, se demandant où elle voulait en venir.

— J'ai payé en liquide, dit-il.

Nik secoua la tête.

— Je ne parlais pas de nos consommations mais de celles du tueur, expliqua-t-elle. Nous devrions demander les reçus des cartes bleues des deux restaurants et de la boîte de nuit pour voir s'il y a un numéro en commun. Si c'est le cas, nous disposerons d'un premier véritable suspect…

— Si j'étais un tueur, je pense que je payerais en cash, objecta Finn.

Sa réponse doucha quelque peu l'enthousiasme de Nik. Elle devait bien reconnaître que la remarque était parfaitement justifiée.

— Cela dit, reprit Finn, je pense que nous devrions tout de même tenter notre chance, au cas où notre homme aurait commis une erreur.

— Vous croyez que c'est possible ? demanda-t-elle d'une voix dubitative.

Finn haussa les épaules.

— Il est évident que ce tueur est un déséquilibré. Et, la dernière fois qu'il a tué quelqu'un, il n'a même pas pris la peine de dissimuler le corps. Alors, oui, pourquoi pas ? Il a très bien pu négliger de prendre une telle précaution. Nous vérifierons cela dès demain. Mais, en attendant, je vais vous ramener chez vous.

— Je peux prendre un taxi.

— Ne vous en faites pas, après une bière je suis parfaitement en état de conduire.

— Ce n'est pas cela, protesta Nik. Mais, vous aussi, vous avez besoin de repos.

— Je n'habite pas très loin de chez vous, et ce ne sera pas un gros détour. Et puis, après la journée que vous avez passée, je vous dois bien ça.

— D'accord, admit-elle avant de vider son verre d'un trait. Allons-y !

Ils se levèrent et quittèrent le bar après avoir adressé un salut de la main à Devin, qui était déjà nettement plus occupé. Une fois dehors, ils constatèrent que le parking s'était bien rempli depuis qu'ils étaient arrivés.

— C'est l'affluence, constata Nik. Devin va être content.

— N'en croyez rien !

— Pourquoi ? Il se plaignait tout à l'heure du fait qu'il n'y avait pas assez de monde.

— Et maintenant, il va se plaindre du fait qu'il y en a trop, dit Finn en souriant. Je connais Devin depuis des années et je peux vous assurer qu'il n'est jamais aussi heureux que lorsqu'il a de quoi se plaindre.

— Ce qui signifie, d'après votre raisonnement, que comme il a toujours de quoi se plaindre il est heureux en permanence, déclara Nik tandis que tous deux prenaient place dans la voiture.

Finn éclata de rire.

— Je vous ai déjà dit que vous étiez la personne la plus optimiste que j'aie jamais rencontrée, Kowalski ? lui demanda-t-il en démarrant.

— Vous ne croyez pas que vous pourriez m'appeler par mon prénom, après tout ce que nous avons traversé ?

Il lui jeta un bref coup d'œil.

— D'accord, lui dit-il. Va pour Nik.

Ils demeurèrent quelques instants silencieux.

— Vous pensiez vraiment ce que vous m'avez dit tout à l'heure ? s'enquit-elle.

— Quoi donc ?

— Au sujet des cartes bleues ? Ce n'était pas juste pour me faire plaisir ?

— Croyez-moi, je n'ai pas pour habitude de mâcher mes mots, particulièrement lorsque des vies sont en jeu. Je pense réellement qu'il y a une petite chance pour que le tueur ait commis une erreur et que nous puissions l'identifier.

— Malheureusement, cela ne nous permettra pas forcément de l'appréhender…

— Qu'est-ce qui vous fait dire cela ?

— Le fait que l'on n'ait toujours pas retrouvé Marilyn alors qu'un avis de recherche à son nom a été lancé depuis plusieurs jours…

Finn s'abstint de lui rappeler que la jeune femme était peut-être déjà morte. Il était convaincu que Nik en avait parfaitement conscience.

Il leur fallut moins de douze minutes pour atteindre l'immeuble dans lequel se trouvait l'appartement de Nik.

— Nous y voilà, lui dit-il. Et juste avant minuit, Cendrillon.

— Zut, répliqua-t-elle. J'aurais donné cher pour voir votre voiture se transformer en citrouille. Vous pouvez me laisser au coin de la rue.

— Il n'en est pas question, protesta-t-il vivement. Je me suis engagé à vous raccompagner jusque chez vous.

— Nous sommes à Aurora, je ne risque rien.

— Allez dire ça aux parents des trois filles qui se trouvent aujourd'hui à la morgue.

Nik lui jeta un regard alarmé.

— Vous ne pensez tout de même pas que le tueur pourrait s'en prendre à moi ? lui demanda-t-elle.

— Je ne compte pas courir le moindre risque. Tant que

vous travaillerez sur cette affaire, vous devrez redoubler de prudence. Et je vous servirai de garde du corps.

Nik ne put réprimer un frisson. Jusqu'ici, étonnamment, l'idée qu'elle-même puisse être en danger ne lui avait pas effleuré l'esprit. Mais le tueur pouvait effectivement la considérer comme une menace. Et, contrairement aux policiers avec lesquels elle travaillait, elle ne portait pas d'arme.

— D'accord ! Je m'en voudrais de décourager vos accès chevaleresques.

Ils sortirent de voiture et se dirigèrent vers l'immeuble.

— Est-ce que vous êtes toujours aussi prévenant ? lui demanda-t-elle, curieuse.

— Mes frères et moi avons été à rude école, répondit-il en souriant. Ma mère a toujours été très à cheval sur les bonnes manières.

— Combien de frères avez-vous ?

— Nous sommes cinq garçons.

— Cinq ? s'exclama-t-elle, sidérée.

— Et une fille, précisa-t-il.

— La pauvre…

— Elle n'est pas à plaindre. Elle a cinq chevaliers servants prêts à voler à son secours.

— C'est bien ce que je disais : la pauvre… Elle doit se sentir complètement étouffée.

— On voit que vous ne la connaissez pas, protesta Finn en riant. Skylar a un sacré tempérament ! À vrai dire, je crois que vous vous entendriez très bien, toutes les deux.

Nik se demanda si elle aurait un jour l'occasion de rencontrer la jeune femme. Continuerait-elle à fréquenter Finn lorsque cette enquête prendrait fin ? Ou bien se perdraient-ils rapidement de vue ? Curieusement, cette perspective l'attristait. En dépit de son caractère parfois revêche, elle en était venue à le trouver plutôt sympathique.

Ils pénétrèrent dans l'immeuble et empruntèrent l'escalier pour accéder au premier étage.

— Nous y voilà, lui annonça-t-elle lorsqu'ils se retrouvèrent face à la porte frappée du numéro 164. Vous pourrez dire à votre mère que vous avez accompli votre devoir.

— J'ai bien peur que ce ne soit impossible, objecta-t-il.

— Pourquoi donc ?

— Parce qu'elle est décédée, il y a cinq ans de cela.

— Oh ! je suis désolée, s'exclama Nik, embarrassée. Je ne savais pas…

— Comment l'auriez-vous pu ? fit-il en haussant les épaules.

Nik s'en voulut brusquement de ne pas s'être plus renseignée sur sa famille. Après tout, ils travaillaient ensemble chaque jour, et elle ignorait quasiment tout de lui. Cela ne lui ressemblait pourtant pas : en bonne enquêtrice, elle avait coutume de s'informer sur tout ce qui touchait son travail de près ou de loin.

Était-ce parce qu'elle avait du mal à ne considérer Finn que comme un simple collègue ?

— En tout cas, je vous remercie pour m'avoir offert un verre, lui dit-elle. Et pour m'avoir raccompagnée jusque chez moi.

— Tout le plaisir était pour moi, répondit-il.

Pourtant, il ne fit pas mine de se détourner.

— Je préférerais vérifier que personne ne s'est introduit dans votre appartement en votre absence, annonça-t-il.

— Vous n'êtes pas sérieux !

— Je vous l'ai dit : je ne compte rien laisser au hasard. La sécurité des gens avec lesquels je travaille est pour moi une priorité.

— Ne me dites pas que vous raccompagnez tous vos collègues chez eux, railla-t-elle.

— Non, reconnut-il. Mais, contrairement à vous, ce sont tous des policiers armés et entraînés.

Nik n'aurait su dire si la prévenance dont il faisait preuve à son égard la touchait ou l'agaçait. Sans doute y avait-il un peu des deux.

— Vous êtes vraiment impossible, Finn Cavanaugh.

— On me le dit souvent, répliqua-t-il en souriant. Mais je ne tiens vraiment pas à ce qu'il vous arrive quoi que ce soit, Nik Kowalski.

L'intensité qui perçait dans sa voix la prit au dépourvu. Levant les yeux, elle croisa le regard de Finn et ne put réprimer un frisson en avisant l'expression qui s'y lisait en cet instant.

14

Le cœur battant, Nik ne parvenait pas à détourner le regard de Finn. Ils étaient si proches l'un de l'autre qu'il n'aurait eu qu'à se pencher vers elle pour l'embrasser. Alors même que cette idée lui traversait l'esprit, elle se demanda avec une pointe de stupeur et d'angoisse ce qui avait bien pu la lui inspirer.

Finn et elle travaillaient ensemble - rien de plus. Et ils étaient aussi différents que le jour et la nuit. Rien ne les prédestinait à sortir ensemble - ni même à se rencontrer. Et pourtant, elle ne pouvait nier l'attirance croissante qu'il exerçait sur elle.

— J'ai très envie de vous embrasser, lui dit-il alors.

Elle avala difficilement sa salive, tiraillée intérieurement entre le désir, la curiosité et l'angoisse. Mais déjà, Finn se penchait vers elle, très lentement, lui laissant tout le temps de reculer ou de le repousser. Rivée sur place, elle n'en fit rien.

Lorsque leurs lèvres se rencontrèrent, elle ne put réprimer un violent frisson qui la traversa de part en part, éveillant au creux de son ventre une chaleur qui se répandit en elle comme une traînée de poudre. Jamais elle n'avait réagi avec une telle intensité à un simple baiser. Malheureusement, Finn y mit fin bien plus vite qu'elle ne l'aurait souhaité.

— Je suis désolé, souffla-t-il. C'était inapproprié…

Elle ne sut que répondre à cela : les policiers n'étaient probablement censés sortir ni avec les consultants ni avec les informateurs qui travaillaient pour eux. Mais elle ne parvenait pas à regretter ce qui venait de se passer et, si Finn l'avait reprise dans ses bras, elle ne lui aurait pas opposé plus de résistance que la première fois - bien au contraire.

— Je pensais que vous ne m'aimiez pas beaucoup, lui dit-elle pour meubler le silence embarrassé qui menaçait de s'éterniser.

— Je crois qu'après ce qui vient de se passer, nous pouvons nous tutoyer, répliqua-t-il avec un demi-sourire. Et, pour répondre à ta question, je reconnais que je n'étais pas très enthousiaste à l'idée de mener cette enquête avec toi, au départ. Mais… Eh bien, disons que tu gagnes à être connue.

Nik ne put s'empêcher de rire.

— Ta cousine Valri a raison : on peut dire que tu sais parler aux femmes, lâcha-t-elle, moqueuse.

— Ce n'est pas ma spécialité, avoua-t-il avec un franc-parler désarmant. Mais tu vois ce que je veux dire…

— Je crois, oui. Et si cela peut te rassurer, Cavanaugh, je pense que, toi aussi, tu gagnes à être connu. On se voit demain ?

Il haussa les épaules.

— Si tu veux. Le bureau de Monroe t'est réservé. On se retrouve directement au poste vers huit heures et demie ?

— Entendu. Bonne nuit, Finn.

— Bonne nuit, Nik.

Il lui adressa un petit signe de la tête et se détourna. Elle était sur le point de refermer la porte derrière lui lorsque le portable de Finn se mit à sonner. Songeant que cet appel tardif avait peut-être un rapport avec leur investigation, elle attendit qu'il décroche.

— Cavanaugh, j'écoute, fit-il.

Il se concentra sur ce que lui disait son interlocuteur.

— Quand est-ce arrivé ? demanda-t-il d'un ton qui ne dit vraiment rien de bon à Nik. Oui, ajouta-t-il au bout d'un moment. J'arrive tout de suite. Envoie-moi l'adresse exacte. Je devrais y être d'ici une vingtaine de minutes. À tout à l'heure.

— Une autre victime ? lui demanda Nik, le cœur au bord des lèvres.

— Une autre victime, lâcha-t-il d'un air sombre.

— J'ai l'impression qu'il y a un nombre anormalement élevé de voitures de police, remarqua Nik en observant attentivement les alentours de la nouvelle scène de crime. Il n'y en avait pas autant, les autres fois.

— Tu ne te trompes pas du tout, lui confirma Finn. Il y a au moins deux fois plus d'agents en uniforme, d'enquêteurs et de membres de la police scientifique que d'habitude. Mais ce n'est pas étonnant : je ne sais pas si tu as eu l'occasion de jeter un coup d'œil à la presse, mais les médias se sont emparés de l'affaire. Ils ont même surnommé notre tueur l'Éventreur d'Aurora.

— Charmant, murmura Nik.

Tous deux descendirent de voiture et se dirigèrent vers le groupe de policiers qui s'activaient sur les lieux. Finn constata alors avec étonnement que Sean se trouvait là, lui aussi. Il n'aurait pourtant pas dû être de service ce soir-là.

— Je me disais bien que tu viendrais, déclara ce dernier. Et je suis heureux de voir que ta charmante acolyte est toujours avec toi.

Il adressa à Nik un sourire qui trahissait son épuisement.

— Je suis vraiment navré de vous revoir une fois de plus en de si tragiques circonstances, lui dit-il.

— À propos de circonstances, intervint Finn, peux-tu nous exposer celles de ce nouveau meurtre ?

— Le mode opératoire est le même que dans les autres cas, répondit Sean. La victime a été poignardée en plein cœur. D'après les premières estimations du coroner, le meurtre a dû être commis il y a six jours.

— Pourquoi ne l'a-t-on pas retrouvée plus tôt ? s'enquit Finn.

— Parce que le corps était nettement mieux caché que les autres. Je vais vous montrer.

Il les guida jusqu'à une clôture en bois couverte de graffitis qui empêchait l'accès à un terrain vague. Plusieurs lattes avaient été arrachées, ménageant un espace par lequel on pouvait traverser en se penchant. Ils suivirent Sean jusqu'à une benne métallique qui contenait des gravats.

À l'intérieur, deux membres de la police scientifiques entouraient le corps sans vie de la victime. Nik ne put réprimer un frisson. Le fait que le tueur abandonne ses victimes dans de tels endroits semblait indiquer qu'il ne les considérait pas beaucoup mieux que de simples déchets.

— Elle paraît plus jeune que les autres, remarqua alors Finn. Est-ce que vous avez déjà pu l'identifier ?

— Pas encore. Elle n'avait pas de papiers sur elle.

Nik s'était rapprochée, elle aussi, pour observer plus attentivement le visage sans vie de la jeune femme. Finn l'entendit alors pousser une exclamation de stupeur.

— Que se passe-t-il ?

— Je crois que je la connais, répondit-elle.

Elle scruta de nouveau le visage et hocha la tête.

— À vrai dire, j'en suis sûre. Et ce n'est pas une bonne nouvelle…

— Que veux-tu dire ? s'enquit Finn.

— Notre victime est Gretchen Heaton, expliqua-t-elle. La fille du sénateur Heaton.

— Tu en es vraiment certaine ?

— Il n'y a aucun doute possible. J'ai lu un article à son sujet dans le supplément du dimanche de mon quotidien, le mois dernier. Elle racontait à quoi ressemblait la vie d'une fille de sénateur - ses responsabilités, ses obligations, la difficulté qu'elle avait à sortir avec des garçons…

— Cela ne devrait pas être difficile à vérifier, opina Sean en sortant son téléphone portable. Mais Nik a raison : si elle ne se trompe pas, ça n'est effectivement pas une bonne nouvelle pour nous. Le chef de la police était déjà sous pression de la part du maire, mais là…

Il s'interrompit et poussa un juron sonore en avisant la photo qui s'était affichée sur l'écran de son portable.

— C'est bien elle.

Finn jeta un coup d'œil à l'image et hocha la tête.

— Bien vu, Nik, lui dit-il. Il y a de fortes chances pour qu'on me retire l'enquête après ça, ajouta-t-il à l'intention de Sean. Mais, avant que ce soit le cas, j'aimerais vraiment que nous tentions le tout pour le tout pour résoudre cette affaire. En revanche, il va me falloir des renforts.

— Tu peux compter sur moi, cela va sans dire, lui assura Nik.

— Qu'est-ce que tu as en tête, exactement ? lui demanda Sean.

— Une comparaison systématique des enregistrements vidéo des différentes scènes de meurtre. Je ne peux pas croire que le tueur ait réussi à les éviter toutes. Il suffit que nous trouvions une seule coïncidence pour relancer l'enquête.

— Je pense aussi que tu devrais interroger le sénateur, suggéra Nik. Nous devons savoir quelles étaient les habitudes de sa fille, qui étaient ses amis, où elle avait l'habitude de sortir… Avec un peu de chance, elle n'était pas seule, le soir où elle a rencontré son meurtrier…

— Vous pensez que le fait que Gretchen soit plus jeune que les victimes suivantes signifie quelque chose ? s'enquit Sean. Aurait-il changé de cible ?

— Je ne crois pas, répondit Finn. Son maquillage s'est estompé au cours de ces derniers jours, mais je suis prêt à parier que ce soir-là il la faisait paraître nettement plus âgée. Et, comme les autres, elle est habillée de façon très provocante. Le tueur se sent peut-être menacé par ce type de sensualité affirmée. Ou alors, c'est un puritain qui ne supporte pas ce qu'il considère comme une forme de dépravation.

— Il peut également s'agir d'une vengeance, suggéra Nik. Ce type de femme évoque peut-être pour lui quelqu'un qu'il a connu et qui lui a fait du mal - une petite amie, une sœur ou bien encore sa mère.

— Possible, concéda Finn. Mais rien ne le prouve, pour le moment. Et je crois que nous devrions nous en tenir exclusivement aux faits.

— Je suis d'accord, acquiesça-t-elle. Je ne faisais que réfléchir à voix haute…

Elle s'apprêtait à poursuivre lorsqu'ils furent interrompus par un tumulte qui provenait de l'autre côté de la palissade. Quelques instants plus tard, ils virent passer par l'ouverture un homme aux cheveux gris vêtu d'un élégant complet gris. Nik reconnut aussitôt le sénateur Heaton. Il était suivi de près par un homme à la silhouette athlétique sanglé dans un costume sombre, probablement son garde du corps.

Sean et Finn s'avancèrent aussitôt pour tenter de l'intercepter avant qu'il s'approche de la benne.

— Est-ce que c'est vrai ? s'exclama le sénateur d'une voix déchirante. Où est-elle ? Où est ma fille ?

Nik avisa la détresse qui se lisait dans son regard et sentit son cœur se serrer dans sa poitrine. Elle n'osait imaginer ce que cet homme pouvait ressentir en cet instant.

— Sénateur, intervint Finn, je ne pense pas que vous devriez la voir comme cela.

Mais Heaton ne se laissa pas décourager par cette mise en garde et, sous le coup de l'angoisse qui l'étreignait, il écarta violemment Finn de son chemin pour pouvoir accéder à la benne. Là, il tomba en arrêt devant le corps sans vie de sa fille et laissa échapper un hurlement inarticulé qui glaça le sang de Nik.

Durant de longues secondes, il demeura parfaitement immobile, les yeux rivés sur le visage de son enfant. Ses traits semblaient figés, et il était d'une pâleur effrayante. Puis, lentement, il se tourna vers Finn et Sean qu'il fusilla du regard comme s'il les tenait pour responsables de ce qui s'était passé.

— Qui a fait ça ? s'exclama-t-il.

— C'est ce que nous essayons de découvrir, lui dit Finn.

— Ce n'est pas suffisant ! protesta Heaton. Je veux que vous coinciez ce salopard. Je veux qu'il paye pour ce qu'il a fait !

La voix du sénateur se brisa, et les sanglots qu'il s'était efforcé de contenir le submergèrent soudain.

— L'inspecteur Cavanaugh fait tout ce qui est en son pouvoir pour identifier l'assassin de ces jeunes femmes, intervint Nik d'une voix très douce. Et je vous promets que ni lui ni l'équipe qui travaille à ses côtés ne relâcheront leurs efforts tant que cet homme ne sera pas sous les verrous. Ses crimes ne resteront pas impunis, et il en répondra devant un tribunal. Je vous en fais le serment !

15

La promesse de Nik avait semblé redonner un peu de courage au sénateur. Malheureusement, Finn savait à quel point elle était inconsidérée. Même en faisant preuve de la meilleure volonté du monde, certains crimes demeuraient impunis, et certains assassins parvenaient à échapper à la justice.

Ne voulant pas laisser la jeune femme prendre des engagements qu'ils seraient incapables de tenir, il s'avança vers Heaton.

— Sénateur, lui dit-il, je n'ose imaginer ce que vous pouvez ressentir en ce moment. Mais, lorsque vous vous sentirez prêt, j'aimerais vous poser quelques questions au sujet de votre fille.

— Quel genre de questions ? s'enquit Heaton d'un ton suspicieux.

Il était évident qu'il ne comptait pas le laisser dire du mal de sa défunte fille. Mais cette attitude tendait justement à indiquer que celle-ci n'était peut-être pas totalement irréprochable.

— Seriez-vous en train de suggérer que ma fille est d'une quelconque façon responsable de ce qui lui est arrivé ? reprit le sénateur d'une voix sourde.

— Je vous assure qu'il n'en est rien, intervint de nouveau Nik d'un ton conciliant. Nous cherchons juste à comprendre où elle a pu se rendre et qui elle a pu rencontrer le soir où elle s'est fait tuer.

— Monsieur le sénateur est sous le choc, déclara alors le garde du corps. Ces questions peuvent peut-être attendre demain matin, inspecteur…

— Certainement, acquiesça Finn à regret.

Il aurait préféré obtenir ce témoignage le plus rapidement possible pour pouvoir se mettre à l'œuvre à la première heure. Mais il comprenait parfaitement que Heaton ne se sente pas en état de répondre à un tel interrogatoire pour le moment.

— Je vais vous ramener à la maison, sénateur, proposa le garde du corps.

— À la maison ? répéta Heaton d'un ton éperdu. Que voulez-vous que j'y fasse ?

La détresse de cet homme d'ordinaire si sûr de lui émut Nik. Elle aurait voulu pouvoir faire quelque chose pour lui, mais savait que seul le temps pourrait atténuer la souffrance qu'il éprouvait.

— Venez, monsieur, murmura le garde du corps en posant une main sur l'épaule de son employeur. Je vous raccompagne.

Vaincu, Heaton hocha la tête et se détourna. D'une démarche de somnambule, il se laissa guider jusqu'à la clôture. Lorsque les deux hommes eurent disparu, Finn se tourna de nouveau vers la benne.

Après avoir photographié la scène de crime et relevé tous les indices qui pourraient leur être utiles, les hommes du coroner avaient placé le corps de Gretchen Heaton dans un sac mortuaire.

— La scène de crime présentait-elle des spécificités qui pourraient nous éclairer ? s'enquit Finn.

Sean secoua la tête.

— En dehors de l'âge de la victime, rien ne m'a paru

différent. J'imagine que le fait qu'elle soit la fille d'un sénateur est un simple accident.

— Peut-être pas, objecta Finn. Je pense que nous devrions étudier plus attentivement les profils des victimes pour tenter de déterminer s'il existe un lien entre elles. Je vais charger une équipe de passer au crible leurs réseaux sociaux pour voir si elles avaient des fréquentations ou des habitudes communes. Cela pourrait nous aider à comprendre comment le tueur les a choisies.

— Bonne idée, acquiesça Sean. C'est effectivement un angle que nous n'avons pas encore suffisamment creusé.

— De ton côté, appelle-moi dès que le médecin légiste aura déterminé le jour et l'heure exacts de la mort.

— Tu peux compter sur moi.

Contrairement aux victimes précédentes, Gretchen Heaton cultivait ses réseaux sociaux. Elle postait régulièrement des photos, des vidéos et des commentaires. Mises bout à bout, ces informations fragmentaires offraient aux enquêteurs un très bon aperçu de la vie de la jeune femme.

De toute évidence, Gretchen aimait faire la fête et fréquentait assidûment la plupart des bars et des boîtes de nuit à la mode. La dernière image qu'elle avait postée, la nuit de sa mort, avait été prise dans une discothèque située à proximité du terrain vague où l'on avait retrouvé son corps.

Une fois de plus, Nik et Finn passèrent en revue les images des caméras de sécurité de l'établissement. C'était un travail long et fastidieux et d'autant plus ingrat que rien ne leur permettait d'affirmer qu'il déboucherait sur le moindre indice. Mais, alors qu'ils commençaient à désespérer de découvrir quoi que ce soit, Nik tomba enfin sur ce qu'ils cherchaient.

— Finn ! s'écria-t-elle. Tu ne vas pas le croire…

D'un geste las, il percuta la barre espace de son clavier pour interrompre la vidéo qu'il était en train de regarder.

— Viens voir, ajouta-t-elle en se calant au début de l'enregistrement.

Il se leva et s'étira pour détendre ses membres ankylosés.

— Qu'est-ce que tu as trouvé ? lui demanda-t-il en s'approchant d'elle.

Nik enclencha la lecture, et une image de la porte de service de la boîte de nuit apparut. Au bout de quelques instants, elle s'ouvrit, laissant apparaître les silhouettes de deux jeunes femmes.

— On dirait que tu as décroché le gros lot ! lança Finn.

À l'écran, Marilyn était en train d'allumer la cigarette qu'elle venait d'offrir à Gretchen Heaton. Elles fumèrent en discutant durant quelques minutes.

— Si la résolution avait été meilleure, on aurait pu demander à un interprète de lire sur leurs lèvres, soupira Finn. Mais, en l'état, il ne faut pas y compter…

— Cela prouve au moins qu'elles se connaissaient.

— Effectivement, reconnut Finn. Mais cela ne plaide malheureusement pas en faveur de l'innocence de Marilyn.

— Je sais, soupira Nik. Il semble de plus en plus probable qu'elle ait servi d'entremetteuse entre les victimes et le tueur. Nous sommes désormais sûrs qu'elle connaissait Julie Everett et Gretchen Heaton. Mais rien ne dit qu'elle n'agissait pas sous la contrainte…

— Elle ne semble pas avoir un pistolet sur la tempe, remarqua Finn en désignant l'écran.

— Le tueur a peut-être trouvé un moyen de la faire chanter, suggéra Nik d'une voix qui, même à ses propres oreilles, manquait singulièrement de conviction.

Finn se garda de soulever la moindre objection.

— Est-ce qu'on a enfin établi l'identité de la troisième victime ? demanda Nik au bout d'un moment.

— Pas encore, hélas, répondit Finn. Il semble de plus en plus probable que ce ne soit pas quelqu'un d'Aurora.

Nik demeura longuement silencieuse, plongée dans ses réflexions. Force lui était de reconnaître que cette enquête n'évoluait pas du tout dans le sens qu'elle avait espéré. Mais elle ne pouvait laisser son amitié pour la mère de Marilyn obscurcir son jugement alors que des vies étaient en jeu. Car tout laissait à penser que le tueur continuerait de sévir jusqu'à ce qu'ils parviennent enfin à l'arrêter.

— Je pense que nous devrions retourner voir Kim, déclara-t-elle enfin. Peut-être pourra-t-elle nous en dire plus au sujet des relations de sa fille avec les différentes victimes.

— Elles ne paraissaient pas vraiment proches, ces derniers temps, objecta Finn. Mais j'imagine que nous n'avons rien à perdre en tentant de nouveau notre chance…

Lorsque Kim Palmer leur ouvrit la porte, Nik perçut aussitôt la terreur qui se lisait dans ses yeux.

— Est-ce que vous avez retrouvé Marilyn ?

— Nous ne sommes toujours pas parvenus à la localiser, lui dit Nik. En revanche, d'autres jeunes femmes se sont fait tuer.

Kim la considéra avec un mélange d'étonnement et d'appréhension.

— Je ne comprends pas, souffla-t-elle. Quel rapport y a-t-il avec Marilyn ?

— Nous savons qu'elle a rencontré au moins deux des victimes, expliqua Nik.

— Alors, cela veut dire qu'elle est toujours vivante ? s'exclama Kim, pleine d'espoir.

Nik hésita, et Finn vola à son secours.

— À ce stade, c'est ce que nous espérons, répondit-il. Mais nous cherchons à comprendre quel rôle Marilyn a pu jouer dans toute cette affaire.

— Vous ne pensez tout de même pas qu'elle puisse être mêlée à ces meurtres ? balbutia Kim, les yeux agrandis par l'effroi.

— Nous l'ignorons, avoua Finn. Mais nous sommes bien décidés à le découvrir.

— Ce n'est pas possible…, murmura Kim.

— Il se pourrait que votre fille ait été forcée à collaborer avec le tueur contre son gré, ajouta Finn.

Nik lui adressa un regard empli de reconnaissance.

— Entrez, proposa Kim.

Ils la suivirent jusqu'au salon dans lequel ils prirent place.

— Est-ce que Marilyn vous a déjà parlé de Gretchen Heaton, la fille du sénateur Heaton ?

Kim fronça les sourcils, réfléchissant quelques instants à la question avant de secouer doucement la tête.

— Non, elle n'a jamais mentionné ce nom. Et elle n'évoluait pas dans ce genre de cercles…

Kim pâlit brusquement.

— Est-ce que cette Gretchen fait partie des victimes ? demanda-t-elle.

Finn hocha sobrement la tête. Kim avala difficilement sa salive.

— Et vous dites que Marilyn l'a rencontrée ?

— Dans une boîte de nuit, le soir de sa mort.

— Elle sortait beaucoup, ces derniers temps, mais elle ne me disait jamais où elle allait. Elle ne cessait de me répéter que cela ne me regardait pas. Mais je suis sa mère !

— Est-ce que tu sais si Marilyn tenait un journal intime ? s'enquit alors Nik.

— Je ne crois pas.

— Est-ce que nous pourrions jeter un coup d'œil à sa chambre, par acquit de conscience ? demanda Finn.

— Oui, bien sûr, répondit Kim en se levant.

Elle les conduisit jusqu'à une porte sur laquelle était placardée une affiche représentant un sens interdit.

— Voilà qui a le mérite d'être explicite, commenta Finn.

Ils pénétrèrent à l'intérieur et découvrirent une chambre ornée de posters représentant des groupes de rock.

— Marilyn a-t-elle un ordinateur ? s'enquit Finn en désignant le bureau qui en était dépourvu.

— Un ordinateur portable, acquiesça Kim. Mais elle l'avait avec elle, le jour où elle a disparu. Elle était allée à la fac et elle n'est jamais revenue…

— Ça ne vous ennuie pas que nous fouillions la chambre ? demanda Finn.

Elle haussa les épaules.

— Si vous croyez que cela peut vous aider… Mais je l'ai déjà fait et je n'ai rien trouvé d'intéressant.

Nik et Finn entreprirent d'inspecter méthodiquement la pièce, passant en revue l'armoire, la table de nuit, le bureau et même la corbeille à papier.

— Je crois que j'ai trouvé quelque chose, annonça Nik au bout de quelques minutes.

Finn se tourna vers elle et vit qu'elle était accroupie près d'une bouche de chaleur située non loin de la fenêtre.

— Quelqu'un a enlevé les vis, signala-t-elle en tirant précautionneusement sur le panneau.

À l'intérieur du conduit, elle trouva un petit calepin en cuir brun.

— C'est l'agenda de Marilyn, leur indiqua Kim.

Nik se redressa et l'ouvrit tandis que Finn se rapprochait. Elle feuilleta le calepin jusqu'au jour où Marilyn avait disparu, mais aucune inscription n'y figurait. Elle revint alors en arrière, déchiffrant les annotations de Marilyn.

— Est-ce que Marilyn avait des soucis de santé, ces derniers temps ? s'étonna Finn, qui lisait par-dessus son épaule.

— Non, répondit Kim. Pourquoi cette question ?

— Parce qu'il est fait mention à plusieurs reprises du Dr Garrett, annonça Nik en se tournant vers son amie. Apparemment, Marilyn est allée le voir à plusieurs reprises au cours des semaines précédant sa disparition.

Kim fronça les sourcils.

— Le Dr Garrett était son nouveau gynécologue. Mais Marilyn ne m'avait pas parlé de problèmes particuliers…

— Est-ce que par hasard tu aurais l'adresse de ce médecin ? demanda Nik.

— Non. Mais je sais que son cabinet se trouve du côté de Broadside, pas très loin de l'université de Marilyn.

— Nous devrions aller rendre visite à ce Dr Garrett, déclara Nik. Il nous dira peut-être pourquoi Marilyn est venue le consulter plus d'une dizaine de fois…

— À moins qu'il ne nous oppose la confidentialité de ses rapports avec ses patients, remarqua Finn. Mais tu as raison : nous n'avons rien à perdre…

Lorsqu'ils arrivèrent au cabinet du Dr Garrett, ils trouvèrent porte close. Une affichette était accrochée sur l'huis, indiquant que le cabinet était momentanément fermé pour rénovation et que les patients étaient invités à prendre contact avec le Dr Day, qui assurait l'intérim en attendant la réouverture. Les coordonnées de ce dernier étaient indiquées au bas du message.

— Tu as remarqué le prénom du médecin ? fit Nik en désignant la plaque de ce dernier.

— James Garrett, lut Finn. Et alors ?

— Kim nous a dit que le petit ami de Marilyn était plus âgé qu'elle et que son prénom commençait par un J…

— Je vois où tu veux en venir. Cela expliquerait pourquoi elle le voyait si régulièrement…

Nik sortit son téléphone portable.

— Qu'est-ce que tu comptes faire ? lui demanda-t-il.

— Appeler ce fameux Dr Day. Il pourra peut-être nous en dire un peu plus au sujet de son collègue.

Finn hocha la tête. Nik composa le numéro qui figurait sur l'affiche.

— Cabinet médical du Dr Day, lança une voix féminine.

— Bonjour, fit-elle au bout de quelques instants. Je vous appelle pour prendre rendez-vous. Je suis une patiente du Dr Garrett, mais il est absent en ce moment, et apparemment c'est le Dr Day qui le remplace…

— C'est exact, répondit la secrétaire médicale. Je crois que le Dr Garrett fait rénover son cabinet. Le Dr Day s'occupe de ses patients en attendant. Malheureusement, j'ai bien peur qu'il n'y ait pas de créneau disponible avant la semaine prochaine.

— Je vois, acquiesça Nik d'une voix hésitante. Savez-vous quand le cabinet du Dr Garrett doit rouvrir ?

— Il aurait dû le faire dès la semaine prochaine, mais le Dr Garrett a appelé pour signaler qu'il était obligé de prolonger son absence. Je ne peux pas vous en dire beaucoup plus…

— Je vous remercie, dit Nik. Je vous rappellerai si je n'arrive pas à obtenir de rendez-vous d'ici là.

Nik raccrocha et se tourna vers Finn.

— La secrétaire médicale m'a seulement confirmé ce qui est écrit sur la porte, déclara-t-elle. Mais le Dr Day pourrait peut-être nous en dire un peu plus sur son estimé collègue. Après tout, s'il l'a choisi comme remplaçant, c'est probablement que tous deux se connaissent.

— Allons lui poser la question, acquiesça Finn. Plus j'y pense et plus la coïncidence de cette vague de meurtres et de la disparition du Dr Garrett me semble suspecte…

Il s'interrompit en voyant déboucher dans l'escalier une jeune femme aux longs cheveux bruns vêtue d'un tailleur très élégant et qui tenait un porte-documents. Elle considéra Finn d'un air ouvertement appréciatif qui eut le don d'agacer Nik.

— Je peux vous aider ? demanda-t-elle.

La question aurait pu s'adresser à eux deux, mais elle continuait à dévorer Finn des yeux.

— Je suis l'inspecteur Finn Cavanaugh, annonça-t-il en montrant sa plaque. Et voici Nik Kowalski. Nous voulions parler au Dr Garrett.

— Pas de chance, répliqua la jeune femme. Il est parti pour une de ses escapades habituelles…

— Que voulez-vous dire par là ? s'enquit Finn, curieux.

La jeune femme haussa les épaules.

— Il lui arrive régulièrement de disparaître de cette façon, expliqua-t-elle. Parfois pendant quelques jours, parfois pendant plusieurs semaines.

— Savez-vous ce qu'il fait, durant ces absences ? lui demanda Finn.

— Aucune idée, répondit-elle. Mais, à chaque fois, il finit par revenir et reprend son travail comme si de rien n'était.

— Il s'offre peut-être de petites virées à Las Vegas, suggéra Finn.

— Possible, acquiesça son interlocutrice.

— Quand l'avez-vous vu pour la dernière fois ?

La jeune femme réfléchit quelques instants avant de lui répondre :

— C'était il y a tout juste une semaine.

— Est-ce que cela correspond avec la disparition de Marilyn ? s'enquit Finn en se tournant vers Nik.

Elle hocha la tête.

— Qui est cette Marilyn ? leur demanda la jeune femme au tailleur.

— Nous pensons qu'il s'agit de sa petite amie, répondit Finn en sortant son téléphone portable.

Il fit apparaître une photo de Marilyn et la lui tendit.

— L'avez-vous déjà vue, par hasard ?

— Je l'ai croisée à plusieurs reprises, affirma-t-elle sans la moindre hésitation.

— Pouvez-vous nous confirmer que le Dr Garrett sortait avec elle ?

— Non, mais cela ne m'étonnerait pas outre mesure.

— Qu'est-ce qui vous fait dire cela ?

— Peu de femmes consultent aussi fréquemment leur gynéco. De plus, le Dr Garrett a toujours eu un faible pour les femmes nettement plus jeunes que lui…

— Je vous remercie beaucoup, madame…

— Mademoiselle, rectifia-t-elle d'un ton appuyé. Julia Bishop. Je travaille pour le cabinet d'avocats, ajouta-t-elle en désignant la porte qui faisait face à celle du Dr Garrett et était elle aussi ornée d'une plaque de cuivre.

— Si par hasard vous aperceviez le Dr Garrett ou Mlle Palmer, n'hésitez surtout pas à m'appeler, reprit Finn en tendant sa carte à la jeune femme.

— C'est promis. De votre côté, n'hésitez pas à revenir me voir si vous avez d'autres questions…

La façon dont elle prononça ces mots indiquait clairement qu'elle serait ravie de recevoir une telle visite.

— Au revoir, inspecteur, conclut-elle en lui décochant une œillade enflammée.

Sur ce, elle gagna la porte de son cabinet et disparut à l'intérieur.

— Incroyable ! lança Nik d'un ton sardonique.

Finn lui jeta un regard interrogatif.

— Je commence à comprendre ce que les gens veulent dire lorsqu'ils parlent du charme des Cavanaugh. Est-ce que vous avez l'habitude de séduire tous vos témoins, inspecteur ?

— Serais-tu jalouse, par hasard ? répliqua-t-il en la regardant droit dans les yeux.

Nik ne se démonta pas.

— Peut-être un peu, admit-elle. Cette avocate ne manquait pas d'un certain charme…

— Malheureusement pour elle, j'ai récemment rencontré quelqu'un, répondit-il. Et je compte bien donner une chance à cette relation.

Nik ne put réprimer un nouvel accès de jalousie avant de remarquer le regard de Finn et de comprendre qu'il voulait parler d'elle. Le mélange d'espoir et d'excitation qui l'envahit alors la prit totalement de court.

16

— Eh, attendez ! s'écria la secrétaire médicale lorsque Finn et Nik firent mine de pénétrer dans la salle de consultation du Dr Day. Vous ne pouvez pas entrer ! Le docteur est avec une patiente !

Finn s'arrêta devant la porte de communication et se tourna vers la secrétaire qui, jusque-là, ne s'était pas montrée le moins du monde accommodante.

— Si vous ne voulez pas que j'entre, appelez le Dr Day et dites-lui de venir immédiatement, s'exclama-t-il. Il s'agit d'une affaire de la plus haute importance.

— Vous ne m'avez toujours pas dit de quoi il s'agissait, protesta la secrétaire en le foudroyant du regard.

— C'est parce que cela ne vous regarde pas, répondit sèchement Nik.

Ils venaient de parlementer durant plus d'un quart d'heure avec ce cerbère, et Nik commençait à se lasser des procédés dilatoires que cette femme ne cessait de leur opposer. La secrétaire parut enfin comprendre qu'ils ne se laisseraient pas décourager aussi facilement et, sans ajouter un mot, elle se leva et se résigna enfin à aller déranger son patron.

— Bien envoyé, commenta Finn à mi-voix.

— Si tu savais combien de fois j'ai reçu ce genre de réponses de la part de tes collègues, au cours de mes investigations !

— Les policiers ne sont pas vraiment partageurs en matière d'informations, reconnut Finn.

— Je suis d'autant plus flattée que tu aies accepté de collaborer avec moi, dit-elle avec un sourire complice.

Avant qu'il ait eu le temps de faire le moindre commentaire, la secrétaire revint, accompagnée par un homme d'une quarantaine d'années à la mine aristocratique et dont la lèvre supérieure s'ornait d'une fine moustache blonde.

— Je suis le Dr Day, annonça-t-il. Stella m'a dit que vous vouliez me voir de toute urgence.

— C'est exact, docteur. Je suis l'inspecteur Cavanaugh et voici l'enquêtrice Kowalski. Y aurait-il un endroit où nous pourrions parler tranquillement ?

— Dans mon bureau, répondit le médecin. Si vous voulez bien me suivre.

Ils lui emboîtèrent le pas et s'installèrent dans le cabinet de travail.

— J'espère que ça ne sera pas trop long, leur dit-il alors. Comme vous l'avez peut-être remarqué, ma salle d'attente est pleine.

— J'imagine qu'il ne doit pas être facile de se charger de deux patientèles à la fois, observa Nik.

Le Dr Day lui lança un regard étonné.

— En effet, concéda-t-il. Comment savez-vous que tel est le cas ?

— Nous cherchons à contacter le Dr Garrett, expliqua Finn. Mais il semble avoir disparu.

— Cela lui arrive régulièrement, acquiesça le médecin.

— C'est ce que nous nous sommes laissé dire. Savez-vous à quoi il occupe son temps, lors de ces congés sabbatiques à répétition ?

— Pas vraiment, reconnut le Dr Day. Il dit juste qu'il a besoin de recharger ses batteries de temps à autre, ce qui peut se comprendre. Le reste du temps, James ne ménage pas sa peine.

— Puis-je savoir comment vous vous êtes connus, tous les deux ?

— Nous avons fait nos études de médecine ensemble. Nous étions même colocataires, pendant un moment.

— Que pensez-vous de lui, en tant que médecin et en tant qu'homme ?

— Je vous l'ai dit : c'est un excellent praticien, l'un des meilleurs que je connaisse, même. Il travaille énormément. En tant qu'homme… Eh bien, je dirais qu'il est sympathique, quoiqu'un peu distant. Sérieux, appliqué, perfectionniste…

— Pourriez-vous nous parler de ses relations avec les femmes ?

Le Dr Day fronça les sourcils.

— Pourquoi cette question ? demanda-t-il d'un air réprobateur.

— Parce que nous recherchons une jeune femme dont nous pensons qu'elle sortait avec le Dr Garrett, intervint Nik. Elle s'appelle Marilyn Palmer.

— Cela ne me dit rien.

— On nous a rapporté que le Dr Garrett aimait fréquenter des femmes plus jeunes que lui.

Le Dr Day haussa les épaules.

— Ce n'est pas interdit, que je sache, répliqua-t-il.

— Diriez-vous que le Dr Garrett est quelqu'un de violent ? s'enquit alors Finn.

Le médecin le considéra avec étonnement.

— Non ! Au contraire… C'est quelqu'un d'extrêmement contrôlé - trop, sans doute, si vous voulez mon avis. Mais c'est peut-être pour cela qu'il a besoin de relâcher la pression de temps à autre.

Finn et Nik échangèrent un regard entendu.

— Je vous remercie d'avoir bien voulu répondre à nos questions, conclut Finn en sortant une carte de visite qu'il posa sur le bureau. Si le Dr Garrett prend contact avec vous, pourriez-vous lui transmettre mes coordonnées et lui dire que nous aimerions lui parler de toute urgence ?

— Certainement, acquiesça le médecin.

— Alors ? s'enquit Nik lorsque Finn et elle quittèrent le cabinet du Dr Day. Qu'est-ce que tu en penses ?

— James Garrett est un homme sous pression qui a périodiquement besoin de disparaître sans que personne ne sache vraiment ce qu'il va faire. Un homme qui apprécie les femmes beaucoup plus jeunes que lui et qui a été aperçu à plusieurs reprises en compagnie de Marilyn dont il était peut-être l'amant… Je dirais que nous tenons enfin un suspect.

— Je suis d'accord, acquiesça-t-elle. Est-ce que tu pourrais demander une localisation de son téléphone portable ?

— Malheureusement, non. Pour cela, il me faudrait le mandat d'un juge, et aucun ne m'en accordera un sur la base de simples spéculations. Il va nous falloir des preuves plus tangibles.

— Ne me dis pas que, dans ta famille, vous ne connaissez pas quelques juges qui pourraient vous délivrer un tel mandat sans trop poser de questions, objecta-t-elle.

Finn secoua la tête d'un air mi-réprobateur, mi-amusé.

— Je croirais entendre parler ma sœur !

— Je prendrai ça pour un compliment.

— Dans ce cas précis, je ne suis pas sûr que c'en soit un, répondit-il en riant. Mais je te l'ai déjà dit : dans ma famille, nous préférons généralement ne pas enfreindre les règles tant que nous pouvons l'éviter. Et il nous reste au moins une piste à explorer avant d'en venir à de telles extrémités.

— Les bandes-vidéo, soupira Nik.

La perspective d'une nouvelle séance de visionnage ne la réjouissait pas particulièrement.

— J'en ai bien peur, acquiesça Finn. Mais cette fois, au moins, nous savons précisément qui nous cherchons. Et, si nous pouvons établir la présence de James Garrett à proximité de l'une des scènes de crime, nous aurons une preuve suffisante pour obtenir tous les mandats de perquisition et de surveillance dont nous avons besoin.

— D'accord, lâcha Nik d'un ton résigné. Retour à la case moniteur, donc…

Cela faisait maintenant plus de six heures que Nik dérushait les enregistrements vidéo des caméras de sécurité et elle se sentait épuisée. Malheureusement, elle n'avait trouvé pour le moment aucune trace de James Garrett. Soit le médecin n'avait aucun rapport avec ces meurtres, soit il avait redoublé de précautions pour éviter d'être filmé sur les lieux de ses crimes.

Par acquit de conscience, Finn avait déjà vérifié qu'aucune des victimes identifiées n'avait eu Garrett pour gynécologue.

Il était également retourné interroger le serveur du restaurant où Julie Everett avait dîné, le soir de sa mort. Malheureusement, ce dernier n'avait pu lui assurer que James Garrett était bien l'homme en compagnie duquel elle avait mangé.

— Nous faisons peut-être fausse route, déclara-t-il après avoir visionné en vain un nouvel enregistrement.

Nik interrompit le flux d'images qui défilaient sur son écran et se tourna vers lui.

— Je ne crois pas, répondit-elle. Le Dr Day nous a dit

que Garrett était quelqu'un de méticuleux, quelqu'un qui aimait être en contrôle. Il planifie peut-être ses crimes de façon beaucoup plus méthodique que nous ne l'avons supposé jusqu'ici.

— Possible, concéda Finn. Mais, si c'est le cas, ce type est vraiment malin.

— Certains tueurs en série possèdent un QI nettement supérieur à la moyenne, remarqua Nik.

— C'est vrai.

— Cela cadrerait aussi avec le fait qu'il se soit servi de Marilyn pour approcher certaines de ses victimes. Je pense que nous avons affaire à quelqu'un de particulièrement retors.

— Si tel est le cas, nous risquons d'avoir du mal à démontrer son implication.

— Ne perdons pas espoir tout de suite. Il nous reste encore de nombreuses heures d'enregistrement à visionner.

— Cela devra attendre lundi, déclara Finn.

Nik le fixa avec un mélange de stupeur et de réprobation.

— Nous ne pouvons pas nous permettre de perdre deux jours ! protesta-t-elle.

Finn la considéra avec gravité.

— Nous ne sommes pas les seuls sur cette affaire, répondit-il. Ramirez et Harley vont prendre la relève dès ce soir. Je sais que c'est difficile à admettre mais, dans ce métier, il faut savoir passer la main. Cela permet de prendre de la distance et de se ressourcer - particulièrement après une semaine comme celle que nous venons de vivre.

— Et tu arrives vraiment à décrocher, dans ces cas-là ?

— Pas toujours, reconnut-il. Mais j'essaye. Et au moins, ce week-end, nous aurons de quoi nous changer les idées.

Nik lui lança un regard étonné.

— Tu as déjà oublié que tu étais invitée à la fête en l'honneur de Seamus ? demanda-t-il.

— Complètement, avoua-t-elle. Tu as raison. Cette semaine a peut-être été plus éprouvante que je ne le pensais… Je ferais peut-être mieux de rester tranquillement chez moi.

— Andrew serait très déçu, objecta Finn.

— Il y aura tellement de gens qu'il ne se rendra probablement pas compte de mon absence.

— J'en doute. Andrew est l'une des personnes les plus perspicaces que je connaisse. Et puis, il n'est pas le seul à espérer que tu seras des nôtres…

Nik sentit les battements de son cœur s'emballer dans sa poitrine.

— Ne me dis pas que tu tiens déjà à me présenter à ta famille ! répliqua-t-elle avec humour.

Finn haussa les épaules.

— Je suis sûr qu'ils seront très curieux de faire la connaissance de la seule personne qui ait réussi à se faire accepter comme ma coéquipière, répondit-il.

— Je croyais que Joe Harley était ton coéquipier.

— Joe et moi sommes des électrons libres. Nous collaborons lorsque c'est nécessaire mais, le reste du temps, nous préférons enquêter chacun de notre côté.

Nik se sentit d'autant plus flattée que Finn ait accepté de coopérer avec elle.

— Est-ce que tu veux que je passe te prendre ? lui proposa-t-il.

— Pourquoi pas ?

— 11 heures, ça te va ?

— C'est parfait, acquiesça-t-elle.

Nik écarta la robe qu'elle venait de sortir de son armoire, estimant qu'elle était probablement trop élégante pour ce qui était censé n'être qu'une simple fête de famille. Le vêtement vint rejoindre les quatre autres qu'elle avait déjà éliminés au cours de cette séance d'essayage.

Une fois de plus, elle se morigéna intérieurement. Elle n'avait strictement aucune raison de se mettre une telle pression. Il ne s'agissait après tout que d'une réception informelle lors de laquelle elle ne serait qu'une pièce rapportée.

Elle était cependant curieuse de découvrir pourquoi Andrew Cavanaugh tenait tant à ce qu'elle y assiste. Était-ce uniquement parce qu'elle faisait équipe avec Finn ? Ou bien parce qu'elle enquêtait sur une affaire qui était devenue à la fois très médiatique et politiquement sensible ?

Officiellement, Andrew ne faisait plus partie de la police d'Aurora. Mais le poste qu'il avait exercé, les nombreux contacts qu'il avait conservés et le fait que tant de membres de sa famille appartiennent aux forces de l'ordre lui conféraient un statut privilégié.

S'ils étaient moins influents que lui, les autres membres de la famille n'en constituaient pas moins une forme d'élite au sein des forces de police. Nik savait que l'impression qu'elle leur ferait ce jour-là conditionnerait en grande partie ses relations avec les forces de l'ordre au cours des mois et des années à venir.

En tant qu'enquêtrice, elle ne pouvait donc se permettre de commettre la moindre erreur. Mais, si elle se montrait parfaitement honnête envers elle-même, il y avait un Cavanaugh en particulier qu'elle espérait impressionner favorablement plus encore que les autres…

Lorsque Finn l'avait raccompagnée chez elle, la veille au soir, elle avait vaguement espéré qu'il l'embrasserait de nouveau, mais il n'en avait rien fait. Regrettait-il ce qui s'était passé entre eux ? Ou bien jugeait-il préférable de conserver ses distances pour ne pas mettre en danger leurs relations de travail ?

Si tel était le cas, elle ne pouvait le lui reprocher. En temps normal, elle se gardait bien de mélanger les sphères personnelle et professionnelle. Et pourtant, cette fois-ci, elle aurait volontiers enfreint ses propres principes. Car Finn Cavanaugh était incontestablement l'un des hommes les plus séduisants et les plus surprenants qu'elle ait jamais rencontrés.

— En tout cas, murmura-t-elle pour elle-même, tu ferais mieux de te décider si tu ne veux pas qu'il te trouve nue au beau milieu de ton appartement lorsqu'il arrivera…

Cette idée lui arracha un irrépressible petit frisson. Jetant un coup d'œil à sa montre, elle s'aperçut qu'il ne lui restait plus beaucoup de temps avant l'arrivée de Finn. S'emparant d'une robe au hasard, elle l'enfila avant de passer une paire de sandales à talons.

Elle eut tout juste le temps de considérer d'un œil critique son reflet dans le miroir avant que la sonnerie de la porte d'entrée retentisse. Il était trop tard pour changer d'avis, à présent. Prenant une profonde inspiration, elle alla ouvrir.

— Tu es en avance, dit-elle à Finn en guise de salut.

Il la contempla sans chercher à dissimuler l'admiration qu'elle lui inspirait. Cela la réconforta quelque peu.

— Et toi, tu es magnifique, répondit-il. D'humeur grincheuse, apparemment, mais magnifique.

— Merci.

— Je suis désolé si je suis arrivé un peu tôt. Est-ce que tu as besoin de plus de temps pour te préparer ? Non pas que ce soit mon impression…

— Je suis prête, affirma-t-elle en haussant les épaules. Plus ou moins, en tout cas.

— Ce n'est qu'une fête de famille, tu sais. Il n'y a vraiment pas de quoi te stresser.

— Tu dis ça parce que c'est ta famille, objecta-t-elle.

Finn l'observa d'un air incertain.

— Je croyais que c'était toi qui tenais absolument à venir, remarqua-t-il.

— C'est vrai, reconnut-elle.

Finn la considéra avec étonnement, se demandant ce qu'il était censé conclure de ces assertions totalement contradictoires.

— Tu n'es pas obligée de venir si tu ne veux pas, dit-il d'un ton diplomate.

Elle fronça les sourcils.

— Tu ne veux pas que je vienne ?

— Si, bien sûr…, fit-il, de plus en plus décontenancé. Et Andrew aussi. Il a insisté pour que tu viennes. Mais je ne veux pas te forcer la main.

Il haussa les épaules.

— Tu sais, je comprends parfaitement ce que tu ressens. La famille Cavanaugh peut être assez intimidante, particulièrement lorsque l'on gravite dans le milieu de la police et de la justice. Je me suis trouvé exactement dans la même position que toi, voici quelques années.

Elle lui lança un coup d'œil ouvertement dubitatif.

— Sauf que toi tu fais partie de cette famille, objecta-t-elle.

— Ça n'a pas toujours été le cas. Enfin, pas vraiment… Mon grand-père était le frère de Seamus. Lorsque leurs parents ont divorcé, à une époque où cela ne se faisait pas vraiment, chacun de leurs parents a pris l'un des enfants. Seamus est resté ici avec son père tandis que Murdoch est parti avec sa mère. Et elle a décidé de couper totalement les ponts avec son ex, ce qui fait que mon grand-père n'a plus jamais revu Seamus.

Nik l'écoutait avec attention. Elle avait entendu dire que les Cavanaugh avaient une histoire familiale compliquée et qu'ils avaient dû faire face à plusieurs drames, mais elle en ignorait les détails.

— Lorsque Andrew a décidé de réunir son père et son oncle, il a découvert que Murdoch était déjà mort mais qu'il avait un certain nombre de descendants. Andrew s'est alors mis en tête de rapprocher les deux branches de la famille. Cela n'allait pas de soi, crois-moi. La plupart des Cavanaugh sont dotés de fortes personnalités, et chacun a dû mettre de l'eau dans son vin. Je me rappelle que j'étais moi-même assez méfiant envers ceux d'Aurora, au départ.

Nik le considéra avec étonnement.

— Et tu étais déjà policier, à l'époque ?

— Oui. Je sais que cela peut sembler curieux mais, bien que les deux branches de la famille n'aient eu aucun contact, chacune d'elles regroupait un nombre anormalement élevé de policiers. Je ne sais pas si c'est une prédisposition génétique ou si cela tient aux valeurs que nous ont transmises Seamus et Murdoch.

— C'est assez incroyable, reconnut Nik. Mais comment se fait-il que tu sois venu vivre à Aurora ?

— Après avoir réconcilié les deux clans, Andrew a encouragé ses cousins à venir s'installer ici. Tu te doutes que ceux qui travaillaient dans la police n'ont pas eu beaucoup de mal à trouver du travail.

— Népotisme, quand tu nous tiens…, ironisa-t-elle.

— Ce n'est pas entièrement faux, admit Finn. Mais je te promets que porter le nom de Cavanaugh au sein de la police d'Aurora ne présente pas que des avantages. Nous sommes soumis à une double pression : celle du service auquel nous appartenons et celle de la famille. Et je peux t'assurer qu'on ne nous pardonne aucune erreur.

— J'ai souvent entendu dire que les Cavanaugh constituaient la noblesse de la police d'Aurora.

— C'est sans doute un peu exagéré. Mais je suppose qu'il existe une certaine émulation entre nous, qui nous pousse toujours à essayer de nous surpasser.

— C'est bien ce qui rend cette fête de famille si intimidante, déclara-t-elle.

— Rassure-toi : aucun d'entre nous ne sera de service aujourd'hui, plaisanta Finn. Et, dans le civil, nous sommes une famille comme les autres. Je ne suis peut-être pas très objectif, mais je trouve que mes cousins sont des gens plutôt sympathiques. Je suis sûr que tu t'entendras très bien avec la plupart d'entre eux.

17

Lorsqu'ils arrivèrent devant chez Andrew, Nik prit réellement conscience de l'importance de la famille Cavanaugh. Des dizaines de véhicules étaient alignées le long des trottoirs et dans les rues adjacentes.

— Et moi qui croyais que nous serions en avance, s'exclama-t-elle.

— Je le pensais aussi. Je ferais peut-être mieux de te déposer. Il est inutile que nous perdions tous deux notre temps.

— Cela ne me dérange pas de marcher un peu, lui assura-t-elle. Et puis, à vrai dire, j'aime autant que tu sois là pour me présenter.

— À tes risques et périls, répondit Finn en souriant. En tout cas, tu risques vraiment de rencontrer la famille au grand complet. J'ai l'impression que tout le monde s'est déplacé, cette fois-ci !

Ils tournèrent un certain temps avant de trouver enfin une place disponible, non loin du petit parc situé à proximité de chez Andrew.

— Est-ce que tu te sens prête à affronter la horde, Nikki ? lui demanda-t-il lorsqu'ils descendirent de voiture.

— Nikki ? répéta-t-elle en haussant un sourcil.

Finn haussa les épaules.

— Nik est un prénom de garçon, expliqua-t-il. Je trouve vraiment bizarre d'appeler une jolie fille comme ça...

— Tu trouves vraiment que je suis jolie ? lui demanda-t-elle.

Il lui décocha un coup d'œil ironique.

— C'est un euphémisme, répondit-il. Mais je suis sûr que tu le sais très bien.

Elle haussa les épaules.

— Tu sais ce qu'on dit : la beauté est dans l'œil du spectateur.

— Je ne suis pas sûr que ce soit valable dans ton cas. Tu fais partie de ces personnes qui sont objectivement magnifiques.

Nik ne put s'empêcher de rougir.

— Tu n'es pas mal non plus, bredouilla-t-elle, embarrassée.

Avant que Finn ait eu le temps de lui répondre, un coupé sport bleu nuit qui venait en sens inverse ralentit pour s'immobiliser à leur niveau. La vitre teintée descendit, laissant apparaître le visage d'un homme d'une trentaine d'années qui ressemblait beaucoup à Finn.

— Salut, les héla-t-il. On m'avait appris que tu avais une nouvelle coéquipière, Finn, mais j'avoue que je n'avais pas voulu le croire !

— Nik, je te présente mon frère Cullen, lui dit Finn. Cullen, voici Nik Kowalski.

— Je suis enchantée de faire votre connaissance, Cullen, déclara-t-elle. Et désolée pour vous. Ce ne doit pas être facile tous les jours d'être le frère de Finn.

Cullen éclata de rire.

— J'aime beaucoup ton amie, lança-t-il. Je vous retrouve chez Andrew si je parviens un jour à me garer.

— Bon courage, s'exclama Finn.

Cullen s'éloigna en faisant rugir son moteur, et ils se remirent en marche.

— Est-ce qu'il est plus jeune ou plus âgé que toi ?

— Plus jeune. Même s'il semble parfois penser le contraire.

— Il a l'air sympathique.

— Oh ! il l'est. Et vous avez un point commun, tous les deux.

— Lequel ?

— Je crois que c'est l'une des rares personnes que je connaisse qui puisse se montrer aussi positif et enthousiaste que toi.

— C'est sans doute pour compenser le pessimisme de son frère, ironisa-t-elle.

— Je ne suis pas pessimiste, objecta-t-il. Je suis réaliste.

— C'est ce que disent tous les pessimistes, répliqua-t-elle du tac au tac.

Finn ne put s'empêcher de sourire. Il fut brusquement tenté d'attirer Nik contre lui pour l'embrasser mais, tout en devisant, ils étaient arrivés en vue de la maison d'Andrew. Sa famille ne manquerait déjà pas de commenter le fait que Nik et lui étaient venus ensemble, et il ne tenait pas à alimenter les rumeurs que cela susciterait probablement.

Comme ils approchaient de la porte d'entrée, celle-ci s'ouvrit en grand, laissant échapper un joyeux brouhaha de voix et de rires ainsi que de délicieuses odeurs de cuisine qui leur mirent l'eau à la bouche.

— Mademoiselle Kowalski ! lança joyeusement Andrew, qui se tenait sur le seuil. Je suis vraiment ravi que vous ayez accepté mon invitation.

— Appelez-moi Nik, lui dit-elle en souriant. J'ai été très touchée que vous me proposiez de venir aujourd'hui.

— Je vous en prie, entrez, les encouragea Andrew en s'effaçant pour les laisser passer.

— Je vous ai apporté ceci, déclara Nik lorsqu'il referma la porte derrière eux.

Elle lui tendit deux bouteilles de vin. Andrew la remercia et leur fit signe de le suivre.

— Allons dans la cuisine, nous y serons plus à l'aise pour discuter.

Ils le suivirent jusque-là, et Nik découvrit que Finn ne lui avait pas menti : il y avait assez à manger pour une véritable armée.

— Ça sent divinement bon, dit-elle.

— Merci, fit Andrew. Ces petites fêtes me donnent une excuse pour essayer de nouvelles recettes. N'hésitez pas à vous servir, si quelque chose vous fait envie.

Il alla soulever le couvercle d'une grosse marmite dans laquelle mijotait un gombo de crevettes.

— Je tenais à vous remercier personnellement, Nik, reprit Andrew après avoir touillé le contenu du faitout.

— Pourquoi ? demanda-t-elle, surprise.

— Avant votre visite de la dernière fois, mon père était en train de sombrer, expliqua-t-il. Il refusait de sortir de son lit et de s'alimenter correctement, et je commençais vraiment à m'inquiéter à son sujet…

— Je pensais qu'il était juste un peu déprimé par sa mésaventure, remarqua Finn, surpris.

Andrew haussa les épaules.

— Je ne voulais pas inquiéter la famille inutilement - et surtout pas toi, qui étais en charge de l'enquête. Mais je crois que, sans l'intervention de Nik, nous aurions bien pu le perdre.

— Je n'ai rien fait, protesta-t-elle.

— Vous vous trompez. Je ne sais pas ce que vous lui avez dit exactement, mais je vous assure qu'après votre départ il était comme transformé. Il s'est remis à manger, il a débuté sa rééducation et il a même recommencé à travailler.

— Je vous assure que je n'y suis pour rien. Je lui ai

juste raconté l'histoire de mon grand-oncle à qui il est arrivé quelque chose de comparable.

— Eh bien, il semblerait que cela l'ait inspiré, dit Andrew. Et, pour cette raison, je vous remercie du fond du cœur, Nik. Mon père est redevenu le râleur invétéré qu'il a toujours été, et rien ne saurait me faire plus plaisir.

— Qui traites-tu de râleur ? lança une voix rocailleuse.

Ils se retournèrent tous trois pour faire face à Seamus, qui venait d'entrer dans la cuisine.

— Toi, bien sûr, répondit Andrew sans se démonter. Je ne connais pas plus soupe au lait et plus irascible que toi.

— Vous voyez ça, mademoiselle Kowalski ? s'exclama Seamus, la prenant à témoin. Il suffit de baisser la garde cinq minutes, et même mes propres enfants me manquent de respect. Dans quel monde vivons-nous ?

La malice qui brillait dans son regard contredisait les paroles de Seamus. À la grande surprise de Nik, tout comme à celle d'Andrew et de Finn, il vint serrer la jeune femme dans ses bras.

— Notre petite discussion de l'autre jour m'a fait beaucoup de bien, déclara-t-il. Je vous suis vraiment reconnaissant du coup de pouce que vous avez bien voulu donner à un vieux bougon comme moi.

— Vieux ? protesta-t-elle. Vous me faites au contraire l'impression d'être encore très vert, monsieur Cavanaugh.

— Appelez-moi Seamus, lui demanda-t-il en riant.

— Seulement si vous voulez bien m'appeler Nik, répondit-elle.

Un large sourire se dessina sur les lèvres du patriarche. Il se tourna alors vers Finn.

— Ta petite amie a un sacré caractère, dit-il. Elle me plaît beaucoup.

Finn ouvrit la bouche pour préciser que Nik n'était pas sa petite amie. Mais il croisa alors les prunelles bleues de celle-ci qui souriait malicieusement. Lorsqu'il l'interrogea du regard, elle haussa légèrement les épaules.

— Ah, si seulement j'avais trente ans de moins, soupira Seamus d'un air faussement mélodramatique.

— Trente ans ? répéta Andrew en haussant un sourcil légèrement moqueur.

— D'accord, quarante, rectifia Seamus.

— Est-ce que vous comptez rester enfermés dans cette cuisine toute la sainte journée ? leur demanda alors Rose, qui venait d'entrer à son tour.

Elle déposa dans l'évier les deux plats qu'elle venait de rapporter.

— Laissez Nik respirer un peu, s'exclama-t-elle. Finn, tu ferais mieux d'emmener ton amie au salon pour la présenter à tes cousins. Ce sera plus intéressant pour elle que de discuter avec ces deux vieux raseurs.

— Rose a raison, approuva Andrew. Allez vous amuser, tous les deux.

Finn hocha la tête et entraîna Nik en direction du salon.

— Je comprends mieux pourquoi Andrew tenait tant à ce que tu sois là aujourd'hui, lui dit-il. Cette fête est en partie la tienne, si j'ai bien compris.

— Tu exagères, protesta-t-elle.

— Je ne crois pas : ce que tu as dit à Seamus, ce jour-là, lui a probablement sauvé la vie. Toute ma famille t'en sera éternellement reconnaissante.

— Dis-moi, maintenant que Seamus est rétabli, tu pourrais peut-être l'interroger de nouveau, suggéra Nik. Il se peut que certains souvenirs de cette soirée lui soient revenus. Il pourra peut-être même nous dire à quoi ressemblait son agresseur…

— Ça vaut le coup d'essayer, en tout cas, acquiesça Finn.

Ils furent interrompus par l'arrivée d'une jeune femme

qui vint se planter devant Nik et la considéra avec attention des pieds à la tête.

— Alors c'est vous qui avez sauvé Seamus ! s'exclama-t-elle joyeusement. Je tenais à vous remercier personnellement pour cela.

— Il n'y a vraiment pas de quoi, répondit Nik, terriblement embarrassée.

En venant ici, elle ne s'était pas attendue à recevoir un tel accueil.

— Vous feriez mieux d'accepter gracieusement les compliments, suggéra Sean, qui les avait rejoints. De toute façon, il est trop tard pour jouer les modestes, ajouta-t-il en souriant. Andrew et Rose vous ont déjà décrite comme une véritable sainte. Et, même s'ils ont un peu exagéré, nous vous sommes tous reconnaissants pour ce que vous avez fait pour Seamus.

— Je suis heureuse d'avoir pu l'aider.

— Maintenant, vous devriez aller vous servir, déclara Sean en désignant le buffet généreusement garni qui était dressé au fond de la pièce. Les membres de cette famille sont de vrais goinfres - surtout lorsque c'est Andrew qui cuisine…

— Excellente suggestion, approuva Finn.

Il prit Nik par le bras et l'entraîna en direction du buffet. En chemin, ils furent arrêtés à plusieurs reprises par des cousins de Finn, qui tenaient tous à remercier Nik. Elle se résigna à accepter leurs félicitations et s'efforça de mémoriser les noms et les visages de chaque personne qui lui était présentée - ce qui n'avait rien d'évident.

— Tu sais, dit-elle à Finn lorsqu'ils atteignirent enfin le buffet, vous devriez vraiment songer à porter des badges avec vos noms.

— À quoi cela servirait-il ? répliqua-t-il avec un sourire malicieux. Nous nous connaissons tous.

— Vous devriez penser aux pièces rapportées, objecta-t-elle.

— Considère ça comme une sorte de rite initiatique, lui conseilla Finn. Lorsque tu parviendras à identifier tout le monde, tu pourras te considérer comme un membre honoraire du clan Cavanaugh.

— Si cela me permet de venir manger chez Andrew de temps à autre, je suis partante, répondit-elle. Ce buffet est un délice !

— Attends un peu d'avoir goûté à son célèbre gâteau au chocolat ! rétorqua Finn en riant.

— Mission accomplie, déclara Finn lorsqu'ils furent de retour devant chez elle.

Comme à son habitude, il avait insisté pour la raccompagner jusqu'à sa porte. Et cette fois-ci elle avait accepté sans hésiter. En réalité, elle n'avait aucune envie de mettre un terme à cette soirée qui l'avait aidée à oublier l'espace de quelques heures l'éprouvante enquête à laquelle ils s'étaient voués corps et âme durant ces derniers jours.

— Est-ce que tu veux entrer prendre un verre ? proposa-t-elle à Finn.

Il n'hésita pas un seul instant.

— C'est d'accord. Mais je vais plutôt prendre un thé ou un café, si cela ne t'ennuie pas. Je ne voudrais pas me faire arrêter en rentrant chez moi ce soir…

Elle fut tentée de lui répondre que rien ne l'obligeait à rentrer chez lui, mais ravala aussitôt ces paroles. Il lui avait clairement fait comprendre que, tant qu'ils travailleraient ensemble, il préférait maintenir entre eux une certaine distance.

— Ne me dis pas que tes collègues oseraient arrêter un Cavanaugh !

— Je te l'ai dit : nous n'avons pas que des fans dans la police.

— Je me demande bien pourquoi. Tous les gens que j'ai rencontrés aujourd'hui m'ont paru adorables.

— Je suis content que tu le penses. Et je suis sûr qu'ils t'ont beaucoup appréciée, toi aussi.

— Qu'est-ce qui te fait dire cela ? s'enquit-elle, curieuse.

Il la considéra avec étonnement.

— Comment auraient-ils pu ne pas le faire ? répondit-il. Tu es belle, brillante, pleine d'humour, dotée d'un sens de $1a repartie à toute épreuve. Et, pour couronner le tout, tu es une enquêtrice hors pair, ce qui est particulièrement bien vu au sein de ma famille…

— Tu penses vraiment tout ce que tu viens de dire ? lui demanda Nik, touchée.

Jamais personne ne lui avait adressé une telle litanie de compliments avec tant de naturel.

— Bien sûr ! Et, à titre personnel, j'ajouterais à la liste de tes qualités le fait que tu es la femme la plus désirable qu'il m'ait jamais été donné de rencontrer…

Nik avala difficilement sa salive. Le tour que venait de prendre leur conversation avait fait naître entre eux une tension presque palpable, un désir irrépressible qui se lisait dans leurs regards et qu'elle sentait se répandre dans tout son corps.

— Prouve-le-moi, lâcha-t-elle dans un souffle.

L'espace de quelques instants, il demeura immobile, et elle crut qu'il allait lui opposer un nouveau refus. Mais finalement, il traversa la pièce et vint la prendre dans ses bras sans dire un mot.

Leurs lèvres se trouvèrent, et leur baiser explosa avec une intensité plus grande encore que le premier qu'ils avaient échangé sur le pas de sa porte. Un gémissement de pur contentement échappa à Nik tandis qu'elle s'abandonnait totalement à cette étreinte.

Elle sentit alors les mains de Finn courir sur son corps, de ses épaules à ses flancs puis à ses hanches. Ses doigts éveillaient sur sa peau de délicieux frissons, prélude au plaisir bien plus intense qu'ils s'apprêtaient à partager.

Elle plongea les doigts dans ses cheveux soyeux tandis que les lèvres de Finn glissaient de sa bouche jusqu'au creux de son cou qu'il mordilla délicatement, la faisant tressaillir de plus belle. Sa main droite remonta alors audacieusement jusqu'à son sein sur lequel elle vint se poser, agaçant malicieusement son téton qui se dressait déjà sous l'emprise de l'envie qu'elle avait de lui.

S'enhardissant encore, Finn déboutonna sa robe avant de dégrafer son soutien-gorge qui tomba à leurs pieds. Durant quelques instants, il se contenta de la dévorer du regard, et le mélange d'admiration et de désir qu'elle lisait dans ses yeux attisa encore son trouble.

Puis les lèvres de Finn capturèrent l'un de ses seins qu'il effleura du bout de la langue, la faisant frémir plus violemment encore. Avec une facilité déconcertante, il la souleva de terre et la prit dans ses bras pour l'emporter jusqu'à sa chambre à coucher.

Là, il la déposa doucement sur le lit avant de se défaire de ses propres vêtements. D'une main tremblante, Nik se débarrassa de sa robe sans le quitter des yeux. Elle admira ses larges épaules, son torse puissant et son ventre plat avant de laisser glisser le regard un peu plus bas. Le désir qu'il avait d'elle en cet instant ne le rendait que plus irrésistible.

Il prit le temps d'enfiler un préservatif avant de la rejoindre sur le lit. La reprenant dans ses bras, il l'embrassa avec une passion contagieuse. Tous deux roulèrent sur le matelas, se dévorant de baisers ardents. Puis, presque naturellement, il entra en elle.

Elle noua les jambes autour de sa taille pour l'attirer en elle, le sentant pénétrer au plus profond de sa chair brûlante. Alors qu'elle semblait sur le point de perdre tout self-control, il s'immobilisa quelques instants, lui laissant le temps de se reprendre. Puis il se mit à bouger en elle - très doucement, d'abord, puis de plus en plus rapidement à mesure que leur désir mutuel les submergeait totalement.

Ils ne faisaient plus qu'un, à présent, trouvant instinctivement le rythme qui leur convenait, prolongeant autant qu'il le pouvait cette extase qui les entraînait toujours plus loin.

Puis elle déferla soudain sur eux telle une lame de fond, les emportant tous deux bien plus loin qu'ils n'avaient osé en rêver.

18

Finn fut tiré du sommeil par une délicieuse odeur de café et de toasts grillés, qui flottait dans l'air. Ouvrant les yeux, il découvrit qu'il était allongé dans une chambre qui ne lui était pas familière, et il lui fallut quelques instants pour se rappeler où il se trouvait et ce qui s'était passé cette nuit-là.

Ce simple souvenir suffit à éveiller en lui un désir lancinant. Faire l'amour avec Nik s'était révélé plus extraordinaire encore qu'il ne l'avait imaginé. Et une partie de lui brûlait de réitérer l'expérience au plus vite. Mais il avait bien conscience du fait que cette nuit de passion risquait de modifier en profondeur la nature de leurs relations, sur le plan professionnel tout autant que sur le plan personnel.

Quittant le lit de la jeune femme, Finn récupéra ses vêtements éparpillés sur le sol et les passa à la hâte avant de se diriger vers la cuisine. Là, il retrouva Nik, qui avait enfilé un jean et un pull-over de couleur bleue qui mettait en valeur ses yeux magnifiques.

Elle avait dû prendre une douche, car ses cheveux étaient encore humides. Il s'aperçut aussi qu'elle ne portait pas de chaussures. La voir ainsi dans son intimité lui inspira un brusque élan de tendresse dont l'intensité le prit de court. Il se rendit compte alors que l'attirance physique qu'elle lui inspirait avait peut-être occulté des sentiments bien plus profonds qu'il n'aurait voulu l'admettre.

— Bonjour, lui dit-il d'une voix légèrement enrouée. Pourquoi ne m'as-tu pas réveillé ?

Elle lui décocha un sourire lumineux qui lui transperça le cœur.

— Tu dormais si paisiblement que je n'ai pas voulu te déranger. Après la semaine que nous venons de passer, tu as bien mérité un peu de repos.

— Les dernières vingt-quatre heures n'ont pas été si pénibles que cela, plaisanta-t-il.

Elle laissa échapper un petit rire, et il s'approcha d'elle pour la prendre dans ses bras. Cela faisait longtemps que Finn n'avait pas connu de relation de couple vraiment sérieuse mais, curieusement, cette marque d'affection lui parut parfaitement naturelle.

— Espérons que les vingt-quatre prochaines seront à la hauteur, lui dit-elle avec un sourire malicieux.

Il s'apprêtait à l'embrasser lorsque le portable qui se trouvait dans la poche de son jean se mit à sonner.

— Voilà qui n'augure rien de bon, soupira Nik.

Finn sortit son téléphone et jeta un coup d'œil à l'écran.

— Je vais être obligé de répondre.

— Je sais, acquiesça-t-elle en se dégageant doucement de son étreinte.

Elle alla reprendre sa tasse de café qu'elle sirota tout en observant Finn. L'expression de ce dernier confirmait son mauvais pressentiment.

— D'accord, conclut-il. Je te remercie d'avoir appelé.

Il raccrocha, et elle l'interrogea du regard.

— C'était l'une de mes cousines, indiqua-t-il. Elle est de service à la morgue, aujourd'hui.

— Ne me dis pas qu'ils ont reçu le corps d'une nouvelle victime.

— Non, Dieu merci ! En revanche, on vient de leur envoyer les résultats des tests toxicologiques que nous avions demandés.

— Et ?

— Et, comme nous l'avions supposé, toutes les victimes ont ingéré des doses importantes de flunitrazépam peu de temps avant leur mort. Cela explique qu'elles n'aient pas été en état de se défendre au moment où le tueur les a attaquées.

Nik sentit sa belle humeur matinale s'envoler, remplacée par un mélange de colère et de dégoût.

— Il faut que nous coincions cette ordure, dit-elle. Nous ne pouvons pas le laisser recommencer…

— Je suis d'accord, lâcha Finn d'un air sombre. Voilà ce que je te suggère : je vais nous préparer un bon petit déjeuner, et ensuite nous irons au commissariat pour finir de visionner les vidéos de surveillance.

— Cela fait longtemps qu'on ne m'avait pas proposé de me préparer un petit déjeuner, remarqua Nik avec un pâle sourire. Est-ce que tu es aussi doué qu'Andrew ?

— Je me débrouille, répondit-il modestement. Voyons ce que tu as comme ingrédients…

Il commença à inspecter ses placards et son réfrigérateur et rassembla ce dont il avait besoin pour confectionner une omelette au fromage et aux champignons ainsi qu'une salade composée.

— Cette fois, je veux bien reconnaître que je suis impressionnée, déclara Nik lorsqu'il posa une assiette devant elle.

Ils venaient à peine de commencer leur repas lorsque le téléphone de Finn retentit de nouveau.

— Inspecteur Cavanaugh, j'écoute…

Cette fois, elle le vit se décomposer en entendant ce que lui disait son correspondant.

— Très bien, conclut-il avant de raccrocher. J'arrive tout de suite.

— Il a frappé de nouveau, n'est-ce pas ?

Finn hocha sobrement la tête.

— On a retrouvé un nouveau corps à proximité de l'une des plus grandes boîtes de nuit de la ville, confirma-t-il.

Nik sentit s'étioler les derniers vestiges de sa belle humeur matinale.

— Le mode opératoire est toujours le même ?

— Apparemment.

Ils avalèrent rapidement leur petit déjeuner accompagné de tasses de café, puis quittèrent l'appartement de Nik pour rejoindre la voiture de Finn, qui était garée non loin de là.

— Je pourrai toujours dire que je suis passé te chercher dès que j'ai reçu la nouvelle, fit-il en démarrant.

Elle lui lança un coup d'œil scrutateur.

— Tu ne veux pas que l'on sache que nous avons passé la nuit ensemble ?

Le regard qu'il lui retourna trahissait son étonnement.

— À vrai dire, je cherche juste à protéger ta réputation, répondit-il. Je pensais que ce serait toi qui préférerais éviter le sujet…

— Je n'ai pas honte de ce que nous avons fait, lui assura-t-elle. Mais je te suis reconnaissante de faire preuve d'une telle prévenance à mon égard.

— Que veux-tu ? dit Finn avec un sourire plein d'autodérision. Je suis un type bien.

Nik hocha la tête.

— C'est exactement ce que je pense, inspecteur, déclara-t-elle.

Lorsqu'ils arrivèrent sur la scène de crime, Harley et Ramirez se trouvaient déjà sur place. Nik suivit Finn, qui rejoignit ses hommes attroupés autour de la victime. Elle contempla tristement le corps sans vie de cette jeune femme dont le seul tort avait été de croiser la mauvaise personne au mauvais moment.

— Que savons-nous, exactement ? demanda Finn à ses deux équipiers.

— Que son signalement correspond à celui des autres victimes du tueur, répondit Joe Harley. Elle est jeune, habillée de façon suggestive et a été poignardée en plein cœur, elle aussi.

— Ses vêtements sont froissés, remarqua Nik à haute voix.

Cela ne paraissait pas particulièrement signifiant, et pourtant il était étonnant que quelqu'un d'aussi apprêté néglige de repasser ses habits avant de sortir. Finn s'agenouilla auprès du corps et l'inspecta plus attentivement.

— C'est parce qu'on l'a traînée jusqu'ici en la tenant par le devant de son chemisier, expliqua-t-il. Regardez, l'arrière des talons est sali et abîmé. Le tueur ne voulait sans doute pas qu'on découvre le corps trop rapidement.

— Dans ce cas, il a raté son coup, commenta le coroner. D'après mes premières analyses, la mort remonte à un peu plus de quatre heures - six tout au plus…

Nik jeta un coup d'œil à sa montre puis au cadavre, et une expression douloureuse passa dans son regard. Sans doute se disait-elle aussi que, pendant que cette femme se faisait assassiner, tous deux étaient en train de faire l'amour. Mais Finn refusait de laisser ce crime entacher le souvenir de la nuit merveilleuse qu'ils avaient passée ensemble.

— J'imagine qu'elle n'avait pas de papiers d'identité sur elle ? lâcha-t-il.

Ramirez secoua la tête.

— Pas plus que les autres, confirma-t-il. En revanche, elle a une marque sur le poignet qui indique qu'elle se trouvait dans la boîte de nuit voisine. Nous avons déjà contacté le gérant pour lui demander de venir faire une déposition. Et nous avons enfin reçu une bonne nouvelle.

— Laquelle ?

— La discothèque a été cambriolée, il y a huit mois de cela.

— Et pourquoi est-ce une bonne nouvelle ? s'enquit Nik, étonnée.

— Parce que le gérant a alors décidé de renforcer la sécurité, à commencer par la vidéosurveillance des lieux. Et il a fait installer des caméras non seulement au niveau de l'entrée et de la sortie de service, mais aussi à l'intérieur. Cette fois-ci, nous aurons peut-être la chance de voir qui a abordé la victime au cours de la soirée.

— Croisons les doigts, acquiesça Finn en s'efforçant de ravaler l'espoir que cette information faisait naître en lui.

Cette enquête s'était avérée terriblement frustrante, pour le moment, et ce n'était pas la première fois qu'ils croyaient tenir un indice capital et le voyaient se dérober au dernier moment…

Durant la demi-heure qui suivit, les hommes de la police scientifique quadrillèrent la scène de crime à la recherche du moindre indice disponible. Ils suivirent avec attention ce travail minutieux, espérant qu'ils trouveraient un élément décisif. Malheureusement, il n'en fut rien.

Un agent en uniforme vint alors les prévenir que le gérant était arrivé. Finn, Nik et Joe Harley se rendirent aussitôt à pied à la boîte de nuit, qui était effectivement située à quelques centaines de mètres seulement de la scène de crime.

Jacob Hollander se révéla un homme d'affaires avisé, qui n'entendait pas laisser un criminel entacher la réputation de son établissement.

— Vous pouvez compter sur ma pleine et entière

coopération, leur dit-il. Je ferai tout ce qui sera en mon pouvoir pour vous aider à le coincer. Je ne tiens pas à ce que les gens soient terrifiés par cette vague de meurtres et finissent par s'enfermer chez eux de peur d'être la prochaine victime de ce malade !

— Votre aide sera la bienvenue, répondit Finn. D'autant que je me suis laissé dire que votre boîte de nuit était équipée de nombreuses caméras de sécurité.

— En effet.

— Pourriez-vous nous remettre les enregistrements ainsi que le double des reçus de cartes bleues pour la soirée d'hier ?

— Certainement. Mais je préfère vous prévenir : cela représente pas mal de facturettes. Les affaires marchent plutôt bien, ces temps-ci.

— J'en suis heureux pour vous. Et, avec un peu de chance, il continuera à en être ainsi.

— Ne bougez pas, je vais vous chercher tout ça. En attendant, n'hésitez pas à prendre une boisson dans l'un des réfrigérateurs derrière le bar.

— Merci. Joe, est-ce que tu peux accompagner M. Hollander et lui donner un coup de main ?

Son coéquipier hocha sobrement la tête et emboîta le pas au gérant.

— Tu ne lui fais pas confiance ? souffla Nik lorsque les deux hommes eurent disparu.

— Pour le moment, je ne fais confiance à personne, répondit-il.

— Mais pourquoi le gérant nous mentirait-il ?

— Je n'ai aucune raison objective de le penser, concéda Finn. Mais quelque chose dans son attitude m'a paru bizarre. Peut-être cherche-t-il seulement à nous cacher de petites magouilles personnelles. Ce genre d'établissements de nuit a tendance à prendre des libertés avec la lettre de la loi…

Quelques minutes plus tard, Harley et le gérant revinrent en portant deux grosses boîtes emplies de facturettes et de disques durs externes.

— Je vous souhaite bien du courage, leur dit Hollander. Comme vous vous en doutez sûrement, le samedi est la soirée la plus active de la semaine.

— Nous nous débrouillerons, répliqua Finn. Nous avons l'habitude.

— Pouvez-vous me signer un reçu pour tout ça ?

— Certainement.

Hollander lui apporta une feuille sur laquelle était décrit le contenu des boîtes ainsi que la date et l'heure à laquelle elles avaient été remises à la police. Après s'être assuré que tout était en règle, il parapha le document.

— On dirait que vous êtes rompu à ce genre de procédure, remarqua-t-il.

— Ce n'est pas moi, à vrai dire, répondit Hollander. Mais l'un de mes cousins a eu des problèmes avec le fisc après s'être fait saisir des pièces comptables qui ne lui ont jamais été restituées. Alors je préfère ne courir aucun risque.

— C'est parfaitement compréhensible, acquiesça Finn.

— Savez-vous quand vous pourrez me rendre les reçus de cartes bleues ?

— Dès que nous aurons fini de les exploiter, déclara Finn de façon volontairement évasive. En attendant, pourriez-vous nous accompagner jusqu'à la scène de crime ?

— Pourquoi donc ? s'enquit Hollander, visiblement surpris.

— Pour voir si, par hasard, vous pourriez identifier la victime. Le tueur lui a pris ses papiers et, s'il s'agissait de l'une de vos habituées, vous nous feriez gagner un temps précieux.

— Je vous suis, acquiesça le gérant.

Ils rejoignirent les lieux où la jeune femme avait été

tuée. Son corps avait déjà été placé dans le fourgon du coroner, mais ce dernier attendait leur retour, ainsi que le lui avait demandé Finn. Il fit glisser la fermeture Éclair du sac mortuaire pour dévoiler le visage de la victime.

Hollander la contempla longuement avant de secouer la tête d'un air réprobateur.

— Quel gâchis ! lâcha-t-il.

— Est-ce que vous la reconnaissez ?

— Je peux vous dire qu'elle est venue déjà plusieurs fois chez nous, déclara le gérant. En revanche, je ne connais pas son nom. Je suis désolé.

Finn hocha sobrement la tête. Il ne s'était pas fait beaucoup d'illusions à ce sujet - d'expérience, il savait que c'était le meilleur moyen pour ne pas être déçu…

19

— Si ça continue, je crois que je vais demander à votre département de m'offrir une paire de lunettes, déclara Nik en détournant les yeux du moniteur. Je commence à voir double. Franchement, les films policiers seraient nettement moins intéressants si on montrait ce que vous faites réellement de vos journées…

— Je suis bien d'accord avec toi, acquiesça Finn en souriant. Et encore, moi au moins je suis payé pour ça. Rien ne t'oblige à continuer, tu sais. Tu as fait bien plus que ce que l'on était en droit d'attendre de toi.

Nik ne put réprimer un soupir. La tentation était effectivement grande de rentrer tranquillement chez elle. Mais elle ne pouvait oublier les visages des victimes. Justice devait être rendue avant qu'une autre jeune femme vienne s'ajouter à cette liste lugubre.

— Je crois que je devrais faire une pause, déclara-t-elle.

— Si vous voulez, on peut échanger de place, proposa Ramirez.

Il était installé à une table avec Harley, et tous deux dépouillaient un à un les reçus de cartes bleues, relevant chacun des numéros de façon à pouvoir les comparer avec ceux des victimes, de Marilyn et du Dr Garrett.

— Et moi qui pensais qu'on était passé au tout numérique, ajouta Ramirez d'un ton tragique.

— Tu sais que nous n'avions pas encore assez de preuves pour demander que la banque nous transmette ces informations, lui rappela Finn. Nous n'avions pas d'autre choix que de procéder à l'ancienne.

Il interrompit le flux d'images accélérées qui défilaient sur son moniteur et massa ses tempes douloureuses. Cela faisait des heures qu'ils travaillaient sans relâche et, pour le moment, leurs efforts n'avaient guère été récompensés.

— Nous pourrions peut-être faire une pause et commander quelque chose à dîner, suggéra Nik, qui avait relancé la bande-vidéo qu'elle était en train d'étudier.

— Ça me convient parfaitement, déclara Ramirez. Qu'est-ce qui vous tente ?

— Des pizzas ? lança Joe Harley.

— Tu proposes toujours la même chose, remarqua Finn en riant.

— C'est parce qu'il n'y a rien de meilleur qu'une bonne pizza, répondit sentencieusement son coéquipier.

Finn était sur le point de répliquer lorsque Nik poussa une exclamation de surprise.

— Tu as découvert quelque chose ? lui demanda-t-il, curieux.

— Viens voir !

Il se leva et s'étira avant de la rejoindre.

— Je l'ai trouvée, lui dit-elle en désignant l'écran.

Finn plissa les yeux pour tenter d'identifier la femme qui apparaissait sur la bande-vidéo en pause. Mais la définition était bien trop médiocre.

— Tu penses que c'est notre victime ?

Harley et Ramirez s'étaient arrêtés et les observaient avec attention, espérant eux aussi qu'une piste venait enfin de surgir dans cette affaire qui piétinait désespérément depuis plusieurs jours.

— Non, c'est Marilyn, affirma Nik.

— Est-ce que tu peux me passer la scène ? demanda Finn.

Nik revint quelques dizaines de secondes en arrière avant d'enclencher la lecture. La caméra filmait la piste sur laquelle évoluaient plusieurs danseurs. Une jeune femme entra alors dans le champ, se déhanchant de façon plus que suggestive.

— C'est bien elle, confirma Nik.

— On dirait qu'elle regarde quelqu'un, remarqua Finn en désignant l'image.

— Malheureusement, cette personne n'est pas dans le cadre…

Ils demeurèrent tous deux immobiles, les yeux rivés sur l'écran. Au bout d'un moment, Marilyn sortit du champ, et Finn laissa échapper un juron.

— Ne perdons pas espoir, lui enjoignit Nik. Elle va peut-être revenir sur la piste un peu plus tard…

Elle accéléra légèrement l'image, et plusieurs dizaines de secondes s'écoulèrent avant que Marilyn réapparaisse à l'écran. Cette fois-ci, elle tenait par la main une autre jeune femme.

— C'est elle, murmura Finn. C'est notre victime…

Toutes deux se mirent à danser de façon langoureuse.

— Tu penses que ce pourrait être elle, la tueuse ? murmura Nik.

Sa voix trahissait le désarroi qui l'habitait en cet instant, et Finn sentit son cœur se serrer. Plus l'enquête progressait et plus il apparaissait évident que Marilyn était intimement mêlée à ces meurtres. Sans doute était-elle en train de se demander comment elle pourrait bien annoncer cette terrible nouvelle à son amie Kim.

— Rien ne nous dit qu'elle agit de son plein gré, objecta-t-il en s'efforçant de paraître convaincu.

Nik laissa échapper un petit rire dépourvu de joie.

— Qui êtes-vous, monsieur, et qu'avez-vous fait de Finn ? lui demanda-t-elle.

— Je veux juste lui accorder le bénéfice du doute, répondit-il en haussant les épaules.

— Ne me dis pas que tu la crois parfaitement innocente, protesta-t-elle en désignant l'image. Elle n'a vraiment pas l'air de trouver cela désagréable…

Finn secoua doucement la tête.

— Je ne suis pas sûr que cette danse soit pour son seul plaisir.

— Que veux-tu dire ?

— Elle en fait un peu trop, tu ne trouves pas ? On dirait qu'elle se donne en spectacle.

Entre-temps, Ramirez et Harley s'étaient levés pour les rejoindre.

— Je suis d'accord, déclara Joe Harley. Regardez la façon dont elle jette régulièrement un coup d'œil sur le côté… Je crois que cette petite scène est destinée à quelqu'un de précis.

Finn observa plus attentivement les danseuses et s'aperçut qu'il disait vrai. À plusieurs reprises, Marilyn se tourna vers quelqu'un qui ne se trouvait pas dans le cadre.

— Attendez une minute ! lança Nik.

Elle fouilla les papiers posés sur le bureau et mit la main sur le schéma qu'elle avait dessiné un peu plus tôt.

— C'est le plan de la boîte de nuit, expliqua-t-elle. J'ai indiqué où sont situées les différentes caméras. Celle que nous regardons est placée ici. Cela signifie que nos deux danseuses sont là, précisa-t-elle en traçant deux croix sur le plan. Et Marilyn regarde dans cette direction…

Elle indiqua une série de ronds qui figuraient des tables bordant de la piste.

— Cette zone-ci est hors champ, mais elle se trouve

dans le cadre de la caméra numéro quatre, positionnée de l'autre côté de la salle.

— Nik tu es géniale ! s'exclama Finn. En nous servant des *time codes*, nous devrions pouvoir apercevoir qui était installé à ces tables !

Finn passa rapidement en revue les disques correspondant aux différentes caméras. Il sélectionna celui qui l'intéressait et le connecta à son propre ordinateur. Après avoir localisé le fichier vidéo correspondant à la soirée qui les intéressait, il le lança et fit avancer le curseur jusqu'au *time code* que lui indiqua Nik.

La jeune femme se rapprocha, imitée par Ramirez et Harley. La tension qui les habitait tous les quatre était presque palpable en cet instant.

— Ce sont ces tables-ci, indiqua Nik en désignant le fond de la pièce.

— Là ! s'exclama Finn en désignant l'une des tables en question. C'est lui ! C'est Garrett !

— Je crois bien que tu as raison, murmura-t-elle.

— Vous êtes sûrs ? s'enquit Harley.

Nik sortit son téléphone portable et chercha la photographie de Garrett qu'elle avait récupérée sur le site d'un séminaire médical auquel il avait participé récemment. Elle l'approcha de l'écran de Finn pour qu'ils puissent comparer.

— Ça lui ressemble pas mal, en effet, reconnut Ramirez.

— Il est plutôt séduisant, remarqua Harley. Pas étonnant que la petite Palmer soit mordue.

— Qu'il soit séduisant ou pas, rien ne peut justifier qu'elle soit complice de ses crimes, déclara Nik d'une voix blanche.

— J'ai pourtant bien l'impression que ces deux-là nous offrent un remake de *Tueurs nés*, commenta Finn. En tout cas, cette fois-ci nous avons assez d'éléments pour lancer un avis de recherche et demander un mandat d'amener.

Harley, cherche quel modèle de voiture conduit Garrett et récupère son immatriculation. Ramirez, tâche de me dénicher une adresse. Je vais appeler le juge. On se retrouve dans un quart d'heure.

— Et moi ? lui demanda Nik. Que veux-tu que je fasse, pendant ce temps ?

— Des enregistrements de toutes les scènes où apparaissent Marilyn, Garrett et la victime. Regarde aussi si tu trouves des images où ils figurent tous les trois - l'idéal serait de les voir sortir ensemble de la boîte de nuit, mais je ne me fais pas trop d'illusions…

Vingt minutes plus tard, tous quatre s'installèrent dans l'une des salles de réunion pour faire le point tout en dégustant les pizzas que Nik avait commandées.

— J'ai découvert quelque chose d'intéressant, annonça Ramirez. Notre bon Dr Garrett semble ne pas tenir en place. Il déménage tous les trois ou quatre mois environ.

— C'est bizarre, commenta Finn.

— Sauf s'il lui arrive de tuer certaines de ses victimes à domicile, remarqua Harley. Déménager régulièrement rendrait difficile la recherche d'indices matériels.

— Mon Dieu ! murmura Nik, horrifiée. Cela signifie qu'il y a peut-être beaucoup plus de victimes que nous ne l'avons cru jusqu'ici.

— Qu'il en assassine chez lui ou non, j'ai bien peur que ce ne soit le cas, déclara Finn. La fréquence des meurtres indique que le tueur traverse une crise aiguë, et je doute qu'elle n'ait pas été précédée par d'autres passages à l'acte plus épisodiques. Est-ce que tu as pu obtenir des informations sur sa voiture ? ajouta-t-il à l'intention de Harley.

— Oui, répondit ce dernier. Grâce à ta cousine, d'ailleurs. Tu sais, celle qui travaille au labo…

— Valri ?

— C'est ça. Elle ne rentre donc jamais chez elle ?

— C'est une bonne question, répondit Finn avec un demi-sourire. Il m'arrive effectivement de penser qu'elle passe ses nuits ici.

— Quoi qu'il en soit, elle a découvert que Garrett possède plusieurs véhicules différents : une berline, un coupé sport et une moto. J'ai relevé les spécifications de chacun ainsi que les immatriculations.

— Parfait. Je vais aller jeter un coup d'œil chez le Dr Garrett. S'il n'est pas chez lui, nous lancerons des avis de recherche pour lui et chacun de ses véhicules.

— Est-ce que je peux venir avec toi ? s'enquit Nik.

Il hésita, probablement pas très enthousiaste à l'idée qu'elle se jette ainsi dans la gueule du loup.

— Au cas où Marilyn serait là, je pourrais t'être utile, argua-t-elle.

— C'est d'accord, dit-il enfin. Mais je te préviens : je ne me fais pas beaucoup d'illusions sur nos chances de les trouver là-bas.

— Il faut bien qu'ils se reposent de temps en temps, s'ils passent leurs nuits à traquer, à séduire et à tuer ces pauvres filles…

L'adresse que leur avait fournie Ramirez était située dans l'un des quartiers les plus chics d'Aurora. Les maisons qui le constituaient étaient toutes différentes, et leurs architectes paraissaient avoir rivalisé de créativité et d'audace. Le petit hôtel particulier devant lequel ils se garèrent était extrêmement luxueux.

— On dirait que notre bon docteur gagne vraiment bien sa vie, commenta Nik, impressionnée.

— L'endroit présente d'autres avantages, pour un meurtrier, remarqua Finn. Les murs sont particulièrement épais. Même le choix du voisinage n'est peut-être pas anodin : c'est le genre de quartier où les policiers hésitent à organiser une descente sans un mandat en bonne et due forme.

Ils sortirent du véhicule et se dirigèrent vers l'imposante porte d'entrée en chêne massif. Là, ils sonnèrent et attendirent vainement durant plusieurs minutes. Par acquit de conscience, Finn se servit alors du lourd heurtoir en cuivre sans obtenir plus de résultats.

Tendant l'oreille, il guetta le moindre bruit qui aurait pu leur indiquer que quelqu'un se trouvait dans la maison. Mais aucun ne lui parvint.

— Peut-être sont-ils déjà sortis pour la soirée, suggéra Nik d'une voix lugubre.

— Possible, concéda Finn. Mais je ne suis pas sûr que les boîtes de nuit soient très fréquentées, le dimanche.

— Je te rappelle que le tueur écume aussi les bars et les restaurants de la ville.

— C'est vrai. Je ferais peut-être bien de poster une voiture de patrouille dans le coin, au cas où il reviendrait…

— Excusez-moi ?

Finn et Nik se retournèrent vers la personne qui venait de les héler. Il s'agissait d'un homme d'une cinquantaine d'années, qui tenait en laisse un chien minuscule. Il les considérait avec une curiosité non dissimulée.

— Vous cherchez le Dr Garrett ? leur demanda-t-il.

— En effet, dit Finn en sortant sa plaque. Je suis l'inspecteur Cavanaugh de la police d'Aurora. Savez-vous où je pourrais le trouver ?

— Henry Anderson, se présenta l'homme. Est-ce qu'il a fait quelque chose de mal ?

La curiosité qui se lisait dans ses yeux n'échappa pas à Nik.

— Nous voulons juste lui poser quelques questions,

répondit prudemment Finn. Il se peut qu'il ait été témoin d'un cambriolage.

— Un cambriolage dans le quartier ? s'exclama Anderson, visiblement horrifié par cette seule idée.

Il jeta un coup d'œil nerveux aux alentours, comme s'il s'attendait vraiment à voir surgir un criminel armé jusqu'aux dents.

— Sauriez-vous où je pourrais trouver le Dr Garrett ? demanda de nouveau Finn.

— Je suis désolé, mais je ne connais pas sa nouvelle adresse, déclara Anderson.

— Sa nouvelle adresse ? répéta Finn.

— J'ai vu un camion de déménagement garé devant chez lui. Il n'est pas resté très longtemps, remarquez : les déménageurs étaient d'une efficacité redoutable et ils ont vidé la maison en moins de deux heures.

— Vous rappelez-vous quel jour c'était, exactement ?

— Ce n'est pas difficile. C'était hier.

Nik réprima difficilement une exclamation de dépit. Visiblement, ils avaient manqué le médecin de peu. Un doute s'insinua alors en elle : se pouvait-il qu'il ait appris que Finn et elle étaient passés à son cabinet ? Ou qu'ils avaient contacté le Dr Day ? Après tout, ce dernier ne leur avait pas caché le fait qu'il était un vieil ami de Garrett…

— Ça m'a étonné qu'il déménage aussi vite, reprit Anderson. Il n'était là que depuis deux ou trois mois. Mais j'imagine que la maison ne lui plaisait pas - ou qu'elle était trop chère.

— Est-ce que vous connaissiez bien le Dr Garrett ? s'enquit Finn.

— Pas vraiment, répondit Anderson. Il m'arrivait d'échanger quelques mots avec lui, à l'occasion. Mais le Dr Garrett n'est pas quelqu'un de très bavard. Cordial, notez bien, mais pas bavard…

Le chien d'Anderson, un loulou de Poméranie, se mit alors à tirer sur sa laisse avec impatience.

— Tout doux, tout doux, Delilah !

Il leur décocha un sourire navré.

— Je suis désolé, dit-il. Ma chienne n'aime pas que je discute avec des gens. Son thérapeute pense qu'elle se sent délaissée dans ces moments-là.

— Votre chienne a un thérapeute ? ne put s'empêcher de demander Nik, sidérée.

— Oui. Je sais que je la gâte un peu trop, mais je vous assure qu'elle est beaucoup plus heureuse depuis qu'elle voit le Dr Weston trois fois par semaine. Je ne regrette vraiment pas cet investissement.

— Avez-vous déjà vu la petite amie du Dr Garrett ? s'enquit alors Finn, désireux d'en revenir à ce qui les intéressait réellement.

— Laquelle ? répliqua Anderson d'un ton légèrement moqueur.

— Il en avait plusieurs ?

— Disons que j'ai vu se succéder pas mal de femmes chez lui. Et quasiment jamais deux fois la même. Le Dr Garrett est un véritable tombeur, vous savez.

— Vous paraissez bien informé, remarqua Finn.

— C'est parce que je promène très souvent Delilah, se défendit Anderson.

— En tout cas, nous vous sommes très reconnaissants pour votre aide, déclara Finn en sortant son calepin. Puis-je prendre votre numéro de téléphone, au cas où j'aurais d'autres questions à vous poser ?

— Mais certainement, s'exclama Anderson, qui paraissait ravi de l'attention qu'on lui vouait.

20

Après avoir interrogé Anderson, Finn appela Valri pour qu'elle identifie le propriétaire de la maison louée par le Dr Garrett. Dès qu'il eut obtenu l'autorisation de fouiller les lieux, il demanda à Sean d'envoyer au plus vite une équipe de la police scientifique sur place.

— La maison n'a pas encore été nettoyée, expliqua-t-il. Et nous savons que le suspect y a fait venir plusieurs femmes. Je voudrais que vous cherchiez d'éventuelles traces de violence.

— Tu penses qu'il a pu tuer ces femmes ?

— Je l'ignore, avoua Finn. Mais je m'en voudrais de ne pas avoir vérifié.

— Je comprends, acquiesça Sean. Tu peux compter sur nous.

Pendant que Finn s'entretenait avec Sean, Nik contacta Joe Harley pour lui demander si l'un des véhicules de Garrett avait été retrouvé. Malheureusement, tel n'était toujours pas le cas.

— Il est déjà neuf heures et demie, constata Finn lorsque tous deux eurent raccroché. J'ai bien peur que nous ne puissions pas en faire beaucoup plus, un dimanche soir. Et je crois qu'après une telle journée nous avons bien mérité un peu de repos. Je vais te ramener chez toi.

— D'accord.

Ils regagnèrent leur voiture et prirent la direction de chez Nik. Comme à son habitude, il la raccompagna jusqu'à sa porte.

— Est-ce que tu veux entrer ? lui proposa-t-elle.

— Je ne sais pas si je serais de bonne compagnie, ce soir, objecta-t-il.

— Laisse-moi en juger, répondit-elle en pénétrant dans l'appartement. J'ai de la bière, du vin, du café ou du jus d'orange, annonça-t-elle alors qu'il restait sur le pas de la porte.

Finn hésita quelques instants avant de la suivre à l'intérieur.

— Je prendrais bien une bière, lui dit-il en refermant derrière eux.

Elle alla chercher deux cannettes et en posa une sur la table basse du salon avant de se laisser tomber sur le canapé. Finn vint s'asseoir à ses côtés, et tous deux trinquèrent avant de siroter leurs bières en silence.

— J'espère que Garrett n'a pas décidé de partir pour un autre État où il pourra recommencer à tuer sans que personne ne fasse le rapprochement avec ce qui s'est passé ici, lâcha enfin Finn.

— Ne sois pas défaitiste, protesta-t-elle. D'après Ramirez, ce n'est pas la première fois qu'il déménage ainsi à l'improviste.

— Je ne peux pas m'empêcher de penser qu'il a eu vent de notre investigation, objecta Finn. Je serais prêt à parier que le Dr Day lui a passé un coup de téléphone dès l'instant où nous sommes sortis de son bureau.

— Et moi qui croyais que tous les Cavanaugh étaient de nature optimiste, soupira-t-elle.

— J'ai bien peur d'être l'exception qui confirme la règle. Je ferais peut-être mieux d'y aller avant de te saper complètement le moral.

Nik secoua la tête.

— J'ai une meilleure idée, lui dit-elle. Et si c'était moi qui te remontais le moral, plutôt ?

— Je ne suis pas sûr que ce soit faisable, la prévint-il.

Elle lui décocha un sourire plein d'assurance.

— Je t'ai déjà dit que j'étais d'origine polonaise, n'est-ce pas ?

— Même si tu ne l'avais pas fait, ton nom de famille t'aurait trahie, répondit-il.

— Eh bien, tu devrais savoir que les Polonais sont connus pour être des gens très têtus.

— Nikki..., protesta-t-il mollement.

— Chut, souffla-t-elle en plaçant l'index en travers de ses lèvres. Laisse-moi me concentrer, ajouta-t-elle en se penchant vers lui.

Sa bouche gourmande effleura à peine celle de Finn qui ne put réprimer un sourire.

— Tu es vraiment incorrigible, murmura-t-il.

— Je sais...

Il sentait son souffle brûlant contre ses lèvres et ne put résister très longtemps à la tentation qu'il avait de l'embrasser. La douceur de ce baiser eut très vite raison de son humeur maussade, et il en oublia momentanément la fuite de Garrett, leur enquête qui piétinait et son angoisse de voir apparaître de nouvelles victimes.

Plus rien ne semblait exister que le mélange irrésistible de tendresse, de désir et de bien-être que Nik savait faire naître en lui. Et il prit alors conscience du fait qu'en l'espace de quelques jours seulement il était bel et bien tombé éperdument amoureux de cette femme à nulle autre pareille.

Lorsque Finn ouvrit un œil, le lendemain matin, il trouva Nik endormie à ses côtés. Se redressant sur un coude, il contempla son beau visage qui paraissait si paisible dans son sommeil. Il songea alors qu'il aurait voulu pouvoir se réveiller chaque jour auprès d'elle.

Il était étrange d'éprouver des sentiments si profonds pour quelqu'un qu'il ne connaissait que depuis si peu de temps. Mais, curieusement, il n'avait absolument aucun doute quant à ce qu'il ressentait. Il aurait bien voulu demeurer dans ce lit auprès d'elle durant toute la journée. Malheureusement, il ne pouvait se permettre de négliger ses responsabilités. D'autres innocentes risqueraient de perdre la vie par sa faute.

Avant de se rendre au commissariat, il devait impérativement repasser chez lui pour se changer. Cela faisait déjà deux jours d'affilée qu'il portait les mêmes vêtements, et ses collègues risquaient de se poser des questions.

Mais, comme il s'apprêtait à se lever, Nik ouvrit les yeux. Avec un petit grognement possessif, elle lui attrapa le bras pour le retenir auprès d'elle.

— Il faut que je file, Nikki. Nous sommes lundi et nous allons devoir retourner ciel et terre si nous voulons avoir une chance de retrouver Garrett avant qu'il passe de nouveau à l'action.

À ces mots, Nik se redressa brusquement sur son lit.

— Le camion ! lança-t-elle.

Il la considéra avec stupeur.

— Anderson nous a dit que Garrett avait fait appel à des déménageurs professionnels, lui expliqua-t-elle. Leurs camions sont généralement décorés du logo de leur société. Si nous retrouvons cette entreprise, ils pourront peut-être nous dire quelle était l'adresse de livraison des meubles !

— Bien sûr ! Comment se fait-il que nous n'y ayons pas pensé plus tôt ?

— Nous étions trop déprimés pour cela, lui dit-elle. Puis trop occupés par… autre chose. Mais tu sais ce qu'on dit : la nuit porte conseil.

— Pas à tout le monde, apparemment, objecta-t-il avec une pointe d'autodérision.

— Appelle Anderson pendant que je m'habille. Ensuite, nous passerons chez toi avant de nous rendre chez ces déménageurs.

— Chef, oui, chef ! s'exclama Finn en riant. On ne t'a jamais dit que tu avais l'âme d'un général ?

— Non, mais ça me donne des idées de reconversion, répondit-elle en sautant au bas du lit.

Il ne put s'empêcher de la dévorer des yeux.

— Désolée, mais nous n'avons vraiment pas le temps, lui dit-elle lorsqu'elle avisa le regard lourd de désir qu'il posait sur elle.

— Je sais, soupira-t-il, la mort dans l'âme.

Se redressant à son tour, il entreprit de se rhabiller tout en composant le numéro qu'Anderson lui avait donné la veille. Malheureusement, il tomba sur la messagerie de ce dernier.

— Il ne répond pas, indiqua-t-il à Nik.

— Ce n'est pas étonnant. Il est à peine 7 heures. Voilà ce que je te suggère : prenons un petit déjeuner à emporter à la boulangerie qui fait l'angle, puis passons chez toi. Nous le rappellerons de là-bas.

Ils mirent ce plan à exécution et, après s'être douché et changé, Finn renouvela son appel vers 8 heures sans plus de succès.

— Nous devrions nous rendre directement chez lui, suggéra alors Nik. Après tout, cette information peut s'avérer cruciale : si nous parvenons à localiser Garrett d'ici ce soir, nous sauverons peut-être la vie d'une innocente.

— Je suis d'accord avec toi, acquiesça Finn. Et puis, pour consoler Anderson, nous pourrons toujours lui dire qu'il a joué un rôle prépondérant dans l'arrestation d'un tueur en série. Cela devrait lui permettre de se faire mousser auprès de tous les gens qu'il connaît - et même de ceux qu'il ne connaît pas - pendant plusieurs mois…

Henry Anderson était d'une humeur massacrante lorsqu'il vint ouvrir aux malotrus qui tambourinaient à sa porte depuis près de cinq minutes. Les gens n'avaient plus aucun sens des convenances, de nos jours. Et ce raffut risquait de traumatiser la pauvre Delilah qui aboyait à s'en déchirer les cordes vocales…

— Je vous préviens ! lança Anderson, furieux. Si vous n'arrêtez pas immédiatement ce tapage, je vais appeler la police.

— Je fais partie de la police, répondit une voix qui lui sembla familière.

Il risqua un coup d'œil au travers de l'œilleton et eut la surprise de découvrir le couple de charmants inspecteurs qu'il avait rencontrés la veille devant chez le Dr Garrett.

— Ça alors ! s'écria-t-il en leur ouvrant la porte. Si j'avais su que c'était vous… Mais entrez, entrez, je vous en prie…

— Nous n'en avons que pour une minute, dit Finn. Et je suis vraiment désolé de vous avoir réveillé. Mais nous avons une question de la plus haute importance à vous poser.

— Ne vous en faites pas ! Je suis ravi de pouvoir vous être de nouveau utile. Que puis-je faire pour vous, inspecteur ?

— Vous nous avez bien dit avoir vu le camion de déménagement du Dr Garrett, n'est-ce pas ?

— En effet.

— Vous souvenez-vous par hasard du logo de l'entreprise de déménagement qui figurait sur le camion ?

Anderson le considéra avec étonnement : ce n'était vraiment pas le genre de détail dont il aurait pensé qu'il puisse intéresser la police. Mais l'inspecteur Cavanaugh devait avoir de bonnes raisons de lui poser la question, et il se creusa la mémoire.

— Je me souviens que le logo représentait un éclair, répondit-il.

— Un éclair ? répéta Finn.

— Oui.

— C'était une allusion au nom de la société, précisa-t-il. Les Déménageurs éclair… Et je dois bien reconnaître qu'en voyant la vitesse à laquelle ils ont procédé on ne peut pas les accuser de publicité mensongère…

— Je vous remercie beaucoup, monsieur Anderson. Vous nous avez été d'une aide plus que précieuse !

Anderson se sentit un peu déçu de ne pouvoir faire plus pour les aider : l'information qu'il venait de leur donner lui paraissait parfaitement triviale, et il ne voyait pas vraiment en quoi elle pouvait leur être utile.

À moins, bien sûr, que les déménageurs en question ne soient responsables du cambriolage auquel l'inspecteur Cavanaugh avait fait allusion lors de leur première rencontre… Anderson était bien décidé à en apprendre un peu plus à ce sujet.

— Est-ce que vous voulez entrer prendre un café ? leur proposa-t-il.

— C'est très gentil mais, grâce à vous, nous avons fort à faire aujourd'hui. Une autre fois, peut-être ?

— Quand vous voudrez, acquiesça Anderson. Et n'hésitez pas à m'appeler si vous avez la moindre question au sujet du Dr Garrett ou de ce qui se passe dans le quartier.

— Nous n'y manquerons pas, lui assura Finn. Au revoir, monsieur Anderson.

Nik et Finn regagnèrent leur voiture qui était garée juste en face de la maison. Une fois à l'intérieur, Nik sortit son téléphone portable pour chercher les coordonnées de la société de déménagement que venait de leur indiquer Anderson.

— Par chance, leurs bureaux sont ouverts aujourd'hui, annonça-t-elle à Finn. Ils sont situés dans le quartier de Lonsdale, à quelques minutes d'ici en voiture. En revanche, ils n'ouvrent pas avant 9 heures.

— Cela va nous laisser le temps d'appeler Harley, déclara Finn en sortant son propre téléphone portable.

Il composa le numéro de son coéquipier et activa l'amplificateur pour que Nik puisse suivre leur conversation.

— Finn ? J'allais justement t'appeler ! lança Joe.

— Que se passe-t-il ?

— Nous nous sommes plongés dans le registre des affaires non résolues pour y chercher des meurtres qui présenteraient des similarités avec ceux sur lesquels nous enquêtons, lui dit-il.

— Je l'avais fait au début de l'enquête, remarqua Finn.

— Exact. Mais Garrett n'était pas notre suspect numéro un, à ce moment-là.

— Et… ?

— Et il n'a pas toujours vécu à Aurora. Il y a cinq ans, il résidait à Palm Springs, et nous avons trouvé quatre victimes là-bas - poignardées en plein cœur à la suite de soirées également. Deux ans plus tôt, alors que Garrett vivait à Los Angeles, nous avons trouvé cinq affaires qui pourraient correspondre…

Finn et Nik échangèrent un regard effaré : en l'espace de quelques heures, leur enquête venait de prendre de nouvelles proportions.

— Cela signifie qu'il ne nous reste plus très longtemps pour le coincer, déclara Finn. D'ici un jour ou deux, les fédéraux reprendront le dossier, et nous serons mis sur la touche.

— Exact, approuva Harley. Espérons que d'ici là

quelqu'un nous signale la présence de Garrett, de sa copine ou de l'un de ses véhicules.

— Nous avons peut-être une autre piste, répondit Finn. La société de déménagement à laquelle Garrett a fait appel doit savoir où il a fait livrer ses meubles. Avec un peu de chance, nous allons pouvoir le cueillir à son nouveau domicile.

— Excellent, s'exclama Harley. N'hésite pas à nous rappeler dès que tu auras l'adresse. Nous savons tous à quel point ce type est dangereux.

21

Après leur avoir opposé une résistance de pure forme au nom du respect de la vie privée de ses clients, l'assistante de direction des Déménageurs éclair consentit finalement à leur livrer la nouvelle adresse de James Garrett. Ils décidèrent de se rendre sur place aussitôt.

Sans surprise, sa nouvelle demeure était située dans un quartier très sélect, tout aussi chic que le précédent. La maison proprement dite était un hôtel particulier haut de deux étages trônant au milieu d'un grand jardin entièrement enceint de murs de pierre.

Seule une grille en fer forgé et une porte de service cadenassée permettaient d'accéder à la propriété. Et, cette fois-ci, ils n'eurent pas la chance de croiser un informateur aussi curieux et bavard qu'Anderson.

— On dirait qu'il a décidé de renforcer la sécurité de son domicile, remarqua Nik lorsqu'ils se garèrent à proximité de la maison.

Ils descendirent de voiture et s'approchèrent de la grille.

— Il n'y a même pas de sonnette ou d'Interphone, renchérit Finn, surpris. Visiblement, Garrett ne compte pas avoir une vie sociale trépidante.

Nik ne put réprimer un frisson.

— J'ai vraiment l'impression de me trouver devant le château de Barbe-Bleue, avoua-t-elle.

— Il y a de ça, acquiesça Finn.

Par acquit de conscience, il essaya la poignée de la grille et eut la surprise de voir celle-ci s'ouvrir.

— Garrett n'est peut-être pas aussi précautionneux que nous le pensions, dit-il.

— Peut-être nous attend-il à l'intérieur, objecta Nik, que cette perspective ne rassurait guère.

— Très franchement, je doute que ce soit le cas. Cet homme est peut-être un malade qui prend plaisir à assassiner des femmes. Mais je te rappelle qu'il n'aime courir aucun risque : il va jusqu'à les droguer pour éviter qu'elles lui résistent. Ce n'est pas le genre à se mesurer à un policier armé et entraîné. Cela dit, on n'est jamais trop prudent.

Finn s'agenouilla pour sortir le petit revolver de secours qui était attaché à sa cheville.

— Tu as déjà tiré ? demanda-t-il à Nik.

— Bien sûr. Je vais même m'entraîner régulièrement.

— Alors glisse ça dans ton sac, juste au cas où. Je ne tiens pas à ce que nous nous retrouvions pris au dépourvu.

Lui-même détacha le scratch du holster qui se trouvait sous son blouson.

— Allons-y !

Ils s'avancèrent dans le magnifique jardin qui entourait la maison et se dirigèrent vers la volée de marches permettant d'accéder à la porte d'entrée. Finn pressa la sonnette et attendit quelques instants avant de recommencer. Personne ne vint leur ouvrir.

— Je n'entends pas de bruit à l'intérieur, dit-il. Les volets ne sont pas fermés. Faisons le tour de la maison, et nous verrons peut-être quelque chose par les fenêtres.

Nik hocha la tête, et ils entreprirent de contourner la belle demeure par la gauche. À travers les vitres, ils pouvaient apercevoir les vastes pièces du rez-de-chaussée.

Quelques-unes avaient été meublées, mais les autres étaient totalement vides.

— On dirait qu'il n'y a personne, constata Finn.

— Au rez-de-chaussée, en tout cas, acquiesça Nik.

Ils allèrent frapper à la porte de la cuisine sans obtenir plus de réponses.

De retour face à l'entrée principale, Finn sortit son téléphone portable pour contacter Harley.

— Nous sommes devant chez lui, indiqua-t-il à son équipier. Mais il n'y a personne. Je voudrais que tu demandes au juge Carter un mandat de perquisition pour l'adresse que je vais te donner.

— J'espère qu'il nous l'accordera, remarqua Harley.

— Dis-lui bien que le suspect a été vu en compagnie de la dernière victime le soir où elle a été tuée. Et rappelle-lui qu'on a trouvé l'empreinte de sa petite amie dans la voiture de Seamus et ses coordonnées dans le sac à main d'une autre des victimes. Cela devrait suffire à le convaincre.

— Espérons-le, soupira Harley. Je te rappelle dès que j'ai une réponse.

— Parfait, conclut Finn avant de raccrocher.

— Et maintenant ? s'enquit Nik. Que faisons-nous ?

— Nous attendons le mandat. Et nous surveillons la maison au cas où quelqu'un en sortirait ou y entrerait.

Il s'écoula moins d'une heure avant que Harley et Ramirez les rejoignent avec le mandat que venait de leur délivrer le juge Carter. Finn retourna sonner. Puis il tambourina à la porte en annonçant haut et fort qu'il était de la police.

— Bien, conclut-il en se tournant vers Harley. Il ne nous reste plus qu'à enfoncer la porte.

— J'ai pris le bélier, lui indiqua son équipier.

— Attendez une minute, intervint Nik. J'ai peut-être une façon plus subtile d'ouvrir la porte. Laissez-moi essayer.

Finn, Harley et Ramirez échangèrent un regard mi-amusé, mi-dubitatif en voyant la jeune femme sortir de son sac à main une trousse de crochetage. Elle s'agenouilla devant la serrure et y introduisit ses outils. Au grand étonnement des trois hommes, il ne lui fallut que quelques dizaines de secondes pour crocheter la porte.

— Je n'ose te demander dans quelles circonstances tu as appris à faire ça, déclara Finn.

— Une bonne enquêtrice doit avoir plus d'un tour dans son sac, répondit-elle.

— Nous allons faire semblant de n'avoir rien entendu, répliqua-t-il en riant. En tout cas, tu es vraiment une femme pleine de ressources.

— Tu n'as pas idée à quel point, dit-elle d'un ton suggestif.

Harley laissa échapper un petit sifflement moqueur.

— Vous devriez peut-être vous trouver une chambre, tous les deux, railla-t-il.

Finn préféra ne pas relever.

— Nik, reste dans l'entrée pendant que nous nous assurons que la maison est vide, lui ordonna-t-il.

Nik hocha la tête, et tous trois pénétrèrent dans le vaste hall de la demeure.

— Police d'Aurora ! cria Finn. Est-ce qu'il y a quelqu'un ?

Personne ne leur répondit. Il fit signe à Ramirez de surveiller l'escalier tandis que Harley et lui faisaient le tour du rez-de-chaussée. Ils revinrent quelques minutes plus tard.

— Personne, confirma Finn. On monte.

Arme au poing, les trois agents gravirent rapidement les marches. Le cœur battant à tout rompre, Nik patienta, s'attendant à tout moment à entendre résonner une fusillade nourrie. Mais il n'en fut rien et, au bout d'un certain temps, elle vit Finn se pencher par-dessus la balustrade.

— Tu peux venir, lança-t-il. Il n'y a personne.

Elle gravit l'escalier et le rejoignit sur le palier supérieur.

— Et maintenant ? lui demanda-t-elle.

— Maintenant, nous allons fouiller cette maison de fond en comble à la recherche de la moindre preuve de la culpabilité de Garrett.

Ils se répartirent les différentes pièces et entreprirent une fouille méthodique des lieux. Malheureusement, au bout de deux heures de travail acharné, ils n'avaient toujours pas découvert le plus petit indice - ni arme correspondant aux crimes, ni articles de journaux parlant des meurtres, ni trophées macabres, ni papiers d'identité ayant appartenu aux victimes…

— C'est bizarre, lâcha Harley lorsqu'ils se retrouvèrent au rez-de-chaussée pour faire le point sur leurs recherches. Je n'ai trouvé aucun effet personnel. On se croirait dans un décor de théâtre.

Finn vit Nik se mordiller la lèvre inférieure, ainsi qu'elle le faisait chaque fois qu'elle était en train de réfléchir.

— Je pense que tu as mis le doigt dessus, Joe, déclara-t-elle enfin. C'est un décor, tout comme son cabinet médical. Garrett joue un rôle dans sa vie de tous les jours et il ne devient vraiment lui-même que lorsqu'il chasse et tue. Je serais prête à parier qu'il possède un autre endroit, un garde-meubles, sans doute, où il conserve ses affaires plus personnelles. Cela lui évite que quelqu'un découvre un élément compromettant au cours de l'un de ses nombreux déménagements.

— Tu sais que je commence à m'inquiéter à ton sujet, plaisanta Finn. Tu penses vraiment comme un criminel.

— Il faut croire que je lis un peu trop de romans policiers à mes heures perdues, répondit-elle en souriant.

— Est-ce que l'un d'entre vous a trouvé des clés, au cours de ses recherches ?

Nik secoua la tête.

— Si cette cachette existe vraiment, tu peux être sûr que Garrett ne laisse pas traîner la clé. Je suis prête à parier qu'il la garde toujours sur lui.

— Dans ce cas, il ne nous reste plus qu'à guetter le retour de notre homme, déclara Finn. D'après ce que nous savons, le Dr Garrett doit reprendre le travail la semaine prochaine. S'il s'en tient à ce programme, il ne lui reste que quelques jours pour satisfaire sa soif de meurtres. Tâchons de le coincer avant qu'il récidive…

Finn fut interrompu par un bip de son téléphone portable, qui annonçait l'arrivée d'un SMS. Il ouvrit sa messagerie pour voir ce dont il s'agissait.

— Bonne nouvelle ? s'enquit Ramirez.

— Tout dépend pour qui, répondit Finn avec un sourire triomphant. Une voiture de patrouille vient tout juste de signaler la présence de la Porsche de Garrett sur le parking des Trois Îles, un restaurant grec du centre-ville.

— J'imagine que c'est notre prochain arrêt, déclara Nik.

— Oui, dit Finn. Vous deux, vous restez à proximité pour surveiller la maison, au cas où Garrett nous échapperait.

— D'accord, fit Harley. Mais tâchez quand même de ne pas le laisser vous filer entre les pattes. Cela pourrait le pousser à quitter le pays au plus vite. Et tu sais à quel point il est difficile d'obtenir une extradition du Mexique.

— Ne t'en fais pas, le rassura Finn. Je ne compte pas lui laisser la moindre chance.

Ils quittèrent la maison de Garrett en prenant soin de refermer la porte derrière eux. Nik et Finn regagnèrent alors leur voiture, et ce dernier démarra en trombe dès qu'ils furent attachés.

— Et moi qui croyais que tu conduisais toujours comme un escargot, plaisanta Nik tandis que leur véhicule se dirigeait à toute allure vers l'autoroute.

— Seulement lorsque je ne suis pas pressé, rétorqua-t-il en sortant son gyrophare, qu'il accrocha sur le toit.

Et, de fait, il continua à rouler pied au plancher jusqu'à ce qu'ils atteignent le très joli restaurant grec où Garrett avait apparemment décidé de s'arrêter déjeuner. Sa voiture s'y trouvait toujours, mais Nik ne vit aucune trace de la voiture de patrouille qui avait signalé sa présence et était censée demeurer sur place en les attendant.

— Où sont tes collègues ? demanda-t-elle.

— En planque, probablement. Ils n'ont pas voulu effrayer Garrett.

Lui-même avait ôté son gyrophare juste avant d'arriver en vue du restaurant. Ils se garèrent dans le parking, à quelques mètres de la Porsche du médecin.

— Et maintenant ? souffla-t-elle.

— Maintenant, on attend, répondit-il.

— Tu ne préfères pas aller l'arrêter directement à l'intérieur ? s'étonna Nik.

Finn secoua la tête.

— Il vaut mieux l'alpaguer sur un parking désert qu'au beau milieu d'un restaurant bondé. Nous ne savons pas comment il va réagir, et je préfère éviter qu'il y ait le moindre dommage collatéral.

Ils attendirent donc tranquillement dans leur voiture. Mais, à mesure que les minutes s'écoulaient, Finn se prit à douter. Et si Garrett avait repéré le véhicule de patrouille qui avait signalé sa présence ? Et s'il s'était déjà enfui à pied, préférant abandonner sa voiture sur place ? Et s'il était déjà en route vers la frontière comme l'avait prédit Harley ?

Comme il s'apprêtait à aller jeter un coup d'œil à l'intérieur de l'établissement, il sentit Nik tressaillir légèrement à ses côtés.

— C'est lui, murmura-t-elle en désignant l'homme qui

venait de sortir du restaurant, accompagné de deux jeunes femmes. Et il est avec Marilyn, ajouta-t-elle.

La troisième personne était une jeune femme aux cheveux blonds plutôt jolie. Elle se trouvait entre Garrett et Marilyn, qui la soutenaient l'un et l'autre. Sa démarche mal assurée aurait pu laisser penser qu'elle avait trop bu, mais Nik était certain qu'elle avait été droguée, tout comme les autres victimes.

— C'est la première fois qu'il passe à l'acte en pleine journée, chuchota-t-elle.

— Peut-être compte-t-il la ramener jusque chez lui avant de la tuer, suggéra Finn. Si tel est le cas, il va être amèrement déçu. Ne bouge pas d'ici.

Finn descendit de voiture et se dirigea vers le petit groupe de façon à les intercepter avant qu'ils atteignent la Porsche. Après quelques instants d'hésitation, Nik sortit à son tour et lui emboîta le pas. Ils avaient fait équipe jusqu'ici, et il n'était pas question qu'elle l'abandonne alors qu'ils étaient sur le point de coincer ce monstre.

— Est-ce qu'elle a un problème ? demanda Finn d'un ton affable en désignant la jeune femme aux cheveux blonds.

— J'ai bien peur que la sœur de ma fiancée n'ait un petit peu trop bu, répondit Garrett d'un air amusé. Mais ne vous en faites pas pour elle : je suis médecin et je peux vous assurer qu'elle s'en remettra très vite. Elle risque juste d'avoir un peu mal à la tête demain matin…

— J'ai bien peur que si je la laisse partir avec vous deux elle ne soit morte, demain matin, déclara Finn d'un ton faussement décontracté.

Marilyn jeta un regard empli d'effroi à son compagnon, qui haussa les épaules.

— C'est parfaitement absurde, répliqua-t-il sans se démonter le moins du monde.

Nik s'avança alors et, en l'apercevant, Marilyn pâlit brusquement.

— Je ne sais pas si le Dr Garrett et toi êtes vraiment fiancés, lui dit Nik. Mais je suis en revanche certaine que tu n'as jamais eu de sœur.

— Écoutez, intervint Garrett, qui paraissait à son tour gagné par une certaine nervosité, je ne sais pas ce que vous vous êtes imaginé, mais j'aimerais que vous nous laissiez passer, à présent.

— J'ai bien peur de ne pas pouvoir faire cela, rétorqua Finn en dégainant son arme de service. Et je vous suggère instamment de libérer cette jeune femme avant que votre situation se complique...

Garrett lui répondit par un juron et propulsa violemment sa victime en direction de Finn. Ce dernier eut tout juste le temps de la rattraper au vol avant qu'elle s'écroule. Il l'étendit précautionneusement sur le sol. Pendant ce temps, Garrett avait fait mine de tourner les talons pour prendre la fuite. Mais Nik ne lui en laissa pas le temps.

Stupéfait, Finn la vit se propulser en avant et asséner au médecin un foudroyant coup de pied fouetté qui l'atteignit au genou. Un craquement sinistre se fit entendre, et Garrett s'effondra en hurlant de douleur. Un torrent d'insultes lui échappa, qu'il redirigea contre Finn lorsque ce dernier se jeta sur lui pour le menotter.

Il ne prit même pas la peine de lui répondre et se tourna vers Marilyn, qui paraissait hésiter entre s'enfuir et fondre en larmes.

— Ne bougez pas ! lui ordonna-t-il.

Il s'approcha d'elle et la menotta à son tour. Elle se mit à sangloter convulsivement. Du coin de l'œil, Finn aperçut deux policiers en uniforme qui venaient de déboucher en courant sur le parking. Il s'agissait certainement des deux hommes de la voiture de patrouille, qui avaient repéré la

Porsche de Garrett. Ce dernier continuait à agonir Finn d'insultes et de menaces.

— Vous avez commis une énorme erreur, lui dit-il. J'ai des tas de relations dans cette ville et je vous promets que je serai très vite libre. Quant à vous, si vous avez de la chance, vous vous retrouverez affecté à la circulation !

— C'est ce que j'appelle un déni de réalité, répondit posément Finn. Vous avez tué une dizaine de femmes, Dr Garrett. Croyez-moi, vous n'êtes pas près de sortir du trou où je suis sur le point de vous jeter.

— Je n'y suis pour rien, moi, protesta Marilyn d'une voix hachée. Laissez-moi partir…

Elle se tourna vers Nik, lui jetant un regard suppliant.

— Dis-lui que je suis innocente, la supplia-t-elle.

Dans les yeux de Nik, Finn avisa une expression qui ne lui était pas familière et qu'il espéra ne jamais revoir : il y avait de la douleur, bien sûr, mais aussi un mélange de dégoût, d'amertume et de colère.

— J'aimerais bien pouvoir le faire, affirma-t-elle. Mais tu étais en train de l'aider - tout comme tu l'as aidé à séduire les pauvres filles qu'il a assassinées au cours de ces derniers jours. Tu mérites de pourrir en prison, tout comme ton petit ami.

— Mais il m'y a forcée ! s'écria Marilyn. Il m'a dit que si je ne l'aidais pas il tuerait ma mère. Et je sais qu'il l'aurait fait. Je n'avais pas le choix.

Finn avait assisté à bien trop de scènes de ce genre pour être dupe de ce plaidoyer de dernière minute. Marilyn savait parfaitement que sa seule chance d'échapper à une lourde condamnation était de se présenter elle aussi comme une victime. Mais le mépris moqueur qui se lisait dans les yeux de Garrett en cet instant ne laissait aucun doute sur la véritable nature de ces deux-là.

— On a toujours le choix, répondit Nik d'une voix

glaciale. C'est toi qui t'es enfuie avec cette ordure. Tu t'es trouvée seule à plusieurs reprises et tu aurais parfaitement pu t'échapper ou appeler la police. Tu aurais pu mettre en garde la fille du sénateur ou celle avec laquelle tu as dansé en boîte de nuit. Mais tu n'en as rien fait : tu les as conduites à la mort sans le moindre état d'âme. Et, aujourd'hui même, tu t'apprêtais à recommencer. Je ne sais pas comment tu as pu perdre à ce point tout repère moral, mais je t'assure que tu auras tout le temps qu'il faudra durant les années à venir pour méditer sur ce qui s'est passé…

22

Nik avait l'impression d'être en état de choc. Peut-être était-ce le cas, d'ailleurs. Rétrospectivement, ces derniers jours lui faisaient l'effet d'un cauchemar dont elle viendrait tout juste de se réveiller.

Mais leur longue traque venait de se conclure, et ils étaient parvenus à arrêter le monstre qu'ils avaient poursuivi sans relâche. Cette certitude l'emplissait d'un mélange de soulagement et de satisfaction. Jamais peut-être elle n'avait eu l'impression d'accomplir un acte plus utile et plus méritoire.

Finn l'autorisa à assister derrière une glace sans tain aux interrogatoires qu'il mena de main de maître, forçant Garrett à se contredire à plusieurs reprises et jouant sur l'orgueil et la colère du médecin pour le pousser à l'erreur.

Face à Marilyn, il usa d'un tout autre procédé : avec l'accord du procureur, il lui proposa de bénéficier d'une certaine clémence en échange des informations qu'elle pourrait leur fournir au sujet de la dernière vague de meurtres.

Marilyn accepta cet arrangement sans hésiter et leur livra une description glaçante de ce qui s'était passé au cours de ces derniers jours. Son témoignage accablant corroborait parfaitement les indices et les témoignages que les policiers avaient déjà réunis.

Les derniers éléments de preuve leur furent apportés

par la fouille du garde-meubles que louait Garrett dans une banlieue industrielle d'Aurora.

Comme Nik l'avait prédit, ils avaient retrouvé la clé sur lui. Et, comme ils l'avaient supposé, cette cache faisait office de salle des trophées. Garrett y conservait des articles parlant de ses différents meurtres, des photos de ses victimes et des mèches de cheveux qu'il gardait en souvenir de chacune d'entre elles.

Cette macabre découverte leur permit d'identifier l'ensemble des victimes du tueur en série. Confronté à ces preuves accablantes, Garrett changea radicalement d'attitude : renonçant à proclamer son innocence, il assuma fièrement ce qu'il appelait « l'œuvre de sa vie ».

Il commença alors à faire le récit de l'existence secrète qu'il avait menée jusqu'à présent. Il pouvait s'écouler des mois, voire des années, sans que le besoin de tuer se fasse sentir. Puis, brusquement, il basculait l'espace de quelques jours ou de quelques semaines dans cette folie homicide qu'il percevait comme une forme d'inspiration sacrée.

Ce n'était pas la première fois qu'il s'assurait la complicité d'une femme qui lui servait d'appât autant que de compagne. Et Nik découvrit avec effroi qu'il avait tué celles qui avaient précédé Marilyn dans ce rôle.

À l'issue de cette ultime confession, Finn vint retrouver Nik dans la petite pièce située de l'autre côté de la vitre sans tain.

— Tu tiens le coup ? lui demanda-t-il d'une voix pleine de sollicitude.

Elle haussa les épaules d'un air accablé.

— Moi, oui, soupira-t-elle. Mais je ne sais vraiment pas comment Kim va réagir lorsque je lui annoncerai la nouvelle. Comment suis-je censée m'y prendre, d'ailleurs ? Comment suis-je censée expliquer à une mère que sa fille s'est rendue complice d'un homme qui droguait et assassinait des jeunes femmes sans défense ?

— Je ne sais pas, répondit gravement Finn. Mais nous le ferons ensemble.

Nik secoua la tête.

— Je ne peux pas te demander ça, protesta-t-elle.

— Tu ne l'as pas fait, objecta-t-il. C'est moi qui te l'ai proposé. Mais, en attendant, je crois que nous avons tous deux besoin d'un remontant. Que dirais-tu de passer chez Malone ?

— Très franchement, je préférerais en finir au plus vite, avoua-t-elle. Allons voir Kim. Ensuite, nous irons boire ce verre, d'accord ?

— D'accord.

— Tu es sûr que tu ne préfères pas rester ici avec les autres pour fêter dignement la conclusion de cette affaire ?

— Je la fêterai avec toi, répondit-il. Nous avons commencé cette enquête ensemble et nous la terminerons ensemble.

Nik sentit son cœur se serrer dans sa poitrine, et il lui fallut quelques instants pour comprendre la cause du brusque accès de mélancolie qui venait de la submerger. Elle prit alors conscience du fait que, maintenant que cette affaire était close, elle n'aurait plus de raison de voir Finn chaque jour. Et elle savait déjà qu'il lui manquerait cruellement.

Les interrogatoires de Marilyn et de James Garrett ainsi que la fouille du garde-meubles les avaient occupés durant tout l'après-midi et une bonne partie de la soirée. Ils arrivèrent donc assez tard devant chez Kim Palmer et, lorsqu'ils furent garés devant sa maison, Nik fut presque tentée de demander à Finn de remettre cette entrevue au lendemain matin.

Mais elle savait qu'elle ne pourrait trouver le repos tant

qu'elle n'aurait pas rapporté à son amie la triste conclusion de l'enquête dont elle l'avait chargée. Le cœur lourd, elle descendit donc de voiture et se dirigea vers la porte, suivie de près par Finn.

Quelques instants après que Nik eut sonné, Kim vint leur ouvrir. Un seul regard leur suffit pour comprendre qu'elle savait déjà tout. De toute évidence, les médias avaient eu vent de l'arrestation du tueur en série que la presse avait surnommé l'Éventreur d'Aurora.

— Vous ! lança Kim d'une voix tremblante de rage à peine contenue. Comment osez-vous venir ici après ce que vous avez fait ?

Elle dévisagea Nik d'un air accusateur.

— Comment as-tu pu me trahir de cette façon ? lui demanda-t-elle.

Nik ouvrit la bouche pour s'expliquer et la referma aussitôt. Que pouvait-elle bien répondre à cela ? Comment pouvait-elle exposer à son amie les raisons pour lesquelles elle avait effectivement joué un rôle actif dans l'arrestation et l'inculpation de sa fille ?

Elle sentit alors la main de Finn se refermer doucement sur la sienne. Ce simple contact l'aida à conserver un semblant de self-control.

— Est-ce que votre fille vous a appelée ? s'enquit-il.

— Bien sûr ! s'écria Kim. Et elle m'a tout raconté…

— J'ignore ce qu'elle vous a dit, mais je peux vous expliquer ce que nous avons pu prouver, déclara-t-il d'une voix très douce. Marilyn est tombée amoureuse d'un tueur en série. Et elle est devenue sa complice, l'aidant à gagner la confiance de femmes qu'il assassinait par la suite.

— Il l'avait menacée ! protesta Kim. Il lui avait dit qu'il me tuerait si elle ne faisait pas ce qu'il exigeait d'elle. Elle cherchait juste à me protéger.

— J'aimerais pouvoir te dire que c'était le cas, trouva

la force de répondre Nik. Malheureusement, les preuves que nous avons accumulées sont formelles : Marilyn était parfaitement consentante. Cela ne veut pas dire que Garrett n'exerçait pas une forme d'emprise sur elle. Elle était - elle est toujours - amoureuse de lui, et il s'est incontestablement servi de ses sentiments pour la manipuler. Mais cela ne peut en aucun cas justifier les crimes dont elle s'est rendue complice. Et franchement je suis heureuse que nous l'ayons arrêtée, ne serait-ce parce que, ce faisant, nous lui avons sauvé la vie.

— Qu'est-ce que tu veux dire ? fit Kim, les yeux agrandis par l'angoisse.

— D'ici quelques jours, Garrett aurait repris le cours de sa vie ordinaire. Il serait retourné travailler comme si de rien n'était et aurait momentanément mis un terme à cette vague de meurtres. C'est ce qu'il a fait à plusieurs reprises par le passé. Mais, à chaque fois, il s'est arrangé pour que les femmes qui lui avaient servi de complices disparaissent. Sans doute ne tenait-il pas à ce que l'une d'elles soit prise de remords et décide d'aller parler à la police…

— Je ne te crois pas ! lança Kim.

— Cela n'a aucune importance, répondit tristement Nik. Au tribunal, tu entendras de tes propres oreilles le témoignage du frère d'Agnès Tucker, une jeune patiente du Dr Garrett, à Palm Springs. Elle était follement amoureuse de lui, et ils sont sortis ensemble. Quelques semaines plus tard, on a retrouvé le corps de cette pauvre Agnès dans une décharge. Entre-temps, trois jeunes femmes avaient été assassinées d'un coup de couteau en plein cœur.

— Pourquoi n'ont-ils pas arrêté Garrett, alors ? demanda Kim d'une voix blanche.

— Parce que Garrett s'est présenté spontanément au poste de police avant même que l'on retrouve le corps d'Agnès. Il a fondu en larmes, expliquant qu'il était éperdument amoureux d'Agnès, qu'elle ne lui avait pas donné de nouvelles depuis plusieurs jours et qu'il s'inquiétait pour elle. Personne n'a imaginé un seul instant que ce médecin respectable puisse être impliqué dans cette vague de meurtres…

— Mon Dieu ! souffla Kim. Que vais-je faire, à présent ?

— Pleurer, répondit Nik. Puis te ressaisir et engager le meilleur avocat que tu puisses t'offrir pour défendre ta fille. Espérer que les années qu'elle passera inévitablement en prison lui permettront de prendre la mesure de ce qu'elle a fait et de se repentir. Puis l'aider à rebâtir sa vie lorsqu'elle sortira.

— Je ne sais pas si j'en serai capable, murmura Kim.

— Tu es la seule qui puisse le faire, déclara sobrement Nik. Au revoir, Kim. Je te souhaite beaucoup de courage. Dieu sait que tu en auras besoin.

Sur ce, elle se tourna vers Finn.

— Allons-y, lui dit-elle.

Tous deux se détournèrent et regagnèrent leur voiture.

— On va chez Malone ? proposa Finn quand ils eurent pris place à l'intérieur.

— Est-ce que tu as quelque chose à boire, chez toi ? lui demanda-t-elle, les yeux brillants des larmes qu'elle se refusait à verser.

Si elle leur laissait libre cours, elle n'était pas certaine de parvenir à s'arrêter.

— Je garde justement une bonne bouteille de whisky pour les situations de ce genre, répondit Finn avec un sourire affectueux.

— Nous porterons un toast à la résolution de cette enquête, lui dit-elle.

— Et à notre fructueuse coopération, renchérit Finn.

— Et nous célébrerons dignement nos adieux, conclut-elle.

Finn la considéra avec une pointe de stupeur.

— Nos adieux ? répéta-t-il. Pourquoi ? Tu comptes partir quelque part ?

— Non. Mais, maintenant que cette enquête est terminée, j'imagine que nous allons tous deux reprendre le cours de notre vie normale. On te confiera une autre enquête, et je retournerai travailler pour ma compagnie d'assurances.

— Ce n'est pas une raison pour que nous nous perdions de vue, objecta Finn.

Ce fut au tour de Nik de l'observer avec étonnement.

— Non, bien sûr, balbutia-t-elle. J'ai juste pensé…

— Que ce qui s'était passé entre nous n'était qu'une aventure temporaire ?

Elle haussa les épaules.

— Est-ce ce que, toi, tu veux ? lui demanda-t-il gravement.

— Non… Je me disais juste que c'était peut-être ce que, toi, tu voulais.

Finn secoua la tête d'un air médusé.

— Pour quelqu'un qui se montre si psychologue d'habitude, tu es vraiment à côté de la plaque, cette fois-ci.

Le cœur battant à tout rompre, Nik jugea préférable de garder le silence en attendant qu'il précise sa pensée.

— Je n'ai pas du tout l'intention de mettre un terme à notre histoire, Kowalski, lui dit-il en la regardant droit dans les yeux. Je sais qu'elle vient à peine de commencer, mais je peux déjà te dire que c'est l'aventure la plus magnifique et la plus excitante qu'il m'ait jamais été donné de vivre ! Et je compte bien faire encore un bout de chemin à tes côtés, si tu veux bien de moi, évidemment…

Trop émue pour répondre à cette déclaration inattendue, Nik sentit couler le long de ses joues les larmes qu'elle était parvenue à contenir jusqu'alors.

— Euh… Nikki…, balbutia alors Finn avec un sourire un peu hésitant. Je me sentirais un peu moins stressé si tu répondais à ma question…

— Oui, lâcha-t-elle d'une voix enrouée par l'émotion qui l'étreignait en cet instant. Je veux faire un bout de chemin avec toi, Finn. Un long bout de chemin, j'espère.

Elle le vit pousser un petit soupir de soulagement et se mit à rire au milieu de ses larmes.

— Finn, reprit-elle, je pense que c'est le moment idéal pour nous embrasser, tu sais.

— Tu crois ? lui demanda-t-il malicieusement.

— Finn Cavanaugh ! lança-t-elle en riant de plus belle. Embrasse-moi !

Cette fois-ci, il ne se fit pas prier.

TYLER ANNE SNELL

L'alibi du cœur

Traduction française de
FABRICE CANEPA

BLACK ROSE

HARLEQUIN

Titre original :
CREDIBLE ALIBI

1

Lorsque Loraine Wilson quitta son bureau après lui avoir fait part de sa quatrième récrimination en l'espace d'une matinée, Madi Nash s'adossa à son fauteuil et ferma les yeux. Une fois de plus, elle s'imagina au volant de son 4x4, en train de foncer à tombeau ouvert sur celle qui était incontestablement la cliente la plus odieuse qu'elle ait jamais accueillie dans son établissement.

Ce n'était sans doute pas très charitable - ni très constructif, à vrai dire –, mais cela avait au moins le mérite de l'aider à évacuer l'agacement que lui inspirait l'attitude de sa cliente. Loraine Wilson était la personne la plus imbue d'elle-même, la plus égoïste, la plus nombriliste, la plus insupportable qu'il lui ait jamais été donné de rencontrer.

Plus d'une fois, Madi avait été tentée de la mettre dehors. Mais elle savait qu'elle ne pouvait pas se le permettre. Elle avait des charges à payer et un emprunt à rembourser. De plus, une telle éviction aurait porté préjudice à la réputation de l'auberge qu'elle avait ouverte moins d'un an auparavant.

La réaction épidermique que lui inspirait la jeune femme se trouvait encore renforcée par le dérèglement hormonal résultant de sa grossesse. Cela faisait en effet un peu plus de six mois que son aventure d'une nuit avec Julian Mercer avait bouleversé son existence.

La canicule qui régnait au Tennessee n'arrangeait

rien, bien sûr. D'ordinaire, l'été était pourtant sa saison préférée. Elle profitait des beaux jours pour effectuer de longues promenades à pied ou à cheval dans les bois et les collines environnants. Elle allait se baigner dans les nombreuses petites rivières qui sillonnaient la région. Ou bien encore, elle passait des heures à lire au soleil, sur la terrasse de l'auberge.

Mais, depuis qu'elle était enceinte, son médecin lui avait déconseillé de trop s'exposer au soleil ou de monter à cheval. La chaleur l'accablait, la marche la fatiguait rapidement, et les moustiques semblaient tous s'être donné le mot pour la persécuter.

Seules les baignades avaient gardé leur attrait, et elle profitait de ce petit plaisir aussi souvent qu'elle le pouvait, en organisant notamment des excursions régulières pour ses clients.

— Est-ce que tout va bien ?

Tirée de ses réflexions, Madi se tourna vers Jenna Diggins, la cuisinière de l'auberge, qui venait de passer la tête par l'entrebâillement de la porte du bureau.

— Entre, lança-t-elle.

— Loraine Wilson m'a dit qu'elle te cherchait, déclara Jenna.

— Et elle m'a trouvée, malheureusement.

— Que te voulait-elle encore ?

— Me signaler qu'elle préférait sa parure de lit précédente.

— Lui as-tu rappelé que c'était elle qui avait renversé une bouteille de champagne dessus ?

— Je m'en suis bien gardée, soupira Madi. Cela n'aurait fait que prolonger la conversation. Et j'aurais probablement fini par l'étrangler…

Quelqu'un s'éclaircit la gorge, et elle découvrit soudain Ray Cutler sur le seuil du bureau.

— Je suis désolé de vous interrompre…

Madi ne put s'empêcher de rougir, se sentant prise en faute. Elle n'avait pas l'habitude de dire du mal de ses hôtes - surtout pas en présence d'un autre client. Mais Loraine avait vraiment le don de la rendre folle. Ray dut remarquer son embarras et lui adressa un sourire complice.

— Ne vous en faites pas, lui dit-il. Je n'irai pas répéter à Mme Wilson ce que je viens d'entendre. D'ailleurs, très franchement, j'en ai autant à son service. Elle a passé plus d'une heure, ce matin, à me raconter qu'elle avait renvoyé la baby-sitter qu'elle a engagée pour veiller sur son chien. Apparemment, elle la soupçonnait de regarder la télévision en son absence. Je ne vois pas très bien quel mal il y aurait à cela, mais vous vous doutez que je me suis bien gardé de lui poser la question…

Jenna éclata de rire, mais Madi se contenta d'un pâle sourire. Après la nuit qu'elle avait passée avec Julian Mercer, quelques mois auparavant, elle s'était juré de ne plus jamais nouer de relations personnelles avec ses clients. Elle ne pouvait laisser l'antipathie que lui inspirait Loraine Wilson la détourner de cette bonne résolution.

— Est-ce que vous comptez nous accompagner à la rivière, aujourd'hui, Ray ? demanda-t-elle pour faire diversion.

— Comment pourrais-je refuser d'aller nager en compagnie de deux jeunes femmes aussi charmantes ? répondit-il avec un grand sourire. Mon seul regret, c'est de ne pouvoir remonter le temps pour me raconter ça lorsque j'avais douze ans.

Cette fois, Madi ne put s'empêcher de rire. Elle aimait beaucoup Ray. C'était un homme discret mais doté d'un excellent tempérament et d'un humour communicatif. Contrairement à Loraine et à son mari, il semblait réellement apprécier son séjour à Overlook et la simplicité de l'auberge. C'était également un véritable amoureux de la nature, qui ne ratait jamais une occasion de participer aux promenades organisées par Madi.

— À vrai dire, reprit-il, j'étais justement venu m'assurer que l'excursion d'aujourd'hui était bien maintenue.

— C'est le cas, lui confirma-t-elle en se levant. Nous devrions nous mettre en route d'ici quelques minutes.

Tous trois quittèrent le bureau et rejoignirent le petit groupe qui s'était rassemblé dans le grand salon de l'auberge. À son grand dam, Loraine Wilson avait elle aussi décidé de se joindre à la balade.

Et, lorsqu'ils se mirent en marche en direction de la rivière, elle vint se placer à côté de Madi qu'elle prit à témoin.

— Vous ne devinerez jamais ce qui vient de m'arriver ! lança-t-elle. Je viens tout juste d'avoir mon jardinier au téléphone, et il a passé plus de dix minutes à tenter de me convaincre de placer des plantes vertes dans notre chambre à coucher. Il sait pourtant que les seules plantes que je tolère à l'intérieur de la maison sont les roses !

Madi se contenta de hocher la tête d'un air entendu, espérant que cela suffirait à clore le sujet. Malheureusement, Loraine n'était pas le genre de personne à se laisser décourager aussi facilement.

— Tout ça, c'est à cause de sa fille, ajouta-t-elle avant de se fendre d'un soupir tragique. Elle travaille avec lui, mais elle s'est récemment mis en tête de devenir décoratrice d'intérieur. Décoratrice d'intérieur… Quelle idée, franchement ! Croit-elle réellement que je vais me résigner à jouer les cobayes ?

— Il n'est pas toujours facile de travailler avec des membres de sa famille, répondit prudemment Madi. J'en sais quelque chose : avant d'ouvrir mon auberge, je collaborais avec mon frère.

— Vous avez bien fait de vous mettre à votre compte,

déclara Loraine. Mon mari a récemment décidé qu'il allait prendre sa retraite. Je ne vous cache pas que l'idée de l'avoir à la maison vingt-quatre heures sur vingt-quatre me terrifie. Je devrais peut-être me trouver une occupation. Qui sait ? Peut-être ouvrir une auberge, comme vous l'avez fait ? Ça n'a pas l'air bien difficile…

Cette réflexion s'était accompagnée d'un sourire acidulé qui indiquait clairement que Loraine cherchait délibérément à la narguer. Madi ignorait ce qu'elle avait bien pu faire à cette femme pour être en butte à ses provocations continuelles.

— J'imagine cependant que les choses risquent de se compliquer, lorsque vous aurez accouché, reprit Loraine. Est-ce que vous parviendrez à mener de front votre travail et votre maternité ? D'autant que le père n'est plus dans les parages, si j'ai bien compris…

Madi se força à prendre une profonde inspiration. Faisant appel à tout le professionnalisme dont elle était capable, elle hocha la tête.

— C'est exact, répondit-elle d'un ton qui cachait mal son agacement.

— Je ne voulais pas vous blesser, s'empressa de déclarer Loraine avec une parfaite mauvaise foi. Vous savez, il n'y a aucune honte à élever seule un enfant, de nos jours. Et je suis certaine que si vous n'êtes plus avec son père c'est que vous avez de bonnes raisons pour cela.

Madi serra les dents, ravalant difficilement la colère qui bouillonnait en elle.

— Tout le monde n'a pas la chance comme moi de trouver un bon parti, poursuivit sa cliente avec un rire qui sonnait faux. Mais tout ce qui compte, c'est que vous soyez bien dans votre peau.

Une fois de plus, Madi se demanda si Loraine était totalement dénuée de tact et de savoir-vivre ou bien si elle lui en voulait personnellement. Cela paraissait absurde, évidemment. Après tout, elles se connaissaient à peine, toutes les deux.

Mais il y avait dans ses réflexions quelque chose de délibéré, comme si elle prenait un plaisir tout particulier à la provoquer. Peut-être était-ce simplement pour elle une façon de tuer le temps. Ou peut-être espérait-elle ainsi se consoler de ses propres malheurs.

— Madi ? Est-ce que je pourrais te parler un instant ? lui demanda alors Jenna. C'est au sujet du dîner de ce soir…

Madi lui décocha un regard éperdu de reconnaissance. Elle savait qu'il ne s'agissait que d'un prétexte destiné à écourter sa discussion avec Loraine.

— Bien sûr, répondit-elle. Si vous voulez bien m'excuser…, ajouta-t-elle en se tournant vers sa cliente.

Loraine se contenta de hausser les épaules. Madi et Jenna s'arrêtèrent quelques instants pour la laisser passer et attendirent qu'elle soit hors de portée de voix.

— Qu'est-ce qui lui prend ? souffla Jenna en la suivant des yeux. On dirait qu'elle a une dent contre toi.

— Oui. Et je suis vraiment heureuse que tu sois intervenue. Je ne sais pas combien de temps encore je vais pouvoir la supporter…

L'excursion de la matinée au bord de la rivière n'avait pas suffi à rendre à Madi sa belle humeur habituelle. Elle avait tenté d'oublier les paroles blessantes de Loraine en se plongeant dans le travail, cet après-midi-là. En vain.

Pour la première fois depuis qu'elle avait ouvert son auberge, elle n'était pas descendue dîner en compagnie de ses clients. Rien ne l'obligeait à le faire, bien sûr, mais elle estimait que cela faisait partie de ses responsabilités.

C'était aussi l'occasion pour elle de discuter régulièrement avec des gens différents, venus des quatre coins du pays.

Mais, ce jour-là, elle ne s'était pas senti le courage d'affronter de nouvelles réflexions désobligeantes de Loraine. Bien sûr, Madi n'était pas dupe. Elle avait parfaitement conscience du fait que, si ces remarques la touchaient à ce point, c'était parce qu'elles réveillaient des doutes et des angoisses qu'elle s'était efforcée d'ignorer au fil de ces derniers mois.

Elle n'avait toujours pas annoncé à Julian Mercer qu'il ne tarderait pas à devenir père. Ce n'était cependant pas faute d'avoir tenté de le joindre. Durant la semaine qui avait suivi son départ, elle avait appelé le numéro de téléphone qu'il lui avait donné. À chaque fois, elle était tombée sur sa messagerie.

Elle avait fini par lui demander de la rappeler, mais il n'en avait rien fait. Par acquit de conscience, elle lui avait envoyé un mail, mais il n'y avait pas répondu non plus. Madi avait fini par se résigner au fait qu'il avait décidé de couper les ponts.

Cela avait été d'autant plus difficile à accepter que la semaine qu'elle avait passée en sa compagnie comptait parmi les plus extraordinaires de toute son existence. Jamais personne ne lui avait inspiré une attirance aussi immédiate. Jamais elle n'avait éprouvé une telle impression de complicité, tant physique qu'émotionnelle. Et les nuits qu'ils avaient vécues dans les bras l'un de l'autre avaient été magiques.

Sur le moment, il lui avait semblé que Julian partageait ses sentiments. Il lui avait même promis de revenir la voir très vite. Puis il avait disparu sans lui donner le moindre signe de vie…

La colère et la rancœur qu'elle avait éprouvées sur le moment avaient cédé la place à un mélange d'effarement et d'incrédulité lorsque, quelques semaines plus tard, Madi avait découvert qu'elle était enceinte. Cette révélation avait ébranlé toutes ses certitudes et fait basculer son univers.

Jusqu'alors, elle ne s'était jamais vraiment imaginé devenir mère. Elle aimait les enfants, bien sûr, et avait toujours pensé que le moment venu elle en aurait. Mais pas avant d'avoir trouvé l'homme avec lequel elle comptait partager sa vie. Mais rien ne s'était passé comme elle l'avait cru.

Madi posa doucement la main sur son ventre rebondi, se demandant si elle ne devrait pas faire une nouvelle tentative pour joindre Julian. Même s'il ne comptait pas donner suite à leur liaison, il méritait de savoir qu'il était sur le point d'avoir un enfant.

Elle ne lui mettrait pas le couteau sous la gorge. Elle lui dirait qu'elle n'attendait strictement rien de lui, qu'elle comptait élever ce bébé seule.

Alors même qu'elle prenait cette bonne résolution, une partie d'elle-même espérait secrètement qu'il refuserait cet arrangement, qu'il insisterait pour demeurer à ses côtés et que tous deux renoueraient les fils de leur relation.

— Tu rêves, ma vieille, se réprimanda-t-elle. S'il avait voulu continuer à sortir avec toi, cela ferait longtemps qu'il t'aurait recontactée…

Ce monologue fut interrompu par la sonnerie de son téléphone portable, qui était posé sur ses vêtements au pied de la baignoire. Elle se pencha pour le récupérer et avisa le nom de Jenna, qui barrait l'écran.

— Allô ! fit-elle.

— Madi, je suis désolée de te déranger, déclara son amie. Mais Nathan Wilson est ici et il voulait savoir si Loraine et toi en aviez encore pour longtemps.

— Je ne suis pas avec elle, objecta Madi en fronçant les sourcils.

— C'est bien ce que je pensais, acquiesça Jenna. Mais

Nathan m'a dit que tu avais appelé Loraine, il y a une heure de cela, pour lui demander de te rejoindre dans ta chambre. Il a essayé de l'appeler et il est tombé sur son répondeur. Il n'osait pas monter, mais il est sur le point d'aller se coucher…

— M. Wilson fait erreur, affirma Madi. Je n'ai pas appelé Loraine. À vrai dire, c'est justement pour ne pas avoir à la voir que je suis montée plus tôt, ce soir. Je ne pouvais plus la supporter.

— Je sais, souffla Jenna. Mais je ne peux décemment pas lui dire ça.

— Dis-lui de rappeler sa femme. Elle était sans doute au téléphone, en train de houspiller son jardinier ou sa nouvelle baby-sitter pour chiens…

Tout en parlant, Madi s'était extraite de son bain et enroulée dans une serviette-éponge. Elle entendit alors une sonnerie de téléphone qui semblait provenir de l'intérieur de l'appartement et qu'elle reconnut aussitôt.

— C'est bizarre, murmura-t-elle.

— Que se passe-t-il ?

— Eh bien, il se peut que M. Wilson ait raison, répondit-elle, furieuse. Loraine est peut-être dans mon appartement. Je viens d'entendre son téléphone sonner !

Madi prit tout juste le temps de se sécher avant d'enfiler un peignoir. Sans lâcher son portable, elle ouvrit ensuite la porte de la salle de bains, bien décidée cette fois-ci à dire à sa cliente tout le mal qu'elle pensait d'elle et de son attitude.

Mais, en pénétrant dans la chambre à coucher, elle avisa aussitôt le fusil qui était posé sur son lit. Surprise, elle s'en approcha et constata qu'il s'agissait de celui de son père.

— Qu'est-ce qu'il fait là ? souffla-t-elle, le cœur battant à tout rompre.

— De quoi est-ce que tu parles ?

— Du fusil de mon père, répondit-elle.

— Un fusil ? répéta Jenna, inquiète.

Madi fronça les sourcils, se demandant si Loraine voulait lui faire une blague de très mauvais goût - ou bien encore si elle cherchait à lui faire peur.

Mais comment aurait-elle pu mettre la main sur cette arme ? Après tout, elle n'était même pas censée se trouver dans cette maison.

Par acquit de conscience, Madi la retourna pour vérifier qu'elle ne s'était pas trompée et constata que les initiales de son père étaient effectivement gravées sur la crosse, juste à côté de celles de son grand-père.

La sonnerie du téléphone portable de Loraine venait de s'arrêter. Mais il était désormais évident que l'appareil devait se trouver dans la pièce voisine, qui lui tenait lieu de salon et de bureau.

— Que se passe-t-il ? s'enquit Jenna, curieuse.

— Je ne sais pas, murmura Madi, troublée.

À quoi jouait donc Loraine ?

— J'arrive tout de suite, déclara Jenna d'un ton inquiet.

Mais Madi ne l'écoutait pas. Reposant le fusil sur le lit, elle se dirigea vers la porte du salon qu'elle ouvrit en grand. La scène effroyable qui s'offrit alors à elle la figea sur place, et elle laissa échapper son téléphone portable.

Loraine était assise sur le canapé, les pieds posés sur la table basse. Madi reconnut les chaussures hors de prix que la jeune femme n'avait pas manqué de lui faire remarquer en laissant entendre qu'elle n'aurait sans doute jamais les moyens de s'en offrir de semblables.

Mais, en cet instant, le prix de ses chaussures n'avait aucune importance - pas plus que celui de la robe élégante qu'elle portait et qui était à présent totalement imbibée de sang.

Le cœur au bord des lèvres, Madi ne pouvait détacher

le regard de ce qui avait été un visage mais se trouvait à présent réduit à l'état d'amas de chairs sanguinolentes mêlées d'esquilles et d'ichor.

Loraine Wilson venait de se faire abattre d'un coup de fusil en pleine tête, et Madi était prête à parier que le meurtrier s'était servi pour la tuer de l'arme abandonnée dans la pièce voisine.

2

Chance Montgomery considéra Julian Mercer d'un air sceptique.

— Tu crois vraiment que c'est une bonne idée ? lui demanda-t-il enfin.

— J'ignore si c'est une bonne idée. J'imagine que je ne le saurai que lorsque je l'aurai vue…

Les deux amis s'étaient garés sur le bas-côté de la route, à quelques mètres du panneau qui indiquait l'entrée de la petite ville d'Overlook. Les lettres peintes à la main se détachaient à la lueur de deux petits projecteurs qui éclairaient les environs.

Chance ôta le chapeau de cow-boy dont il ne se séparait jamais depuis que tous deux avaient définitivement raccroché leur uniforme. Rendus à la vie civile, ils avaient décidé de faire route ensemble jusqu'en Alabama où ils devaient bientôt prendre leurs fonctions au sein de la compagnie de sécurité qu'avait fondée l'oncle de Chance.

Mais, avant d'entamer cette nouvelle page de son existence, Julian avait souhaité retourner voir Madi Nash. Leur brève aventure lui avait laissé un goût d'inachevé. Après la semaine de vacances idyllique qu'il avait passée à Overlook, Julian avait en effet été envoyé en mission à l'autre bout du monde.

Lorsqu'il avait enfin pu consulter ses mails et qu'il avait

découvert ceux que lui avait envoyés Madi, il n'avait pas immédiatement répondu - ne sachant que lui dire. Il ne pouvait en effet lui parler de leur déploiement qui était classé secret-défense. Et il n'avait pas envie de s'inventer des excuses.

Il s'était dit qu'il profiterait de sa première permission pour aller la voir, mais la mort de sa tante l'avait empêché de mettre ce projet à exécution. Cela faisait à présent près de sept mois que Madi et lui s'étaient quittés, et il n'était pas certain de l'accueil qu'elle lui réserverait.

— Loin de moi l'idée de vouloir te décourager, reprit Chance d'un ton qui contredisait ses paroles. D'autant que je ne suis vraiment pas un spécialiste en matière de relations amoureuses… Mais tu ne penses pas que c'est un peu osé de débarquer comme ça, sans même annoncer ta venue ? Après tout, il s'est écoulé pas mal de temps depuis que vous vous êtes vus pour la dernière fois. Elle est peut-être passée à autre chose… Qui sait ? Elle est peut-être même mariée, à l'heure qu'il est !

Julian savait pertinemment qu'il s'exposait à ce genre de déconvenue. Mais il préférait y faire face plutôt que de passer le reste de son existence à se demander ce qui aurait pu se passer s'il avait eu le courage d'aller parler à Madi.

— Je ne compte pas lui déclarer mon amour en alexandrins au pied de son balcon, répondit-il. Je vais juste prendre une chambre à l'auberge, s'il y en a une de disponible. Je l'inviterai à dîner ou à déjeuner demain midi. Dans un premier temps, je souhaite seulement prendre de ses nouvelles…

— Dans un premier temps, répéta Chance d'un air entendu. Cela signifie que tu espères que, *dans un second temps*, il se passera quelque chose.

— C'est un espoir, rien de plus, lui assura Julian. Si

elle refuse de manger avec moi ou même de me parler, je me remettrai en route en direction de l'Alabama.

— Et si jamais elle est libre ? s'enquit Chance. Si elle aussi regrette que les choses se soient terminées aussi rapidement entre vous ? Est-ce que tu partiras tout de même pour l'Alabama ? Ou est-ce que tu resteras au Tennessee ?

Julian se mordilla pensivement la lèvre. Jusqu'à présent, il s'était prudemment abstenu de se poser ce genre de questions, se concentrant uniquement sur l'envie qu'il avait de retrouver la jeune femme.

— Je ne vois pas l'intérêt de faire des plans sur la comète, répondit-il enfin. Comme tu l'as dit toi-même, elle est peut-être mariée, à l'heure actuelle. Ou bien, elle a vendu son auberge et déménagé à l'autre bout du pays. Pour le moment, tout ce que je veux, c'est reprendre contact avec elle. Je verrai bien ensuite où cela nous mènera…

— Bien, acquiesça son ami, je vois que tu as pris ta décision. Je te souhaite bonne chance, Julian. N'hésite pas à m'appeler pour me tenir au courant de tes aventures. J'avoue que je suis curieux de savoir comment les choses vont tourner…

— Pas autant que moi, dit Julian en souriant.

Il serra la main que lui tendait son ami.

— À bientôt, lança Chance avant de se diriger vers sa voiture.

Julian le regarda prendre place au volant et suivit des yeux le véhicule tandis qu'il opérait un demi-tour et s'éloignait en direction de l'autoroute. Il gagna ensuite son propre pick-up et inspira profondément, s'efforçant vainement de juguler la tension qui l'habitait.

C'était assez absurde, songea-t-il. Au cours des dernières années, il avait été envoyé au front à plusieurs reprises. Il s'était retrouvé plongé dans des conflits épineux à travers le monde entier et avait failli mourir à trois ou quatre reprises au moins. Pourtant, il s'était rarement senti aussi nerveux qu'en cet instant.

Il finit par redémarrer et pénétra dans Overlook. Il constata rapidement que la petite ville était parfaitement conforme au souvenir qu'il en avait conservé. C'était une bourgade paisible et agréable comme il devait en exister des milliers d'autres à travers les États-Unis, avec sa rue principale où s'alignaient de charmantes boutiques aux vitrines pimpantes et sa place centrale encadrée par un joli petit hôtel de ville et une vieille église en bois.

L'endroit aurait probablement semblé mortellement ennuyeux à la plupart des hommes avec lesquels il avait servi. Mais, après toutes ces années passées sur le champ de bataille des contrées les plus dangereuses de la planète, Julian n'aspirait qu'au calme et à la tranquillité.

C'était d'ailleurs la raison pour laquelle il avait accepté la proposition de l'oncle de Chance. Il espérait qu'en s'installant en Alabama il pourrait mener une existence plus paisible et peut-être même s'enraciner pour de bon. Mais, avant cela, il lui restait une page à tourner…

Après avoir traversé la petite ville, Julian s'engagea sur une route étroite qui serpentait à travers champs. Les terres cultivées ne tardèrent pas à céder la place au bois. Avisant le panneau qui indiquait l'auberge de Madi, il bifurqua et suivit l'allée forestière.

Mais, tandis qu'il approchait de la clairière au centre de laquelle se dressait le bâtiment, il constata avec étonnement que deux voitures de police étaient garées sur le parking, gyrophares allumés. Près de l'une d'elles se tenaient deux hommes en uniforme. Julian reconnut l'un d'eux dont il avait vu la photo dans la chambre de Madi. Il s'agissait de l'un de ses frères.

Julian aperçut alors un autre véhicule dont la présence ajouta encore à son inquiétude. Il s'agissait d'une camionnette frappée du logo du coroner du comté. Julian se gara à l'écart et descendit de voiture. L'un des policiers s'avança aussitôt vers lui.

— Bonsoir, lui dit-il. Puis-je savoir ce que vous faites ici ?

— Je comptais prendre une chambre, répondit Julian. Que se passe-t-il, exactement ?

— Il y a eu un incident à l'auberge, annonça sobrement le policier. Nous sommes en train d'enquêter…

À cet instant, Jenna Diggins, la cuisinière et amie de Madi, sortit par la porte principale de l'auberge. Julian remarqua aussitôt l'extrême pâleur de son visage et l'expression désemparée qui se lisait dans son regard. Elle paraissait en état de choc, ce qui ne fit qu'attiser son inquiétude.

Elle parcourut des yeux les gens qui se trouvaient là et trahit son étonnement en apercevant Julian. Ce ne fut cependant pas vers lui mais vers le frère de Madi qu'elle se dirigea d'un pas résolu.

Derrière elle, une jeune femme émergea à son tour de l'auberge. Son teint naturellement hâlé et ses longs cheveux noirs la désignaient comme étant originaire d'Amérique latine. Julian repéra, attaché à son cou, un badge indiquant qu'elle appartenait à la police locale. L'expression de son visage était sombre, presque lugubre.

Madi sortit du bâtiment juste derrière elle. Le soulagement qu'éprouva Julian en constatant qu'elle n'était pas blessée fut de courte durée. Car les poignets de la jeune femme étaient menottés, et un policier la tenait par l'épaule pour prévenir toute tentative de fuite.

— Qu'est-ce qui se passe, ici ? demanda Julian à l'agent qui se trouvait près de lui.

Sa voix était basse, presque grondante, et l'homme perçut immédiatement la menace qu'elle laissait percer. Instantanément, il posa la main sur la crosse du revolver qu'il portait à la ceinture.

Julian se garda de faire le moindre mouvement.

— Madi ! lança-t-il tandis que la jeune femme était conduite vers l'une des voitures de patrouille.

L'espace d'un instant, il crut qu'elle ne l'avait pas entendu. Puis elle se tourna dans sa direction. Son visage exprimait un mélange de stupeur et d'incompréhension. De toute évidence, elle se demandait ce qu'il pouvait bien faire ici.

Mais, bien plus que son expression, ce qui frappa Julian ce fut la silhouette de la jeune femme, qui ne laissait aucun doute sur son état.

Madi Nash était enceinte. Et, bien qu'il ne soit pas un spécialiste en la matière, il estimait que sa grossesse remontait à plusieurs mois. Une brusque sensation de vertige s'empara de lui tandis qu'il prenait conscience de ce que cela pouvait signifier.

Il se ressaisit pourtant rapidement. Si cet enfant avait été le sien, Madi le lui aurait certainement dit. Chance avait raison : il était revenu trop tard, et elle avait probablement déjà trouvé un nouveau petit ami - peut-être même un mari - qui s'apprêtait à devenir le père de son enfant. À cette idée, Julian sentit une déception cruelle lui étreindre le cœur.

— Je n'ai rien fait, lui cria Madi d'un ton désespéré. Je te le jure !

Le policier qui l'accompagnait ouvrit alors la portière de la voiture de patrouille et la poussa à l'intérieur.

La grand-mère de Madi, dont elle avait hérité le nom, répétait souvent que le ciel n'infligeait jamais plus aux hommes qu'ils n'étaient capables d'en supporter. Elle avait répété cette maxime à maintes reprises : lorsque sa maison avait été détruite par une inondation, lorsque le ranch avait connu des jours difficiles, lorsque son époux était décédé, lorsque les triplés avaient été enlevés et même lorsque son fils, le père de Madi, était mort.

Madi admirait le courage dont elle faisait preuve en toutes circonstances et elle s'était toujours demandé si elle serait capable d'en faire autant, dans une telle situation. Le moment semblait aujourd'hui venu de répondre à cette question. Et elle craignait de ne pas être à la hauteur de son illustre homonyme.

Cela faisait en effet cinq heures qu'elle était en garde à vue au poste de police d'Overlook. Durant la majeure partie de ce temps, elle était demeurée menottée à une table métallique dans la salle réservée aux interrogatoires. C'était Jasmine Santiago, dite Jazz, la coéquipière de Caleb, qui l'avait questionnée.

Tout au long de cet entretien, Jazz s'était montrée assez distante, et jamais on n'aurait pu croire que toutes deux étaient amies. Madi savait pourtant qu'elle ne faisait que son travail et ne pouvait se permettre d'être accusée de favoritisme.

Elle avait donc patiemment répondu à ses questions : qu'avait-elle fait au moment du dîner ? Avait-elle appelé Loraine ? À qui appartenait le fusil qui se trouvait dans sa chambre ? Quelle était la nature de ses relations avec Loraine ? Et avec son époux ?

Lorsque Jazz eut terminé cet interrogatoire, elle quitta la pièce, la laissant seule durant quelques minutes. Finalement, ce fut Declan, son frère aîné et le shérif d'Overlook, qui vint la trouver.

Il paraissait tendu et préoccupé et, pour la première fois depuis qu'elle avait été arrêtée, Madi se demanda avec angoisse si les soupçons qui pesaient sur elle ne risquaient pas de déboucher sur une inculpation en bonne et due forme.

— Des policiers de Kilwin ne vont pas tarder à arriver, lui indiqua-t-il. Ils seront chargés de nous seconder.

Madi le considéra avec étonnement. À sa connaissance, ce genre de coopération entre le bureau du shérif et la police du comté ne se produisait que dans le cadre d'affaires complexes ou graves.

— C'était une suggestion du maire Harding. Il tenait à faire appel à eux pour garantir notre objectivité dans cette affaire. C'est aussi la raison pour laquelle j'ai dû écarter Caleb de l'enquête. Évidemment, notre histoire familiale n'arrange rien en de telles circonstances…

Madi comprit parfaitement ce à quoi il faisait allusion : après l'enlèvement dont les triplés avaient été victimes, lorsqu'ils avaient huit ans, leur père qui était le shérif de l'époque s'était voué corps et âme à la recherche du coupable. Au fil du temps, c'était devenu pour lui une véritable obsession. Et son incapacité à identifier le ravisseur avait fini par le faire basculer dans une forme de dépression dont il ne s'était jamais remis et qui avait fini par causer sa mort.

— Cela n'a rien à voir, protesta-t-elle.

Declan haussa les épaules.

— Tu prêches un converti, répondit-il. Mais je ne suis pas en position de contredire le maire. De plus, nous avons tous intérêt à ce que l'enquête ne prête le flanc à aucune critique. Quoi qu'il arrive, je ne veux pas qu'un juge rejette des preuves de ton innocence parce qu'on nous soupçonnerait de partialité, Caleb et moi.

Madi sentit son cœur se serrer. Jusqu'alors, elle s'était persuadée que le malentendu dont elle était victime finirait par se dissiper rapidement. Mais, si c'était la police de Kilwin qui reprenait l'affaire, elle n'aurait aucune clémence particulière à attendre.

— Écoute, reprit Declan d'une voix plus douce. Nous savons tous deux que tu n'as pas commis ce meurtre. Tôt ou tard, les enquêteurs trouveront la preuve de ton innocence, quels qu'ils soient.

— Tôt ou tard, répéta Madi d'une voix morne. C'est bien ce qui me fait peur, justement.

— Ne t'en fais pas : Jazz est toujours sur le coup, et c'est une excellente enquêtrice. Tu peux compter sur elle pour découvrir ce qui s'est réellement passé à l'auberge.

Madi hocha la tête. Malheureusement, elle était loin d'en être aussi convaincue que son frère. De toute évidence, quelqu'un avait cherché à la piéger en organisant cette mise en scène. Et cette personne avait très bien fait les choses, allant jusqu'à se procurer le fusil de son père et à faire croire à Loraine que Madi l'avait appelée.

En l'absence d'un autre suspect, les preuves qui pesaient sur elle semblaient accablantes.

— Tu es vraiment sûre que personne ne peut corroborer ta version des faits ? lui demanda Declan.

— J'étais toute seule dans mon bain, soupira-t-elle. Tout ce que je peux te dire, c'est que Loraine n'a pas pu se faire tuer dans mon appartement. Sinon, j'aurais forcément entendu le coup de feu.

Declan hocha la tête.

— À ce stade, ce qui plaide en ta faveur, c'est que personne ne semble en avoir entendu, déclara-t-il.

Sur ce, Declan quitta la pièce, la laissant de nouveau seule. Madi se renversa sur sa chaise et ferma les yeux. En pensée, elle revit alors Julian Mercer et la surprise qui s'était peinte sur son visage. Qu'était-il venu faire à l'auberge ? Et pourquoi avait-il choisi précisément ce soir-ci ? Était-ce vraiment une coïncidence ?

Elle ne pouvait croire qu'il soit mêlé de près ou de loin à un meurtre. C'était indiscutablement l'un des hommes les plus droits et les plus intègres qu'il lui ait jamais été donné de rencontrer. Mais peut-être avait-il été victime d'une manipulation, lui aussi…

Comme elle se faisait cette réflexion, la porte s'ouvrit de

nouveau, laissant apparaître son frère Caleb. À sa grande surprise, son visage s'illuminait d'un large sourire, et son attitude trahissait un profond soulagement. Il s'approcha d'elle et détacha les menottes qui lui entravaient les poignets.

— Pourquoi est-ce que tu nous as menti, Madi ? s'enquit-il. Je sais que tu tiens à ton intimité, mais tu étais accusée de meurtre !

Madi le considéra avec une pointe de stupeur, se demandant où il voulait en venir.

— Tu aurais dû nous dire tout de suite que tu avais un alibi ! reprit son frère.

— Je..., balbutia-t-elle avant de s'interrompre. Quel alibi ? ajouta-t-elle.

— Cela ne sert à rien de faire semblant, déclara Caleb. Julian Mercer nous a tout raconté. Il nous a dit que tu voulais probablement lui éviter des ennuis, mais ce n'était pas une raison pour te laisser accuser d'un assassinat !

— Julian..., murmura-t-elle, de plus en plus surprise par la tournure que prenaient les événements.

— Il vient de signer une déposition, acquiesça Caleb. À ce propos, j'aurais pas mal de questions à te poser, en tant que frère sinon en tant que policier. Mais, pour le moment, je suis juste heureux qu'il soit venu témoigner en ta faveur. Cela nous ôte une sacrée épine du pied.

Avant que Madi ait eu le temps de l'interroger, ils furent rejoints par Declan.

— Mais qu'est-ce qui t'a pris, Madi ? s'exclama ce dernier, partagé entre soulagement et colère. Tu aurais pu nous dire que tu avais passé toute la fin de l'après-midi en compagnie de ce type ! Cela t'aurait évité des heures de garde à vue inutile.

Madi faillit protester mais se ravisa. Elle ne tenait pas à croupir plus longtemps dans cette salle d'interrogatoire. De plus, ses frères paraissaient réellement convaincus que cet alibi l'innocentait totalement. Le profond soulagement que tous deux semblaient éprouver en cet instant lui faisait rétrospectivement prendre conscience du risque qu'elle avait couru.

Si Julian Mercer n'avait pas menti pour la protéger, elle aurait très bien pu se faire arrêter pour de bon. Elle décida de mettre ce sursis à profit pour démontrer son innocence - et découvrir qui avait réellement tué Loraine Wilson.

3

Madi était aussi belle que dans les souvenirs de Julian. En revanche, elle paraissait épuisée. Son visage était d'une pâleur de craie, ses yeux cernés et rougis. Elle ne cessait de se mordiller la lèvre inférieure, trahissant une nervosité qui ne lui ressemblait pas.

Il aurait bien voulu trouver les mots - ou les gestes - pour la réconforter, mais sentait confusément qu'il valait mieux garder ses distances et lui laisser le temps de se remettre de ses émotions.

Lui-même avait d'ailleurs besoin de réfléchir à ce qui venait de se produire. Il avait délibérément menti à la police au sujet d'un meurtre dont il ignorait tout et avait parfaitement conscience du risque que cela lui faisait courir.

— Je suis sûr qu'ils ne vont pas tarder à identifier le véritable coupable, maintenant qu'ils peuvent se concentrer sur de réels suspects.

Madi jeta un coup d'œil nerveux en direction du poste de police, dont ils sortaient à peine. Declan et Caleb se trouvaient toujours à l'intérieur, en compagnie du mari de Loraine. Connaissant l'inimitié de Madi pour son épouse, ce dernier était toujours convaincu de la culpabilité de la jeune femme. En apprenant qu'elle venait d'être libérée, il était entré dans une rage folle.

— Comment savez-vous que ce type qui est venu

témoigner en sa faveur n'est pas son complice ? s'était-il exclamé. Ils ont peut-être tué Loraine ensemble ! Je me fiche qu'elle soit la sœur du shérif ou qu'elle soit enceinte. Elle doit payer pour ce qu'elle a fait !

Depuis qu'il l'avait entendu vitupérer de la sorte de l'autre bout du commissariat, Julian était plus résolu que jamais à protéger Madi.

Il ne doutait pas de son innocence. Julian avait fréquenté suffisamment de tueurs au cours de sa vie pour savoir que Madi n'en était pas une. Même si elle détestait réellement cette Loraine, jamais elle ne l'aurait assassinée de sang-froid. Elle n'avait tout simplement pas cela en elle.

Après l'arrestation de Madi, il s'était brièvement entretenu avec Jenna, qui lui avait résumé la situation. Julian s'était ensuite rendu au poste de police, convaincu que ceux qui l'interrogeaient se rendraient très vite compte que la jeune femme n'était pour rien dans cette histoire. Mais, à sa grande surprise, elle n'avait pas été libérée.

À mesure que les heures se succédaient, il avait vu les visages de ses deux frères s'assombrir et avait compris que Madi risquait bel et bien d'être inculpée sur la base des preuves circonstancielles qui pesaient sur elle. Lorsqu'il avait entendu dire que d'autres policiers devaient arriver pour prendre le relais, il avait compris que les choses ne tarderaient pas à se compliquer encore pour elle.

Curieusement, personne n'avait pensé à lui demander les raisons de sa présence dans le hall de réception du poste de police. Il s'attendait à ce qu'on l'interroge à ce sujet, mais les officiers présents semblaient avoir d'autres chats à fouetter. Leur tension était presque palpable. Et, lorsqu'il avait entendu Declan dire à Caleb qu'ils feraient bien d'appeler un avocat, il avait compris à quel point la situation était mal engagée.

C'est alors qu'il avait décidé de mentir pour la protéger.

— Qu'est-ce que tu as raconté pour qu'ils décident de me laisser partir, brusquement ? lui demanda-t-elle.

Il jugea préférable de le lui expliquer de façon aussi précise que possible pour éviter que tous deux se contredisent par la suite.

— J'ai dit que j'étais arrivé à l'auberge une heure avant que Jenna te téléphone, répondit-il. J'étais avec toi dans la salle de bains lorsqu'elle a appelé. J'étais à tes côtés quand tu as découvert le corps. Mais, en comprenant que la police n'allait pas tarder à arriver, j'ai préféré m'enfuir par la fenêtre. Je me suis éloigné en voiture avant de revenir quelques minutes plus tard.

— Pourquoi aurais-tu fait une chose pareille ?

— Parce que je ne voulais pas avoir d'ennuis avec la police alors que je suis sur le point de commencer un nouveau travail. Ce n'est sans doute pas très glorieux, mais le fait que j'avoue m'être conduit aussi lâchement a eu raison des doutes des policiers. Et c'est ainsi que je suis parvenu à t'innocenter.

Madi ne répondit pas immédiatement. Il la vit passer inconsciemment la main sur son ventre rebondi et fut tenté de l'interroger sur l'identité du père de l'enfant qu'elle portait. Mais le moment était probablement mal choisi pour ce faire.

— Je ne comprends pas, lui dit-elle enfin en le dévisageant avec curiosité. Pourquoi as-tu fait une chose pareille ? Pourquoi as-tu décidé de courir un tel risque ? Après tout, nous nous connaissons à peine…

Julian haussa les épaules.

— Tu as dit que tu n'avais pas tué cette femme, et je te crois, déclara-t-il.

— Ce n'est pas une raison pour risquer la prison, objecta-t-elle.

— Je ne pouvais quand même pas te laisser te faire arrêter, répliqua-t-il.

— Et que faisais-tu dans ma salle de bains, exactement ?

Julian haussa les épaules.

— Je ne l'ai pas dit, répondit-il. Cela n'a probablement pas empêché ceux qui m'ont interrogé d'en tirer leurs propres conclusions, bien sûr.

— Tu serais donc revenu pour reprendre où nous nous en étions arrêtés, il y a quelques mois de cela ?

— Sauf que, d'après ce que j'ai cru comprendre, ton frère Caleb ignore que nous avons eu une liaison à ce moment-là. J'ai été forcé de le lui apprendre. Dans le cas contraire, mes explications n'auraient pas tenu la route…

Julian ne pouvait s'empêcher de se demander pourquoi Madi avait caché leur liaison. Était-ce parce que, entre-temps, elle avait rencontré le père de son enfant ? Mais le moment était sans doute mal choisi pour aborder le sujet.

— Pourquoi es-tu venu, Julian ? lui demanda-t-elle en le regardant droit dans les yeux. Pourquoi précisément aujourd'hui ?

Julian haussa les épaules.

— C'est un simple coup de chance, répondit-il. J'étais en route pour l'Alabama et je me suis dit que j'allais passer te voir pour prendre des nouvelles…

— Je ne sais pas si on peut vraiment appeler ça de la chance, remarqua-t-elle. En témoignant en ma faveur, tu viens de te retrouver mêler à une affaire de meurtre.

Un long silence s'ensuivit. Il fut interrompu par l'arrivée de Caleb, le frère de Madi. Il s'approcha d'eux et décocha à Julian une bourrade amicale.

— Je suis heureux que vous vous soyez décidé à témoigner, déclara-t-il. Même si je ne vous cache pas que j'aurais préféré que vous le fassiez plus rapidement. Cela nous aurait évité à tous pas mal de sueurs froides. Et je suis heureux que ce malentendu soit dissipé, ajouta-t-il à l'intention de Madi. Tu vas pouvoir rentrer à la maison !

— Sauf que mon appartement est devenu une scène de crime, objecta-t-elle.

— C'est vrai, concéda Caleb. Tu devrais peut-être revenir t'installer au ranch durant les jours qui viennent.

Madi parut sur le point de protester, mais se ravisa. Julian savait qu'elle avait eu beaucoup de mal à couper le cordon avec sa famille et que c'était la raison pour laquelle elle était si attachée à son auberge. À ses yeux, elle symbolisait son indépendance. Et l'idée de retourner s'installer chez sa mère devait sans doute lui faire l'effet d'un retour en arrière.

— J'ai appelé maman pour la prévenir que nous arrivions, poursuivit Caleb. Nina et elle ont préparé ta chambre et le petit déjeuner. Si cela vous dit, ajouta-t-il à l'intention de Julian, vous pouvez vous joindre à nous. Maman sera ravie de faire la connaissance de l'homme qui vient de sauver sa fille !

Le soleil se levait déjà lorsqu'ils arrivèrent en vue du ranch familial des Nash. Madi n'y était pas retournée depuis plusieurs semaines. Sa mère et elle étaient en froid depuis qu'elle lui avait annoncé sa grossesse tout en refusant de lui dire qui était le père de l'enfant.

Ses frères avaient bien essayé de les réconcilier, mais ils n'y étaient pas parvenus. Julian avait décidé de couper les ponts avec elle, et elle n'avait aucunement l'intention de le forcer à reconnaître son enfant ou à jouer son rôle de père. Après tout, c'était elle qui avait choisi de le garder sans même le consulter.

Elle ne tenait pas à ce que sa mère ou ses frères tentent de faire pression sur lui. Évidemment, le fait qu'il se soit présenté de lui-même à l'auberge, cette nuit-là, risquait de changer la donne. Tôt ou tard, il ne manquerait pas de lui poser la question qu'elle avait lue dans son regard. Et, d'ici là, elle devait impérativement décider de ce qu'elle lui dirait.

Plus elle y réfléchissait et plus elle estimait lui devoir une réponse franche et honnête. Après tout, il venait de prendre un risque énorme pour lui éviter la prison. Elle ne savait pas réellement ce qu'elle était censée en conclure : qu'il avait encore des sentiments pour elle ? Ou qu'il avait juste agi en son âme et conscience, parce qu'il était convaincu de son innocence ?

Elle savait que Julian Mercer était un idéaliste qui était prêt à se battre pour défendre les causes qu'il estimait justes. C'était la raison pour laquelle il s'était engagé dans l'armée et avait accepté si souvent de risquer sa vie.

Elle savait aussi que c'était quelqu'un de très perspicace. Au cours de la semaine qu'ils avaient passée ensemble à Overlook, il en avait deviné bien plus à son sujet qu'elle n'avait imaginé lui en dévoiler. Il avait le don de lire en elle et de percevoir ses émotions - parfois même avant qu'elle-même en prenne conscience.

Sur le moment, elle s'était convaincue que c'était parce qu'il existait entre eux une alchimie particulière, une complicité qui pouvait se passer de mots. Mais, si tel avait été le cas, pourquoi aurait-il coupé les ponts avec elle ?

Certes, elle ne lui avait rien demandé. Ils s'étaient séparés sans se faire la moindre promesse, sans prendre le moindre engagement. Mais elle avait secrètement espéré qu'il avait autant envie qu'elle de reprendre contact.

Sans doute s'était-elle trompée à son sujet. Julian était peut-être juste quelqu'un doté d'un grand sens de l'observation et de la psychologie…

Mais, dans ce cas, pourquoi était-il revenu à Overlook ?

Incapable de répondre à ces interrogations, elle demeura silencieuse tandis que Julian roulait en direction du ranch en suivant le pick-up de Caleb.

— C'est un bel endroit, remarqua-t-il soudain, la faisant légèrement sursauter.

Elle jeta un coup d'œil au ranch dont ils se rapprochaient. C'était effectivement une très belle maison de bois à deux étages construite dans le style typique de la région.

— Est-ce qu'il a toujours appartenu à ta famille ? ajouta Julian.

— Depuis des générations, acquiesça-t-elle. L'un de mes ancêtres a acheté ces terres, au tout début du XIXe siècle. Mais le bâtiment d'origine était construit un peu plus loin sur notre droite, près de l'endroit où se trouvent toujours les écuries. Aujourd'hui, plusieurs maisons plus petites parsèment la propriété. Il y a celle de Molly, l'intendante du domaine, et de son mari, Clive, notre dresseur de chevaux. Celle de mon frère Desmond. Et celle que viennent de faire construire Caleb et sa fiancée, Nina… Il y a aussi une maison d'hôtes qui est gérée par Nina. Ma mère, quant à elle, habite toujours dans le bâtiment principal.

Madi ne put réprimer un soupir.

— Je ne sais pas si c'était une si bonne idée que cela de venir ici, remarqua-t-elle. Ma mère n'a vraiment pas besoin de nouveaux problèmes.

— Je ne connais pas ta famille, répondit Julian. Mais, si j'en crois la façon dont tes frères se sont conduits au cours de cette nuit, j'ai l'impression que vous devez être très soudés. Je suis sûr que ta mère sera rassurée de te savoir auprès d'elle, après ce qui s'est passé.

Madi sentit son cœur se serrer, touchée par la sollicitude qu'elle percevait dans sa voix. L'espace de quelques instants, elle fut presque tentée de lui révéler que l'enfant qu'elle attendait était le sien. Mais elle ravala cet aveu.

Que se passerait-il s'il prenait mal la chose ? S'il ne voulait pas entendre parler de cet enfant ? Ou, pire encore, s'il lui en voulait d'avoir gardé le silence durant tous ces mois ? Il pouvait très bien décider de revenir sur son témoignage. Elle serait alors inculpée pour le meurtre de Loraine Wilson et risquait de perdre ses droits sur sa fille…

Paralysée par l'angoisse et l'incertitude, elle garda donc le silence, jusqu'à ce que Julian se soit garé à quelques mètres de la voiture de Caleb.

— Madi…, commença-t-il alors en se tournant vers elle.

Son regard avait la même intensité que dans son souvenir. Mais le désir qui s'y lisait souvent, sept mois auparavant, avait été remplacé par une étrange gravité.

— Je tiens à ce que tu saches que, quoi qu'il puisse se passer, je ne reviendrai pas sur les déclarations que j'ai faites à la police, affirma-t-il d'un ton solennel.

Une fois de plus, il paraissait avoir lu dans ses pensées. Elle se contenta de hocher la tête.

— J'ai remarqué que tu ne portais pas d'alliance, reprit Julian. Tu n'es ni mariée ni fiancée. Est-ce que tu fréquentes quelqu'un, en ce moment ?

— Non, souffla-t-elle.

Julian hocha la tête à son tour. Il était évident qu'il avait d'autres questions à lui poser mais qu'il hésitait à les formuler. Du coin de l'œil, Madi vit Caleb descendre de sa voiture. Elle comprit alors que, si elle voulait répondre aux interrogations de Julian, elle n'avait que très peu de temps pour le faire. Si elle ne saisissait pas cette chance, la présence des membres de sa famille ne lui en laisserait pas l'opportunité.

Julian venait de lui promettre qu'il ne la trahirait pas. Et, curieusement, elle était convaincue de pouvoir lui faire confiance. Il lui avait donné sa parole et, quoi qu'il arrive, il l'honorerait.

Elle posa doucement les mains sur son ventre.

— Ce bébé est le tien, lui dit-elle d'une voix que l'émotion rendait légèrement tremblante. C'est ta fille…

Julian ne répondit pas. Son visage ne trahit strictement aucune réaction - ni joie, ni colère, ni rancœur. S'il était passé maître dans l'art de lire dans ses pensées, il paraissait évident qu'elle-même en était incapable. Julian était pour elle un mystère - et elle se demanda avec angoisse si ce ne serait pas toujours le cas.

4

Lorsque Madi ouvrit les yeux, elle était allongée dans la pénombre. Elle pouvait entendre le doux ronronnement de l'air conditionné qui lui procurait une impression de fraîcheur agréable. L'odeur de l'adoucissant qui émanait des draps lui parut familière et rassurante.

Mais, comme elle flottait ainsi à mi-chemin du sommeil et de l'éveil, les tiraillements de sa vessie lui rappelèrent brusquement qu'elle était enceinte. La chambre dans laquelle elle se trouvait n'était plus la sienne depuis bien longtemps.

Le cœur battant à tout rompre, elle se rappela la scène d'horreur à laquelle elle avait assisté, la veille au soir. Un gémissement lui échappa tandis que les souvenirs affluaient - son arrestation, l'interminable interrogatoire auquel elle avait été soumise, sa confession à Julian et l'absence de réaction de ce dernier…

Péniblement, elle se redressa et gagna la salle de bains pour soulager sa vessie, que son bébé semblait bien décidé à prendre pour un punching-ball.

Elle décida alors de passer sous la douche parce qu'elle pensait que cela lui ferait du bien, évidemment, mais aussi, si elle était honnête, parce qu'elle avait besoin d'un peu plus de temps avant d'affronter le regard de sa mère.

Depuis qu'elle était enceinte, leurs rapports étaient

devenus plus difficiles, en grande partie parce que Madi avait refusé de révéler qui était le père de son enfant.

Dorothy était tout à fait prête à accepter que sa fille puisse ne pas vouloir - ou ne pas pouvoir - vivre avec l'homme en question. Ce qu'elle avait beaucoup plus de mal à comprendre, en revanche, c'était que Madi puisse garder pour elle son identité.

Elle considérait son silence comme une marque de défiance qu'elle ne s'expliquait pas et qu'elle estimait ne pas avoir mérité.

De son côté, Julian s'était montré peu disert, probablement parce qu'il était toujours sous le coup de la révélation que Madi venait de lui faire.

Quant à Madi elle-même, elle était tiraillée entre la tentation d'avouer à sa famille toute la vérité concernant l'alibi que Julian lui avait fourni et le fait qu'en leur disant la vérité elle les acculerait *de facto* à mentir eux aussi.

C'était donc Caleb qui avait fait les frais de la conversation durant l'étrange petit déjeuner qu'ils avaient partagé ce matin-là. Son frère avait tendu quelques perches à Madi et Julian, leur offrant à plusieurs reprises l'occasion de préciser la nature de leurs relations. Mais Madi aurait été bien en peine de le faire.

Finalement, elle avait accueilli avec un certain soulagement le conseil de sa mère qui lui avait suggéré d'aller s'allonger un moment. Physiquement, cette sieste de quelques heures lui avait fait le plus grand bien. Mais, sur le plan émotionnel, elle se sentait toujours aussi fragile.

Après avoir pris sa douche et s'être rhabillée, elle descendit à la cuisine où elle trouva sa mère qui était en train de préparer un grand broc de citronnade.

— Bonjour, ma chérie, lui dit Dorothy d'une voix qui parut à Madi terriblement réconfortante. J'étais justement sur le point de monter te réveiller.

— Pourquoi ? lui demanda-t-elle, surprise.

— Caleb vient tout juste d'arriver et m'a dit qu'il avait de mauvaises nouvelles au sujet de l'enquête.

Avisant l'inquiétude qui devait se peindre sur son visage, sa mère lui décocha un sourire qui se voulait rassurant.

— Ne t'en fais pas, lui dit-elle. Quel que soit le problème, nous trouverons une solution. Tu n'es pas toute seule : tu peux compter sur nous pour t'aider à traverser ce moment difficile.

Madi hocha la tête. Malheureusement, elle ne partageait pas l'optimisme de façade de sa mère. Declan ne lui avait pas caché le fait que l'enquête lui échappait en grande partie. Et la personne qui avait cherché à la faire accuser du meurtre de Loraine n'avait peut-être pas dit son dernier mot. Qui sait quels indices accablants ils avaient pu retrouver dans son appartement ?

Réprimant un soupir, elle suivit sa mère à l'extérieur. Caleb et Julian se trouvaient dans le jardin, assis à la grande table en bois où la famille avait coutume de manger, lorsque les beaux jours arrivaient. Les deux hommes arboraient des mines inquiètes qui ne contribuèrent guère à la rassurer.

La sonnerie du portable de Caleb retentit alors, et il se leva et s'écarta un peu pour répondre. Madi prit place en face de Julian.

— Tu as bien dormi ? lui demanda-t-il.

Elle hocha la tête. Ces quelques heures de sommeil lui avaient fait le plus grand bien. En revanche, elle était prête à parier que Julian n'avait toujours pas fermé l'œil.

— Vous voulez un peu de citronnade ? lui proposa Dorothy.

— Volontiers, répondit-il en tendant son verre.

Elle le remplit et reposa le pichet qu'elle venait d'apporter.

— Que se passe-t-il, exactement ? s'enquit-elle alors.

Julian prit le temps d'avaler une gorgée de citronnade avant d'annoncer :

— Apparemment, la police de Kilwin considère que celle d'Overlook a fait preuve de favoritisme en libérant Madi aussi rapidement. Ils reprochent à Declan de ne pas être objectif dans cette affaire.

— Comment pourrait-il l'être ? soupira Dorothy en s'asseyant aux côtés de Madi.

— Cela paraît difficile, en effet, acquiesça Julian. Et c'est pour cela que la police de Kilwin va reprendre l'enquête. Cela ne ravit pas ton frère, ajouta Julian à l'intention de Madi.

De fait, Caleb s'entretenait avec véhémence avec son correspondant.

— C'était prévisible, dit-elle. Malheureusement, cela signifie sans doute que je serai bonne pour un nouvel interrogatoire en règle.

— Probablement, concéda Julian. Et ce sera mon cas aussi.

— C'est une perte de temps, affirma Dorothy. Et, pendant ce temps, le véritable tueur se balade en liberté.

Madi se mordilla nerveusement la lèvre. Le tueur en question avait-il juste cherché à faire d'elle un bouc émissaire ? Ou lui en voulait-il personnellement ? Dans le doute, elle ferait mieux de redoubler de prudence.

Une fois de plus, elle se demanda avec angoisse si sa présence en ces lieux ne mettait pas en danger les autres membres de la famille et le personnel du ranch - sans parler de Julian.

— Je devrais probablement retourner à l'auberge, déclara-t-elle. Jenna doit s'inquiéter à mon sujet. Et, même si le mari de Loraine est parti, j'ai encore un client, là-bas.

— J'ai proposé à tes clients de s'installer au gîte du ranch, en attendant, répondit Dorothy. Quant à Jenna,

Desmond est allé lui donner un coup de main, ce matin. De toute façon, l'auberge risque de rester fermée pendant quelques jours, le temps que la police récupère tous les indices qui pourraient s'y trouver.

Madi hocha tristement la tête. L'idée que son hôtel soit devenu une scène de crime la rendait malade.

— Je devrais quand même aller faire un tour là-bas, déclara-t-elle. Il faut au moins que je récupère des habits, mes affaires de toilette et mon ordinateur.

Caleb revint alors vers eux.

— Je viens d'avoir Jazz, leur dit-il. Elle sortait tout juste d'une réunion avec Declan et deux inspecteurs de Kilwin. Comme je le craignais, ils veulent réinterroger tout le monde. Declan leur a proposé d'utiliser la salle de conférences du poste de police pour cela. Je crois que Madi et Julian devraient se rendre là-bas le plus rapidement possible, histoire de prouver leur bonne foi et le fait qu'ils n'ont rien à cacher.

Madi sentit son cœur se serrer dans sa poitrine. L'idée de revivre ce qu'elle avait vécu cette nuit-là la déprimait profondément. Ce serait même pire, maintenant qu'elle serait amenée à mentir au sujet de la présence de Julian. Mais elle savait que son frère avait raison : en repoussant cet inévitable entretien, elle ne ferait qu'attiser les soupçons des policiers en charge du dossier.

— Tout se passera bien, affirma alors Julian, qui semblait avoir remarqué son désarroi.

— Avant cela, vous avez tous besoin de manger un morceau, déclara Dorothy. Caleb, viens m'aider.

Le frère de Madi suivit leur mère en direction de la cuisine.

— Il va falloir que je contacte Chance, dit alors Julian à voix basse.

— Qui est Chance ?

— Un ami avec lequel j'ai servi dans l'armée, expliqua-t-il. Nous venons tous deux d'être démobilisés et nous comptions nous rendre en Alabama pour rejoindre la compagnie de sécurité qu'a fondée son oncle. Il est le seul qui sache que je suis venu à Overlook - le seul qui sache aussi que je suis arrivé plus tard que je ne l'ai prétendu.

— Nous ne pouvons pas lui demander de mentir à ce sujet, objecta vivement Madi. C'est beaucoup trop grave…

— Crois-moi, Chance et moi avons déjà couru des risques bien plus importants, l'un pour l'autre. Nous nous faisons totalement confiance. Et, si j'attends de lui qu'il soutienne mon témoignage, il n'hésitera pas un seul instant. Pas plus que je ne le ferais si la situation était inversée.

Une fois de plus, Madi se demanda quelles épreuves Julian avait pu traverser au cours des campagnes militaires auxquelles il avait participé. C'était un sujet qu'il s'était toujours refusé à aborder avec elle, en partie parce que ces informations étaient classées secret-défense mais aussi parce qu'il préférait lui épargner ce genre de récits.

À plusieurs reprises, cependant, elle avait cru deviner que l'unité à laquelle il appartenait était chargée d'opérations particulièrement sensibles et délicates et qu'il avait affronté sur le terrain des situations particulièrement difficiles.

— Il va falloir nous accorder sur quelques points si nous voulons éviter de nous contredire devant les policiers de Kilwin, reprit Julian. Surtout s'ils te soumettent à un interrogatoire serré.

— Je suis d'accord.

Ils durent cependant s'interrompre en voyant Caleb et sa mère ressortir de la maison. Ils n'apportaient pas le repas que Dorothy leur avait promis, mais arboraient tous deux une expression inquiète.

— Une voiture de police approche, leur indiqua-t-elle.

— C'est quelqu'un de Kilwin, précisa Caleb.

Madi et Julian échangèrent un regard inquiet. Mais il était trop tard pour coordonner leurs témoignages. Un claquement de portière se fit entendre, suivi d'un crissement de pas sur le gravier. Quelques instants plus tard, Roberto, le cuisinier du ranch, ouvrit la porte de la cuisine.

— Ils sont ici, signala-t-il au visiteur, qui sortit et s'avança vers le petit groupe.

En voyant de qui il s'agissait, Madi ne put réprimer un frisson d'angoisse.

Julian perçut distinctement la tension qui gagnait les Nash à mesure que l'homme se rapprochait. Il ne paraissait pourtant pas particulièrement menaçant. Mince et de taille relativement modeste, il devait être âgé d'une petite soixantaine d'années, et avait des cheveux poivre et sel qui avaient commencé à se dégarnir en couronne.

L'insigne qu'il portait à la ceinture le désignait comme un inspecteur de police du comté.

— Bonjour à tous, lança-t-il.

Le sourire qu'il arborait à cet instant évoquait celui d'un chat se préparant à fondre sur sa proie. Il salua Dorothy d'un petit hochement de tête, décocha un regard ironique à Caleb et Madi avant de se tourner vers Julian.

— Je suis l'inspecteur en chef Christian Miller de la police de Kilwin, précisa-t-il à son intention. Et c'est moi qui serai en charge de l'enquête concernant le meurtre de Loraine Wilson, dorénavant.

Madi ne put retenir un halètement de surprise, et le sourire de Miller s'élargit encore un peu.

— Ne vous en faites pas, ajouta-t-il. Je ne laisserai pas les différends que j'ai pu avoir avec votre famille influencer mes investigations. Cette enquête sera menée avec tout le professionnalisme qui convient. Nous le devons à la victime.

Le regard et l'attitude de Miller contredisaient totalement ses paroles : l'antipathie que lui inspiraient les Nash était évidente - et visiblement réciproque. Julian se demanda ce qui avait bien pu se passer pour faire naître entre eux une telle inimitié.

Il avait en tout cas parfaitement conscience de la menace que représentait cet homme pour Madi. Et il était bien décidé à protéger la jeune femme coûte que coûte.

— Peut-on savoir ce que vous êtes venu faire ici, Miller ? s'enquit Caleb d'une voix peu amène.

— Je suis venu chercher Madi pour la conduire au poste, répondit-il. Elle n'aurait jamais dû être autorisée à partir avant d'avoir été interrogée par moi ou par l'un de mes hommes. Très franchement, cette investigation a été menée en dépit du bon sens. Declan et vous n'auriez jamais dû être impliqués dans l'enquête : vous êtes beaucoup trop proches de Madi, et le conflit d'intérêts ne faisait aucun doute. Mais j'imagine que ce n'est qu'un exemple de plus du favoritisme dont jouissent les membres de votre famille dans la région…

— Il n'est pas question que je parte avec vous, déclara Madi d'une voix glaciale.

Julian lui jeta un regard surpris. C'était la première fois qu'il l'entendait faire preuve d'une telle animosité à l'égard de qui que ce soit. Dans ses yeux, il lut un mélange d'angoisse et de haine dont l'intensité ajouta encore à son étonnement.

La fausse bonhomie dont Miller faisait preuve jusqu'ici se dissipa soudain, laissant place à une froideur glacée.

— Dois-je vous rappeler que l'on a retrouvé le corps de Loraine Wilson dans votre salon, à côté de l'arme du crime sur laquelle on a relevé vos empreintes - et uniquement les vôtres ? Un témoin nous dit que vous aviez explicitement laissé entendre que vous vouliez la tuer.

— Je ne le pensais pas, protesta Madi.

— N'importe qui connaissant ma sœur vous dirait qu'elle serait incapable de commettre un tel acte, renchérit Caleb. Quelqu'un a essayé de la piéger !

— Qui ? s'enquit Miller.

— Nous l'ignorons encore…

— Je m'en doutais, railla Miller. Franchement, vous pensez vraiment que quelqu'un pourrait en vouloir à Madi au point de tuer l'une de ses clientes ? Cela n'a aucun sens. Quant à savoir si Madi serait capable de violence, nous savons tous ici que c'est le cas. Elle l'a prouvé lors de l'enlèvement, d'après ce que j'ai cru comprendre…

— Vous êtes bien placé pour le savoir, répliqua Dorothy.

Miller pâlit brusquement. Julian, quant à lui, interrogea Madi du regard, se demandant de quel enlèvement le policier pouvait bien parler. Mais elle détourna les yeux.

— Je compte bien vous interroger aussi, monsieur Mercer, reprit Miller en se tournant vers lui. J'avoue que je trouve un peu bizarre qu'un inconnu débarque brusquement de nulle part pour fournir un parfait alibi à Madi. Je serais prêt à parier que c'est elle ou l'un des membres de sa famille qui vous a convaincu de témoigner en sa faveur. Si tel est bien le cas, sachez que je veillerai à ce que vous soyez inculpé pour faux témoignage et complicité de meurtre.

— Je ne suis pas un parfait inconnu, objecta Julian. Et je n'étais pas venu à l'auberge par hasard.

— Vraiment ? répliqua Miller en le défiant du regard. Et peut-on savoir ce que vous étiez venu faire à Overlook ?

— Je suis venu voir ma fille.

Miller, Caleb et Dorothy le considérèrent avec étonnement.

— Votre fille habite Overlook ? lui demanda l'inspecteur d'un ton toujours aussi suspicieux.

— Pas encore, répondit posément Julian. Mais ce devrait être le cas d'ici deux mois environ…

Il jeta un coup d'œil appuyé en direction du ventre de Madi. Miller ne put dissimuler son étonnement.

— Alors, c'est vous le père du bébé ? s'exclama-t-il.

Julian hocha la tête.

— Est-ce que c'est vrai, Madi ? s'enquit Miller.

— C'est vrai, acquiesça-t-elle.

Julian jeta un coup d'œil à la dérobée en direction de Caleb et de Dorothy. S'ils avaient été surpris par cette révélation, ils n'en laissaient rien paraître. Julian savait pourtant que Madi ne leur avait pas parlé de lui ni de leur brève liaison.

— Loin de moi l'idée de vous expliquer votre métier, reprit-il avec une feinte décontraction. Mais je pense vraiment que nous devrions poursuivre cet interrogatoire au poste de police. Je ne voudrais pas que vous soyez accusé à votre tour d'avoir enfreint la procédure…

La pointe d'ironie qui perçait dans sa voix n'avait pas échappé à Miller, qui lui décocha un regard noir.

5

Julian se leva et tendit la main à Madi pour l'aider à se redresser.

— Madi et moi vous suivrons jusqu'au poste, déclara-t-il. À moins bien sûr que vous ne comptiez l'arrêter ici et maintenant…

Miller se renfrogna, comprenant probablement qu'en l'absence de preuves supplémentaires une telle arrestation serait maladroite, voire contre-productive. Madi adressa à Julian un regard empli de reconnaissance. L'idée de se retrouver seule avec Miller la rendait malade. De plus, Julian venait de gagner quelques précieuses minutes de trajet pendant lesquelles ils pourraient accorder leurs témoignages respectifs.

— Je ne compte arrêter personne pour le moment, répondit Miller en insistant délibérément sur la dernière partie de sa phrase. Mais je préfère vous prévenir, monsieur Mercer, si vous tentez de me fausser compagnie, je lancerai la totalité des forces de police du comté à votre poursuite.

— Vous n'avez aucune inquiétude à vous faire, lui assura Julian sans se départir de son calme. Madi et moi comptons collaborer pleinement avec les autorités pour vous aider à retrouver au plus vite le coupable de ce crime atroce.

— J'en suis ravi, déclara Miller d'un ton ironique. Je vous attends devant.

Sur ce, il adressa un bref salut de la tête à Dorothy et se détourna pour regagner sa voiture. Caleb attendit qu'il soit hors de portée de voix pour se tourner vers sa sœur.

— Est-ce que c'est vrai ? lui demanda-t-il. Est-ce que Julian est le père du bébé ?

— Oui, répondit Madi.

Jusqu'à présent, elle avait tu cette information parce qu'elle n'était même pas sûre de revoir un jour Julian. Mais, étant donné la tournure que les événements avaient prise au cours de ces dernières vingt-quatre heures, elle ne voyait pas l'intérêt de garder le secret.

Caleb se tourna vers Julian et l'observa longuement, comme s'il le considérait sous un nouveau jour. Il se garda cependant de tout commentaire.

— Nous ferions bien d'y aller, dit Julian. Si nous arrivons en retard, cela risque de rendre ce Miller encore plus méfiant qu'il ne l'est déjà.

— Je ne comprends pas que ce soit lui que le chef de la police ait choisi pour superviser cette affaire, déclara Caleb. Tout le monde sait qu'il nous déteste. Je vais demander à Declan de l'appeler. En attendant, je vais vous accompagner au poste.

— Moi aussi, annonça Dorothy.

— Tu veux que je t'emmène ? proposa Caleb.

— Non, il vaut mieux que je prenne ma propre voiture, répondit-elle.

Madi remarqua que le visage de sa mère était toujours aussi fermé. De toute évidence, la vue de Miller l'avait affectée bien plus qu'elle ne voulait le laisser paraître.

Ils se dirigèrent tous vers leurs voitures, et Madi prit place à bord de celle de Julian. Dès qu'ils furent installés, Miller démarra, et ils le suivirent.

— Qui est ce type ? demanda Julian. Pas un ami de la famille, visiblement…

— C'est le moins qu'on puisse dire, soupira Madi.

Elle hésita quelques instants avant de répondre à la question de Julian. Elle aurait voulu pouvoir le faire sans évoquer ce qui était arrivé à Caleb, Desmond et elle. Malheureusement, les sentiments que leur inspirait Miller étaient irrévocablement mêlés à cette histoire.

— Caleb, Desmond et moi sommes des triplés, rappela-t-elle à Julian.

— C'est ce que tu m'as dit, acquiesça-t-il.

— Lorsque nous avions huit ans, nous nous sommes fait enlever. Nous jouions dans un parc lorsqu'un homme s'est emparé de moi. Il a forcé mes frères à le suivre en menaçant de me tuer. Il nous a retenus pendant plusieurs jours dans le sous-sol d'une maison en forêt. Nous avons réussi à nous enfuir mais, lorsque la police est arrivée sur les lieux, le ravisseur avait disparu. Mon père était le shérif d'Overlook, à cette époque, et il a passé des années à chercher cet homme. Il n'a jamais pu le retrouver, hélas. Mais il était convaincu que quelqu'un avait commandité cet enlèvement. Et Miller était son principal suspect…

Julian ne trahit aucune surprise. Contrairement à la plupart des gens à qui elle avait raconté cette histoire dans le passé, il s'abstint de la bombarder de questions.

— Je suis sûr que tu dois commencer à regretter de ne pas t'être directement rendu en Alabama, remarqua-t-elle.

— Et de n'avoir jamais appris que j'avais une fille ? répliqua Julian. Certainement pas.

— Je comptais t'en parler, objecta-t-elle.

Il secoua la tête.

— Nous n'avons vraiment pas le temps d'avoir une telle discussion, déclara-t-il. Miller va nous interroger et, si je comprends bien, il fera tout pour nous piéger.

Madi hocha la tête.

— Il déteste les Nash.

— Dans ce cas, nous ferions mieux d'accorder nos violons. Raconte-moi ce qui s'est passé hier. Et tâche de n'omettre aucun détail.

Madi s'exécuta, lui narrant de façon aussi précise qu'elle le put les événements de la veille.

— Très bien, lâcha-t-il. Disons donc que je suis arrivé peu de temps avant l'heure du dîner. Je me suis rendu directement dans ton appartement où tu étais montée. Nous étions dans ta chambre et nous avons discuté du bébé et de ce qui allait se passer dans les prochains mois. Puis Jenna t'a appelée, et nous sommes tous deux allés jeter un coup d'œil au salon voisin. Là, nous avons découvert le corps. J'ai décidé de m'éclipser avant l'arrivée de la police parce que je ne voulais pas avoir d'ennuis. Puis je suis revenu à l'auberge où j'ai découvert que tu avais été arrêtée. C'est alors que je me suis décidé à témoigner.

— Est-ce que nous avons… ? murmura Madi.

— Fait l'amour ? compléta Julian. Comme tu veux. Mais cela expliquerait pourquoi nous nous trouvions dans la chambre. Et pourquoi nous n'avons entendu aucun bruit suspect dans le salon.

Madi hocha la tête.

— D'accord, murmura-t-elle.

— Écoute, lui dit Julian, j'imagine que ce mensonge ne te plaît pas plus qu'à moi. Mais, si Miller en veut à ce point à ta famille, nous n'avons pas le choix. Il nous faut gagner du temps en attendant que la police découvre qui a réellement commis ce meurtre.

— Et s'ils ne parviennent pas à retrouver le coupable ?

— Alors, ce sera à nous de le faire. Avec l'aide de tes frères…

Julian s'interrompit et fronça les sourcils.

— Il se passe quelque chose, murmura-t-il.

De fait, derrière eux, Caleb venait d'allumer son gyrophare.

Il accéléra pour les dépasser à toute vitesse. Devant eux, Miller abaissa sa vitre pour leur faire signe de se rabattre sur le bas-côté. Julian s'exécuta, et le policier s'arrêta à leur niveau avant de faire descendre la vitre du côté passager.

— Nous venons de recevoir une alerte, leur dit-il. Je dois y aller. Vous deux, filez tout droit au poste et attendez-moi. Ne bougez pas tant que je ne vous aurai pas interrogés, c'est bien compris ?

— Parfaitement, répondit Julian.

Miller hocha la tête et redémarra en trombe sans leur laisser le temps de l'interroger sur ce qui était en train de se passer. Dorothy s'arrêta à son tour à leur hauteur, et ils lui répétèrent ce que Miller venait de leur dire. Ils convinrent de se retrouver au poste et se remirent en route.

— Je peux mettre la radio ? demanda Madi. Nous apprendrons peut-être ce qui s'est passé.

— Bien sûr, répondit Julian.

Madi alluma le poste et chercha la station locale. La voix légèrement nasale et très facilement identifiable de Micah, l'un des deux présentateurs habituels de l'après-midi, se fit entendre.

— … En cours sur la Route 11 à la sortie d'Overlook. En direction de Kilwin, je vous conseille d'emprunter Jackson Road et de rejoindre directement l'autoroute. La Route 11 sera fermée jusqu'à nouvel ordre. La police et les pompiers ne devraient pas tarder à être sur place. Nous ignorons pour le moment quel véhicule a pris feu, mais nous vous tiendrons informés dès que nous en saurons plus à ce sujet…

— Merci à tous ceux qui nous ont appelés pour nous signaler l'incident, ajouta Calhoun, l'autre animateur, d'un ton nettement plus sobre que d'ordinaire. Nous nous retrouvons juste après une petite pause publicitaire…

Madi baissa le volume.

— Bizarre, commenta-t-elle. La Route 11 est de l'autre côté de la ville. Je suis sûre qu'il y avait des agents plus proches qu'eux du lieu de l'accident.

— Leurs collègues avaient peut-être besoin de renforts, suggéra Julian.

— Peut-être, dit-elle sans grande conviction.

Quelques minutes plus tard, ils atteignirent le poste de police. L'agitation qui y régnait leur confirma qu'il se passait quelque chose de grave.

Curieusement, ce fut Desmond qui vint les accueillir en haut des marches. Il était vêtu de l'un de ses costumes les plus élégants et tenait son stetson noir d'une main et son téléphone portable de l'autre. Madi vit aussitôt qu'il paraissait très secoué.

— Où étiez-vous ? s'exclama-t-il sans autre forme d'entrée en matière.

— Au ranch, répondit-elle. En train de discuter avec Christian Miller, qui est apparemment responsable de l'enquête, désormais. Pourquoi cette question ?

Desmond poussa un soupir de soulagement, ce qui était très mauvais signe : tout comme Madi et Caleb, il détestait Miller et, en temps normal, il ne se serait certainement pas réjoui de la savoir en sa compagnie.

— Dieu merci ! lâcha-t-il. Au moins, cette fois-ci, il ne pourra pas t'accuser d'avoir fait le coup.

— Est-ce qu'il y a eu un autre meurtre ? demanda Madi d'une voix blanche.

— Entrez vite, leur dit-il. Declan nous attend en salle de conférences. Je vous expliquerai tout lorsque nous serons réunis.

— Maman était juste derrière nous, lui indiqua Madi. Elle ne devrait pas tarder à arriver.

— Je l'attends, et nous vous rejoignons.

Ravalant la curiosité qui la tenaillait, Madi entraîna

Julian à l'intérieur du poste de police. Elle connaissait la plupart des gens qui travaillaient là et les salua au passage. La cordialité dont ils faisaient preuve la rassura quelque peu : visiblement, une grande majorité d'entre eux la croyait innocente. Elle ne put s'empêcher cependant de remarquer un certain nombre de regards emplis de curiosité.

Overlook était une petite ville, et les meurtres dans le genre de celui de Loraine Wilson n'étaient pas monnaie courante. Les spéculations devaient aller bon train sur ce qui s'était réellement passé à l'auberge ce soir-là. Et elle ne pouvait leur en vouloir : elle-même aurait donné très cher pour le savoir.

Lorsqu'ils arrivèrent dans la salle de réunion, elle était déserte, et ils ne virent pas trace de Declan ni des policiers de Kilwin qui étaient censés les interroger. Ils attendirent donc impatiemment que Dorothy et Desmond les rejoignent.

— Vas-tu enfin nous dire ce qui se passe, ici ? lui demanda sa mère.

— Est-ce que ça a un rapport avec l'accident qui s'est produit sur la Route 11 ? s'enquit Madi.

— Ce n'était pas un accident, annonça Desmond.

Il posa son chapeau et son téléphone sur la table de réunion.

— Carl Smith, le coroner du comté, était chargé de transporter le corps de Loraine Wilson jusqu'à Kilwin, ce matin, expliqua-t-il. Il était accompagné par Lee Holloway, un jeune inspecteur du comté. Il a appelé le central pour signaler que quelqu'un essayait délibérément de les faire sortir de la route. Il a précisé que c'était une femme aux cheveux blonds qui conduisait…

Madi ne put réprimer une exclamation de stupeur horrifiée. Il paraissait de plus en plus évident que quelqu'un essayait de la piéger.

— Tu comprends maintenant pourquoi j'étais rassuré de te savoir en compagnie de Miller.

— Qu'est-il arrivé à Carl et à l'inspecteur ? s'enquit Dorothy. Est-ce qu'ils sont indemnes ?

— Il semblerait que le coroner se soit fait tuer au cours de l'attaque. Puis on a délibérément mis le feu au fourgon qui contenait le corps de Carl et celui de Loraine Wilson.

— Et l'inspecteur Holloway ? s'enquit Julian.

— On ignore ce qu'il est devenu, répondit Desmond en secouant la tête d'un air incrédule. À ce stade, il semble qu'il ait été enlevé par ceux qui ont attaqué le convoi…

— Je ne comprends pas, murmura sa mère. Que se passe-t-il exactement ?

— Rien de bon, j'en ai peur, murmura Julian d'une voix sombre.

Pour la première fois depuis qu'elle le connaissait, Madi crut discerner de l'inquiétude dans son regard.

6

Julian quitta la salle de réunion dans laquelle on venait de l'interroger pendant près d'une demi-heure. Il se dirigea vers le distributeur qui se trouvait dans le hall du poste de police pour y prendre une bouteille d'eau et un café. Alors qu'il attendait que le breuvage ait fini de s'écouler, il fut rejoint par Dorothy Nash.

— Nous n'avons pas vraiment eu l'occasion de parler, tous les deux, lui dit-elle.

— En effet, reconnut Julian. Je suis désolé que nous devions faire connaissance en de telles circonstances…

— Moi aussi, répondit Dorothy avec un pâle sourire.

Elle l'étudia attentivement tandis qu'il se penchait pour récupérer sa tasse de café.

— Vous vous inquiétez pour elle, n'est-ce pas ? lui demanda-t-elle enfin.

— Bien sûr ! Je pense que quelqu'un essaye de la piéger.

— Madi n'est pas aussi fragile qu'elle peut en avoir l'air, vous savez. C'est même quelqu'un de très fort. Elle a déjà surmonté plus d'épreuves que la plupart des gens n'en connaissent en l'espace d'une vie tout entière.

— C'est ce que j'ai cru comprendre, en effet, acquiesça Julian.

— Elle vous a parlé de ce qui lui était arrivé, lorsqu'elle avait huit ans ?

— Pas en détail mais, oui, elle m'en a parlé.

— Je suis heureuse qu'elle l'ait fait, approuva Dorothy. Cet enlèvement constitue un moment fondateur de son existence - comme de celle des garçons. Mais il les a aussi rendus plus forts. Ensemble, ils surmonteront cette nouvelle épreuve.

— J'en suis certain, déclara Julian. Et je serai là pour leur apporter mon aide. Soyez-en assurée. Vous n'avez vraiment aucune idée de qui pourrait en vouloir à ce point à votre fille ?

Dorothy secoua la tête.

— Non, répondit-elle. Madi n'a aucun ennemi, à ma connaissance. Et le métier qu'elle exerce ne donne pas lieu à ce genre de règlement de comptes. Tout cela n'a aucun sens.

— Pourrait-il s'agir d'un ancien petit ami ? suggéra Julian.

— Je ne pense pas, dit Dorothy sans hésiter. Madi n'en a pas eu beaucoup, et je connais la plupart d'entre eux. Aucun ne serait capable d'abattre qui que ce soit par dépit amoureux… Je suis désolée de vous demander cela, ajouta-t-elle, mais ne pourrait-il pas s'agir de quelqu'un qui cherche à vous nuire ? Après tout, Madi est la mère de votre enfant.

— Mais elle était la seule à le savoir, objecta Julian. Elle ne me l'a annoncé qu'hier soir. De plus, je n'ai dit qu'à une seule personne que nous étions sortis ensemble, il y a sept mois de cela.

— Et cette personne… ?

— J'en réponds comme de moi-même.

— Dans ce cas, il doit s'agir d'un malade qui a fait une fixation sur ma fille.

— C'est possible, concéda Julian. Mais pourquoi s'en

serait-il pris ensuite à ceux qui transportaient le corps de Loraine Wilson ? Cela n'a pas de sens…

— En tout cas, je suis heureuse que vous ayez été auprès d'elle, hier soir. Si tel n'avait pas été le cas, Miller se serait certainement fait un plaisir de la jeter en prison.

Julian hocha la tête. C'était effectivement la conclusion à laquelle il était parvenu. S'il n'avait pas décidé de faire un détour par Overlook pour revoir Madi, elle aurait probablement été incarcérée. Et lui-même n'aurait sans doute jamais su qu'il était sur le point de devenir père.

Il comptait bien avoir une discussion à ce sujet avec la jeune femme. Mais cela devrait attendre qu'ils aient réussi à démontrer une fois pour toutes qu'elle était victime d'un coup monté.

— J'espère juste que cette histoire sera bientôt réglée, soupira Dorothy. Une femme enceinte n'a vraiment pas besoin de ce genre de pression…

Ils furent interrompus par l'arrivée de l'inspecteur Devereux, le collègue de Christian Miller, qui avait procédé aux interrogatoires de Julian et de Madi. Fort heureusement, le fait que celle-ci ait eu un alibi irréfutable au moment où le véhicule du coroner avait été attaqué avait convaincu Devereux de son innocence.

Il s'était donc montré nettement moins offensif que Miller ne l'aurait probablement été à sa place. Et Julian avait l'impression qu'il avait pris pour argent comptant son récit de ce qui s'était passé la veille au soir. Il ne lui restait plus qu'à espérer que Madi n'avait pas contredit sa version des faits.

— J'ai fini d'interroger votre fille, madame Nash, déclara l'inspecteur Devereux. Vous êtes tous libres de partir, mais je vous prierais de demeurer aux environs d'Overlook durant les jours qui viennent. Tâchez aussi de garder vos téléphones à portée de main, au cas où nous aurions besoin de vous joindre.

Tandis qu'il parlait, Madi était sortie de la salle de réunion. Elle adressa à Julian un sourire qui se voulait rassurant mais trahissait aussi un profond épuisement.

— Si vous voulez retourner à l'auberge, vous êtes libre de le faire, ajouta Devereux à son intention. L'équipe de la police scientifique a fini d'inspecter les lieux.

— Merci, fit Madi, visiblement soulagée par cette nouvelle.

Devereux les salua d'un petit hochement de tête avant de s'éloigner à grands pas en sortant son portable de sa poche - sans doute pour transmettre son rapport à Miller.

Julian, Madi et Dorothy regagnèrent alors le parking où ils s'étaient garés.

— Où allons-nous ? demanda Julian à Madi.

— À l'auberge, répondit-elle sans hésiter.

Cela ne l'étonna pas outre mesure : il savait combien elle était attachée à l'établissement qu'elle avait créé.

— Je dois aller m'assurer que la police n'a pas tout dévasté en fouillant les lieux, reprit-elle. Si tel n'est pas le cas, je pourrai rouvrir rapidement.

— Prends tout le temps qu'il faudra, lui dit sa mère. Tes clients peuvent rester au ranch tant qu'ils le voudront.

— Merci, souffla Madi avec un pâle sourire. Je ne sais pas comment j'aurais fait sans toi.

— Il n'y a pas de quoi. Tu sais que tu peux compter sur moi et sur tes frères en toutes circonstances.

— Je sais, acquiesça Madi.

Julian perçut toute l'affection qui existait entre elles, en dépit des différends auxquels Madi avait fait allusion, quelques mois auparavant. Dorothy serra sa fille dans ses bras avant de se tourner vers lui.

— Je compte sur vous pour veiller sur la vie de ma

fille, monsieur Mercer, déclara-t-elle gravement. Et sur la vôtre aussi, cela va sans dire.

Madi ne s'était jamais sentie aussi vidée de toute sa vie. Physiquement et émotionnellement, elle se faisait l'impression de n'être plus que l'ombre d'elle-même. Sa grossesse n'arrangeait rien, bien sûr : elle avait trop chaud, avait les chevilles enflées et était sujette à de violentes sautes d'humeur. Au cours de l'interrogatoire mené par Devereux, elle avait dû déployer des trésors de patience et de volonté.

Elle s'était sentie tour à tour extrêmement en colère, profondément déprimée, impatiente d'en finir et inquiète à l'idée que le tueur de Loraine était toujours en liberté et semblait lui en vouloir personnellement.

Au cours de ces derniers mois, elle s'était habituée à ce genre de sautes d'humeur. Mais les émotions et la fatigue qu'elle avait accumulée au cours de ces dernières heures la rendaient plus fragile que d'ordinaire. Fort heureusement, elle avait jusque-là réussi à conserver un semblant de self-control.

Et elle était bien décidée à ne pas craquer en présence de Julian. Elle ne tenait pas à ce qu'il la prenne pour quelqu'un de faible et de pusillanime - ou, pire encore, qu'il la soupçonne de vouloir exercer sur lui une forme de chantage émotionnel…

Lorsqu'ils arrivèrent à l'auberge, elle commença par faire le tour du rez-de-chaussée pour s'assurer que tout était en ordre. Puis elle rassembla son courage et gravit l'escalier pour se rendre au deuxième étage où se trouvait son appartement personnel.

Parvenue devant la porte close, elle prit une profonde inspiration.

— Tu veux que j'aille voir ? lui proposa Julian. Je suis malheureusement familier de ce genre de scène.

Madi hésita. La tentation était grande d'accepter sa proposition. Mais elle avait besoin de se confronter à la réalité de ce qui s'était passé ici.

— Ça va aller, répondit-elle avec plus d'assurance qu'elle n'en éprouvait réellement.

Elle poussa la porte et pénétra dans la salle de séjour. Son regard se porta aussitôt sur son canapé. Le corps de Loraine avait disparu, bien sûr, mais il avait laissé derrière lui une énorme tache de sang couleur rouille. Durant un long moment, Madi demeura parfaitement immobile, les yeux fixés sur ce meuble qui témoignait du moment où sa vie avait basculé.

— Je ne comprends pas, murmura-t-elle enfin. Quelqu'un a délibérément assassiné Loraine. Il l'a portée jusqu'ici dans le but de me faire accuser de ce meurtre. Qui pourrait bien me haïr à ce point ? Cela n'a aucun sens…

Sa voix se brisa, et elle avala difficilement sa salive, luttant contre les larmes qui menaçaient de la submerger. Julian s'approcha d'elle et posa doucement les mains sur ses épaules.

— C'est ce que nous allons découvrir, déclara-t-il avec une confiance qu'elle lui envia.

— Nous ? répéta-t-elle en le regardant droit dans les yeux.

— Tu es la mère de mon enfant, déclara-t-il d'un ton presque solennel. Je ne laisserai personne te faire du mal. Nous trouverons celui qui a fait ça, et je peux t'assurer qu'il passera le reste de sa vie en prison.

Le calme et l'assurance qui émanaient de lui en cet instant eurent sur elle un effet immédiat. Son angoisse reflua instantanément. Elle avait éprouvé la même chose, des mois auparavant, lorsqu'il l'avait prise dans ses bras.

Quand Julian se trouvait à ses côtés, plus rien ne lui paraissait impossible.

Rétrospectivement, elle se demanda comment elle avait bien pu le laisser disparaître de sa vie. Car, si elle se montrait parfaitement honnête envers elle-même, le fait qu'il ne l'ait pas recontactée tenait en partie à sa propre attitude.

Lorsqu'ils s'étaient séparés, elle avait feint une relative indifférence, comme si elle avait toujours eu conscience que leur liaison serait une simple aventure de vacances sans lendemain.

Elle savait pertinemment pourquoi elle avait agi de la sorte. C'était la même raison pour laquelle, à presque trente ans, elle n'avait jamais eu la moindre relation vraiment sérieuse. Pour laquelle elle n'avait que très peu d'amis. Pour laquelle elle avait choisi une profession qui lui permettait de ne fréquenter que des gens de passage. Et pour laquelle la perspective de devenir mère la terrifiait à ce point…

Le traumatisme qu'elle avait vécu durant son enfance avait brisé quelque chose en elle. Madi n'était pas capable de faire confiance - ni à elle-même, ni aux autres, ni au monde qui l'entourait.

Cela ne lui avait pourtant jamais posé problème : en gardant ses distances, elle s'assurait que rien ni personne ne pouvait la blesser. Et ce stratagème avait parfaitement fonctionné. Jusqu'à ce qu'elle rencontre Julian. Jusqu'à ce qu'elle tombe enceinte. Jusqu'à ce que quelqu'un abatte une femme dans son salon afin de lui faire porter le chapeau…

7

L'auberge de Madi était déserte.

D'après ce qu'elle lui avait dit, Nathan Wilson s'était installé dans un hôtel de Kilwin et Ray Cutler dans le gîte équestre que gérait Nina Drake, la fiancée de Caleb. Les autres clients avaient décidé d'écourter leur séjour. Jenna était restée chez elle dans l'attente de nouvelles instructions.

Madi et Julian s'étaient donc retrouvés seuls dans la grande cuisine pour se préparer des sandwichs à partir des restes qu'ils avaient trouvés dans le réfrigérateur.

La jeune femme avait posé les pieds sur une chaise pour pouvoir étendre ses jambes et, tout en mangeant avec appétit, elle regardait par la fenêtre la forêt environnante qui sombrait lentement dans la pénombre. Julian remarqua alors que, contrairement à son habitude, ses longs cheveux blonds n'étaient pas nattés.

Sans doute n'avait-elle pas eu le temps de les tresser depuis la veille au soir. Il se rappelait en effet que, lorsqu'elle avait découvert le corps de Loraine, elle sortait tout juste de son bain. Depuis lors, les événements s'étaient enchaînés de façon implacable, ne leur laissant guère le temps de souffler ou de prendre du recul.

Julian ne savait toujours pas vraiment quoi penser de sa future paternité. Jusqu'à ce jour, c'était une perspective qu'il n'avait jamais vraiment envisagée très sérieusement.

Sa vie avait été bien trop dangereuse et incertaine pour cela. Du jour au lendemain, il pouvait être envoyé à l'autre bout du monde. Et il courait toujours le risque de ne pas en revenir.

Bien sûr, aujourd'hui, les choses étaient différentes. Il avait décidé d'entamer un nouveau chapitre de son existence. Mais il n'avait pas imaginé pour autant un changement aussi soudain et radical.

La situation était d'autant plus incertaine qu'il n'avait aucune idée des intentions de Madi. S'attendait-elle à ce qu'il reparte, une fois que tout serait rentré dans l'ordre ? Le voulait-elle ? Regrettait-elle d'être tombée enceinte ? Déplorait-elle le fait que le père de sa fille soit un homme avec qui elle n'avait passé que quelques jours en tout et pour tout ?

Face à tant de questions, Julian n'avait qu'une seule et unique certitude : quoi qu'il puisse arriver désormais, il serait toujours là pour son enfant. Ce n'était pas uniquement une question de devoir : c'était un impératif absolu, un besoin qu'il ne s'expliquait pas réellement mais qui faisait pour lui figure d'évidence.

C'était sans doute cela que l'on appelait l'amour paternel, songea-t-il. Cette réaction viscérale, primitive, qui s'affranchissait de toute raison.

— Tu te poses sans doute des questions au sujet de cet enlèvement, lui dit soudain Madi.

Cette remarque le prit totalement de court.

— C'est vrai, reconnut-il. Mais tu n'es pas obligée de m'en parler si tu n'en as pas envie.

— Je pense que ce serait préférable, objecta-t-elle. Cela te permettra peut-être de comprendre pas mal de choses au sujet de Miller, de mes frères ou de moi…

— Dans ce cas, je t'écoute.

Madi demeura plongée dans ses pensées durant plusieurs

dizaines de secondes, et il finit par se demander si elle n'avait pas changé d'avis.

— Nous avions tout juste huit ans, commença-t-elle enfin. Nous avions l'habitude de jouer ensemble dans l'un des parcs de la ville. C'était plus une forêt qu'un parc, en fait. Il y avait plusieurs aires de pique-nique et des jeux pour enfants... Ce jour-là, nous avions décidé de faire un cache-cache. C'est Caleb qui comptait pendant que Des et moi allions nous cacher... Et, comme je cherchais un endroit discret, je me suis retrouvée nez à nez avec cet homme. Avant que j'aie compris ce qu'il s'apprêtait à faire, il m'a sauté dessus et m'a ceinturée. Je me suis mise à crier à tue-tête. Alors Des et Caleb sont arrivés en courant.

Madi ne put réprimer un frisson, et Julian sentit ses poings se serrer convulsivement. Quel genre d'homme pouvait bien s'en prendre ainsi à une enfant de huit ans ?

— Rétrospectivement, je me dis qu'il m'a laissée crier exprès pour attirer les deux autres, reprit-elle. Lorsqu'ils sont arrivés, il a sorti un pistolet qu'il a braqué sur ma tempe. Il leur a ordonné de le suivre, les menaçant de me tuer s'ils n'obtempéraient pas.

Madi se tourna vers lui, et il avisa la terreur qui se lisait dans ses yeux, même après toutes ces années.

— Mon père était policier. Il nous avait toujours dit que, dans une situation de ce genre, nous devions tout faire pour nous échapper. Les chances de survie d'un enfant diminuent très rapidement une fois qu'il a accepté de monter dans la voiture d'un inconnu.

— C'est ce que j'ai entendu dire, commenta Julian.

— Sur le moment, je me suis donc débattue de toutes mes forces. J'ai frappé mon ravisseur à la gorge. Il m'a lâchée, et j'ai voulu fuir, mais alors il m'a asséné un coup de crosse sur la nuque. Je me suis effondrée, complètement sonnée.

Julian sentit son cœur se serrer dans sa poitrine. Il n'avait aucun mal à imaginer ce que ses deux frères avaient pu éprouver en cet instant. La colère, l'impuissance, la haine…

— D'après ce qu'ils m'ont dit par la suite, Des et Caleb étaient tellement furieux qu'ils se sont jetés sur mon ravisseur. Il n'a pas hésité à leur tirer dessus. Caleb a été touché au bras. Heureusement, la balle n'a fait que traverser la chair, mais il a beaucoup saigné. Ça n'a fait qu'enrager un peu plus Desmond qui a sauté sur l'homme et l'a bourré de coups. Mais il n'avait que huit ans, et l'autre l'a projeté à terre avant de lui écraser la jambe si violemment qu'il la lui a cassée.

— J'ai remarqué que Desmond boitait très légèrement, remarqua Julian.

Madi acquiesça.

— C'est à cause de ce qui s'est passé ce jour-là, confirma-t-elle. L'homme s'est alors emparé de moi et m'a conduite jusqu'à sa voiture qui était garée non loin de là. Caleb et Des ont décidé de le suivre parce qu'ils refusaient de m'abandonner. Ils ont sans doute eu tort de le faire mais, sur le moment, ils n'ont pas hésité.

— J'imagine que j'aurais fait la même chose à leur place, murmura Julian.

— Notre ravisseur a bandé les yeux des garçons et nous a emmenés jusqu'à une maison forestière inhabitée située un peu en dehors de la ville. Là, il nous a enfermés dans la cave qu'il avait aménagée spécialement à notre intention. Il y avait trois lits de camp et un coin salle de bains. Nous sommes restés là trois jours entiers.

— Est-ce qu'il a demandé une rançon ? s'enquit Julian, qui n'osait imaginer ce que ses parents avaient pu ressentir à ce moment-là.

— Non. Il n'a pas non plus cherché à abuser de nous.

Il nous nourrissait et nous menaçait de nous faire du mal si nous essayions de nous enfuir.

— Pourtant, c'est ce que vous avez fait.

Madi hocha la tête. Son regard s'était fait lointain, comme si elle avait replongé pour de bon dans ce passé honni, comme si elle était de retour dans cette cave, en compagnie de ses frères.

— Des souffrait le martyre, expliqua-t-elle. Nous commencions à nous demander si sa blessure ne finirait pas par s'aggraver. C'est probablement ce qui se serait produit, d'ailleurs… Caleb et moi avons donc appelé à l'aide, en prétendant que Desmond avait cessé de respirer. Des faisait le mort. Je me souviens que je me suis mise dans un tel état que j'en étais presque venue à me convaincre que mon frère était vraiment mort. L'homme a paniqué. Il s'est précipité vers Des et, au moment où il s'est penché sur lui, nous lui avons sauté dessus. Nous avons toujours eu un lien particulier, tous les trois, quelque chose qui ressemble un peu à de la télépathie. Le danger devait exacerber ça parce que, ce jour-là, nous étions parfaitement coordonnés. On aurait dit que nous ne formions qu'un seul être réparti dans trois corps. Et nous avons réussi à prendre l'ascendant sur notre agresseur.

Madi passa les mains dans ses cheveux comme pour chasser un début de migraine.

— Nous avons réussi à l'enfermer dans la cave et nous nous sommes enfuis à travers bois. Nous avons fini par déboucher sur une route. Quelqu'un nous a pris en stop et nous a conduits jusqu'au poste de police.

— Est-ce que les policiers sont parvenus à retrouver la maison ?

— Oui. Caleb les y a menés en refaisant en sens inverse le trajet que nous avions parcouru dans la forêt. Mais l'homme avait réussi à forcer la porte et à s'enfuir.

Au cours des années qui ont suivi, mon père a fait tout ce qui était en son pouvoir pour tenter de retrouver notre ravisseur. C'est devenu une véritable obsession, et il a fini par y laisser sa raison et sa santé. Malheureusement, il est mort sans avoir découvert quoi que ce soit…

— Mais il pensait que Miller était impliqué ?

Madi hocha la tête.

— Je ne connais pas les éléments qui l'ont conduit à cette conclusion, avoua-t-elle. Papa évitait de nous parler de cette affaire parce qu'il ne voulait pas ranimer le traumatisme que nous avions subi. Mais quelque chose l'a convaincu que Miller pouvait avoir un lien avec cet enlèvement. Il l'a même accusé ouvertement à plusieurs reprises. Au bout d'un moment, il a cessé de le faire, cependant, peut-être parce qu'il ne parvenait pas à trouver de preuves…

Dans les beaux yeux bleus de la jeune femme, Julian discerna un mélange de tristesse, de rancœur et de lassitude.

— L'enlèvement des triplés est certainement l'une des rumeurs les plus tenaces d'Overlook, conclut-elle. Tous les habitants connaissent cette histoire, et elle a été répétée si souvent qu'il en existe des tas de versions plus ou moins fantaisistes. J'ai même entendu quelqu'un affirmer que nous avions été enlevés par un extraterrestre…

Madi se fendit d'un sourire dénué de joie.

— C'est devenu une véritable légende urbaine, poursuivit-elle. Une histoire pour faire peur aux enfants. Mais, avant de devenir un élément du folklore local, cette affaire a fait beaucoup de dégâts. Des, Caleb et moi avons mis des années à nous en remettre - si tant est que nous soyons complètement remis… Mon père n'y a pas survécu. Le mariage de Miller s'est effondré, et il a dû quitter le bureau du shérif d'Overlook. Il n'a pu rejoindre la police de Kilwin qu'après la mort de papa…

Madi secoua doucement la tête.

— C’est l’une des raisons pour lesquelles je préfère te mettre au courant, déclara-t-elle. En prenant mon parti et celui de notre famille, tu risques de te faire un ennemi en la personne de Christian Miller. Il ne reculera devant rien pour pouvoir me jeter en prison. Et il n’hésitera probablement pas à en faire autant avec toi. Je ne voudrais pas que tu sois une victime collatérale de sa vendetta.

Madi venait de s’exprimer d’un ton nettement plus apaisé. Il savait à quel point le récit de l’enlèvement avait dû être pénible mais, à présent qu’elle en était libérée, elle paraissait avoir retrouvé un peu de sérénité.

Quant à lui, il comprenait mieux à présent pourquoi elle se protégeait à ce point, pourquoi, même lorsqu’ils sortaient ensemble, il avait toujours perçu entre eux cette distance infranchissable. Comme nombre de militaires qu’il avait fréquentés, elle souffrait probablement d’une forme de syndrome post-traumatique.

Julian savait à quel point ce type d’affliction pouvait impacter la vie des gens. Un mot malheureux, un simple bruit ou un visage inconnu pouvaient soudain ranimer le souvenir du choc initial, réactivant instantanément les émotions de la victime.

— Je suis heureux que tu m’aies parlé de ça, lui dit-il d’un ton solennel. Je sais que ça n’a pas dû être facile.

— Il y a autre chose dont nous devrions discuter, déclara-t-elle. J’aurais dû le faire plus tôt…

— Tu veux parler du bébé, j’imagine.

Elle hocha la tête.

— Est-ce que tu comptais vraiment m’avouer son existence ? lui demanda-t-il gravement.

— J’ai essayé de le faire. À vrai dire, j’ai tenté de te contacter à plusieurs reprises après que tu as quitté Overlook. Mais je n’ai pas réussi à te joindre.

— J’étais en service à l’étranger, répondit-il.

— Je n'ai pas seulement essayé de t'appeler, objecta-t-elle. Je t'ai envoyé un mail.

— Je l'ai bien reçu, acquiesça-t-il.

— Pourquoi n'as-tu pas répondu ?

— Parce que cette fois-ci j'ai bien cru que je ne rentrerais pas, lui avoua-t-il. La situation dans laquelle nous nous trouvions était particulièrement tendue, et plusieurs de mes hommes ont été blessés. Deux d'entre eux sont morts. Je ne voyais pas l'intérêt de te recontacter si c'était pour que tu apprennes quelques jours ou quelques semaines plus tard que je m'étais fait descendre. En revanche, j'ai décidé de venir te voir avant de me rendre en Alabama…

Elle ne répondit pas, se contentant de l'observer avec autant de curiosité que de méfiance, se demandant visiblement ce qu'il avait eu l'intention de lui dire en venant jusqu'ici. Mais Julian préféra s'abstenir de le faire. La situation à laquelle il se trouvait aujourd'hui confronté ne ressemblait en rien à ce qu'il avait pensé trouver en arrivant à Overlook.

Il avait envisagé qu'elle ait pu tourner la page et sortir avec quelqu'un d'autre. Ou bien qu'elle soit toujours disponible et qu'ils pourraient reprendre les choses là où elles en étaient restées. Mais pas un seul instant il n'avait imaginé qu'elle puisse être enceinte de lui. Ou encore qu'elle puisse se retrouver accusée de meurtre…

— Tu ne parlais pas du bébé dans ton message, remarqua-t-il.

— Ce n'est pas le genre de nouvelle que l'on peut annoncer au détour d'un mail. Je pensais qu'il vaudrait mieux en parler en tête à tête.

Julian ne put réprimer un soupir.

— Tu parles d'un malentendu…

Madi haussa les épaules.

— Lorsque nous nous sommes quittés, nous étions tous

deux d'accord pour en rester là, lui rappela-t-elle. Puis j'ai découvert que j'étais enceinte. J'ai décidé de garder cet enfant, mais je ne voulais pas que tu te sentes obligé de faire quoi que ce soit. C'était ma décision. Je ne voulais surtout pas que tu reviennes parce que tu t'y sentais obligé...

— Dans ce cas, notre timing n'est peut-être pas si mauvais qu'il en a l'air, remarqua Julian. Après tout, je suis revenu de mon propre chef. Et je compte bien assumer mes responsabilités vis-à-vis de cet enfant. Mais nous aurons tout le temps de discuter de la manière dont nous allons nous organiser. De toute façon, comme nous l'a rappelé Devereux, je ne suis pas censé quitter Overlook pendant les jours qui viennent...

[illegible]

[illegible]

[illegible]

[illegible]

[illegible]

8

Lorsqu'ils eurent avalé la dernière bouchée de leur dîner improvisé, Madi décida de terminer l'inspection de l'auberge qu'ils avaient commencée. Ils passèrent donc en revue le premier étage où se trouvaient les chambres. Elles étaient toutes vides, bien sûr, les clients ayant repris leurs affaires avant de quitter les lieux.

Celle de Loraine et Nathan Wilson avait cependant été dévastée : quelqu'un semblait s'être attaqué méthodiquement à tous les meubles, les lampes et les décorations.

— Que s'est-il passé ici ? s'exclama Julian en découvrant cette scène de saccage.

— Nathan me tient pour responsable de la mort de son épouse, expliqua Madi.

Elle se pencha pour ramasser les serviettes qui étaient étalées par terre, mais son ventre arrondi compliquait singulièrement cette manœuvre pourtant triviale. Julian lui vint aussitôt en aide. Lorsque leurs doigts s'effleurèrent, elle ne put réprimer un frisson.

En dépit des mois qui s'étaient écoulés depuis leur séparation, elle était toujours aussi sensible au pouvoir de séduction qu'il exerçait sur elle - peut-être plus encore, du fait de sa grossesse qui avait tendance à décupler l'intensité de ses réactions émotionnelles.

— Je suis vraiment désolé qu'il ait perdu son épouse,

déclara Julian. Ce doit être terrible. Mais j'ai vraiment du mal à imaginer que l'un de tes clients puisse te croire responsable d'un tel acte.

— C'est parce que tu ne m'as pas vue en compagnie de Loraine, répliqua Madi. Je serais incapable de tuer qui que ce soit, bien sûr, et je suis vraiment désolée qu'elle soit morte. Mais je n'ai jamais rencontré personne d'aussi exaspérant que cette femme. J'avais parfois l'impression qu'elle faisait délibérément tout son possible pour me faire sortir de mes gonds…

Madi soupira.

— La personne qui l'a assassinée devait effectivement savoir que je ferais un suspect idéal, reprit-elle. Mais cela ne nous dit pas pourquoi Loraine a été tuée.

— Il y a deux possibilités, répondit Julian. Soit il s'agit de quelqu'un qui la haïssait et qui a voulu te faire porter le chapeau. Soit il s'agit de quelqu'un qui te déteste au point de vouloir te faire accuser de meurtre.

— D'accord. Mais cela n'explique pas pourquoi cette femme s'en est pris ensuite au véhicule du coroner.

— C'est vrai que c'est très curieux, concéda Julian qui, tout en l'écoutant, avait entrepris de remettre la chambre en ordre. Il y a aussi cette histoire de coup de téléphone, ajouta-t-il.

— Quel coup de téléphone ?

— D'après Caleb, Nathan a dit à la police que sa femme avait reçu un coup de téléphone de ta part lui demandant de te rejoindre dans ta chambre.

— C'est ce que m'a dit Jenna, ce soir-là. Mais c'est faux.

Julian secoua la tête.

— Non, répondit-il. Quelqu'un a bien appelé Loraine depuis le téléphone fixe qui se trouve dans ton salon. Et, si ce n'est pas toi, c'est quelqu'un qui se faisait passer pour toi.

— Tu es en train de me dire que le tueur se serait introduit une première fois dans l'appartement pour appeler Loraine. Ensuite, il l'aurait tuée et serait revenu placer son corps sur le canapé…

— C'est la seule explication, acquiesça Julian. S'il l'avait assassinée sur place, tu aurais entendu la détonation du fusil.

— Cela paraît quand même bien compliqué - et bien risqué…

— Mais, comme tu l'as dit toi-même, ce subterfuge faisait de toi le suspect idéal. Si je n'avais pas témoigné en ta faveur, tu aurais eu beaucoup de mal à démontrer ton innocence.

Madi ne put réprimer un soupir.

— J'ai vraiment l'impression d'être dans un épisode de *La Quatrième Dimension*, lui avoua-t-elle. Si ça se trouve, je vais découvrir que c'est effectivement moi qui ai commis ce meurtre sans en avoir conscience.

— J'ai l'impression que quelque chose nous échappe, admit Julian. Il nous manque une pièce du puzzle…

Il fut interrompu par la sonnerie du téléphone portable de Madi. Celle-ci jeta un coup d'œil à l'écran avant de décrocher.

— Des ? Quoi de neuf ?

— Je suis dehors, répondit son frère.

— Dehors ?

— Devant l'auberge. Caleb m'a dit que tu étais venue ici.

— Je descends tout de suite.

Julian et Madi quittèrent la chambre des Wilson et regagnèrent le rez-de-chaussée. Gagnant le hall, ils allèrent ouvrir la porte d'entrée et découvrirent Desmond, qui se tenait effectivement sur le seuil.

Sans dire un mot, il prit Madi dans ses bras et la serra contre lui, ce qui ne manqua pas de l'étonner. Desmond n'était généralement pas quelqu'un de très démonstratif - a fortiori en présence d'étrangers. Lorsqu'il s'écarta enfin, elle l'interrogea du regard.

— La journée a été longue, soupira-t-il.

Tous trois regagnèrent la cuisine où Madi prépara un sandwich pour son frère.

— Je suis venu voir si tu avais besoin d'aide, expliqua Des en croquant dedans avec appétit.

— Très franchement, je suis épuisée, répondit-elle. Je vais m'installer dans l'une des chambres libres et regarder un peu la télévision avant de m'endormir. Vous pouvez dormir ici, si vous voulez. Choisissez la chambre qui vous plaira. Et n'hésitez pas à vous servir dans le bar. De toute façon, l'auberge ne rouvrira pas avant plusieurs jours. Bonne nuit, les garçons.

Sur ce, Madi quitta la cuisine et partit se coucher.

— Comment va-t-elle ? s'enquit Desmond dès que Madi eut disparu.

— Elle tient le coup, répondit-il. Votre mère m'a dit qu'elle était très forte et elle ne s'est pas trompée.

Desmond hocha la tête.

— Mad est peut-être la plus solide de nous trois, acquiesça-t-il.

Julian se demanda si Caleb et lui portaient toujours les stigmates de l'enlèvement dont ils avaient été victimes. Ils ne se connaissaient cependant pas assez pour qu'il puisse lui poser la question directement.

— Vous proposiez votre aide, dit-il. Et il y a peut-être quelque chose que nous pourrions faire pour Madi.

— Je suis tout ouïe.

— Le corps de Loraine Wilson a été retrouvé sur son canapé. Je crois que nous pourrions l'évacuer.

— Je vous suis, acquiesça Desmond.

Ils gravirent à leur tour l'escalier jusqu'au deuxième étage.

— Effectivement, déclara le frère de Madi lorsqu'ils se retrouvèrent dans le salon de la jeune femme. Il est bon pour la décharge…

— À court terme, je crois que nous devrions le stocker dans le garage, objecta Julian. Je ne voudrais pas que l'inspecteur Miller nous accuse d'avoir voulu faire disparaître des preuves.

— Sage décision, approuva Desmond. Miller ne nous porte effectivement pas dans son cœur…

Les deux hommes soulevèrent le canapé et entreprirent de le descendre jusqu'au rez-de-chaussée, puis jusqu'au garage qui se trouvait à quelques dizaines de mètres du bâtiment principal.

— Je crois que nous avons bien mérité une bière, déclara Desmond lorsqu'ils eurent remisé le meuble.

— Excellente idée !

Ils se rendirent dans le grand salon et sortirent deux bouteilles du réfrigérateur situé derrière le bar avant d'aller s'installer sur deux des fauteuils club.

— À votre témoignage, trinqua Desmond. Sans vous, Madi se serait vraiment retrouvée dans de sales draps.

— C'est aussi mon sentiment, acquiesça Julian. À votre connaissance, a-t-elle des ennemis qui auraient pu vouloir la faire inculper pour meurtre ?

Desmond réfléchit quelques instants à la question en sirotant sa bière.

— Non, répondit-il enfin. Je ne vois vraiment personne. Madi a passé la majeure partie de son existence à Overlook, vous savez. Et c'est une petite ville. La plupart des gens se connaissent, au moins de vue. À moins bien sûr que…

Desmond s'interrompit et observa attentivement Julian.

— Est-ce que Madi vous a parlé de ce qui nous est arrivé lorsque nous avions huit ans ? lui demanda-t-il.

— Oui. Vous pensez que cela pourrait avoir un rapport ?

— Je l'ignore. Mais je connais au moins deux personnes qui nous haïssent à coup sûr : celui qui nous a enlevés et celui qui a commandité l'enlèvement, s'il faut en croire mon père.

— Vous pensez à Miller ?

Desmond hésita quelques instants avant de lui répondre :

— Je ne sais pas si Miller irait jusqu'à tuer pour se venger, reconnut-il. C'est peut-être un salopard, mais j'ai du mal à imaginer qu'il puisse assassiner quelqu'un de sang-froid. Mais nous devrions tout de même rester sur nos gardes.

— C'est bien ce que je compte faire, déclara Julian avec assurance. Je ne laisserai personne lui faire du mal.

— Caleb m'a dit que vous aviez servi dans l'armée.

— Dans les forces spéciales, indiqua-t-il.

— Vos compétences pourraient nous être très utiles.

— Souhaitons que tel ne soit pas le cas, répondit Julian. Mais je me tiendrai prêt au cas où.

Ils continuèrent à siroter leurs bières en devisant de sujets moins oppressants. Desmond était très différent de son frère, mais Julian le trouva tout aussi sympathique. En l'espace d'une journée, il avait eu l'occasion de s'entretenir avec chacun des membres de la famille Nash, en dehors de Declan qui avait eu fort à faire.

Puis Desmond prit congé et, après l'avoir raccompagné jusqu'à sa voiture, Julian fit le tour de la maison, vérifiant que chaque porte et chaque fenêtre était bien fermée. Par acquit de conscience, il parcourut l'ensemble du bâtiment pour s'assurer que Madi et lui étaient bien seuls.

Dans l'une des chambres, il découvrit la jeune femme allongée sur le lit, tout habillée et profondément endormie devant une vieille comédie romantique en noir et blanc. Il éteignit le poste de télévision et demeura quelques instants immobile, la contemplant d'un air songeur.

Une fois de plus, il prit conscience de toute l'ambiguïté des sentiments que lui inspirait Madi. Il était revenu à Overlook dans l'espoir de pouvoir reprendre leur histoire là où elle s'était arrêtée. Mais, au lieu d'une ex-petite amie, il avait trouvé la future mère de son enfant.

Il avait parfaitement conscience des enjeux. S'ils décidaient de sortir de nouveau ensemble, leur relation prendrait un tour bien différent. Et, en dépit des sentiments qu'il éprouvait toujours pour elle, il n'était pas sûr d'y être prêt.

Réprimant un soupir, il éteignit la lumière et décida de passer la nuit sur le canapé de la chambre au cas où le tueur de Loraine déciderait de se manifester. Mais, en attendant, il alla prendre une douche rapide.

Lorsqu'il ressortit de la salle de bains, il constata avec étonnement que Madi avait rallumé la lumière. Julian se figea en apercevant la jeune femme qui, immobile dans l'encadrement de la porte, observait d'un air terrifié quelqu'un qui se tenait dans le couloir.

— Qui êtes-vous ? l'entendit-il balbutier.

9

— Vous allez me dire toute la vérité au sujet de Loraine Wilson.

De l'endroit où il se trouvait, Julian ne pouvait distinguer l'homme qui s'exprimait d'une voix basse et rauque. Son accent indiquait qu'il venait du sud des États-Unis et était probablement d'origine modeste.

— Je ne comprends pas, murmura Madi en reculant légèrement vers l'intérieur de la pièce.

Il percevait distinctement la peur qui perçait dans sa voix. Ce qu'il ignorait, en revanche, c'était si l'homme était en train de la menacer à l'aide d'une arme. Si tel était le cas, il ne pouvait se permettre de se jeter sur lui. Le risque serait trop grand qu'un coup de feu parte et blesse Madi ou le bébé.

— Racontez-moi pourquoi vous avez tué Loraine Wilson, reprit l'homme.

Julian jeta un coup d'œil par-dessus son épaule, cherchant dans la salle de bains quelque chose qui pourrait faire office d'arme. Malheureusement, il ne trouva rien et dut se contenter de sortir son téléphone portable.

Madi avait cessé de reculer et, bien qu'elle dût avoir conscience de sa présence, elle évitait délibérément de l'appeler à l'aide ou même de le regarder. Il ne put qu'admirer la présence d'esprit que cela traduisait.

— Je ne l'ai pas tuée ! s'exclama-t-elle. Et j'ignore qui l'a fait.

— Si vous tenez vraiment à rendre les choses plus difficiles, cela ne me dérange pas, déclara l'homme d'un ton légèrement moqueur. J'aime bien qu'une proie se débatte. Cela pimente un peu les choses. Mais ne vous faites pas d'illusions : au bout d'un moment, vous finirez par parler, que vous le vouliez ou non…

Madi recula encore d'un pas et, cette fois, l'homme pénétra dans la chambre. Julian remarqua qu'il tenait à la main un couteau à cran d'arrêt. C'était à la fois une bonne et une mauvaise nouvelle. Au moins, Julian n'avait pas à craindre d'éventuelles balles perdues.

Mais, d'un autre côté, le choix de cette arme indiquait que leur adversaire était probablement un combattant aguerri. Elle était en effet délicate à manier, et un néophyte ne s'y serait sans doute pas risqué.

Comprenant que, si l'homme s'avançait encore, il perdrait l'effet de surprise, Julian se décida à passer à l'action. Ouvrant à la volée la porte de la salle de bains, il projeta de toutes ses forces son téléphone portable vers la tête de son adversaire. À sa grande satisfaction, le projectile atteignit sa cible.

Un craquement sinistre se fit entendre sans que Julian puisse deviner s'il s'agissait d'un os ou du téléphone. Il n'attendit pas de le découvrir et se jeta sur son adversaire.

— Qu'est-ce que… ? s'exclama l'intrus en pressant la paume contre sa tempe douloureuse.

Il n'eut pas le temps de terminer sa phrase : Julian se trouvait déjà au contact. Au lieu de frapper de ses poings, il décocha un coup de pied, ce qui lui permit de maintenir entre eux une certaine distance et rendait plus difficile l'utilisation d'une arme courte.

L'homme ne s'était pas attendu à un tel assaut, et le

pied de Julian le cueillit en plein plexus, lui coupant le souffle. Il se plia en deux et vacilla, manquant de perdre complètement l'équilibre. Il parvint pourtant in extremis à mettre un genou à terre pour éviter la chute.

Tandis que son adversaire haletait, cherchant désespérément à reprendre sa respiration, Julian se prépara à lui décocher un coup de poing en pleine tempe pour l'envoyer définitivement au tapis.

Mais la réussite dont il avait fait preuve jusqu'à présent l'avait peut-être poussé à sous-estimer son ennemi. Et, si Julian l'emportait sur lui en force, l'homme était redoutablement rapide. Il frappa à une vitesse impressionnante, et Julian eut tout juste le temps de se rejeter en arrière.

La lame mordit la chair, à travers son T-shirt, dessinant sur sa peau une balafre longue d'une bonne quinzaine de centimètres. La vue du sang arracha à Madi un gémissement d'effroi. Mais Julian ne perdit pas de temps à constater l'étendue des dommages. Et, lorsque l'homme se redressa pour se jeter sur lui, il était prêt à le recevoir.

Le couteau traça un nouveau sillon sanglant dans sa chair, mais il était bien moins long et bien moins profond que le précédent. Et Julian parvint à saisir le poignet qui tenait l'arme. Détournant son bras, il passa sous sa garde et le frappa au niveau des côtes.

Un nouveau craquement se fit entendre. La plupart des combattants auraient jeté l'éponge, à ce stade. Mais son adversaire était aussi décidé qu'expérimenté. De sa main libre, il frappa Julian exactement au niveau de la première blessure qu'il lui avait infligée.

Julian ne put réprimer un grognement de souffrance, ce qui fit sourire l'attaquant. Ce dernier profita de l'effet de surprise pour se dégager. Tous deux tournèrent sur eux-mêmes, se jaugeant du regard et préparant leur prochaine action.

Mais, à cet instant, la lumière s'éteignit brusquement dans la chambre. Julian eut à peine le temps de s'écarter pour éviter l'objet dont il devinait la masse indistincte dans la pénombre. Elle percuta de plein fouet l'homme au couteau. L'impact fut si violent que ce dernier s'effondra sans même un cri ou un grognement.

La lumière se ralluma alors, et Julian comprit que ce qui venait d'assommer son adversaire n'était autre que l'une des deux lampes de chevet posées sur les tables de nuit.

Avisant le couteau ensanglanté qui gisait à terre, Julian se pencha pour le ramasser. Haletant, il se tourna alors vers Madi, qui contemplait la scène d'un air horrifié.

— En plein dans le mille ! lança-t-il, admiratif.

— Est-ce qu'il est K-O ? balbutia-t-elle, semblant avoir du mal à y croire.

— Oui, tu as réussi à l'assommer avec une lampe !

— C'était ça ou un coussin, répondit-elle avec un pâle sourire.

Julian ne put s'empêcher de rire, ce qui lui arracha aussitôt une grimace de douleur. Gagnant la salle de bains, il souleva son T-shirt pour jeter un coup d'œil à sa blessure dans la glace. L'entaille était profonde - suffisamment pour nécessiter quelques points de suture.

— Tu saignes beaucoup ! dit Madi, alarmée. Nous devrions aller à l'hôpital.

— Ne t'en fais pas pour moi, j'ai connu pire, répliqua-t-il. Il nous faudrait quelque chose pour attacher ce type. Tu l'as sonné, mais je préfère ne courir aucun risque.

— J'ai une paire de menottes dans ma chambre, lui annonça Madi. Elles sont couvertes de fourrure rose, mais elles devraient faire l'affaire.

Julian ne put réprimer un sourire.

— Ne va pas te faire des idées, déclara-t-elle en rougissant. C'était un cadeau de ma coturne, à la fac. Elle trouvait que j'avais besoin de m'encanailler un peu. Je ne m'en suis jamais servie, mais elles ont l'air solides.

— Va pour les menottes en fourrure, lui dit Julian.

Elle quitta la chambre pour se diriger vers l'escalier qui conduisait à l'étage supérieur. Pendant ce temps, Julian observa plus attentivement son adversaire inconscient. Ses cheveux blonds étaient coupés très court, et il était parfaitement rasé. Il devait avoir à peu près le même âge que lui - peut-être même un peu moins.

Son visage avait quelque chose de juvénile qui contrastait avec la façon qu'il avait de s'exprimer et avec l'habileté consommée dont il avait fait preuve lors de leur combat. Repérant une marque sur son avant-bras, Julian releva la manche de sa chemise et découvrit un tatouage en forme de scorpion qui lui parut vaguement familier sans qu'il parvienne à l'identifier précisément.

Les vêtements que portait l'intrus étaient assez élégants, ce qui ne correspondait pas avec sa façon de s'exprimer. Cela ne fit que renforcer la méfiance de Julian. Quelque chose ne collait pas chez cet homme.

Alors qu'il s'apprêtait à le fouiller à la recherche de papiers qui pourraient lui en apprendre un peu plus sur son identité, un son attira son attention. C'était une série de grincements très légers qui semblaient provenir de l'escalier menant au rez-de-chaussée. La chambre de Madi se trouvait au deuxième étage, et elle n'avait aucune raison de descendre - surtout sur la pointe des pieds.

Le cœur battant à tout rompre, Julian se redressa et courut à pas de loup jusqu'à la porte de la chambre. Le bruit qu'il avait repéré ne laissait plus la moindre place au doute : quelqu'un était bien en train de monter précautionneusement l'escalier.

Cherchant le couteau à cran qu'il pensait avoir glissé dans sa poche, il se rappela brusquement qu'il l'avait posé sur la tablette de la salle de bains pour pouvoir observer sa blessure. Il était sur le point d'aller le chercher lorsque Madi apparut en haut des marches, une paire de menottes couvertes de fourrure rose à la main.

Quasiment au même instant, un homme déboucha sur le palier. Comme celui qu'ils venaient de mettre hors de combat, il était très bien habillé. Mais, contrairement à lui, ce n'était pas un couteau qu'il brandissait mais un revolver.

En se retrouvant presque nez à nez avec un second intrus armé, Madi ne put réprimer une exclamation de stupeur et d'angoisse mêlées. Cela parut amuser l'homme qui se fendit d'un sourire moqueur.

— Des menottes, s'exclama-t-il. D'ordinaire, ce n'est pas le genre d'objets que j'apprécie beaucoup. Mais, si c'est vous qui me les passez, je suis prêt à tenter l'expérience.

Madi sentit les battements de son cœur s'emballer dans sa poitrine. Elle ne parvenait pas à détacher le regard de l'arme braquée sur elle.

— Madi ! s'écria alors Julian. Cours !

Surpris, l'intrus se détourna et poussa un juron en découvrant Julian qui se tenait dans l'encadrement de la porte de la chambre. Il pointa son arme sur lui. Craignant qu'il ne tire, Madi poussa un hurlement qui trahissait autant de colère que de terreur. Réagissant de façon purement instinctive, elle lança de toutes ses forces la paire de menottes qu'elle tenait à la main.

Elles atteignirent l'homme à la tête, comme l'avait fait le téléphone de Julian, un peu plus tôt. Mais Madi avait lancé de plus loin, et les menottes étaient moins denses que le portable. L'intrus poussa un nouveau juron et ouvrit le feu. Heureusement, Julian s'était déjà jeté à l'abri dans la chambre.

Pourtant, au lieu d'y demeurer dissimulé, il jaillit brusquement de la pièce, fonçant droit sur son adversaire. Ce dernier tira de nouveau, mais Julian était déjà sur lui et il détourna son bras. La balle alla se loger dans le plafond.

Madi se décida alors à suivre le conseil que lui avait donné Julian. Si elle avait été seule, elle lui serait probablement venue en aide, mais elle devait penser à leur fille, désormais. Se détournant, elle gravit quatre à quatre les quelques marches qu'elle venait de descendre et se rua vers sa suite.

Derrière elle, elle entendit un choc sourd, suivi d'un grognement de douleur qui émanait de l'intrus. Puis un nouveau coup de feu claqua, la faisant frémir de part en part. Un instant plus tard, un bruit de cavalcade se fit entendre dans l'escalier. Quelqu'un était en train de monter à toute vitesse, mais elle n'avait aucun moyen de savoir s'il s'agissait de Julian ou de leur agresseur.

Elle demeura donc dans l'embrasure de la porte entrouverte, prête à la claquer et à la fermer à clé. Fort heureusement, ce fut Julian qui déboucha en haut des marches. Il se rua vers elle et claqua la porte derrière lui avant de la verrouiller. Il alla ensuite faire basculer l'armoire à habits de Madi pour la bloquer.

— Est-ce que par hasard tu aurais une arme ? s'enquit-il.

Elle secoua la tête.

— Il y avait le fusil de mon père, mais la police l'a emporté comme pièce à conviction.

— D'accord, s'exclama Julian d'une voix légèrement haletante. Changement de stratégie, alors. Nous allons devoir sortir par la fenêtre.

— Nous pourrions rester enfermés et appeler la police, objecta-t-elle.

— Le temps qu'ils arrivent, il sera trop tard, objecta-t-il.

Un bruit sourd vint appuyer ce pronostic peu rassurant.

Derrière eux, l'intrus essayait d'enfoncer la porte à coups d'épaule.

— Ouvrez ! leur cria-t-il. Vous n'avez nulle part où aller. Vous feriez mieux de vous rendre, et je me montrerai peut-être généreux !

La porte trembla de nouveau. Puis l'homme tira à travers le battant. La balle fit voler en éclats le miroir qui était accroché sur le mur opposé. Comprenant que Julian ne s'était pas trompé, Madi se rua vers la fenêtre qu'elle ouvrit en grand. Tous deux sortirent sur l'étroit balcon.

— Le toit ! s'exclama Julian. Je vais te faire la courte échelle.

Sans attendre, il joignit les mains. Prenant une profonde inspiration, Madi posa un pied dessus. Julian la souleva, et elle attrapa le bord du toit. En prenant appui sur l'épaule de Julian et en jouant des coudes elle parvint tant bien que mal à se hisser.

Dès qu'elle fut en sécurité, Julian monta sur la rambarde du balcon. Du haut de ce perchoir précaire, il bondit et s'accrocha à son tour au rebord du toit. Sa blessure le fit grimacer de douleur.

— Nous devrions pouvoir redescendre plus facilement de l'autre côté, lui dit-elle.

— Je te suis…

10

Fort heureusement, la partie centrale du toit de l'auberge était plate, et ils progressèrent rapidement le long du faîte. Madi bénit les ténèbres qui atténuaient l'impression de vertige et leur offriraient une relative sécurité, au cas où leur agresseur parviendrait à défoncer la porte de sa chambre.

Ils ne tardèrent pas à se trouver face à la partie centrale de la toiture, qui formait une sorte de dôme abritant le grenier.

— Il faut que nous passions par-dessus et que nous redescendions de l'autre côté, expliqua Madi. Là, nous devrions pouvoir atteindre le toit du porche, puis nous laisser glisser le long du treillage jusqu'au sol… S'il résiste à notre poids, évidemment…

— Tu es sûre de pouvoir y arriver ? lui demanda Julian.

— Je l'ai déjà fait, répondit-elle. Mais, évidemment, c'était de jour et avant que je tombe enceinte…

Julian hésita, se demandant probablement s'ils ne feraient pas mieux de courir le risque de passer par l'une des fenêtres et de revenir à l'intérieur du bâtiment. Mais, à cet instant, un coup de feu déchira la nuit, leur indiquant que leur adversaire avait dû forcer la porte et atteindre à son tour le balcon.

Julian laissa échapper un juron bien senti.

— D'accord, lui dit-il. Allons-y. À toi l'honneur.

Madi hocha la tête et commença à gravir le toit du

grenier. En soi, l'escalade n'était pas trop difficile. Mais l'obscurité, sa grossesse et, surtout, la peur de se faire tirer dessus par-derrière compliquaient singulièrement l'expérience.

Par chance, elle était si fatiguée, ce soir-là, qu'elle s'était endormie tout habillée devant la télévision. Cela lui évitait au moins de jouer les funambules en chemise de nuit.

Elle se sentait étrangement calme, au regard des circonstances. Concentrée sur chacun de ses mouvements, elle progressait de façon régulière et plus rapide qu'elle ne l'aurait imaginé. Elle ne tarda pas à atteindre le sommet du dôme et s'accroupit pour attendre Julian, qui grimpait à son tour.

Un nouveau coup de feu résonna sans toucher aucun d'entre eux. Hélas, l'auberge était trop isolée pour que ces détonations à répétition puissent attirer l'attention de quelqu'un.

Fort heureusement, les aptitudes physiques exceptionnelles de Julian lui permettaient de compenser la gêne que lui infligeait sa blessure, et il ne tarda pas à la rejoindre sur le toit du grenier.

— Cette fois, je passe le premier, souffla-t-il. De cette façon, je pourrai te rattraper si tu lâches prise.

Avant même qu'elle puisse lui répondre, il entama la désescalade. Madi jeta un coup d'œil en arrière, s'attendant à tout moment à voir apparaître sur le toit la silhouette de leur agresseur. Mais ce dernier devait hésiter à les suivre.

— Tu peux y aller ! lâcha Julian, qui était arrivé à bon port.

Madi commença à son tour à descendre. Elle ne tarda pas à se rendre compte que son ventre la gênait beaucoup plus qu'en montée, l'empêchant de distinguer ce qui se trouvait au-dessous d'elle. À deux reprises, son pied glissa, et elle manqua de perdre l'équilibre. Elle parvint néanmoins à chaque fois à retrouver ses appuis et rejoignit Julian.

— Dernière étape, murmura-t-elle en se massant doucement le ventre.

— Je te suis.

Une fois de plus, ils suivirent l'arête du toit. Mais, comme ils approchaient de l'autre extrémité, un coup de feu claqua. Cette fois-ci, la balle atteignit le toit à moins de cinquante centimètres de l'endroit où se tenait Madi. Se retournant brusquement pour apercevoir le tireur, qui se tenait en haut de la coupole du grenier, elle perdit l'équilibre. Julian se jeta aussitôt en avant pour tenter de la retenir, mais elle était déjà en train de dévaler la pente du toit. Une série de coups de feu déchira alors le silence nocturne.

La chute de Madi s'arrêta net. Il lui fallut quelques instants pour comprendre qu'elle avait chuté jusqu'au toit du porche qui formait une avancée. Un peu groggy, elle se redressa en gémissant et constata que Julian était en train de descendre vers elle.

Au moins, à cet endroit, ils se trouvaient hors de la vue du tireur.

— Nous n'avons pas une minute à perdre, lui souffla Julian lorsqu'il l'eut rejointe.

Madi hocha la tête, et tous deux gagnèrent l'extrémité du porche. De chaque côté ; un treillis de bois courait jusqu'au sol, ce qui faciliterait nettement leur progression - à condition bien sûr qu'il ne cède pas sous leur poids.

Par prudence, ils descendirent chacun d'un côté. Madi ne tarda pas à constater avec soulagement que la vigne vierge qui poussait sur le treillis le consolidait nettement. En l'espace de quelques dizaines de secondes, tous deux atteignirent le bas de cette échelle improvisée.

— Et maintenant ? murmura Madi.

— Nous ne savons pas s'il y a d'autres hommes dans

la maison, répondit Julian. Je ferais peut-être mieux de partir en reconnaissance…

— Sûrement pas ! protesta-t-elle. Contrairement à eux, tu n'es pas armé. De toute façon, je pense que ce serait une erreur de nous séparer.

Au-dessus de leur tête, un bruit sourd suivi d'un juron leur apprit que leur poursuivant devait être en train de descendre sur le toit du porche. D'ici peu, il serait dans une position idéale pour leur tirer dessus.

De toute évidence, l'homme était très déterminé et ne prenait pas à la légère la mission dont on l'avait chargé.

— Ne restons pas ici, souffla Julian.

Demeurant aussi proches que possible de la façade, ils contournèrent l'auberge, revenant vers l'arrière du bâtiment. Malheureusement, cette manœuvre ne leur ferait gagner que quelques minutes, le temps que leur adversaire descende à son tour du toit et les prenne en chasse.

Madi comprit alors que leur seule chance de lui échapper était de miser sur sa propre connaissance des lieux.

— Suis-moi ! lui intima-t-elle.

Elle s'élança alors en direction des bois, et Julian lui emboîta le pas sans hésiter un seul instant.

Cela faisait maintenant plus d'une heure que Julian suivait la course folle de Madi. Il ne pouvait s'empêcher d'admirer l'assurance dont elle faisait preuve en les guidant à travers la forêt. En dépit de l'obscurité presque impénétrable qui régnait dans le sous-bois, elle parvenait à ne jamais s'écarter du sentier. Ils avaient déjà bifurqué à plusieurs reprises, s'enfonçant toujours plus loin à couvert.

Julian était convaincu qu'ils avaient depuis bien longtemps semé leurs éventuels poursuivants. Il ne distinguait en effet aucun faisceau de lampe torche derrière eux et n'entendait aucun bruit de course.

— Je crois qu'on peut ralentir un peu, déclara Madi, haletante.

Elle posa les mains sur son ventre et se força à inspirer profondément pour réguler le rythme de sa respiration.

— Et dire que le médecin m'a conseillé de ne pas trop me fatiguer, s'exclama-t-elle avec un pâle sourire.

Le ton léger de Madi ne trompa pas Julian : il savait que la course qu'ils venaient d'accomplir avait dû être aussi difficile pour elle qui était enceinte de sept mois que pour lui qui était blessé. Cela faisait naître en lui un accès de rage si intense qu'il fut presque tenté de retourner à l'auberge pour se venger des hommes qui les avaient attaqués.

Il se força à contrôler sa colère. Il serait beaucoup plus utile en demeurant auprès de la jeune femme et en assurant sa protection plutôt qu'en se lançant dans une vendetta qu'il n'avait que très peu de chances de mener à bien.

— Ne t'en fais pas, lui dit Madi, qui avait dû remarquer son trouble. Je vais m'en remettre. C'est juste que je n'ai plus l'habitude de ce genre d'activité physique.

Ils demeurèrent quelques instants immobiles, reprenant leurs forces, l'oreille aux aguets. Ils s'étaient déjà fait surprendre à deux reprises, et Julian ne tenait pas à ce que cela se reproduise.

Finalement, ils se remirent en route à un rythme un peu plus modéré qu'auparavant. Les arbres ne tardèrent pas à s'espacer, et Julian perçut le bruit caractéristique d'un cours d'eau qui s'écoulait quelque part devant eux. Madi s'arrêta de nouveau.

— Tu penses qu'il nous a suivis ? lui demanda-t-elle.

Elle s'était exprimée d'un ton presque léger, comme pour masquer la tension qui l'habitait, mais Julian ne fut pas dupe. À la lueur de la lune qui filtrait à présent au travers de la canopée, il discernait la fatigue et l'inquiétude qui se lisaient dans sa posture comme sur son visage.

— Aucune chance, déclara-t-il avec assurance. Nous avions suffisamment d'avance sur lui, et je ne sais même pas s'il nous a vus nous enfoncer dans la forêt. Et, même s'il nous y avait suivis, je peux t'assurer que tu l'aurais perdu depuis longtemps. J'ai un bon sens de l'orientation et je suis déjà venu ici. Et pourtant je n'ai pas la moindre idée de l'endroit où nous pouvons bien nous trouver.

— Si nous suivons la rivière qui coule devant nous vers la droite, nous ne tarderons pas à arriver au ranch le plus proche de l'auberge. En prenant sur la gauche, nous rejoindrons la route qui mène à Overlook. Avec un peu de chance, quelqu'un nous prendra en stop…

— À quelle distance sommes-nous de chacune de ces destinations, d'après toi ?

— Je dirais qu'il y a trois kilomètres jusque chez les Jansen. La route est un peu plus proche, mais le sentier est plus difficile.

— Je pense que nous devrions tenter notre chance chez tes voisins, dit-il. À cette heure-ci, nous risquons d'attendre longtemps au bord de la route sans apercevoir la moindre voiture. Les Jansen pourront nous conduire directement à l'hôpital ou, au moins, appeler les secours.

— Je suis d'accord.

Madi s'apprêtait à se remettre en marche, mais il l'arrêta d'un geste.

— Je pense que nous sommes en sécurité, pour le moment, et j'aimerais en profiter pour jeter un coup d'œil à ma blessure.

— Bien sûr, s'exclama-t-elle.

Julian serra les dents et souleva précautionneusement son T-shirt imbibé de sang, révélant la plaie que lui avait infligée l'homme au couteau. En la découvrant, Madi ne put réprimer une exclamation horrifiée.

— Il faut absolument te conduire chez un médecin ! lança-t-elle.

Il secoua la tête.

— Ce n'est pas aussi grave que ça en a l'air, répondit-il. Le saignement a nettement diminué. Mais je vais quand même essayer d'étancher la plaie avec de la mousse…

— Attends, lui dit-elle.

Elle attrapa le bas de son chemisier et tira pour prélever une bande de tissu. Mais, au lieu de se déchirer horizontalement, le vêtement se déchira en diagonale, laissant apparaître le ventre rebondi de Madi.

— Zut ! lâcha-t-elle. C'est nettement moins facile que ça n'en a l'air dans les films…

Julian ne put s'empêcher de sourire.

— Laisse-moi essayer, lui proposa-t-il.

Elle fit un pas vers lui, et il se pencha pour se saisir du chemisier. Il commença par effectuer une petite déchirure plus précise, puis tira très doucement pour découper une bande de taille suffisante. Au passage, ses doigts effleurèrent involontairement la peau de Madi qui, à ce contact, ne put réprimer un violent frisson.

Leurs regards se croisèrent alors et, dans celui de la jeune femme, il perçut un trouble qui reflétait le sien.

— Lorsque j'ai découvert que j'étais enceinte et que je t'ai appelé, une partie de moi espérait que tu ne répondrais pas, fit-elle d'une voix légèrement rauque. Je me disais que c'était parce que j'avais peur que tu ne veuilles rien savoir, que tu me dises que ce n'était pas ton problème… Mais, en réalité, je crois que la vérité est tout autre. J'avais peur au contraire que tu ne décides de revenir.

— Pourquoi ?

Elle détourna les yeux, embarrassée.

— Je crois que c'est à cause de ce qui s'est passé dans ma jeunesse, dit-elle. C'est difficile à expliquer, mais j'ai beaucoup de mal à faire confiance, que ce soit aux gens, au monde qui m'entoure ou à l'avenir. J'ai toujours peur d'être déçue ou trahie…

— Je comprends, acquiesça gravement Julian.

Elle l'observa attentivement avant de hocher la tête comme si ce qu'elle venait de lire dans son regard confirmait sa propre intuition.

— J'avais peur que tu ne décides de revenir, répéta-t-elle. Mais, à présent, je suis vraiment heureuse que tu l'aies fait, Julian…

Sur ce, elle se pencha vers lui et posa doucement les mains sur ses joues avant de se hausser sur la pointe des pieds pour effleurer ses lèvres d'un baiser. Sa bouche était plus douce encore que dans son souvenir, et il se sentit fondre à ce contact. Il aurait bien voulu prolonger ce moment, lui rendre ce baiser et lui montrer à quel point il avait envie d'elle.

Mais elle s'écarta presque aussitôt, laissant sur ses lèvres un goût de désir et de frustration mêlés. Dans les yeux de Madi, il discernait un trouble qui ne tenait pas uniquement à l'érotisme de cet instant.

Il sentit confusément qu'elle avait peur - moins de lui que d'elle-même, sans doute. De l'idée qu'elle pourrait devenir dépendante de lui, qu'il risquait de transpercer la muraille qu'elle avait bâtie autour d'elle pour se protéger.

Mais il savait aussi que le moment était mal choisi pour engager avec elle une telle discussion. Il n'avait pas le temps de lui prouver qu'avec lui elle pouvait faire le pari de la confiance. Qu'il serait là pour elle et pour sa fille quoi qu'il puisse arriver.

— Nous devrions nous remettre en marche, lui dit-il enfin.

Joignant le geste à la parole, il se dirigea vers la rivière tout en commençant à confectionner une compresse à l'aide du morceau de tissu qu'il avait prélevé sur le chemisier de la jeune femme.

Mais, au bout de quelques pas, il constata que Madi ne faisait pas mine de le suivre et se retourna vers elle. Dans ses yeux, il crut lire un mélange de déception et de tristesse qui lui fendit le cœur.

Mais, presque aussitôt, cette expression se dissipa, remplacée par un masque décidé.

— Tu as raison, lança-t-elle. Nous n'avons pas une minute à perdre…

11

Tandis qu'ils progressaient en direction du ranch de Jansen, Madi se sentit faiblir. L'épuisement qu'elle était parvenue à contenir jusqu'alors menaçait de la submerger complètement. C'était probablement parce que le flot d'adrénaline avait commencé à refluer dans son organisme. Elle lutta tant qu'elle le put, mais finit par s'arrêter, pantelante.

— Il faut que je fasse une pause, haleta-t-elle. Je n'arrive plus à mettre un pied devant l'autre.

Julian ne lui fit aucun reproche. Au contraire, même, son expression ne trahissait que sympathie et compassion.

— Je n'en peux plus, avoua-t-elle.

— Ce n'est pas étonnant. Tu n'as quasiment pas fermé l'œil depuis quarante-huit heures. Tu as dû dormir deux ou trois heures ce matin et une heure tout au plus, ce soir. Et tu es enceinte jusqu'aux yeux. Assieds-toi un moment. Rien ne presse…

Elle s'exécuta, se laissant tomber lourdement sur une souche qui se trouvait au bord du sentier. Julian vint s'accroupir devant elle.

— J'aurais dû récupérer mon téléphone, soupira-t-il. Au lieu de cela, je l'ai laissé par terre dans la chambre et je n'ai même pas eu la présence d'esprit de prendre le couteau à cran.

— Inutile de t'accabler de reproches. Le couteau ne

t'aurait pas servi à grand-chose face à un pistolet. Et le réseau de téléphonie mobile n'est vraiment pas fiable dans ces bois. Et puis, très franchement, je ne suis pas sûre qu'il ait survécu à ce magnifique lancer. C'était vraiment très impressionnant !

— Pas plus que ton jet de menottes en fourrure, répondit Julian en souriant. S'il y a une chose que nous avons démontrée, ce soir, c'est que notre fille pourra probablement devenir une excellente joueuse de base-ball !

Malgré les circonstances, Madi ne put réprimer un sourire. Entendre Julian faire des plans sur la comète pour leur enfant qui n'était même pas encore né lui réchauffait le cœur. Si elle avait douté de son investissement affectif et émotionnel, ce genre de remarque la rassurait pleinement à ce sujet.

Toute la question était désormais de savoir comment ils organiseraient leur coparentalité si Julian devait aller s'installer en Alabama. Mais le moment était sans doute mal choisi pour se poser ce genre de questions. Car, si elle-même était épuisée, Julian, lui, était blessé.

La compresse de fortune qu'il avait confectionnée s'était rapidement retrouvée imbibée de sang, et la tache sur son T-shirt s'était encore élargie, indiquant que l'épanchement était loin de s'être résorbé. Elle se sentit soudain coupable : en les ralentissant comme elle le faisait, c'était lui qu'elle mettait en danger. Il avait besoin de soins au plus vite.

— Je pense que tu devrais continuer seul jusqu'à la ferme des Jansen, suggéra-t-elle. Tu n'as qu'à continuer à suivre la rivière et tu tomberas dessus. Impossible de la rater. Ils sont très sympathiques, et je suis sûre que, quand tu leur auras expliqué ce qui s'est passé, Bill se fera un devoir de t'aider.

— Il n'est pas question que je te laisse seule, protesta Julian.

— Tu es blessé alors que je suis seulement fatiguée. Et tu ne me seras d'aucune utilité si tu te vides de ton sang en patientant à mes côtés.

— Les hommes qui nous ont attaqués sont peut-être actuellement en train de fouiller les bois. Je ne veux pas courir le risque qu'ils te tombent dessus alors que tu es épuisée et sans arme.

— Ils sont sûrement loin, à l'heure qu'il est.

— Nous ne pouvons pas en être sûrs. Ces hommes étaient là pour toi, Madi. Ils savaient qui tu étais. Ils savaient que tu étais soupçonnée du meurtre de Loraine Wilson. Et, pour une raison qui m'échappe, ils avaient visiblement l'intention de t'arracher une confession forcée.

— C'est vrai, reconnut-elle, quelque peu dégrisée par cette idée. Mais je peux me cacher, le temps que tu ailles chercher de l'aide et que tu reviennes. Je connais parfaitement ces bois : s'ils approchent, je les repérerai bien à l'avance.

Elle le vit hésiter et comprit qu'il était partagé entre son instinct protecteur et sa logique de combattant. Et elle le connaissait déjà suffisamment bien pour savoir que ce serait la raison qui l'emporterait.

Il savait qu'elle n'était pas près de se remettre en marche. Il savait aussi qu'en demeurant à ses côtés il continuerait à s'affaiblir. Or l'homme qu'ils avaient assommé avait probablement recouvré ses esprits, ce qui signifiait que, si leurs adversaires avaient décidé de se lancer à leur poursuite, ils étaient au moins deux - voire plus.

— Ça ne me plaît pas du tout, grommela-t-il.

— Je sais, acquiesça-t-elle. Mais tu sais comme moi que c'est la meilleure solution.

Julian hocha la tête à regret.

— Avant que je parte, nous allons faire en sorte de te trouver une cachette sûre, déclara-t-il.

Madi ne tarda pas à s'apercevoir que, pour quelqu'un qui avait grandi dans une grande ville, Julian possédait des connaissances très poussées en matière de camouflage en milieu sauvage. Il repéra un hallier particulièrement touffu et parvint à dégager un passage jusqu'au centre où il conduisit Madi.

Il entreprit ensuite de dissimuler l'accès qu'il avait créé à l'aide de branchages.

— Je crois que cela devrait faire l'affaire, déclara-t-il enfin après avoir fait le tour du hallier pour s'assurer qu'elle n'était visible d'aucun côté. Même si le jour se lève, tu devrais être à l'abri des regards.

Madi n'avait aucun doute à ce sujet : elle avait réellement l'impression de se trouver au centre d'une grotte de feuillage. Elle s'y sentait parfaitement en sécurité, prête à affronter la longue attente à laquelle elle allait devoir faire face.

Elle aurait bien aimé pouvoir échanger un dernier baiser avec Julian avant qu'il s'en aille. Cela aurait été un moyen pour elle de lui témoigner sa reconnaissance - mais pas uniquement…

Elle n'aurait su dire ce qu'elle éprouvait exactement à son égard. Les circonstances ne l'aidaient guère à faire la lumière sur ses propres sentiments déjà confus. Mais une chose était sûre : elle regrettait amèrement de ne pas avoir tenté plus tôt de reprendre contact avec lui.

— Sois prudent, lui dit-elle.

— Ne t'en fais pas pour moi, répondit-il. Je serai très vite de retour.

Lorsque Julian atteignit le ranch des Jansen, moins d'une demi-heure plus tard, il constata rapidement que ceux-ci ne se trouvaient pas chez eux. Il fit donc le tour de la maison, essayant les portes et les fenêtres les unes après les autres. Malheureusement pour lui, toutes étaient fermées.

À regret, il brisa donc le carreau de la porte de la cuisine à l'aide d'une pierre. Passant le bras à l'intérieur, il déverrouilla le battant.

Julian aurait préféré trouver quelqu'un sur place. Mais l'absence des propriétaires lui permettrait peut-être d'agir plus rapidement.

Il parcourut donc le rez-de-chaussée à la recherche d'un téléphone, allumant toutes les lumières de la maison. Il ne tarda pas à se rendre à l'évidence : les Jansen semblaient avoir renoncé à l'idée de posséder une ligne fixe. Maudissant l'usage des téléphones portables, il décida de chercher un ordinateur doté d'une connexion Internet.

Il gravit donc l'escalier qui permettait d'accéder à l'étage. Il y découvrit tout d'abord deux chambres d'amis, puis une pièce qui servait de bibliothèque et de bureau. Avec une frustration grandissante, il constata que là non plus il n'y avait pas trace de téléphone ni d'ordinateur.

Comment les Jansen communiquaient-ils avec le monde extérieur ? Par télégraphe ? À l'aide de signaux de fumée ? Comme il était sur le point de quitter les lieux, il aperçut par la fenêtre une lumière qui brillait à quelques dizaines de mètres de la maison. S'approchant de la vitre, il comprit qu'il devait s'agir d'un garage ou d'une cabane de jardin.

Le petit bâtiment était situé à l'opposé de l'endroit par où il était arrivé, ce qui expliquait qu'il ne l'ait pas remarqué jusque-là. La lumière semblait indiquer que quelqu'un se trouvait là. Fort de cet espoir, Julian dévala les marches de l'escalier quatre à quatre.

Quittant la maison par la porte de la cuisine, il contourna la maison et se dirigea vers le bâtiment illuminé. Il ne tarda pas à arriver en vue d'une cabane qui avait connu des jours meilleurs : la peinture blanche qui recouvrait les murs avait viré au beige. L'une des fenêtres était condamnée à l'aide d'un morceau de carton.

Il devait s'agir d'une cabane à outils ou d'un garage. Julian espéra qu'il y trouverait un véhicule quelconque qui pourrait lui permettre d'aller rechercher Madi. Il s'approcha de la porte et constata qu'elle était fermée à clé.

— Est-ce qu'il y a quelqu'un ? appela-t-il.

Il attendit quelques instants avant de frapper.

— J'ai besoin d'aide, ajouta-t-il pour faire bonne mesure.

Mais personne ne lui répondit - pas un bruit ne se faisait entendre à l'intérieur. Après quelques instants d'hésitation, il décida qu'il n'en était plus à une effraction près et enfonça le battant d'un coup de pied bien placé.

En pénétrant dans le petit bâtiment, il s'aperçut qu'il faisait office de débarras. Des caisses en bois et des cartons étaient empilés dans un coin. Plusieurs outils s'amoncelaient dans un autre, visiblement mis au rebut. Il y avait aussi quelques meubles ainsi qu'un très vieux piano en partie recouvert d'un drap.

Mais Julian eut à peine le temps de prêter attention à ce bric-à-brac avant de découvrir une scène qui le figea sous le coup de la stupeur. Car, au fond de la pièce, juste sous l'ampoule dénudée qui illuminait les lieux, un homme était assis sur une chaise métallique, pieds et poings liés.

Ses vêtements étaient couverts de sang. Il était parfaitement immobile, et sa tête était affaissée vers l'avant. Sans perdre un instant, Julian s'approcha et chercha le pouls de l'homme. Au bout de quelques instants, il perçut avec soulagement la légère pulsation de sa carotide.

— Mais qu'est-ce qui se passe, dans cette ville ? murmura-t-il, se demandant si Madi n'avait pas vu juste et s'ils ne s'étaient pas retrouvés projetés dans un épisode de *La Quatrième Dimension*.

Madi luttait de toute la force de sa volonté contre l'endormissement auquel elle risquait à tout moment de succomber. Elle était à peu près convaincue que sa cachette était parfaite et que ses ennemis n'avaient pas la moindre chance de la découvrir. Mais elle préférait rester aux aguets pour les entendre approcher, au cas où.

Pour chasser le sommeil, elle se força à réfléchir à ce qui s'était produit au cours des dernières quarante-huit heures. L'une de ses clientes avait été tuée, et l'assassin avait mis en scène cet assassinat de façon à l'incriminer, elle.

Puis quelqu'un avait attaqué le fourgon qui contenait le corps de Loraine Wilson - allant jusqu'à tuer le coroner et à enlever un policier.

Ensuite, il y avait deux hommes qui semblaient avoir été engagés pour lui soutirer une confession - par la force, s'il le fallait...

Elle s'efforça d'échafauder toutes sortes d'hypothèses qui auraient pu expliquer ces actes apparemment irrationnels. Mais, plus elle retournait les pièces de ce puzzle dans sa tête, et moins tout cela lui semblait faire sens.

Une chose était pourtant certaine : ceux qui étaient responsables des événements de ces derniers jours étaient à la fois très bien organisés et prêts à tout. Et Madi était malheureusement convaincue qu'ils n'avaient pas dit leur dernier mot.

Tandis qu'elle réfléchissait de la sorte, elle s'aperçut que le jour était en train de se lever : même à travers l'épaisse couche de feuillage qui l'entourait de toutes parts, elle pouvait clairement discerner le changement de luminosité. Une lueur rosée inonda sa cachette avant de prendre une teinte dorée.

Madi perçut alors une sorte de bourdonnement lointain qu'elle ne parvint pas immédiatement à identifier. Mais, comme il se rapprochait très progressivement, elle finit par reconnaître un bruit de moteur.

Surprise, elle fronça les sourcils. La rivière voisine était trop étroite pour laisser passer un canot à moteur. Et la forêt bien trop touffue pour permettre à une voiture de s'y frayer un chemin.

Madi s'avança vers le bord du hallier et écarta prudemment une branche pour jeter un coup d'œil à l'extérieur. Sidérée, elle vit Julian qui approchait, juché sur une tondeuse à gazon autoportée. À la fois soulagée et amusée par cet improbable tableau, elle émergea de sa cachette pour se porter à sa rencontre.

Lorsqu'il la vit s'avancer, il coupa le moteur et sauta au bas de son véhicule.

— Est-ce que ça va ? lui demanda-t-il en se rapprochant d'elle.

— Je vais bien, répondit-elle. Mais je commençais à m'inquiéter à ton sujet.

Elle s'aperçut alors que Julian avait changé de T-shirt. Celui qu'il portait n'était pas taché de sang, ce qui indiquait que ses blessures avaient dû être pansées.

— Je serais revenu beaucoup plus rapidement si je n'étais pas tombé par hasard sur l'inspecteur Holloway…

12

— De toutes les histoires que j'ai entendues au cours de ma longue carrière, la vôtre est bien l'une des plus absurdes et des moins crédibles, déclara l'inspecteur Miller après avoir écouté pour la deuxième fois d'affilée le récit détaillé que Julian lui avait fait de leurs aventures de la nuit.

Julian prit une profonde inspiration, refusant de céder aux provocations du policier. Il savait qu'en perdant son calme il ne ferait que se l'aliéner un peu plus. Or, qu'il le veuille ou non, Miller était en charge de l'enquête et, à ce titre, il possédait un réel pouvoir de nuisance.

— Je suis sûr que cela doit vous sembler bizarre, répondit-il. C'est exactement ce que je me suis dit lorsque j'ai découvert l'inspecteur Holloway dans cette cabane.

Miller fronça les sourcils et lui lança un regard ouvertement dubitatif.

— Et vous persistez à dire que vous l'avez trouvé purement par hasard ? demanda-t-il.

— Écoutez, je sais que vous avez des différends avec la famille de Madi. Mais vous ne pouvez pas les laisser influencer le cours de votre enquête. S'il s'agissait de n'importe qui d'autre, je suis certain que vous vous seriez déjà lancé à la poursuite des hommes qui ont menacé de la torturer et qui nous ont tiré dessus…

— Si tant est que ces hommes aient réellement existé.

— Vous croyez vraiment que je me suis entaillé volontairement la poitrine à coups de couteau ? s'exclama Julian. Je vous rappelle que le médecin vient tout juste de me faire dix points de suture. Et, si vous avez réellement des doutes, vous n'avez qu'à aller à l'auberge. Vous devriez retrouver la porte de la chambre de Madi défoncée. Et probablement plusieurs balles perdues sur le toit.

— Et vous pensez que ce sont ces hommes qui avaient capturé Holloway ?

— Je n'en ai pas la moindre idée, soupira Julian. Tout ce que je peux vous dire, c'est que Madi et moi étions avec vous quand c'est arrivé. Nous ne sommes donc pas responsables, et vous le savez parfaitement. Alors, je vous prie de me laisser raccompagner Madi jusqu'au ranch des Nash. Elle a besoin de se reposer et le bébé aussi…

De fait, Madi et lui avaient été conduits au poste de police directement en sortant de l'hôpital. Cela faisait maintenant plus de deux heures que Miller les interrogeait, et ils n'avaient toujours pas pu fermer l'œil.

L'inspecteur se renversa dans son fauteuil et tapota pensivement les accoudoirs, paraissant réfléchir à la situation.

— Depuis que vous êtes arrivé à Overlook, vous n'avez eu de cesse de prendre la défense de Madi, remarqua-t-il enfin. J'espère que vous avez conscience du fait que, ce faisant, vous serez considéré comme son complice.

— Si elle avait fait quelque chose de mal, en effet, déclara Julian. Mais je vous assure que ce n'est pas le cas.

— Bien, acquiesça Miller. Les dés en sont jetés, comme on dit. Vous pouvez partir, monsieur Mercer, mais ne quittez pas la ville.

Julian se leva et se dirigea vers la porte.

— Juste une chose, ajouta l'inspecteur. Ce n'est pas parce que Madeline Nash n'est pas directement responsable des exactions qui ont été commises récemment qu'elle ne s'y trouve pas mêlée de très près. À votre place, je me méfierais…

Julian se garda prudemment de répondre. Adressant un bref signe de la tête à Miller, il quitta le bureau qui avait été attribué à ce dernier, le temps de l'enquête. Dans le couloir, Desmond l'attendait en faisant les cent pas.

— Alors ? Comment ça s'est passé ? lui demanda-t-il.

— J'imagine que ça aurait pu être pire, répondit Julian. Mais Miller n'est pas du tout objectif, dans cette affaire. Sa seule préoccupation, c'est de trouver un moyen de mettre en cause Madi ou l'un des membres de votre famille.

— Ce n'est pas nouveau, soupira Desmond. Mais cela signifie que Madi se trouve prise entre deux feux : d'un côté, Miller, de l'autre, des types qui semblent prêts à la torturer pour lui faire avouer qu'elle a tué Loraine…

— Entre trois feux, en réalité, précisa Julian. Il y a aussi l'assassin de Loraine Wilson, qui essaye de lui faire porter le chapeau.

— Vous ne pensez pas qu'il est de mèche avec les hommes qui sont venus à l'auberge cette nuit ? s'étonna Desmond.

Julian secoua la tête.

— Par définition, le tueur sait que Madi n'a pas vraiment tué Loraine, expliqua-t-il. Pourquoi dès lors voudrait-il lui faire avouer le contraire en l'absence de tout témoin ?

— Ce n'est pas faux, concéda Desmond, pensif.

— Comment va Holloway ? s'enquit alors Julian.

— Il est vivant. Et c'est uniquement grâce à vous. La blessure par balle dont il a été victime n'était pas mortelle, mais les médecins qui l'ont opéré ont assuré à Declan que si vous ne l'aviez pas retrouvé à temps il serait mort d'une hémorragie.

— Heureusement que j'ai fini par mettre la main sur ce maudit téléphone, soupira Julian. À votre avis, qui l'a capturé ? Le tueur de Loraine ou ceux qui nous ont attaqués à l'auberge ?

— Bonne question. D'après ce que Holloway a dit lorsqu'il a appelé le central, c'est un couple qui a attaqué le fourgon du coroner - un homme brun et une femme avec des nattes blondes. Si nous partons du principe que cette description était censée incriminer Madi, je dirais que les coupables sont ceux qui ont tué Loraine. Toute la question est de savoir pourquoi ils s'en sont pris au corps de quelqu'un qu'ils venaient d'assassiner…

Julian passa la tête par l'entrebâillement de la porte de la chambre de Madi.

— Entre, lança-t-elle en se redressant sur son lit.

— Je voulais juste m'assurer que tout allait bien, lui dit-il en s'avançant dans la pièce.

Madi tapota le matelas, et il vint s'asseoir à ses côtés.

— Je vais bien, affirma-t-elle. Et le bébé aussi, d'après le médecin. Il m'a juste conseillé de prendre du repos et de boire beaucoup. Et d'éviter à l'avenir de monter sur les toits ou d'aller me promener dans les bois au beau milieu de la nuit…

Julian ne put s'empêcher de sourire. Du bout des doigts, il repoussa une mèche de cheveux qui tombait dans les yeux de Madi. Celle-ci ne put réprimer un léger frisson. Il y avait dans ce geste apparemment anodin une forme de complicité qui semblait soudain effacer tous ces mois de séparation.

— Lorsque tout cela sera derrière nous, j'aimerais vraiment que tu m'en dises plus au sujet de ta grossesse, que tu me racontes comment ça s'est passé et que tu m'expliques ce à quoi je dois m'attendre… Je t'avoue que c'est un sujet auquel je ne m'étais jamais vraiment intéressé, jusqu'à aujourd'hui…

Madi sentit son cœur se serrer. Dans un monde idéal, ils auraient traversé côte à côte chacune des étapes, de la découverte de sa grossesse à la naissance, puis au-delà.

— Je serai ravie de te briefer dans ce cas, répondit-elle avec un petit sourire.

Elle s'abstint cependant de lui demander ce qui se passerait, lorsque le bébé serait né. Peut-être n'en avait-il aucune idée, lui non plus. Après tout, cela ne faisait que quelques heures qu'il avait découvert qu'il était sur le point de devenir père. Elle, qui avait eu des mois pour s'habituer à l'idée, avait encore du mal à prendre la mesure des bouleversements qu'entraînerait cette naissance.

— Tu as l'air épuisée, lui dit-il d'une voix très douce. Je vais te laisser dormir…

Madi posa la main sur son avant-bras.

— Est-ce que tu veux bien rester avec moi ? lui demanda-t-elle. Au moins le temps que je m'endorme…

— Bien sûr.

Il ôta ses chaussures et s'étendit sur le lit à ses côtés.

— Elle bouge, murmura Madi, luttant contre la tentation de sombrer dans le sommeil.

Il lui jeta un coup d'œil intrigué.

— Ta fille, précisa-t-elle.

Elle prit la main de Julian et la glissa sous le T-shirt qu'elle portait pour la poser sur son ventre. Comme s'il avait senti sa présence, le bébé décocha un vigoureux coup de pied.

— Ça alors, fit Julian d'un ton mi-ébahi, mi-émerveillé. Je l'ai sentie.

— Qui sait ? souffla Madi, qui sentait ses paupières se fermer inexorablement. Elle a peut-être reconnu son papa…

Incapable de résister plus longtemps, elle sombra dans un profond sommeil.

Madi dormit durant une bonne partie de la journée. Le soir venu, elle se leva, le temps de dîner en compagnie de sa mère et de Julian. Elle ne tarda pas à constater avec une pointe d'étonnement que tous deux paraissaient avoir fait plus ample connaissance dans la journée et qu'ils s'entendaient à merveille. Elle n'aurait su dire cependant lequel des deux se montrait le plus protecteur à son égard.

Ils regardèrent ensuite un film, ce qui ne fit qu'ajouter à l'étrangeté du moment aux yeux de Madi. Quelqu'un d'extérieur aurait pu croire que cette scène domestique leur était coutumière et qu'ils passaient régulièrement de telles soirées, tous les trois.

Elle savait cependant qu'il ne s'agissait là que d'un instant suspendu, d'un répit qui ne durerait probablement pas longtemps. Le tueur de Loraine Wilson était toujours en liberté, Miller cherchait toujours à la piéger, Julian et elle devaient toujours décider de ce que serait leur vie après la naissance du bébé…

Elle décida cependant d'accepter ce moment pour ce qu'il était, une parenthèse enchantée qui lui permettait de se remettre de ses émotions et de reprendre des forces.

Ne sachant où en étaient exactement leurs relations après ces mois de séparation, Dorothy avait fait préparer une chambre pour Julian. Madi aurait préféré qu'il vienne dormir avec elle, mais n'osa pas le lui demander. Car, s'il lui avait fait part de son envie de jouer pleinement son rôle de père, elle ignorait tout des sentiments qu'il pouvait éprouver à son égard.

Cet arrangement eut pourtant un avantage : Madi dormit d'une traite de dix heures et demie du soir jusqu'à 9 heures le lendemain matin. Et, lorsqu'elle eut pris sa douche et enfilé les habits propres qu'elle trouva pliés sur sa chaise, elle se fit l'effet d'être ressuscitée.

En descendant l'escalier pour se diriger vers la cuisine, elle reconnut les voix de Desmond et de Caleb. Ils étaient attablés avec Julian et Dorothy devant un solide petit déjeuner. Madi prit place avec eux et s'attaqua avec appétit à l'assiette d'œufs brouillés que sa mère posa devant elle.

— Tu as bien meilleure mine qu'hier, commenta Desmond d'un ton approbateur.

— Ça n'engage pas à grand-chose, répliqua-t-elle en souriant. Est-ce qu'on a des nouvelles de l'enquête ?

Caleb secoua la tête.

— Malheureusement, nous n'avons guère avancé, reconnut-il. Holloway nous a dit que Carl et lui ont échangé des coups de feu avec leurs agresseurs après que le fourgon du coroner a quitté la route. Carl a été touché à la tête et est mort sur le coup. Holloway a blessé l'un des attaquants à l'avant-bras avant d'encaisser une balle à son tour. Il a perdu connaissance et il n'a repris conscience qu'à l'hôpital. Nous supposons que ses agresseurs l'avaient attaché dans la cabane des Jansen en attendant de l'interroger. Mais Julian est arrivé avant qu'ils puissent le faire.

— Je ne comprends pas, objecta Madi. Pourquoi l'ont-ils enfermé dans le jardin des Jansen ? Ils auraient pu le découvrir à n'importe quel moment.

— Les Jansen sont à l'étranger, expliqua Caleb. Ils ne doivent pas rentrer avant une dizaine de jours. Ceux qui ont attaqué le fourgon du coroner devaient être au courant.

— Et qu'en est-il des hommes qui nous ont attaqués à l'auberge ? s'enquit Julian.

— Pour le moment, nous n'avons rien trouvé qui nous permette de les identifier. Mais la bonne nouvelle, c'est que Miller semble s'être décidé à prendre votre témoignage au sérieux. Il a laissé entendre qu'il avait peut-être une piste, mais n'a pas voulu en dire plus.

— Ce qui signifie que vous devez rester sur vos gardes, tous les deux, déclara Desmond.

— Telle est bien mon intention, acquiesça Julian. Nous allons faire profil bas en espérant que la piste de Miller se révélera payante.

— Ne me dis pas que nous allons devoir rester enfermés ici jusqu'à nouvel ordre ! lança Madi.

— Tu en profiteras pour me faire visiter la propriété, suggéra Julian. Le peu que j'en ai vu m'a semblé magnifique.

Desmond et Caleb échangèrent un regard éloquent. L'idée de les voir quitter la maison ne les enthousiasmait visiblement pas. Mais ils devaient savoir qu'ils n'avaient aucune chance d'assigner leur sœur à résidence sans qu'elle se révolte.

— Je ne pense pas que nous courions beaucoup de risques, déclara Julian. Declan a placé l'un de ses hommes en faction près de l'entrée principale et il effectue des rondes toutes les heures. De plus, tout le personnel du ranch est en état d'alerte.

— Sans compter que je serai accompagnée d'un membre des forces spéciales très sexy, bâti comme une armoire à glace et capable d'affronter un adversaire armé d'un couteau à l'aide d'un simple portable.

— J'ai cru comprendre en effet que Julian avait une interprétation très personnelle de l'expression « coup de téléphone », plaisanta Dorothy.

Cette boutade suffit à détendre l'atmosphère, et les deux frères de Madi semblèrent se résigner à ce qu'elle puisse aller prendre l'air.

— Si vous sortez, veillez à ce que vos téléphones soient toujours chargés et allumés, leur conseilla néanmoins Desmond.

— Tâchez aussi de rester en terrain découvert et d'éviter les sentiers forestiers, renchérit Caleb.

Ces simples mots suffirent à dissiper l'agacement que Madi éprouvait face au comportement un peu trop protecteur de ses frères. Elle ne put s'empêcher de repenser à l'enlèvement dont ils avaient été victimes, des années auparavant. Encore aujourd'hui, tous trois portaient toujours les stigmates de ce traumatisme.

— Nous ne courrons aucun risque inutile, déclara-t-elle gravement.

Ses deux frères hochèrent la tête et commencèrent à débarrasser la table. Julian les imita aussitôt et, une fois de plus, Madi s'étonna du naturel avec lequel il s'intégrait à la vie du ranch. À le voir, on aurait vraiment pu croire qu'il fréquentait les Nash depuis des années.

Lorsque les garçons eurent terminé de tout remettre en ordre, Julian et Madi sortirent de la maison et s'engagèrent sur le sentier qui menait en direction des écuries du ranch.

— Je préfère te prévenir, tes frères m'ont prêté un revolver.

— C'est une blague ? s'exclama-t-elle.

Julian écarta un pan de son blouson, révélant la crosse d'une arme à feu qui dépassait de sa ceinture.

— Franchement, à tout prendre, je préfère ça à une discussion embarrassante sur les droits et devoirs de tes petits amis…

Madi sentit son cœur se serrer dans sa poitrine.

— Ils doivent savoir que tu n'es pas à proprement parler mon petit ami, remarqua-t-elle.

— Ce n'est pas l'impression qu'ils m'ont donnée, objecta-t-il.

Durant quelques instants, ils continuèrent à avancer en silence.

— C'est pour cela que je suis revenu, tu sais, reprit enfin Julian.

Elle lui lança un regard interrogatif.

— Pour voir s'il y avait une chance pour que nous sortions de nouveau ensemble.

— C'est ce que tu m'as dit, acquiesça-t-elle. Mais, entre-temps, tu as découvert que j'étais enceinte.

— C'est vrai, concéda-t-il. Et je dois bien reconnaître que ça m'a donné à réfléchir... Si nous ressortions ensemble, les enjeux seraient nettement plus importants qu'il y a sept mois.

Elle hocha la tête, le cœur battant à tout rompre. Il lui semblait confusément que son avenir tout entier était suspendu à ses lèvres.

— Les choses sont certainement allées beaucoup plus vite que je ne l'aurais voulu, ou même imaginé, concéda-t-il. Mais le fait que tu sois enceinte ne change rien à ce que j'ai ressenti, le jour où j'ai fait ta connaissance. Ni par la suite, pendant que nous sortions ensemble. Tu es toujours la femme la plus intelligente, la plus charmante et la plus sexy que je connaisse, Madi Nash...

Elle craignit un instant que ses jambes ne se dérobent sous elle. Julian la contemplait à présent avec une telle intensité qu'elle avait l'impression de fondre intérieurement.

— Alors qu'est-ce que tu attends pour m'embrasser ? s'enquit-elle d'une voix que le désir rendait si rauque qu'elle eut presque peine à la reconnaître.

Julian éclata de rire et couvrit la distance qui les séparait encore pour la prendre dans ses bras. Lorsque ses lèvres se posèrent sur les siennes, elle répondit à son baiser avec une passion dévorante. Il lui sembla que son corps tout entier s'embrasait. Jamais jusqu'à ce jour elle n'avait désiré quiconque avec une telle intensité.

Mais ils furent interrompus par un petit toussotement

poli. Instantanément, Julian s'écarta d'elle, prêt à la défendre en cas de besoin.

— Ray ! s'exclama-t-elle, surprise. J'avais presque oublié que vous séjourniez au ranch.

— Je suis désolé de vous interrompre, leur dit-il en souriant. Mais je rentre tout juste d'une balade à cheval.

— Je ne savais pas que vous montiez, remarqua Madi.

À ses côtés, comprenant que leur interlocuteur ne représentait pas une menace, Julian s'était légèrement détendu.

— Je ne suis pas très doué, répondit Ray modestement. Mais je me débrouille.

Elle remarqua alors qu'il était vêtu à la mode locale, portant un jean, une paire de bottes et un stetson. Il paraissait parfaitement à son aise dans cet environnement qu'elle savait pourtant nouveau pour lui, et elle se réjouit qu'il ait trouvé ses marques aussi rapidement. Après tout, ses vacances avaient été interrompues de façon particulièrement morbide.

— Julian, je te présente Ray Cutler. Ray, voici Julian Mercer.

Les deux hommes se serrèrent la main.

— J'ai entendu parler de vous, déclara Ray. En ville, tout le monde discutait de vos exploits d'hier. Il paraît que vous avez sauvé la vie de Madi !

— C'est un peu exagéré, répondit Julian. Nous nous sommes juste débrouillés pour survivre tant bien que mal.

— Savez-vous qui a pu vous attaquer de cette façon ? s'enquit Ray, curieux.

— Nous n'en avons aucune idée, dit Madi. Mais c'est probablement lié au meurtre de Loraine.

À ces mots, Ray détourna les yeux d'un air embarrassé.

— À ce sujet, j'avais quelque chose à vous avouer, déclara-t-il après s'être nerveusement éclairci la gorge. Je suis vraiment désolé d'avoir dit à la police que Loraine et vous ne vous entendiez pas bien. Je sais que vous ne lui auriez jamais fait de mal, mais je ne voulais pas me rendre coupable de faux témoignage…

— Vous avez bien fait de dire la vérité, assura Madi. De toute façon, je crois que tout le monde savait que Loraine et moi ne nous appréciions pas beaucoup.

Alors même qu'elle prononçait ces mots, Madi ne put s'empêcher de penser que c'était précisément un faux témoignage qui lui avait évité la prison.

— Quoi qu'il en soit, je suis heureux que cela ne vous ait pas porté préjudice, reprit Ray.

Madi lui décocha un pâle sourire. Elle doutait fort que son témoignage ait pu influer sur le jugement de Miller à son égard. Aux yeux de l'inspecteur, elle faisait une coupable toute désignée, de toute façon.

— Je vais vous laisser, conclut Ray. Clive m'a promis qu'il me montrerait un bon endroit pour aller pêcher.

— Profitez bien de vos vacances, Ray.

— Ne vous en faites pas pour ça, Madi. Je m'amuse comme un petit fou, ici.

13

— Où donc en étions-nous ? murmura Julian d'un air faussement innocent lorsque Ray se fut éloigné en direction du gîte.

La façon dont il la regardait fit courir le long de l'échine de Madi un délicieux frisson. Sans dire un mot, elle lui prit la main et l'entraîna vers l'ancienne étable que Nina avait récemment restaurée pour en faire une salle de réception. Ils gravirent l'escalier jusqu'à la pièce qui se trouvait à l'étage.

C'était une sorte de grenier où elle venait jouer autrefois avec ses frères. Il y avait là toutes sortes de meubles, de coffres et de souvenirs de famille que tous trois s'amusaient à explorer. Il y avait aussi un grand lit à baldaquin qui leur servait alors tour à tour de navire, d'île au trésor ou de tapis volant.

— Ici, au moins, nous ne risquons pas d'être surpris par ma mère ou par l'un de mes frères, dit-elle à Julian.

— Tu m'en vois ravi, rétorqua-t-il d'un ton malicieux.

Il l'attira contre lui et se pencha pour l'embrasser. Quand leurs lèvres se rencontrèrent, elle éprouva la même sensation de bien-être mêlé de désir que lorsqu'ils avaient échangé un baiser près de la rivière et un peu plus tôt, devant les écuries.

Mais, cette fois-ci, elle ne comptait pas en rester là. Elle voulait goûter pleinement à la joie sans pareille qu'elle avait trouvée entre les bras de Julian, sept mois auparavant. Il était l'amant le plus merveilleux qu'elle ait jamais connu, et personne d'autre que lui n'avait su lui donner tant de plaisir.

En cet instant même, le seul contact de ses doigts qui couraient sur son corps éveillait en elle un incendie qui menaçait de la consumer tout entière. Partout où ils se posaient, elle sentait sa peau se couvrir d'irrépressibles frissons qui semblaient se réverbérer au plus profond d'elle-même.

Elle gémit, et leur baiser se fit plus ardent encore, comme s'ils cherchaient en une seule étreinte à effacer tous les mois de solitude et de frustration qui venaient de s'écouler. Au cours de cette période, Madi avait à plusieurs reprises tenté de se convaincre qu'elle avait enjolivé le souvenir de leurs étreintes. Mais elle se rendait compte à présent qu'elle avait peut-être au contraire sous-estimé leur intensité.

Lorsque Julian s'arracha à leur baiser, le temps de reprendre son souffle, elle vit briller dans ses yeux la même passion que celle qui faisait rage en elle en cet instant.

— Si tu savais combien de fois j'ai rêvé de ce moment, dit-il d'une voix que le désir qu'il avait d'elle rendait rauque et terriblement sensuelle.

Il commença à déboutonner le chemisier de Madi en couvrant de petits baisers chaque centimètre carré de peau qu'il dévoilait. Elle plongea les doigts dans ses cheveux et renversa la tête en arrière pour mieux s'offrir à cette exploration.

Elle n'avait pas pris la peine de mettre un soutien-gorge, ce matin-là, et les lèvres de Julian vinrent se poser sur l'un de ses tétons qu'il effleura de l'extrémité de la langue, lui arrachant un gémissement rauque et inarticulé.

Encouragé par cette réaction, il se fit plus vorace et posa la paume sur son sein qu'il massa délicatement. Son autre main descendit le long de son flanc pour atteindre la boutonnière de son jean qu'il commença à dégrafer.

Le corps de Madi tout entier n'était plus que désir. Et, lorsque ses doigts passèrent sous le tissu rêche du jean pour venir se glisser au creux de ses cuisses, elle était déjà prête à les accueillir. Ils s'arrêtèrent pourtant au seuil de son intimité, trouvant sans mal le point le plus sensible de son anatomie. Lentement, Julian commença à attiser de ses caresses l'envie presque insoutenable qu'elle avait de lui en cet instant.

Craignant que ses jambes ne se dérobent sous elle, elle se raccrocha à ses larges épaules, sentant confusément l'impression de force et de solidité qui émanait de lui. Pas à pas, il la fit reculer jusqu'au lit à baldaquin sur lequel elle bascula, offerte corps et âme à son exploration qui se faisait toujours plus audacieuse.

Allongé tout contre elle, il mordilla délicatement son téton qui se dressait sous le coup du désir. Et, alors qu'elle laissait échapper un nouveau gémissement de pur bonheur, il prit par surprise la forteresse que ses doigts avaient tendrement assiégée.

Le corps de Madi se tendit comme un arc bandé tandis que la main de Julian la guidait avec une aisance sans pareille vers de nouveaux sommets. Quelques instants plus tard, ses lèvres et sa langue vinrent se joindre à cet assaut impitoyable qui eut raison du peu de self-control qu'elle était parvenue à conserver.

Mais Julian n'entendait pas en rester là. Et, tandis que Madi chevauchait les vagues de plaisir qui déferlaient en elle, il les débarrassa tous deux de leurs vêtements. Lorsqu'ils furent nus, peau contre peau, elle noua les bras autour de son torse et les jambes autour de sa taille, le laissant pénétrer en elle et le guidant jusqu'aux tréfonds les plus secrets de sa chair.

Elle n'aurait su dire combien de temps il demeura immobile, profondément enfoui en elle. La sensation d'intimité totale que lui procurait ce moment suspendu n'avait pas d'égale. Il semblait à Madi que tous deux ne faisaient plus qu'un.

Elle aurait voulu demeurer ainsi éternellement, se perdre en lui et le laisser se perdre en elle. Mais leur désir ne tarda pas à se rappeler à eux, plus impérieux encore qu'auparavant. Et plus ils demeuraient immobiles l'un contre l'autre, plus ce désir enflait, menaçant de les rendre fous.

Cédant enfin à cette envie qui les consumait tous deux, ils commencèrent à bouger l'un et l'autre en un parfait accord. En dépit des mois de séparation, le rythme qu'ils avaient su trouver autrefois s'imposait de nouveau à eux comme une évidence.

Loin de les gêner, la grossesse de Madi conférait à leur étreinte une dimension nouvelle, peut-être parce qu'elle symbolisait à la perfection cette parfaite alchimie qui existait entre eux.

Ils luttèrent aussi longtemps qu'ils le purent pour repousser l'ultime accomplissement de leur extase. Ensemble, ils s'élevèrent toujours plus haut, dépassant tout ce qu'ils avaient pu entrevoir jusqu'alors. Puis, au même instant, tous deux furent emportés par la puissance incoercible de ce torrent qui n'avait cessé d'enfler en eux et se déversait à présent à travers leur être tout entier.

— Je dois bien reconnaître qu'il est nettement plus agréable de crier de plaisir plutôt que de terreur, déclara Madi en se redressant sur un coude pour contempler son amant étendu à ses côtés.

Julian ne put s'empêcher de rire.

— J'espère juste que personne ne nous a entendus, lui

dit-il. Je ne voudrais pas que tes frères déboulent ici, un fusil à la main…

— S'ils le font, je te promets de plaider en ta faveur, répondit-elle en riant elle aussi.

Cela faisait bien longtemps qu'elle ne s'était pas sentie aussi heureuse. Elle avait eu peur que sa grossesse ne complique les choses - qu'elle ne mette Julian mal à l'aise. Mais, de toute évidence, cela ne l'empêchait pas de la désirer, et il le lui avait démontré de façon plus qu'éloquente.

Elle avait aussi été frappée par l'impression de familiarité qu'elle avait éprouvée. C'était comme si Julian et elle ne s'étaient quittés que quelques jours auparavant. Cette étrange intimité aurait sans doute dû l'inquiéter. Après tout, elle s'était toujours méfiée de toute forme d'engagement.

Mais, paradoxalement, le fait qu'elle soit enceinte désamorçait ce genre d'angoisse. Qu'elle le veuille ou non, son existence et celle de Julian étaient désormais liées de façon irrévocable. Alors pourquoi se serait-elle privée du plaisir qu'elle avait à se trouver dans ses bras ?

Elle y serait volontiers restée durant le reste de la journée, d'ailleurs. Malheureusement, ils ne pouvaient se permettre de disparaître pendant des heures sans risquer de créer une véritable panique. À contrecœur, ils se redressèrent donc et entreprirent de se rhabiller.

— L'avantage, plaisanta-t-elle, c'est que nous pouvons maintenant coucher ensemble sans que je coure le risque de tombe enceinte.

— C'est une façon de voir les choses, répondit Julian en riant.

Elle se redressa et entreprit de reboutonner son jean et son chemisier en observant la pièce dans laquelle ils se trouvaient.

— Je ne sais pas combien de temps j'ai pu passer ici quand j'étais enfant, dit-elle à Julian, qui finissait lui aussi de se rhabiller. C'était notre repaire. Plus tard, lorsque nous étions au lycée, nous avons même organisé des fêtes ici sans que nos parents le sachent. Mais cela faisait un moment que je n'étais pas revenue…

Une pointe de tristesse vint assombrir sa belle humeur.

— Depuis la mort de papa, en fait…

Elle s'avança dans la pièce, observant les objets autrefois si familiers. Elle se rappelait encore le contenu de la plupart des coffres et des cartons qui étaient empilés là. Et, sans même s'en rendre compte, elle se dirigea vers une boîte qu'elle n'avait pas rouverte depuis des années.

Lorsqu'elle l'aperçut, Madi sentit un frisson glacé courir le long de son échine. Son ventre se contracta sous l'effet d'une peur aussi viscérale qu'irrationnelle. Son cœur se serra dans sa poitrine tandis qu'une bouffée de tristesse mêlée de culpabilité montait en elle.

Elle se demanda si c'était pour cela qu'elle avait évité de revenir ici - parce qu'elle savait à quel point il lui serait difficile de revoir cette boîte. Ses frères avaient-ils laissé dans cette pièce de tels objets qui leur rappelaient les moments les plus difficiles de leur jeunesse ? Ou bien avaient-ils depuis longtemps affronté leurs propres démons intérieurs ?

Comme elle se posait cette question, elle sentit les mains de Julian se poser doucement sur ses épaules, comme s'il avait compris qu'elle avait besoin de soutien, en cet instant. Ce geste suffit à lui redonner un peu de courage.

— Il y a quelque chose que j'aimerais te montrer, lui dit-elle alors. Cela t'aidera à comprendre un peu mieux mon histoire, et je crois que c'est important. Peux-tu prendre cette boîte blanche ? Celle qui est ouverte.

Julian se garda de lui poser la moindre question et récupéra la boîte qu'il apporta jusqu'au lit au bord duquel ils se rassirent tous deux.

— Je t'ai déjà raconté ce qui nous était arrivé lorsque nous avions huit ans, déclara-t-elle gravement. Je t'ai dit aussi que mon père avait été incapable de tourner la page, que c'était devenu pour lui une véritable obsession. Il n'a pas supporté son incapacité à identifier le ou les responsables de notre enlèvement. Le stress et l'angoisse ont fini par le tuer. Sa mort a transformé chacun des membres de notre famille. Peut-être serait-il plus juste de dire que sa mort a renforcé les changements que l'enlèvement avait déjà provoqués en nous…

À mesure qu'elle parlait, les souvenirs de cette époque envahissaient son esprit, l'emplissant d'un mélange de tristesse et de nostalgie.

— Caleb est devenu plus dur, plus intransigeant. Il a décidé de protéger les plus faibles, de se battre pour ceux qui n'étaient pas capables de le faire par eux-mêmes. C'est la raison pour laquelle il a choisi de devenir policier. Desmond, quant à lui, a décidé de dévorer la vie à pleines dents. Il savait que l'existence pouvait s'arrêter à tout moment et était bien résolu à en profiter et à aider les gens autour de lui à en faire autant. À terme, il est devenu un entrepreneur et un philanthrope. Aujourd'hui encore, il consacre une bonne partie de sa fortune à soutenir ceux qui ont besoin d'un nouveau départ dans la vie…

Madi était très fière du travail que son frère avait accompli et auquel elle avait pris une modeste part avant de fonder son propre établissement.

— Declan aussi a changé, reprit-elle. Il est plus âgé que nous et je crois que, lorsque nous avons été enlevés, il s'est senti coupable de ne pas avoir été là pour nous protéger. C'est absurde, bien sûr. Même s'il avait été sur place, il n'aurait rien pu faire. Mais il s'est juré qu'une telle chose n'arriverait plus jamais. Si Caleb est un justicier et un redresseur de torts, Declan est un gardien et un protecteur.

Il veille sur la ville et s'efforce d'anticiper et de prévenir tout danger qui pourrait survenir.

Madi marqua une pause.

— Et toi ? l'encouragea Julian d'une voix très douce. Comment as-tu réagi, après coup ?

— J'étais en colère, répondit-elle enfin. Au départ, je ne m'en suis pas rendu compte. Personne ne s'en est rendu compte, à vrai dire. Mais cette rage couvait au fond de moi, n'attendant qu'un prétexte pour éclater au grand jour. C'est arrivé pour la première fois deux ans plus tard. J'avais dix ans. Andrès Casas, un de mes camarades de classe, s'amusait à tirer mes tresses pendant une récréation. Je lui ai demandé d'arrêter, mais ça l'amusait beaucoup, et il a continué. Jusqu'au moment où j'ai perdu tout contrôle…

Elle frissonna, se rappelant précisément la rage incoercible qui avait déferlé en elle à ce moment-là.

— Je ne sais pas exactement ce que j'ai fait, poursuivit-elle. J'étais hors de moi. Ce que je sais, en revanche, c'est qu'Andrès a dû être emmené aux urgences. J'ai été expulsée de l'école pendant plusieurs semaines. Mais cela n'a pas suffi à me calmer, au contraire. Je suis devenue de plus en plus colérique et impulsive. Je me battais à longueur de temps. Je n'avais aucun ami. Pire encore, je me méfiais de tout le monde - même de mes enseignants. Je crois que mon attitude à cette époque a encore renforcé le besoin que mon père avait de retrouver le coupable. Il pensait que, s'il parvenait à l'arrêter, tout rentrerait dans l'ordre…

— Je ne suis pas sûr que cela aurait changé grand-chose, remarqua Julian. Ce que tu décris ressemble beaucoup à un syndrome post-traumatique…

— C'est parce que c'en était un, confirma Madi. Et c'est maman qui a fini par le comprendre. Elle a aussi compris que j'avais besoin d'une aide extérieure. Elle a donc fait appel à un psychothérapeute. Mes frères sont allés le voir, eux aussi. Il a mis en place des stratégies différentes, adaptées à chacun d'entre nous. Pour moi, il s'est inspiré des traitements mis en place pour les enfants ayant survécu à des événements traumatisants - cataclysmes, accidents, attentats ou guerres... Cette démarche a fini par porter ses fruits. J'étais plus apaisée, j'ai commencé à me faire quelques amis. J'ai appris à maîtriser mes sautes d'humeur et à contrôler les épisodes les plus violents. Certains jours, je parviens même à ne pas penser du tout à l'enlèvement. Je te mentirais en te disant que tout va pour le mieux dans le meilleur des mondes. Il y a toujours des moments difficiles. Mais, dans l'ensemble, je suppose que j'ai bel et bien fini par tourner la page.

Madi le regarda gravement.

— Malgré ça, ajouta-t-elle, j'ai toujours du mal à faire confiance, du mal à me livrer. J'ai bâti des murs pour éviter d'être de nouveau déçue ou maltraitée par la vie. Mais je sais que, pour que nous ayons une chance de construire quelque chose ensemble, il va falloir que je change, que j'entrouvre la porte... Et c'est ce que je veux faire, ajouta-t-elle d'une voix résolue. Je ne veux plus être indéfiniment victime de mon passé.

Elle désigna la boîte qu'elle avait demandé à Julian d'apporter.

— Là-dedans se trouvent les archives de cette époque, expliqua-t-elle. Il y a le dossier que mon père avait constitué au sujet de l'enlèvement. Il y a les rapports du psychothérapeute. Des lettres et des poèmes que j'ai écrits. Des photos... J'ai enfermé tout ça dans cette boîte pendant des années, comme si cela pouvait faire disparaître ce qui s'est passé à l'époque. Je n'en ai parlé à personne. Mais je ne veux pas que ce soit un secret entre nous. C'est une partie bien trop déterminante de mon existence.

La tendresse et la compréhension qui se lisaient en cet

instant dans les yeux de Julian lui réchauffèrent le cœur, l'encourageant à franchir cette nouvelle étape de sa vie - une étape qu'elle n'aurait jamais crue possible.

C'était peut-être aussi sa grossesse qui lui donnait la force d'accomplir cela. Pour la première fois, son existence s'inscrivait dans quelque chose de plus grand, quelque chose qui la dépassait. Sa fille lui survivrait, et après elle d'autres générations peut-être.

Par comparaison avec cette nouvelle échelle de temps, ses propres problèmes lui paraissaient moins écrasants qu'elle ne l'avait pensé jusqu'alors. Elle prenait également conscience du fait que le moment présent était l'aboutissement de sa vie tout entière - y compris de l'enlèvement et des années noires qui s'en étaient suivies.

Si elle comptait embrasser le moment présent et l'avenir qui s'offrait à elle aujourd'hui, elle n'avait d'autre choix que de faire la paix avec son propre passé. Sans lui, elle n'aurait pas rencontré Julian. Ils n'auraient pas conçu cet enfant qui grandissait en elle.

Julian posa doucement la main sur sa joue et se pencha pour déposer un petit baiser sur ses lèvres tremblantes.

— Tu es vraiment une femme extraordinaire, Madeline Nash.

— Tu n'es pas mal non plus, répondit-elle avec un pâle sourire.

Elle se pencha vers lui pour l'embrasser à son tour. Mais ils entendirent alors une voix qui résonnait au-dehors.

— Madi ! Julian ! Où êtes-vous ?

— C'est Clive, indiqua-t-elle avant de jeter un coup d'œil à sa montre. Cela fait plus d'une heure que nous avons disparu, constata-t-elle. Tout le monde doit se demander où nous sommes passés…

— Dans ce cas, nous ferions mieux d'aller les rassurer, suggéra Julian. Tu veux que je prenne la boîte ?

Madi hocha la tête, et il s'en empara. Tous deux redescendirent du grenier et sortirent de la grange. Les apercevant, Clive accourut vers eux. Il tenait son téléphone à la main et paraissait très excité.

— Madi ! s'exclama-t-il. Caleb vient de m'appeler. Il te cherche partout. Apparemment, il y a du nouveau dans l'affaire du meurtre de Loraine Wilson.

— Est-ce que tu sais ce dont il s'agit ?

Clive hocha la tête.

— Tu ne vas pas le croire : le médecin légiste qui a expertisé les restes du cadavre retrouvé dans le fourgon du coroner affirme que ce n'est pas celui de Loraine Wilson !

14

De retour à la maison familiale, Madi et Julian avaient retrouvé Desmond, qui faisait les cent pas dans le salon. Clive l'avait appelé pour le prévenir de leur retour.

— Où est Caleb ? lui demanda Madi.

— Il est parti au poste de police. Il voulait s'assurer de ses propres yeux qu'il ne s'agissait pas d'une erreur.

— Et je le comprends, acquiesça sa sœur.

Julian avait été tout aussi surpris qu'elle d'apprendre la nouvelle. Mais, rétrospectivement, cela expliquait certains aspects de l'affaire qui lui avaient paru obscurs jusque-là.

— Le corps de Loraine aurait-il pu être remplacé pendant qu'elle se trouvait à la morgue d'Overlook ? s'enquit Madi.

— Impossible. Étant donné le caractère très sensible de l'affaire, le corps est resté sous bonne garde jusqu'à ce que Holloway et le coroner viennent le récupérer. Par acquit de conscience, Declan a visualisé les caméras de sécurité, mais il n'a strictement rien remarqué d'anormal.

— Se pourrait-il que la substitution ait eu lieu après, dans ce cas ? insista Madi. Pendant le trajet. Le coroner et Holloway se sont-ils arrêtés dans une station-service, par exemple ?

— Non. On venait tout juste de refaire le plein du fourgon.

— Je ne pense pas qu'il y ait eu substitution, intervint Julian.

Madi lui jeta un coup d'œil stupéfait.

— Je pense que le corps que l'on a retrouvé dans ton salon n'était pas celui de Loraine Wilson. Et cela explique pourquoi les tueurs s'en sont pris au fourgon du coroner. Ils tenaient à faire disparaître toute trace du subterfuge.

Madi interrogea du regard Desmond qui approuva d'un signe de la tête.

— C'est effectivement la théorie à laquelle en sont arrivés Miller et Declan, déclara-t-il.

— Sait-on qui était la victime ? s'enquit Julian.

— Oui. Le médecin légiste a pu se servir des empreintes dentaires pour l'identifier. Apparemment, il s'agirait d'une certaine Kathy Smart. On sait qu'elle vivait à New York, mais c'est à peu près tout pour le moment. Caleb est en train de réunir toutes les informations qu'il peut trouver à son sujet.

Desmond s'interrompit et les observa tour à tour.

— Comme vous vous en doutez probablement, reprit-il, nous ne sommes pas censés avoir connaissance de toutes ces informations. Vous ne devez en parler à personne.

— Cela va sans dire, acquiesça Julian.

— Est-ce que le nom de Kathy Smart te dit quelque chose ? demanda Desmond à Madi. Pourrait-il s'agir d'une ancienne cliente ?

— Non, répondit-elle. Je suis sûre de n'avoir jamais entendu ce nom auparavant.

— Moi non plus, déclara Desmond. Ce qui tendrait à indiquer d'ailleurs qu'elle n'était probablement pas originaire d'Overlook. Toute la question est donc de savoir ce qu'elle était venue faire ici et pourquoi on l'a tuée.

— Il y a une autre question qui me turlupine, remarqua Madi. Si ce n'est pas Loraine qui s'est fait tuer, où est-elle ? Et pourquoi n'a-t-elle pas donné signe de vie ?

— Peut-être s'est-elle fait enlever, comme l'inspecteur Holloway, suggéra Desmond.

— Possible, concéda Julian. Ce qui est sûr en tout cas, c'est que le tueur s'est donné beaucoup de mal pour la faire passer pour morte. En tirant dans la tête de cette Kathy Smart, il s'est arrangé pour que tout le monde pense qu'il s'agissait de Loraine. Puis il a tenté de faire disparaître le corps avant que l'autopsie révèle la vérité…

Ils furent interrompus par la sonnerie du téléphone de Desmond. Ce dernier jeta un coup d'œil à l'écran et pesta.

— C'est Jared, annonça-t-il à Madi. Je lui ai dit que je prenais une semaine de congés, mais je ne suis pas sûr qu'il comprenne le concept. Je ferais mieux de répondre…

Sur ce, il décrocha et quitta la pièce, les laissant seuls.

— Qu'est-ce que tu penses de ce nouveau rebondissement ? demanda Madi à Julian.

Il secoua la tête d'un air incertain.

— Franchement, je ne sais pas trop… Qui pourrait avoir intérêt à faire disparaître quelqu'un de cette façon ?

— Loraine Wilson, peut-être, suggéra Madi, pensive.

Julian lui lança un regard intrigué.

— Se faire passer pour mort est la meilleure façon de disparaître dans la nature, expliqua-t-elle. Même son mari est persuadé qu'elle est décédée.

— Ça se tient, concéda Julian. Mais pourquoi cette mise en scène ? Pourquoi te faire accuser, toi ?

— Parce que Loraine savait pertinemment que si elle plaçait le corps dans mon salon tout le monde penserait aux nombreux différends que nous avions eus au cours des jours précédents… À vrai dire, si cette hypothèse est correcte, elle a certainement provoqué ces conflits sciemment afin de préparer le terrain.

— C'est assez malin, reconnut Julian. En choisissant ton salon et en utilisant le fusil de ton père, elle s'assurait que la police locale serait trop obnubilée par ton apparente culpabilité et ne penserait jamais à mettre en doute l'identité de la victime…

— Le fusil de mon père, murmura Madi en fronçant les sourcils.

— C'est bien l'arme qui a été utilisée pour commettre le crime, n'est-ce pas ?

— Oui, répondit-elle. Mais tout le monde était si concentré sur le fait que ce fusil prouvait ma culpabilité que personne ne s'est demandé comment le tueur se l'était procuré…

— J'ai toujours pensé qu'il se trouvait dans ta chambre, reconnut Julian.

— Pas du tout, justement.

Madi poussa un juron, ce qui ne lui arrivait que très rarement.

— Même moi, je me suis fait avoir ! s'écria-t-elle. J'étais tellement occupée à me défendre que je n'ai plus repensé à ce fusil…

— Où était-il ?

— Je l'avais caché, répondit-elle.

Julian vit les joues de Madi s'empourprer légèrement.

— Tu sais que mes deux frères et moi sommes très proches, reprit-elle. Nous ne nous disputons jamais. Enfin, presque jamais. Mais ce fusil a donné lieu à l'une de ces rares disputes. Il appartenait à mon père, qui le tenait lui-même de son propre père. Nous pensions tous qu'il reviendrait à Declan, qui est l'aîné. Mais, à la mort de papa, il n'en a pas voulu. Je crois qu'il ne souhaitait pas qu'une arme soit associée au souvenir qu'il gardait de notre père… J'ai dit à Caleb et à Des que, techniquement, j'étais la plus âgée puisque j'étais née la première de nous trois. Je considérais donc que le fusil me revenait de droit.

Caleb et Desmond ont protesté en disant que l'arme devait être transmise de père en fils.

Julian grimaça.

— Je ne suis pas sûr que ça ait été le meilleur argument.

— C'est le moins que l'on puisse dire. Ça m'a mise dans une rage folle, et je les ai traités de sexistes et de réactionnaires. La dispute a pris de telles proportions que maman a menacé de garder le fusil. C'est alors que j'ai décidé de le cacher…

— Et qu'ont dit tes frères ?

Un sourire malicieux se dessina sur les lèvres de Madi.

— C'était toute la beauté de la chose, répondit-elle. Ils étaient tous deux persuadés que maman avait mis sa menace à exécution. Évidemment, je n'ai rien fait pour les détromper…

— Et où l'as-tu caché ?

Le sourire de Madi se figea, et elle se rembrunit brusquement.

— Mon Dieu ! murmura-t-elle. Si Miller l'apprend, il tiendra la preuve dont il a besoin pour me jeter en prison…

— Pourquoi cela ?

— Parce que j'avais caché cette arme, justement. Je pensais vraiment être la seule à savoir où…

— Effectivement, reconnut Julian, troublé. Étant donné les circonstances, ce genre de révélation ne te serait guère favorable. D'un autre côté, si le tueur a eu accès à la cachette dont tu parles, il a peut-être laissé un indice.

— Tu crois que je devrais appeler Miller, alors ?

Julian hésita longuement avant de lui répondre :

— Nous devrions commencer par aller voir nous-mêmes, déclara-t-il enfin. Si nous trouvons quelque chose d'intéressant, il sera toujours temps de prévenir Miller.

— Et si nous ne trouvons rien ?

Il haussa les épaules.

— Tout le monde part du principe que le fusil se trouvait chez toi, et il n'y a pas de raison pour que cela change…

Madi fronça les sourcils, troublée.

— Mais cela signifie qu'une fois de plus tu mentiras pour me protéger, objecta-t-elle, visiblement peu enthousiasmée par cette idée.

— Crois-moi, je serais prêt à faire bien pire que cela pour vous protéger, le bébé et toi, répondit Julian avec une conviction inébranlable.

Ils prirent la voiture de Julian pour se rendre à l'endroit où Madi avait caché le fusil. Il se trouvait apparemment sur la propriété, et elle lui fit emprunter un chemin de terre qui débouchait dans une petite clairière où se dressait une table de pique-nique.

— C'est le point de départ de deux sentiers de randonnée, lui expliqua Madi lorsqu'ils furent descendus de voiture. L'un mène jusqu'aux montagnes, et l'autre descend jusqu'à la rivière. Mais, bien avant que le gîte soit ouvert au public et que les sentiers soient balisés, nous venions ici très souvent pour jouer. C'était l'un de nos endroits préférés.

— Nous avons promis à tes frères de ne pas nous aventurer sur les sentiers, lui rappela Julian en scrutant attentivement les environs.

Il s'assura machinalement qu'il avait toujours sur lui le pistolet que Caleb lui avait confié.

— Nous n'irons pas très loin, lui assura Madi. L'endroit que je veux te montrer est situé tout près d'ici.

Ils laissèrent donc la voiture et s'avancèrent dans les bois, suivant un chemin bien entretenu. Madi ne lui avait pas menti : moins de cinq minutes plus tard, ils atteignirent leur objectif. Sur un arbre était cloué un panneau de bois. Des caractères étranges étaient pyrogravés dessus.

— C'était notre alphabet secret, précisa Madi. Il est écrit : « Interdit aux filles ».

Julian ne put s'empêcher de sourire. Il n'avait aucun mal à imaginer comment la petite fille que Madi avait été avait dû prendre la chose.

— Nous sommes peut-être des triplés, mais ça n'empêchait pas Des et Caleb d'être des garçons stupides et machos, déclara-t-elle, confirmant son intuition.

Ils contournèrent le tronc et s'approchèrent d'un autre arbre, plus majestueux encore que le précédent. Madi lui indiqua la cabane qui était à demi dissimulée dans ses branches.

— Incroyable, murmura Julian, admiratif. Tes frères ne faisaient pas les choses à moitié.

Il était réellement impressionné par la taille de l'édifice.

— Mon père les a aidés. C'était leur base secrète. Et, bien sûr, il fallait que je demande l'autorisation pour pouvoir y monter.

Julian tourna vers elle un regard amusé.

— Et c'est là que tu as caché le fusil de ton père ?

— Symboliquement, ça me paraissait approprié, répondit-elle malicieusement. Ils ne voulaient pas que j'aie ce fusil juste parce que j'étais une fille. Alors je l'ai dissimulé dans leur propre cabane. Et ils ne l'ont jamais su.

— Je reconnais que ça ne manque pas de sel, déclara-t-il d'un ton approbateur. Mais toute la question est de savoir comment le tueur a bien pu savoir que tu avais caché ici…

— Espérons qu'il aura laissé un indice.

Julian emprunta le petit escalier de bois qui permettait d'accéder à la cabane. Même après toutes ces années, il était en parfait état. Les marches étaient solides et parfaitement stables.

— Est-ce que cette cabane sert encore ? s'enquit-il, curieux.

— Non. Nous avons arrêté d'y venir au moment où nous sommes entrés dans l'adolescence. La dernière fois que nous y sommes venus tous ensemble, c'était peu de temps après la mort de papa. Je n'y suis retournée ensuite que pour cacher le fusil dans notre coffre à jouets. Par acquit de conscience, j'ai ajouté un cadenas à code.

— Est-ce que quelqu'un aurait pu deviner le code ?

— Je ne crois pas. C'est le 17-03-51.

— À quoi est-ce que cela correspond ?

— À la date de naissance de mon acteur fétiche, Kurt Russell.

Julian lui lança un coup d'œil étonné. Madi Nash ne cessait de le surprendre.

— *New York 1997*, *La Chose*, *Les Aventures de Jack Burton*, *Tango et Cash*…, énuméra-t-elle. Avant de te rencontrer, je trouvais aussi que c'était l'homme le plus sexy du monde.

Le sourire amusé de Julian se figea sur ses lèvres. Il venait de pousser la porte de la cabane et de découvrir l'intérieur.

— Que se passe-t-il ? lui demanda Madi en s'avançant pour jeter un coup d'œil par-dessus son épaule.

Elle ne put réprimer une exclamation horrifiée. Le coffre dont elle avait parlé se trouvait bien au fond de la pièce, juste à côté de la table et des trois tabourets de bois. Mais le couvercle était grand ouvert. Le verrou qui avait été forcé gisait à côté sur le sol.

Mais, ce qui était le plus choquant, c'était le fait que le plancher et les murs de la cabane étaient couverts de sang et de débris organiques. Une odeur écœurante de chairs avariées flottait dans l'air, et de nombreuses mouches voletaient çà et là.

— Surtout ne touche à rien, Madi ! s'exclama Julian. Redescends sans poser la main sur la rampe ni même sur l'arbre. Il n'est pas question de donner à Miller des raisons supplémentaires de te soupçonner…

Madi hocha la tête et fit demi-tour tandis que Julian s'avançait dans la pièce en prenant soin d'éviter les flaques de sang coagulées. Là, il sortit son téléphone et prit des photos de la pièce sous tous les angles. Puis il quitta les lieux à son tour et rejoignit Madi au pied de l'arbre.

Elle était d'une pâleur de craie, et l'expression de son regard trahissait s'il en était besoin le choc qu'elle venait d'éprouver.

— Nous allons devoir appeler Miller, lâcha-t-elle. Cette fois, nous n'avons pas le choix.

Julian sentit son cœur se serrer dans sa poitrine.

— Oui, répondit-il. Nous avons certainement trouvé l'endroit où Kathy Smart a été tuée, et cette scène de crime pourrait fournir à la police des indices décisifs permettant de retrouver l'assassin.

Madi jeta un coup d'œil en direction de la cabane et frissonna violemment. S'approchant d'elle, il la serra contre lui, caressant doucement son dos pour tenter de la réconforter.

— J'étais la seule à savoir que cette arme se trouvait ici, souffla-t-elle. Je sais que toutes les apparences sont contre moi, mais je t'assure que je n'ai pas tué cette femme.

— Je n'en doute pas un seul instant, répondit-il avec assurance. D'ailleurs, si tel était le cas, quel besoin aurais-tu eu de forcer le cadenas du coffre ?

— J'aurais pu le faire pour tromper la police, objecta-t-elle, se faisant l'avocat du diable.

— Pour transporter ensuite le corps jusque dans ton propre salon ? objecta-t-il. Cela n'aurait strictement aucun sens. Tu es sûre de n'avoir parlé à personne de l'endroit où tu avais caché le fusil ?

— Tu es le premier.

— Dans ce cas, j'imagine que le tueur t'a suivie lorsque tu l'as fait.

Elle se dégagea doucement et le regarda droit dans les yeux.

— Mais c'était il y a plusieurs mois, protesta Madi. Or Loraine Wilson et son mari ne séjournaient à l'auberge que depuis moins d'une semaine…

— Cela signifie que sa disparition et le meurtre qui l'accompagne étaient prémédités de longue date, affirma Julian.

— C'est dingue, murmura Madi.

— Je suis d'accord. Si nous ne nous trompons pas, cela signifie que nous avons affaire à des gens particulièrement dérangés.

— Nous ferions mieux d'appeler Miller tout de suite, déclara Madi. Plus nous attendrons avant de le faire et plus cela paraîtra suspect…

— Je vais le faire, répondit Julian.

Elle secoua la tête.

— Je pense qu'il vaut mieux que ce soit moi, dit-elle avec un courage qu'il ne put s'empêcher d'admirer.

15

Pour se changer les idées et passer le temps en attendant l'arrivée de Miller, Madi avait sorti de sa boîte à souvenirs un album photo de son enfance, qu'elle parcourait en compagnie de Julian.

— On dirait que tu as toujours aimé les nattes, constata-t-il avec un demi-sourire.

— C'est de famille, j'imagine, répondit-elle. Ma mère a toujours porté les cheveux tressés. Et j'ai remarqué que ça m'aidait à me détendre lorsque j'étais stressée…

Elle effleura une photo qui les représentait à cheval, Declan, Caleb et elle. Desmond était déjà loin, et on discernait sa silhouette et celle de son cheval en arrière-plan. Le cliché avait été pris peu de temps avant l'enlèvement des triplés, et l'expression des trois enfants trahissait un mélange de joie de vivre et d'innocence.

Madi savait pourtant que cette candeur ne tarderait pas à voler en éclats, cédant la place au doute, à l'angoisse et à la colère. Et cette certitude conférait à ces clichés quelque chose de poignant. C'était d'ailleurs la raison pour laquelle elle avait fini par remiser cet album dans le grenier de la grange.

— Tu sais que Bethany, ma petite sœur, m'a demandé d'apprendre à faire des tresses françaises pour pouvoir la coiffer ? lui dit alors Julian.

Elle se tourna vers lui, s'efforçant de deviner s'il plaisantait. Mais il paraissait parfaitement sérieux.

— Je suis le plus habile de nous deux, expliqua-t-il. Je n'ai pas beaucoup de mérite, remarque, ajouta-t-il malicieusement. Bethany est l'une des personnes les plus intelligentes et les plus cultivées que je connaisse, mais c'est aussi la plus maladroite.

Il souleva son T-shirt et désigna une cicatrice qu'il arborait au niveau des côtes et qu'elle avait déjà remarquée auparavant.

— Ça remonte au lycée, lui dit-il. Beth et moi avions été invités chez une de ses amies, Stacy DeLuca. Elle m'avait demandé de l'accompagner, m'expliquant que ça aurait été un suicide social pour elle que de rater cette soirée. Elle n'a pas eu besoin d'insister beaucoup, à vrai dire, parce que je savais que Krista, l'ami de Stacy, serait là. Évidemment, nos parents nous avaient interdit de sortir ce soir-là, mais nous n'en avons fait qu'à notre tête…

— On dirait le début d'un *teen movie*, remarqua Madi.

— C'était un peu ça, acquiesça-t-il. Comme nous ne pouvions franchir la porte d'entrée sans nous faire repérer par les parents, nous avons décidé de passer par la fenêtre de ma chambre. Il y avait un immense chêne qui poussait dans le jardin, et c'était un jeu d'enfant de sauter sur la branche la plus proche avant de descendre le long du tronc. Pour moi, en tout cas. Mais pas pour Bethany. À mi-chemin, elle a paniqué. Elle s'est mise à hurler. J'ai essayé de l'aider à descendre, mais c'était à peu près comme essayer d'attraper un chat en furie. Un chat de taille humaine. C'est comme ça que je me suis fait griffer jusqu'au sang et que j'ai hérité de cette cicatrice. Elle s'est même tellement débattue qu'elle a bien failli tomber. Par chance, j'ai réussi à la rattraper au vol.

— Elle ne s'est pas blessée, au moins ?

— Non. Mais ma chemise était déchirée et couverte de sang, et nos parents sont sortis pour voir ce qui causait tout ce raffut. Après ça, nous avons été consignés à domicile pendant deux mois.

Madi sourit.

— J'aurais bien aimé te rencontrer lorsque tu étais adolescent, remarqua-t-elle.

— D'après ce que tu m'as raconté au sujet de ta propre jeunesse, je crois que nous aurions fait des étincelles, tous les deux.

— Je me rends compte que je t'ai raconté toute ma vie en détail, mais que je ne sais quasiment rien de toi. J'ignorais même que tu avais une sœur.

— Je pense que tu lui plairais beaucoup, déclara Julian. Elle aime les personnes de caractère. Je te la présenterai dès que nous en aurons fini avec tout ça.

Il désigna la cabane, et Madi fut brusquement rappelée à la réalité de l'instant présent. Il était si facile de l'oublier lorsqu'elle se trouvait auprès de Julian, si tentant de se laisser aller au bien-être que sa seule présence éveillait en elle.

— Montre-moi d'autres photos, l'encouragea-t-il.

Elle s'exécuta, commentant les différents clichés. Ils dataient presque tous d'après l'enlèvement. Il suffisait pour s'en assurer d'observer l'expression sombre et farouche qu'arborait généralement Madi.

Sur la plupart de ces images, elle apparaissait en compagnie de ses frères ou de ses parents. Mais elle finit par tomber sur une photo qui faisait exception. Non seulement elle était entourée d'autres enfants qui n'appartenaient pas à sa famille, mais, de plus, elle souriait.

— Des amis de classe ? lui demanda Julian en désignant les autres enfants.

Elle secoua la tête.

— Il s'agissait d'un groupe de soutien pour des enfants

souffrant de traumatismes, expliqua-t-elle. Nous nous retrouvions toutes les semaines. Caleb et Des n'y allaient pas parce que notre psychothérapeute estimait que cela nous ferait du bien d'avoir des activités séparées, de temps en temps.

— Et ce groupe t'a fait du bien ?

— Ça n'a pas été facile. Le moins que l'on puisse dire, c'est que je n'y ai pas mis du mien, au début. J'étais très dure avec les autres enfants, comme avec les adultes qui nous encadraient. Mais j'ai fini par mettre de l'eau dans mon vin et je me suis même fait une amie, Gina, que je revois encore aujourd'hui à l'occasion.

Elle désigna la fillette aux yeux et aux cheveux très noirs qui se tenait juste à côté d'elle sur la photo. Elle était sur le point de montrer à Julian deux autres enfants qui la haïssaient, au contraire, et avaient essayé de faire de sa vie un enfer au cours de ces sessions. Mais ils furent interrompus par l'approche d'un pick-up au volant duquel se trouvait Miller.

Elle alla reposer l'album photo dans la voiture, puis tous deux se portèrent à la rencontre du policier qui venait de descendre de son véhicule. Il arborait une mine peu engageante, et elle ne put s'empêcher de jeter un coup d'œil nerveux en direction du revolver qui était accroché à sa ceinture.

— L'inspecteur Devereux n'est pas avec lui, souffla-t-elle. Je doute qu'il se montre impartial.

— Tu n'as rien à craindre de lui, assura Julian. Il te déteste peut-être, mais c'est un policier, et il est tenu de se plier à certaines règles. S'il les enfreint, je me chargerai de les lui rappeler.

Madi hocha la tête. Elle était pourtant loin d'être convaincue que Miller respecterait le protocole en vigueur.

La haine qu'il éprouvait envers sa famille était bien trop tenace pour cela.

— J'espère que vous ne m'avez pas dérangé pour rien, leur dit-il. Parce que je n'ai pas de temps à perdre, moi. Je suis un homme occupé. Pendant que vous vous tournez les pouces, j'essaye de faire avancer cette enquête…

Madi serra les dents. Jetant un coup d'œil à la dérobée en direction de Julian, elle constata que, contrairement à elle, il avait adopté une attitude parfaitement décontractée. Mains ouvertes, épaules relâchées, il arborait même un léger sourire. Le connaissant, elle n'était cependant pas dupe : comme toujours, il était prêt à passer à l'action.

— Il s'agit de quelque chose de très important, déclara Julian. C'est la raison pour laquelle nous vous avons appelé directement au lieu de passer par l'intermédiaire de vos subordonnés.

— J'imagine que vous avez prévenu le ranch avant ça.

— Non, répondit Madi, qui se demandait soudain si elle n'aurait pas dû le faire. Vous pouvez contrôler nos listes d'appel si vous ne nous croyez pas.

Miller haussa les épaules d'un air faussement indifférent.

— Très bien, soupira-t-il. Je vous écoute.

Julian fit signe à Madi de commencer son récit. Il se plaça entre Miller et elle de façon à pouvoir la protéger en cas de besoin. Madi prit une profonde inspiration avant de raconter à Miller l'histoire du fusil de son père, la façon dont il s'était retrouvé dans la cabane et la scène qu'ils avaient découverte en entrant dans celle-ci.

Miller l'écouta dans un profond silence, sans l'interrompre une seule fois. Mais, à mesure que le récit progressait, elle voyait ses yeux s'illuminer. Il la fit penser à un chat s'apprêtant à bondir sur sa proie.

— C'est une plaisanterie ? lui demanda-t-il enfin d'une

voix glacée. Comment avez-vous pu oublier que vous aviez caché l'arme d'un meurtre ?

— Je ne l'avais pas oubliée, objecta-t-elle. Simplement, sur le moment, je n'y ai pas pensé…

Miller secoua la tête d'un air incrédule.

— Vous vous croyez peut-être au-dessus des lois simplement parce que vous êtes une Nash ? Ce n'est pas parce qu'il vous est arrivé un coup dur lorsque vous étiez enfant qu'on continuera à tout vous passer indéfiniment, vous savez…

Madi lutta de toute la force de sa volonté contre la colère qui l'envahissait.

— Cela n'a rien à voir avec ce qui s'est passé lorsque nous étions petits, protesta-t-elle d'une voix tremblante de rage à peine contenue. Je suis vraiment désolée si, après avoir retrouvé un corps sans tête dans mon salon et avoir été accusée à tort d'un meurtre, je n'ai pas immédiatement pensé à vous dire où j'avais caché cette arme et pourquoi !

Elle fusilla Miller du regard.

— Je vous rappelle que je suis enceinte de sept mois, ajouta-t-elle. Je devrais me reposer tranquillement en attendant la naissance mais, au lieu de cela, je me fais harceler par un policier qui me hait, je me fais poursuivre sur un toit et à travers bois par des hommes qui veulent me torturer et je découvre que quelqu'un m'a suivie pendant je ne sais combien de temps pour pouvoir ensuite me faire passer pour une criminelle !

— Croyez-moi, vous n'arrangez pas votre cas en dissimulant ce genre d'information, répliqua vertement Miller.

— Je ne les dissimule pas, rétorqua-t-elle. J'aurais pu garder le silence. Mais, au lieu de cela, je vous ai immédiatement appelé. Et nous voilà, en train de nous disputer de façon absurde à deux pas d'une scène de crime que vous n'avez toujours pas vue parce que vous êtes trop occupé à me houspiller !

Miller ne répondit pas. La mâchoire serrée, le regard sombre, il observa tour à tour Madi et Julian. Ce dernier avait quelque peu perdu de sa décontraction initiale. Lui aussi paraissait furieux.

— Je vais aller voir cette fameuse cabane, lâcha enfin l'inspecteur d'une voix vibrante de colère. Vous deux, ne bougez pas d'ici !

Sur ce, il se détourna et se dirigea à grands pas vers l'arbre qu'elle lui avait désigné au cours de son récit. Ils le regardèrent gravir l'escalier à grands pas et disparaître dans le feuillage.

— Je t'avais dit qu'il m'accuserait de nouveau, soupira Madi.

— Cela n'a aucune importance, déclara Julian. Tu avais peut-être des raisons de tuer Loraine Wilson, mais tu n'en avais aucune de tuer cette Kathy Smart que tu ne connais même pas. Il faudra moins de dix minutes à un juge pour comprendre qu'on a essayé de te piéger.

— Tu as raison, soupira-t-elle, frappée par cette évidence. Miller a vraiment le don de me faire perdre tous mes moyens.

Au bout de quelques minutes, l'inspecteur redescendit l'escalier. Son visage était un masque parfaitement indéchiffrable, et il paraissait perdu dans de sombres réflexions.

— Vous avez bien fait de m'appeler, leur dit-il avant de se tourner vers Madi. Je suis désolé, ajouta-t-il. Je reconnais que je vous ai accusée à tort. Ce n'est certainement pas vous qui avez tué cette femme…

Madi le considéra avec étonnement. Elle ne s'était pas du tout attendue à un tel revirement de la part du policier.

— Vous n'aviez aucune raison de le faire, reprit-il. Vous n'auriez pas non plus eu la moindre raison d'emporter le cadavre chez vous. Et puis j'ai trouvé ça par terre, annonça-t-il en ouvrant la paume.

Madi et Julian s'avancèrent pour regarder ce qu'il tenait à la main. Mais à cet instant, profitant de leur distraction, Miller dégaina son arme et asséna un brusque coup de crosse sur la tempe de Julian. La puissance du choc fit violemment sursauter Madi, qui vit son compagnon s'effondrer d'un seul coup sur le sol.

Sa stupeur se mua presque aussitôt en accès de rage, et elle fit mine de se jeter sur Miller. Mais ce dernier pointa son arme vers la tête de Julian.

— Un geste et il est mort, gronda-t-il.

Madi n'eut d'autre choix que de se figer sur place.

Ce fut la pluie battante qui ranima Julian.

Une douleur insoutenable lui vrilla aussitôt le crâne, et il poussa un gémissement de souffrance. L'espace de quelques instants, il demeura allongé dans la boue. Ses vêtements et ses cheveux étaient déjà trempés, ce qui signifiait qu'il devait pleuvoir depuis un certain temps déjà.

Il chercha à se rappeler comment il avait bien pu se retrouver dans une telle situation et pourquoi il avait si mal à la tête. Puis, brusquement, la mémoire lui revint.

— Madi ! cria-t-il en tentant de se lever.

Il prit alors conscience du fait que ses poignets étaient menottés derrière son dos. Un cri de rage et de frustration monta en lui. Madi avait vu juste : Miller avait décidé d'assouvir sa vengeance sans tenir aucun compte de l'innocence de la jeune femme ni de son propre devoir de policier.

Roulant sur le dos, il se redressa en position assise et regarda autour de lui. Il n'y avait plus traces de Miller et de Madi, bien sûr. Ils avaient eu tout le temps de quitter les lieux tandis qu'il gisait là, hors de combat.

Il se balança en arrière avant de se projeter en avant, profitant de cet élan pour se mettre à genoux, puis debout. C'était une technique qu'il avait apprise dans les forces spéciales. Vacillant légèrement sur ses jambes, il lutta contre la sensation de vertige qui s'emparait de lui, se forçant à prendre de profondes inspirations très rapides.

Lorsqu'il se sentit en état de se déplacer sans courir le risque de s'effondrer de nouveau, il se précipita vers l'arbre dans lequel se trouvait la cabane. Grimpant les marches quatre à quatre, il ne tarda pas à y accéder et constata sans surprise qu'elle était déserte. Miller avait aussi emporté le verrou brisé.

Julian poussa un juron et fit volte-face. Il redescendit rapidement et se mit à courir en direction de la clairière où il s'était garé. Presque sans surprise, il constata que sa voiture avait disparu. Il n'y avait pas non plus trace de celle de Miller. Sans même s'arrêter, il poursuivit sa course en direction du ranch.

16

La pluie tombait sans discontinuer tandis que Julian courait à perdre haleine. Il s'arrêta seulement quelques instants, le temps de s'allonger sur le dos et de se contorsionner pour faire passer ses bras menottés vers l'avant de son corps. Cela lui permit d'accélérer encore l'allure. Cela lui permettrait aussi de mieux se défendre, en cas de besoin.

La souffrance qui continuait à lui comprimer le crâne sembla s'atténuer légèrement à mesure que les muscles de ses jambes se contractaient sous l'effort et que ses poumons le brûlaient. Il serra les dents, refusant de se laisser vaincre par la fatigue et la douleur. S'il voulait avoir une chance de retrouver Madi vivante, il devait être fort.

À bout de souffle, il finit par apercevoir plusieurs petites cabanes qu'il mit quelque temps à identifier. C'était le gîte qui se trouvait sur la propriété des Nash et où Ray s'était installé depuis que l'auberge de Madi avait été évacuée par la police du comté.

Vu le temps exécrable, avec un peu de chance Ray était resté à l'intérieur. Encouragé par cette perspective, Julian allongea encore ses foulées. L'une des maisonnettes était éclairée, et il se dirigea vers elle. Parvenu devant le porche, il grimpa les marches quatre à quatre et alla frapper à la porte.

Le cœur battant, le souffle court, il attendit, percevant

un bruit de pas à l'intérieur. Quelques instants plus tard, le battant s'ouvrit, révélant la silhouette de Ray qui le considéra d'un air alarmé.

— Mon Dieu ! Mais que vous est-il arrivé ?

— Madi vient de se faire enlever par l'inspecteur Miller, expliqua Julian d'une voix légèrement haletante. Il m'a assommé et menotté avant de l'emmener. Il m'a aussi pris ma voiture, mon arme et mon téléphone portable.

Ray n'en revenait visiblement pas, ce qui n'avait rien de vraiment étonnant.

— Mais je croyais que l'inspecteur Miller était responsable de l'enquête concernant le meurtre de Loraine Wilson, objecta-t-il.

— C'est le cas.

— Alors pourquoi ferait-il une chose pareille ?

— Je compte bien le lui demander dès que je l'aurai retrouvé, répondit Julian. Mais, en attendant, il faut absolument que je contacte le shérif Nash !

Ray grimaça.

— Je ne sais pas combien de temps vous êtes resté évanoui, mais nous avons eu droit à un véritable déluge. Je crois que je n'avais jamais vu un orage aussi violent de toute ma vie. Et, d'après la radio, il a endommagé l'antenne-relais locale. Je n'ai effectivement plus de réseau. À vrai dire, je suis même surpris que le courant n'ait pas sauté.

Julian pesta entre ses dents. Décidément, il jouait de malchance.

— Vous n'avez pas de ligne fixe ? s'enquit-il par acquit de conscience.

— Malheureusement, non.

— Dans ce cas, il faut que vous me conduisiez au poste. Nous devons prévenir le shérif que Miller a perdu les pédales.

— Ma voiture est toujours garée devant l'auberge, annonça Ray.

Julian le considéra avec étonnement.

— C'est la mère de Madi qui m'a amené ici, le soir du meurtre, expliqua-t-il. Depuis, je n'ai pas quitté l'enceinte du ranch. Mme Nash m'a promis de me reconduire elle-même jusqu'à l'auberge dès que je voudrais récupérer mon véhicule, mais je n'en ai pas éprouvé le besoin… jusqu'à aujourd'hui.

Julian aurait pu hurler de frustration. Mais cela n'aurait sans doute rien changé à la situation.

— Nous devrions aller trouver Nina, dans le bâtiment principal, suggéra Ray. Il y a probablement un téléphone fixe, là-bas. Et une voiture que vous pourrez utiliser.

Julian hocha la tête. C'était effectivement la meilleure solution.

— Vous devriez d'abord entrer pour vous sécher, suggéra Ray.

— Ce n'est pas la peine, lui assura Julian. En revanche, si vous avez quelque chose à boire, je suis preneur. Cela fait plus d'une heure que je cours, et je suis assoiffé.

— Entrez, dit Ray.

Julian pénétra à sa suite dans le chalet. Ce dernier était constitué de trois pièces : un grand salon-salle à manger, une chambre et une salle de bains attenante. Dans un coin de la pièce principale se trouvait une cuisine américaine compacte mais parfaitement équipée.

Julian s'approcha de l'évier et ouvrit le robinet. Sans attendre le verre que Ray lui proposait, il se pencha pour boire à grandes goulées. Il réalisa alors à quel point il devait être déshydraté. À le voir, on aurait pu croire qu'il sortait tout droit du désert.

— Je vais vous chercher une serviette, déclara Ray avant de se diriger vers la chambre à coucher.

Tandis qu'il se penchait sur l'évier, ses yeux se posèrent sur la petite table de la salle à manger. Dessus était posé un vase contenant un beau bouquet de fleurs. Et, juste à côté, il aperçut un gros livre recouvert de similicuir. Julian se figea, le cœur au bord des lèvres.

Il avait vu cette couverture, peu de temps auparavant.

Ce n'était pas un livre mais l'album photo que lui avait montré Madi, celui qu'ils avaient récupéré dans le grenier, au-dessus de la grange.

S'écartant de l'évier, Julian contourna le bar qui le séparait de la pièce principale et s'approcha de la table pour s'assurer qu'il ne se trompait pas. Il ouvrit l'album et découvrit le visage de Madi, enfant, qui regardait l'objectif avec un large sourire. De toute évidence, il s'agissait de l'un des clichés pris avant l'enlèvement.

Julian referma précipitamment l'album photo et retourna auprès de l'évier avant que Ray revienne avec deux serviettes-éponges. En l'apercevant, ce dernier fronça les sourcils.

— Est-ce que ça va ? lui demanda-t-il. Vous avez l'air d'être en état de choc.

Julian se força à lui sourire.

— J'ai juste très mal à la tête, répondit-il. Miller m'a assommé d'un coup de crosse de revolver et il n'y est pas allé de main morte. J'espère que je ne souffre pas d'une commotion cérébrale.

Tout en devisant ainsi d'un ton faussement décontracté, il réfléchissait à toute vitesse. Comment Ray était-il entré en possession de cet album photo ? Était-il complice de Miller ? Et, si oui, pourquoi ?

Julian comptait bien le découvrir et, pour cela, il allait devoir le maîtriser rapidement de façon à pouvoir l'interroger. Alors même qu'il parvenait à cette conclusion, il commença à observer la pièce dans laquelle il se trouvait non plus comme un lieu charmant et confortable mais comme le décor potentiel d'un combat au corps à corps.

Julian était en position d'infériorité : il avait les mains menottées. Il chercha donc quelque chose qui aurait pu lui servir d'arme. Malheureusement, il ne repéra aucun couteau en vue.

Ray s'approcha et posa les serviettes qu'il avait apportées sur le comptoir. Pour donner le change, Julian en prit une et fit mine de s'éponger le visage et le cou. Il se demandait quel jeu jouait Ray. Espérait-il simplement le duper ? Ou bien comptait-il le piéger d'une façon ou d'une autre ? Et, surtout, était-il armé ?

— Nous ferions sans doute mieux d'y aller, déclara Ray. Je vais prendre mes clés…

— Je suis prêt, déclara Julian en contournant le bar pour se rapprocher de son adversaire.

Ce dernier paraissait hésiter sur la conduite à tenir. C'est alors que Julian remarqua le bandage qui était en grande partie dissimulé par la manche de sa chemise. Un frisson le parcourut tandis qu'il se rappelait ce que leur avait dit Caleb, le matin même. Holloway avait touché à l'avant-bras l'un des attaquants du fourgon du coroner.

Si Ray avait fait partie de cet assaut, cela signifiait qu'il était bien plus dangereux qu'il ne voulait bien le laisser paraître.

Julian raffermit sa prise sur la serviette de toilette qu'il tenait toujours à la main. Cette arme improvisée ne valait pas un bon couteau, particulièrement lorsque l'on était menotté. Mais, en de telles circonstances, il ne pouvait se permettre d'être trop exigeant et devrait s'en contenter.

Il se concentra sur son interlocuteur, cherchant à l'évaluer. Jusqu'à présent, il ne lui avait guère prêté attention. Ray faisait partie de ces gens affables et polis. Il était d'un naturel plutôt effacé et avait tendance à se dévaloriser.

Mais ce n'était peut-être qu'un subterfuge, une façon de rassurer ses interlocuteurs, de les mettre en confiance. Vu sous cet angle, Ray faisait figure d'adversaire particulièrement insaisissable.

— Vous ne deviez pas prendre vos clés ? lui demanda Julian.

— Si, bien sûr, répondit Ray en faisant mine de chercher dans ses poches.

Il paraissait évident qu'il cherchait à gagner du temps. Hésitait-il sur la conduite à tenir ? Était-il en train de le jauger, lui aussi, et d'estimer ses chances de l'emporter ?

Julian fit un pas de plus dans sa direction.

— Je suis désolé que vos vacances aient été gâchées par tous ces événements tragiques, déclara-t-il. J'imagine qu'en venant à Overlook vous n'imaginiez pas vous retrouver témoin d'un meurtre…

— Ce sont des choses qui arrivent, hélas, dit Ray d'un ton philosophe.

— C'est curieux, reprit Julian. Lorsque je suis allé témoigner en faveur de Madi, je ne vous ai pas vu, au commissariat. J'y suis pourtant resté pendant presque toute la nuit.

— J'étais ici, au ranch, expliqua Ray. Les policiers ne sont venus m'interroger que le lendemain matin.

— J'imagine que, comme Madi, vous aviez un alibi, pour le soir du meurtre, remarqua Julian d'un ton faussement détaché.

Cette fois, il vit Ray tiquer de façon presque imperceptible. S'il ne l'avait pas observé aussi attentivement, il ne s'en serait certainement pas aperçu. Comme Ray était sur le point de lui répondre, son téléphone portable se mit à sonner.

Comprenant que son mensonge était désormais percé à jour, son adversaire se départit soudain de sa fausse bonhomie. Son expression se modifia du tout au tout, laissant percer dans ses yeux et dans sa moue une cruauté moqueuse.

— Je crois que nous savons tous deux que je n'avais pas d'alibi, ce soir-là. Et pour cause…

Ray le vit porter la main à son dos, sans doute pour s'emparer d'une arme qu'il portait à la ceinture. Sans attendre de le vérifier, Julian se rua en avant, fonçant droit sur Ray l'épaule en avant, comme un joueur de football américain. Il savait qu'il lui faudrait frapper vite et fort : les mains menottées, il ne pouvait se permettre de faire durer le combat.

Au moment où Julian le percuta de plein fouet, Ray lâcha ce qu'il tenait à la main. L'objet tomba au sol avec un bruit métallique tandis que Ray se trouvait violemment projeté contre la porte du chalet.

La puissance de l'impact fut nettement plus grande que ne l'avait imaginé Julian, et la porte s'ouvrit à la volée. Ray bascula de l'autre côté et tomba lourdement sur le plancher du porche extérieur.

Julian poursuivit sa course et se jeta sur lui, se laissant tomber de tout son poids sur la cage thoracique de son adversaire, lui coupant le souffle. Sans lui laisser le temps de se remettre de ce double choc, il pressa contre sa gorge la chaîne qui reliait ses menottes.

— Où est-elle ? gronda-t-il d'une voix que la rage bouillonnant en lui rendait presque animale. Où est Madi ?

Tentant de reprendre sa respiration, Ray émit un glougloutement étranglé. Sa respiration sifflante semblait indiquer que Julian venait de lui casser plusieurs côtes. Il faisait peine à voir, mais Julian refusait de se laisser amadouer : de son propre aveu, cet homme était un meurtrier. Il avait assassiné Kathy Smart et Carl Smith. Il avait cherché à faire accuser Madi.

— Où est-elle ?

— Je n'en sais rien, lâcha Ray avec difficulté.

Il semblait dire la vérité, mais Julian savait que l'homme était un spécialiste de la tromperie et du subterfuge. Se redressant, il le prit par le col de sa chemise et le releva de force pour le plaquer contre l'une des colonnes du porche.

— Je te jure que tu vas parler, lui dit-il d'un ton menaçant.

Avant même qu'il devine ce que son adversaire s'apprêtait à faire, Ray lui décocha un violent coup de tête, qui le percuta à la jonction du front et du nez. La douleur fulgurante qu'il éprouva lui arracha un hurlement, et il sentit sa bouche se remplir de sang. Il n'avait pas besoin de toucher son nez pour savoir que Ray venait de le lui casser.

Sous le coup de la souffrance, Julian lâcha son adversaire et recula en titubant légèrement. Il parvint cependant à rester debout. Joignant les doigts pour former une sorte de marteau naturel, il frappa de toutes ses forces. Ray ne s'attendait pas à une contre-attaque aussi immédiate et la reçut en plein visage.

Une fois de plus, il fut projeté vers l'arrière et alla violemment heurter la rambarde du porche. Il retomba lourdement à genoux et se mit à cracher du sang. Gardant ses mains liées, Julian s'avança vers lui, menaçant.

— Tu vas me dire où elle est ! s'écria-t-il, douloureusement conscient du temps qui s'était écoulé depuis que Madi et Miller avaient disparu. Je ne te le répéterai pas.

Ray fit mine de se relever, et Julian s'apprêta à le frapper de nouveau.

— Les mains en l'air ! fit une voix féminine derrière lui.

Julian se retourna et se retrouva nez à nez avec une femme aux cheveux blonds qui braquait sur lui un revolver de gros calibre. Elle se tenait suffisamment éloignée pour qu'il n'ait aucune chance de la désarmer avant qu'elle ouvre le feu.

De toute évidence, elle se trouvait dans la maison

depuis le début, probablement dans la chambre. Julian se demanda pourquoi elle avait attendu le tout dernier moment pour intervenir.

— Éloignez-vous de lui ou je tire, lui ordonna-t-elle.

— Ce n'est pas possible, s'exclama Julian en reculant de façon à ne pas se trouver dos à Ray. Chaque fois que je me retourne, dans cette ville, quelqu'un me menace avec une arme…

La femme lui décocha un sourire torve.

— J'en suis désolée pour vous, mais au moins vous êtes toujours vivant.

Elle désigna le chalet du canon de son arme.

— Retournez à l'intérieur. Lentement, intima-t-elle. Sinon, votre chance pourrait bien tourner, cette fois-ci.

Julian se prit à songer que cette journée était placée sous le signe de la malchance. Il jaugea les différentes possibilités qui s'offraient à lui. Il pouvait résister et tenter de se battre, mais risquait alors de se faire tirer dessus - ce que, à tout prendre, il préférait éviter.

S'il était gravement blessé, en effet, il serait dans l'incapacité de venir en aide à Madi. Or c'était toujours sa priorité absolue. Il jugea qu'il était préférable d'obtempérer et de tenter d'obtenir des renseignements. Cette femme savait peut-être où se trouvait Madi.

Il leva les bras et s'avança tandis qu'elle se décalait pour demeurer hors de portée sans jamais cesser de le tenir en joue. Derrière lui, Ray s'était péniblement redressé et essayait de se remettre de la correction qu'il venait de subir.

Julian s'avança dans la maison, passant de nouveau en revue tous les détails qui pourraient lui être utiles, à commencer par l'emplacement des différentes portes et fenêtres, la liste des objets suffisamment lourds pour servir d'armes contondantes, la disposition des meubles qui pourraient lui servir de couverture…

— Je vous déconseille de jouer les malins, lui dit la femme derrière lui d'un ton entendu.

Il jura intérieurement, furieux de s'être montré si transparent.

— Qui êtes-vous, au juste ? lui demanda-t-il en jetant un coup d'œil à la dérobée à une statuette métallique qui représentait un cavalier au galop.

Cet objet était suffisamment massif pour lui permettre d'assommer quelqu'un, en cas de besoin.

— Et qu'avez-vous fait de Madi ? ajouta-t-il en se tournant vers la femme.

Elle se tenait à présent en pleine lumière, et Julian comprit soudain à qui il avait affaire - et pourquoi elle avait mis si longtemps à se manifester. En dépit de la perruque blonde qu'elle portait, il n'avait aucun mal à reconnaître Loraine Wilson d'après la photo que lui avait montrée Caleb au poste de police.

— Je ne sais pas où se trouve cette chère Madi, répondit-elle d'un ton ironique. Mais je suppose que nous ne tarderons pas à l'apprendre. Avec un peu de chance, ce flic va faire le sale boulot pour nous…

Ray pénétra à son tour dans le chalet. Couvert de bleus, la gorge barrée par un trait écarlate, la respiration sifflante, il faisait vraiment peine à voir. Mais Julian supposait que lui-même n'avait pas meilleure mine avec l'hématome que lui avait infligé Miller, son nez cassé et sa blessure au couteau qui s'était rouverte lors de sa rixe et maculait de sang sa chemise couverte de boue.

— Fais attention à lui, souffla Ray à Loraine. Il est plus dangereux qu'il n'en a l'air.

Julian en avait autant à son service, mais s'abstint de le lui dire.

— Vous avez vu l'album photo de Madi, remarqua alors Loraine. Vous savez donc qui nous sommes.

Julian s'abstint de répondre, mais prit soin de dissimuler l'étonnement que lui inspirait cette remarque. Jusqu'alors, il n'avait pas imaginé qu'il puisse y avoir le moindre rapport entre Loraine et le passé de Madi. Mais, si tel était le cas, cela expliquait peut-être l'acharnement dont elle faisait preuve à son encontre.

Julian fit un pas sur le côté, se rapprochant subrepticement de la statuette équestre. Lorsque Loraine s'avança vers lui, il se prépara mentalement à s'en saisir pour la lancer vers elle. Cette diversion lui laisserait peut-être le temps de se jeter sur elle. Et, une fois au corps-à-corps, il pensait avoir ses chances de lui arracher son arme.

À moins bien sûr qu'elle ne lui tire une balle entre les deux yeux…

17

Rien ne s'était déroulé comme Madi l'avait imaginé, après que Miller eut frappé Julian à la tempe et que ce dernier se fut effondré sur lui-même.

— Les mains en l'air ! avait crié une voix derrière elle. Jetez votre arme.

Stupéfaite, elle avait vu Miller s'exécuter et lever les bras. Quelques instants plus tard, quatre hommes armés de pistolets aux visages entièrement dissimulés par des cagoules noires avaient surgi des bois, les encerclant de toutes parts.

— Désolé, lui avait soufflé Miller. Ils ne m'ont pas laissé le choix.

— Taisez-vous ! s'était exclamé celui qui était apparemment le chef de leurs agresseurs. D. fouille celui qui est à terre. Récupère ses papiers et ses clés de voiture. Et attache-lui les mains dans le dos avec les menottes du flic.

Celui qu'il avait surnommé D. s'était approché de Julian et l'avait fouillé.

— Il a un flingue, signala-t-il à son chef.

— Garde-le pour ta collection. Allez, pas de temps à perdre. Vous deux, mains sur la tête. On bouge. Direction la clairière où vous êtes garés.

Le petit groupe s'était mis en marche, abandonnant Julian menotté et allongé sur le sol. En écoutant parler les hommes qui venaient de les capturer, Madi reconnut la voix de l'un d'eux : c'était l'homme au couteau qui l'avait menacée à l'auberge, lui demandant d'avouer le meurtre de Loraine.

Elle était prête à parier que le chef était celui qui les avait poursuivis sur le toit, Julian et elle. Mais cela ne lui disait toujours pas qui ils étaient, ni ce qu'ils lui voulaient exactement.

Quand ils furent parvenus dans la clairière, le chef avait demandé à Miller ses clés de voiture. Deux de ses hommes s'étaient installés respectivement au volant du véhicule de l'inspecteur et de celui de Julian. Les deux autres avaient poussé Miller et Madi à l'arrière d'une camionnette noire.

On leur avait bandé les yeux et on les avait attachés à une banquette. Quelques instants plus tard, la camionnette avait démarré. C'était la deuxième fois de sa vie que Madi se faisait enlever. Mais, contrairement à la première occasion, elle était consciente et parfaitement lucide. Et elle s'efforça de mémoriser toutes les informations qui lui parvenaient.

La terreur qui la tenaillait était contrebalancée par la conscience qu'elle avait d'être enceinte. Elle devait faire tout ce qui était en son pouvoir pour survivre. Pas seulement pour elle-même mais aussi pour sa fille.

Elle n'était plus une enfant apeurée : elle était une femme - elle était une mère. Elle était plus forte qu'elle ne l'avait jamais été.

— Que s'est-il passé ? demanda-t-elle à Miller.

— Je suis monté dans la cabane et j'ai découvert la scène de crime, expliqua-t-il. Mais lorsque je suis redescendu ces types me sont tombés dessus. Je tire vite mais pas assez pour me débarrasser de quatre hommes en même temps. Du coup, ils ont vidé mon chargeur et m'ont renvoyé vers vous en disant que si je ne mettais pas Julian hors de combat ils nous tueraient tous les trois.

Quelques minutes plus tard, la camionnette s'arrêta, et les portes arrière s'ouvrirent pour laisser entrer les deux hommes qui avaient apparemment conduit les deux voitures hors de la clairière avant de les abandonner en rase campagne. Ils s'étaient remis en route et, moins de dix minutes plus tard, le véhicule s'était de nouveau arrêté.

Cette fois-ci, on les avait fait descendre pour les conduire dans une pièce dépourvue de fenêtres, probablement en sous-sol. Là, on leur avait enlevé leurs bandeaux et on les avait attachés à un banc à l'aide de menottes en plastique. L'absence de dossier rendait leur immobilité forcée très pénible et, au grand dam de Miller, Madi ne cessait de bouger pour tenter de trouver une position moins inconfortable.

— Arrêtez de vous tortiller dans tous les sens, soupira-t-il au bout d'un moment.

— J'aimerais bien vous y voir ! s'exclama-t-elle. Je suis enceinte de sept mois et, même dans un fauteuil normal, rester assise sans bouger tient du calvaire.

— Et vous voilà repartie avec votre grossesse, soupira Miller. Vous n'avez pas besoin de le répéter à longueur de temps, vous savez. J'ai compris que le fait d'attendre un bébé rendait tout dix fois plus compliqué. C'est à se demander pourquoi vous avez voulu en faire un…

Madi ravala la réplique cinglante qu'elle s'apprêtait à lui servir. Elle comprit que, ce faisant, elle n'accomplirait rien de constructif. Si Miller et elle voulaient avoir une chance de sortir de là, ils allaient devoir trouver un moyen d'oublier momentanément leurs vieilles querelles et de collaborer.

— Qui sont ces gens ? murmura-t-elle, autant pour elle-même que pour son compagnon d'infortune. Pourquoi nous ont-ils amenés ici, tous les deux ? Ça n'a aucun sens…

Elle secoua doucement la tête.

— Après tout, vous êtes de la police. Qu'espèrent-ils accomplir en vous enlevant de cette façon ? Ils devraient savoir que tous les policiers du comté et même de l'État vont se lancer à votre recherche... Ça ne peut que leur rendre la tâche plus difficile - quelle qu'elle soit, d'ailleurs.

— Si ce sont les hommes qui vous ont attaqués à l'auberge, Julian et vous..., commença Miller.

— Ce sont eux, j'en suis sûre, lui dit-elle. J'ai reconnu la voix de deux d'entre eux.

— Eh bien, il faut croire que quelqu'un les a recrutés. Parce que ce n'est pas le genre de boulot qu'ils font, d'habitude.

— Vous savez qui ils sont ? s'étonna-t-elle.

— Contrairement à ce que vous et votre famille semblez penser, je connais mon métier. Lorsque Julian m'a parlé de ce tatouage en forme de scorpion, je me suis renseigné sur le sujet. Il y a un gang basé à Kilwin qui utilise beaucoup ce symbole. Et j'ai découvert qu'une élite parmi eux se le faisait effectivement tatouer sur l'avant-bras. Ils s'occupent principalement de trafic d'armes et de drogue dans la région. Mais il leur arrive de louer leurs services. À un moment, le maire de Kilwin voulait monter une force opérationnelle pour les débusquer et les arrêter. Mais ça n'a jamais abouti.

— Mais qui engagerait un gang pour me faire avouer pourquoi j'ai tué Loraine ?

— Je l'ignore. Mais il y a une autre question que je me pose : que se passera-t-il quand ces hommes découvriront que ce n'est pas Loraine qui a été tuée ? Si tant est que ce ne soit pas déjà fait...

Madi considéra cette nouvelle inconnue avec une pointe d'angoisse. L'homme au couteau avait paru prêt à la torturer pour obtenir des aveux de sa part. Comment réagirait-il si elle lui affirmait qu'elle n'avait pas assassiné Loraine et que, selon toute probabilité, cette dernière était toujours vivante ?

L'angoisse qu'elle était jusqu'alors parvenue à juguler s'insinua de nouveau en elle. Elle savait qu'elle était bien plus en danger que lorsqu'elle fuyait à travers bois en compagnie de Julian. Ici, elle se trouvait dans l'antre de la bête.

Elle aurait voulu pouvoir toucher son ventre, communiquer avec son bébé comme le lui avait appris la spécialiste de l'haptonomie qu'elle rencontrait chaque semaine. Mais ses poignets étaient fermement attachés au banc, et elle n'avait aucune chance de briser ses menottes en plastique.

Elle se demanda si son enfant ne serait pas plus en sécurité si elle avait dit la vérité, si elle avait expliqué que Julian ne se trouvait pas avec elle ce soir-là. Certes, elle se serait probablement retrouvée en prison dans l'attente de son jugement. Mais au moins elle n'aurait pas été capturée par ce gang.

— J'ai menti au sujet de mon alibi, vous savez, avoua-t-elle soudain à Miller. Julian n'est arrivé à l'auberge qu'au moment où la police était en train de m'emmener - pas avant. J'étais seule dans mon appartement lorsque quelqu'un est venu déposer le cadavre de Kathy Smart. Julian n'a prétendu s'être trouvé en ma compagnie que pour m'éviter la prison. Mais je vous jure que je n'ai tué personne : ni Loraine, ni cette Kathy…

Cet aveu n'avait sans doute aucun intérêt aux yeux de Miller. Pire, peut-être lui permettrait-il de l'inculper pour faux témoignage - s'ils sortaient de là vivants. Mais elle avait à présent l'esprit en paix.

— Je vous crois, répondit simplement Miller.

Elle le dévisagea avec étonnement. Il soutint son regard durant quelques instants avant de considérer son ventre d'un air entendu.

— Vous avez peur pour votre bébé, lui dit-il. Et je sais que vous n'auriez jamais rien fait qui puisse le mettre en danger. Ne vous méprenez pas : je pense toujours que vous seriez capable de faire quelque chose de ce genre. Mais je suis certain que vous attendriez au moins que votre enfant soit venu au monde.

— Je vous remercie pour ce vote de confiance, railla-t-elle.

— Il n'y a pas de quoi, répondit-il.

Elle constata alors que Miller n'avait pas ménagé sa peine pour tenter de se débarrasser de ses liens. La peau de ses poignets était à vif, et les menottes en plastique étaient partiellement couvertes de sang séché.

— Malheureusement, reprit-elle, je ne suis pas sûre que nos hôtes se montrent aussi compréhensifs que vous. Ils risquent de nous torturer. Et nous ferions mieux de nous entendre sur ce que nous allons leur dire.

— Le moins possible, répondit Miller sans hésiter. Il nous faut essayer de gagner un maximum de temps. Puisque nous ne pouvons nous échapper pour le moment, nous devons laisser à ceux qui nous recherchent le temps de nous retrouver.

— Je suis sûre que mes frères sont en train de retourner ciel et terre pour me localiser.

— Je n'en doute pas une minute, acquiesça Miller. Et pour une fois j'espère vraiment qu'ils parviendront à leurs fins.

Tous deux demeurèrent longuement silencieux. Madi avait bien conscience du caractère surréaliste de la situation. Elle venait de se faire kidnapper de nouveau et, cette fois, elle se retrouvait prisonnière en compagnie du seul homme que son père ait tenu pour responsable de son premier enlèvement.

Elle se voyait forcée de collaborer avec un individu qui n'avait jamais caché la haine qu'il éprouvait envers sa famille - et que celle-ci lui rendait bien. Madi avait vu cette haine se refléter dans les yeux de son père, et cela l'avait profondément marquée, façonnant durablement la façon qu'elle-même avait de considérer Miller.

Mais elle prenait soudain conscience du caractère fondamentalement irrationnel de ces sentiments. Objectivement, que savait-elle de cet homme ? Que l'inimitié de son père lui avait valu de perdre sa place au sein des forces de police d'Overlook. C'était probablement ce qui avait causé son divorce. Par la suite, il semblait avoir fait une belle carrière au sein de la police du comté.

Et s'il ne s'était guère montré sympathique à son égard il n'avait pour le moment jamais abusé de son autorité dans le cadre de l'enquête sur la mort de Kathy Smart. Qui sait ? Christian Miller n'était peut-être pas aussi mauvais que son père l'avait cru.

Madi finit par écarter ces réflexions qui ne la menaient nulle part. Quelques instants plus tard, alors qu'elle avait repris ses tentatives pour se défaire de ses liens, ils perçurent un bruit de pas qui approchait.

— Rappelez-vous, lui souffla Miller, quoi qu'il arrive, nous devons gagner du temps.

À cet instant précis, un bruit de clé se fit entendre dans la serrure. La porte s'ouvrit, et Madi s'attendit à voir entrer l'un des hommes qui les avaient enlevés. Mais à son grand étonnement ce fut Nathan Wilson qui s'avança dans la pièce.

— J'aurais dû m'en douter, murmura Miller.

Nathan s'approcha d'eux. Il était vêtu d'un très élégant costume de lin blanc et de chaussures bateau en cuir de crocodile. Cette mise très chic contrastait de façon frappante avec l'apparence austère et dépouillée de la pièce dans laquelle ils se trouvaient. On aurait dit qu'il venait de faire un détour alors qu'il était en chemin pour le country club ou l'hippodrome.

Il les contempla tous deux d'un air légèrement méprisant et finit par secouer doucement la tête.

— Je suis vraiment désolé que vous vous soyez retrouvé impliqué dans cette histoire, inspecteur, dit-il à Miller. J'ai fait tout ce que j'ai pu pour vous aider, mais malheureusement Mlle Nash a quelque peu compliqué les choses…

— Et puis-je savoir en quoi vous comptiez m'aider ? s'enquit Miller d'une voix beaucoup plus décontractée que ne semblait le justifier la situation délicate dans laquelle il se trouvait.

— J'avais chargé mes hommes d'obtenir une confession en bonne et due forme de Mlle Nash. Mais elle est parvenue à s'enfuir avec son compagnon avant d'avoir fait ses aveux. Je ne pouvais tout de même pas la laisser s'en tirer à si bon compte, et nous étions sur le point de nous emparer d'elle lorsque vous êtes arrivé.

— Je suis désolé de vous contredire, monsieur Wilson, mais l'aide que vous comptiez m'apporter ne m'aurait pas servi à grand-chose. Aucun tribunal n'aurait accepté des aveux obtenus sous la contrainte.

— Je sais combien vous haïssez les Nash, inspecteur, déclara posément Nathan. Et je dois bien reconnaître que c'est parfaitement compréhensible. Après tout, le père de Madeline a traîné votre nom dans la boue. Il vous a accusé injustement d'avoir trempé dans l'enlèvement de ses enfants. À cause de lui, vous avez perdu votre emploi et votre femme… Je suis sûr que, d'une façon ou d'une autre, vous auriez trouvé un moyen de faire bon usage de la confession de sa fille.

— Monsieur Wilson, intervint Madi en s'efforçant de ravaler la colère qui l'habitait en cet instant, tout cela est un malentendu. Je n'ai pas tué votre épouse et, à vrai dire, personne ne l'a fait. La femme que l'on a retrouvée morte dans mon salon n'était pas Loraine mais Kathy Smart.

— Vous croyez vraiment que je vais gober une histoire pareille ? s'exclama Nathan d'un ton moqueur.

— Elle dit la vérité, affirma posément Miller. Il s'agissait d'une mise en scène. Et c'est la raison pour laquelle on a attaqué le véhicule du coroner par la suite. Le tueur savait que l'autopsie démontrerait très rapidement le subterfuge et il voulait empêcher cela.

Nathan fronça les sourcils, visiblement pris de court par ces révélations inattendues - et peut-être plus encore par la concordance du discours de ces ennemis irréconciliables.

— Je vous préviens, s'il s'agit d'un subterfuge pour vous innocenter…

— Ce n'est pas un subterfuge, insista Miller. Le corps que l'on a retrouvé dans le salon de Madi n'était pas celui de votre épouse.

— Pourquoi la police n'en a-t-elle rien dit ?

— Ce n'est pas le genre d'information que nous clamons sur les toits lorsqu'une enquête est en cours. Mais vous auriez dû être averti. Je suis certain que si vous appelez le poste de police et que vous demandez des nouvelles de l'enquête on vous confirmera ce que nous venons de vous dire.

Wilson les dévisagea tous deux d'un air suspicieux. Puis, sans ajouter un mot, il fit volte-face et quitta la pièce en claquant la porte derrière lui.

Durant quelques instants, Madi et Miller gardèrent le silence, digérant l'un et l'autre la scène qui venait de se dérouler sous leurs yeux.

— La situation n'est peut-être pas si désespérée que cela, après tout, déclara enfin l'inspecteur.

— Vous croyez qu'il va nous libérer ?

— Lorsqu'il comprendra que sa femme est bien vivante, quelle raison aurait-il de nous garder ? Je lui dirai que je suis prêt à passer l'éponge sur ses méthodes un peu expéditives, que je comprends qu'il agissait sous l'effet de la douleur mais que, fort heureusement, aucun acte irréparable n'a été commis…

Madi se prit à songer qu'avec un peu de chance elle serait de retour auprès de Julian d'ici quelques heures. À ce stade, c'était bien plus qu'elle n'en avait espéré.

Elle n'aurait su dire combien de temps s'écoula avant le retour de Wilson. Mais au bout de ce qui lui parut une éternité des pas se firent de nouveau entendre dans le couloir, et la porte se rouvrit. Wilson apparut, toujours vêtu de son élégant complet de lin.

— Vous aviez raison, leur annonça-t-il. L'inspecteur Devereux m'a confirmé que le corps retrouvé dans le véhicule du coroner n'était pas celui de Loraine.

Madi ne put réprimer un soupir de soulagement.

— Toute la question, à présent, reprit Wilson, c'est de savoir ce que vous avez fait d'elle, mademoiselle Nash.

L'espace de quelques secondes, Madi crut qu'elle avait mal entendu ce qu'il venait de dire.

— Fait d'elle ? balbutia-t-elle enfin.

— Où est Loraine ?

— Mais… Je n'en ai aucune idée…

Wilson laissa échapper un rire sans joie.

— Vous me prenez pour un imbécile ? lui demanda-t-il. Que l'on ait retrouvé le corps d'une autre femme dans votre salon ne change rien au fait que mon épouse a disparu. Et je crois que je comprends ce qui s'est passé.

Madi et Miller échangèrent un regard inquiet.

— Le meurtre de cette fille était une diversion, n'est-ce pas ? poursuivit Wilson. Malheureusement pour vous, je suis nettement moins naïf que la police. Vous saviez pertinemment que si vous assassiniez Loraine vous deviendriez la principale suspecte. Alors vous avez mis au point cette mise en scène macabre qui, paradoxalement, vous innocente complètement. Je dois reconnaître que le procédé est très malin. Il m'est arrivé plus d'une fois de recourir à ce genre de tour de passe-passe dans le monde des affaires, mais jamais je n'aurais osé m'en servir pour commettre un meurtre - ou un enlèvement…

— Un enlèvement ? souffla Madi, qui avait l'atroce sensation que le sol était en train de se dérober sous ses pieds.

Wilson hocha la tête.

— C'est ce que je compte découvrir, dit-il. Avez-vous assassiné ma femme ? Ou l'avez-vous enlevée avec l'aide de vos frères ? Sont-ils en train de la torturer, en ce moment même ? Je vous préviens, s'ils lui ont fait du mal, cela retombera directement sur votre tête…

Le soulagement que Madi avait éprouvé après leur premier entretien cédait rapidement place à une panique qu'elle avait beaucoup de mal à contenir. À ses côtés, Miller paraissait tout aussi décontenancé qu'elle par ce brusque revirement.

— J'ignore où se trouve votre femme, déclara Madi.

— C'est peut-être vrai, acquiesça Wilson. Mais vos frères doivent le savoir, eux. Et lorsqu'ils sauront que vous êtes en mon pouvoir ils n'auront d'autre choix que de la libérer. Et lorsque Loraine sera de nouveau à mes côtés Overlook apprendra avec tristesse la mort tragique de Madeline Nash, dans les bois mêmes où elle avait été retenue prisonnière des années auparavant, sous les coups de l'homme que son père avait toujours soupçonné d'avoir commandité son enlèvement…

— Et que comptez-vous faire de l'homme en question ? s'enquit Miller.

— Malheureusement, rongé par la culpabilité, il se suicidera aux côtés de celle qu'il a enlevée à deux reprises.

Ce n'est pas vraiment une fin très heureuse, j'en conviens, mais avouez que vous m'avez un peu forcé la main…

Madi avala difficilement sa salive. La situation était en train de leur échapper complètement. Et elle avait malheureusement l'impression que rien de ce qu'elle aurait pu dire n'y changerait quoi que ce soit. Wilson était tellement aveuglé par ses sentiments pour Loraine qu'il n'accepterait jamais l'éventualité que ce soit elle qui ait tout organisé.

Elle se rappela alors ce que Miller lui avait dit, un peu plus tôt : le mieux qu'ils avaient à faire, pour le moment, c'était de temporiser afin de laisser à la police et à ses frères une chance de les retrouver.

— Je crois que je sais où mes frères ont emmené votre femme, déclara-t-elle d'une voix bien plus assurée qu'elle ne l'était en réalité.

Elle devait être assez convaincante, car Miller lui jeta un regard sidéré.

— Vous *croyez* le savoir ? répéta Wilson en haussant un sourcil.

Elle hocha la tête, cherchant désespérément un endroit qui pourrait convenir. Il fallait que ce soit un lieu vide ou abandonné et qu'il soit le plus loin possible sans que cela paraisse trop suspect.

— J'ai entendu mes frères mentionner la vieille distillerie de whisky de Lowley, improvisa-t-elle. Je ne suis pas sûre que ce soit là, mais je sais que c'est un endroit qu'ils connaissent bien et où ils allaient souvent lorsqu'ils étaient adolescents…

Wilson la considéra très attentivement, comme s'il essayait de lire en elle. Elle se força à soutenir son regard sans chercher à lui dissimuler l'angoisse qui la tenaillait.

— J'imagine que je n'ai rien à perdre, marmonna enfin Wilson. Mais je vous préviens, si vous me faites perdre mon temps, vous le payerez très cher.

Une fois de plus, Wilson quitta la pièce à grands pas, les laissant seuls.

— Bien joué, murmura Miller à ses côtés. Vous venez peut-être de nous faire gagner une heure. Malheureusement, je ne suis pas sûr que ça nous serve à grand-chose. Nous ne savons même pas où nous sommes…

— Je crois que si, répondit Madi. Wilson a dit que vous alliez m'assassiner dans les bois où nous nous sommes fait enlever, lorsque nous avions huit ans. Étant donné la distance que nous avons parcourue et l'allure de ce sous-sol, je serais prête à parier que nous nous trouvons dans les vieux entrepôts de la Stanton Company. Toute la question maintenant est de savoir comment nous pourrions bien transmettre cette information à mes frères.

— Vous aurez peut-être une chance de le faire si Wilson les contacte pour leur demander de libérer Loraine, déclara Miller, qui paraissait reprendre un peu espoir. En attendant, j'ai peut-être une idée qui nous permettra de gagner encore un peu de temps…

18

— Alors, si j'ai bien compris, Madi est tombée entre les mains de l'homme que son père soupçonnait d'avoir commandité son enlèvement, déclara Loraine, qui tenait toujours son arme résolument pointée sur Julian.

Ce dernier continuait à se déplacer imperceptiblement vers la table basse sur laquelle se trouvait la statuette représentant un cavalier lancé au galop.

Loraine laissa échapper un petit rire cruel.

— Je trouve que ça a quelque chose de presque poétique, ajouta-t-elle. Qu'est-ce que tu en dis, Cooper ?

Ray haussa les épaules.

— Qu'elle n'a que ce qu'elle mérite, répondit-il en se dirigeant vers l'évier de la cuisine.

Ray ouvrit le robinet. Comme il se penchait pour rincer son visage maculé de sang, Julian comprit que s'il ne passait pas immédiatement à l'action il n'en aurait peut-être plus l'occasion.

Avant que Loraine comprenne ce qu'il s'apprêtait à faire, il se pencha pour ramasser la statuette et la projeta de toutes ses forces en direction de sa tête. Pour l'éviter, elle n'eut d'autre choix que de se jeter brusquement de côté. Elle perdit l'équilibre et s'étala de tout son long sur le sol.

Sachant que Ray ne tarderait pas à réagir et qu'il se trouverait de nouveau en position d'infériorité, Julian n'hésita pas un seul instant. Il courut jusqu'à la table de la salle à manger, s'empara de l'album photo de Madi, puis se rua à toute vitesse vers la porte d'entrée qui était restée grande ouverte.

Dévalant les marches du porche, il renonça à se diriger vers le bâtiment principal du gîte qui se trouvait en terrain découvert et obliqua vers la forêt toute proche. Au moment où il atteignait le premier rideau d'arbres, un coup de feu claqua derrière lui et, du coin de l'œil, il vit voler un morceau d'écorce d'un arbre tout proche. Il accéléra encore, s'enfonçant droit dans les bois.

Il poursuivit sa course folle durant plusieurs minutes avant de comprendre que personne ne le poursuivait. Loraine et Ray avaient dû estimer qu'ils perdraient leur temps et qu'il valait mieux profiter de leur avance pour prendre le large.

Ralentissant à peine l'allure, Julian corrigea sa trajectoire de façon à se diriger vers le bâtiment principal du ranch où il espérait trouver l'un des frères de Madi. Il était épuisé et souffrait le martyre, mais la rage qu'il éprouvait à l'idée que celle-ci se trouvait aux mains de Miller lui donnait la force de continuer.

Lorsqu'il parvint enfin en vue de la maison de Dorothy, son corps tout entier n'était plus que douleur. Il gravit péniblement les marches du porche et poussa la porte d'entrée. En titubant, il traversa le vestibule et s'avança jusqu'au salon.

Desmond était assis dans l'un des fauteuils, plongé dans la lecture du journal. En apercevant Julian, il ne put réprimer un cri d'effroi. Il se leva d'un bond, courut jusqu'à lui pour le soutenir et l'escorta jusqu'au canapé. Julian s'y laissa lourdement tomber.

— Que s'est-il passé ? balbutia Desmond. Où est Madi ?

— Appelez vos frères, lâcha Julian. Dites-leur de venir aussi vite que possible.

Desmond comprit que l'heure n'était pas à la discussion et, sans attendre, sortit son téléphone portable de sa poche pour contacter tour à tour Caleb et Declan. Pendant qu'il les prévenait, Julian s'empara de la bouteille de bourbon qui était posée sur la table basse et dévissa le bouchon.

Il ne prit pas la peine de se servir et avala une rasade directement au goulot. La brûlure de l'alcool dissipa en partie la sensation de froid glacial que lui procuraient ses vêtements trempés. Elle atténua également la douleur que lui infligeaient son nez cassé et les multiples contusions qui couvraient son visage.

Il avala une nouvelle gorgée avant de reposer la bouteille et se tourna vers Desmond, qui venait tout juste de raccrocher.

— Miller a enlevé Madi, déclara-t-il. J'ai retrouvé Loraine. Ce sont Ray Cutler et elle qui ont tué Kathy Smart, attaqué le fourgon de Carl Smith et enlevé Holloway. Je pense qu'ils ont aussi l'intention de tuer votre sœur.

Desmond le considérait avec stupeur, totalement pris de court par ce torrent de révélations. Mais Julian n'était pas d'humeur à lui livrer une explication de texte. Il avait douloureusement conscience du fait que chaque minute comptait, désormais.

Trois heures.

Trois longues heures s'étaient écoulées entre le moment où il avait vu Madi pour la dernière fois et celui où il acheva le récit des derniers événements en présence des trois frères Nash et de Jazz Santiago, la coéquipière de Caleb.

Avant l'arrivée de ceux-ci, Julian avait eu le temps de se débarrasser de ses menottes, de prendre une douche brûlante et d'enfiler des vêtements secs.

Fort heureusement, ses interlocuteurs parurent saisir toute l'urgence du moment. À peine eut-il terminé son compte rendu qu'ils passèrent à l'action. Declan appela la police du comté pour faire établir des mandats d'amener pour Loraine Wilson, Ray Cutler et Christian Miller.

Pendant ce temps, par acquit de conscience, Caleb envoya une voiture de patrouille au chalet de Ray. Quant à Desmond et Jazz, ils contactèrent tous les habitants du ranch pour les informer de la situation et les mettre en garde.

Pendant qu'ils s'activaient de la sorte, Julian réfléchit aux zones d'ombre que présentait encore le récit qu'il venait de leur livrer. Il y en avait beaucoup trop à son goût.

— C'est fait, annonça Declan lorsqu'ils eurent terminé leurs appels. La police d'Overlook et celle du comté sont sur le pont. Toutes les voitures de patrouille disponibles sont de sortie, et plusieurs barrages vont être établis pour éviter que les suspects quittent la zone. J'ai même demandé que l'on mette à contribution tous nos députés réservistes.

— Qu'a dit le chef de la police du comté en apprenant ce que Miller avait fait ? demanda Desmond en fronçant les sourcils.

— Disons qu'il a utilisé un langage fleuri. Je me suis gardé de retourner le couteau dans la plaie, mais il sait qu'il a commis une erreur en chargeant Miller de cette enquête. Ce que j'aimerais savoir, en revanche, c'est si Miller est de mèche avec Loraine et Ray.

— Et s'il est vraiment responsable de notre enlèvement, comme le pensait papa, renchérit Caleb.

Julian fronça les sourcils.

— Ça ne colle pas, déclara-t-il.

Les quatre autres se tournèrent vers lui et le considérèrent avec étonnement.

— Rien ne colle, reprit-il en secouant la tête. Miller

aurait très bien pu me tuer. Il devait savoir que dès que je reprendrais connaissance je filerais vous prévenir.

— Peut-être ne voulait-il pas ajouter un meurtre de sang-froid à la liste de ses forfaits, suggéra Jazz sans grande conviction.

— Même en admettant qu'il avait de tels états d'âme, comment a-t-il pu faire disparaître les deux voitures à la fois ? s'enquit Julian en massant doucement les ecchymoses que les menottes avaient laissées sur ses poignets. Il ne pouvait tout de même pas demander à Madi de le suivre bien sagement au volant de la mienne.

— Loraine et Ray ont pu la déplacer, suggéra Caleb.

— Je ne crois pas. Lorsque j'ai informé Ray de la situation, il a semblé réellement surpris. Loraine paraissait trouver hilarant le fait que Miller ait pu enlever Madi, ce qui me fait dire qu'elle n'était pas au courant.

Declan fronça les sourcils.

— Ce que vous êtes en train de nous dire, c'est que nous avons affaire à deux groupes totalement distincts : Ray et Loraine qui ont mis en scène le meurtre de Kathy Smart et attaqué le fourgon du coroner, probablement afin de faire passer Loraine pour morte. D'un autre côté, nous avons Miller qui a commandité l'enlèvement des triplés et a de nouveau enlevé Madi, sans doute avec l'aide de quelqu'un dont nous ne savons rien pour le moment.

— Vous oubliez un troisième groupe, objecta Julian. Les hommes qui s'en sont pris à nous à l'auberge et qui étaient prêts à torturer Madi pour apprendre ce qu'elle avait fait à Loraine.

— Exact, soupira Declan. C'est un sacré sac de nœuds…

— Il y a autre chose qui me turlupine, remarqua Julian. Ray n'est probablement pas de mèche avec Miller. En revanche, il a dû tomber sur ma voiture dans la clairière puisqu'il y a pris l'album photo de Madi.

— Que faisait-il là-bas si, comme vous le pensez, Miller et lui ne sont pas complices ?

— Si ce sont Ray et Loraine qui ont tué Kathy Smart dans la cabane, il revenait peut-être chercher quelque chose - un indice qu'il aurait pu laisser… Le cadenas brisé, par exemple, qui tendait à indiquer l'innocence de Madi. Il aura vu la voiture et compris que nous étions déjà sur place. En revanche, ce que je ne comprends pas, c'est qu'il ait tenu à prendre cet album…

— C'est vrai, admit Caleb. Quel intérêt avait-il à dérober ça ? D'après ce que vous nous avez raconté, il ne s'agissait que de vieilles photos…

Visiblement intrigué, Desmond alla chercher l'album photo que Julian avait laissé sur la table basse et commença à le feuilleter.

— Jazz, va voir Nathan Wilson, dit Declan. Je ne sais pas si on l'a averti que sa femme était toujours vivante. Mets-le au courant et demande-lui s'il a la moindre idée du lieu où elle pourrait se trouver, si elle a des amis ou de la famille dans la région… Caleb, cherche toutes les informations que tu pourras au sujet de Ray et passe son chalet au peigne fin. De mon côté, je vais tenter de localiser l'endroit où Miller aurait bien pu emmener Madi - en commençant par la forêt où vous avez été retenus prisonniers lorsque vous étiez enfants. Desmond et Julian, creusez cette histoire d'album photo. Essayez de découvrir ce qui pouvait bien intéresser Ray dedans.

Les trois policiers se levèrent et s'apprêtèrent à sortir pour aller accomplir les tâches dont ils avaient été chargés. Mais Julian ne l'entendait pas de cette oreille.

— Declan, je veux me rendre utile, protesta-t-il. Et ce n'est pas en étudiant un vieil album photo que je vais retrouver Madi !

Declan le considéra avec une pointe de compassion et posa une main amicale sur son épaule.

— Vous avez couru sur plus de quinze kilomètres sous un orage torrentiel. Vous vous êtes battu et vous avez failli vous faire tuer. Et ensuite vous êtes venu nous prévenir. Vous en avez déjà fait plus en une journée que nous tous réunis.

— Mais je n'ai pas réussi à la protéger contre Miller, objecta Julian, rongé par l'angoisse et la culpabilité.

— Ne vous mettez pas martel en tête. Miller était censé être de notre côté. Laissez-nous nous charger de retrouver Madi. Nous sommes de la police et nous connaissons parfaitement la région. Vous serez plus utile en étudiant l'affaire sous un angle différent. Cela nous permettra peut-être de comprendre ce que veulent vraiment Ray et Loraine.

Julian n'était qu'à demi-convaincu. Mais il devait bien reconnaître que les arguments du shérif n'étaient pas dénués de valeur. À Overlook, il n'était guère plus qu'un touriste, contrairement à Declan et à ses frères.

Le cœur lourd, il alla donc se rasseoir auprès de Desmond.

— Que vous a dit Madi au sujet de notre passé ? lui demanda gravement ce dernier.

— Elle m'a raconté l'enlèvement en détail, répondit Julian. Elle m'a expliqué les conséquences qu'il avait eues pour vous tous et pour elle en particulier.

— Est-ce qu'elle vous a parlé d'Andrès Casas ?

— Le garçon à qui elle a cassé la figure dans la cour de récréation ?

— Le garçon auquel elle a cassé le bras et a fait sauter plusieurs dents, précisa Desmond. Ce n'était pas beau à voir, je vous prie de le croire. Et c'est quelque chose dont elle ne parle à personne. Le fait qu'elle ait abordé le sujet prouve qu'elle vous fait vraiment confiance, Julian. Et probablement qu'elle tient beaucoup à vous…

— Je sais, soupira-t-il, le cœur lourd. Elle m'a aussi parlé d'un groupe d'enfants souffrant de traumatismes auquel elle avait participé.

— C'est exact, acquiesça Desmond en tournant les pages jusqu'à la photo de feu de camp que lui avait montrée Madi. D'après ce que j'ai cru comprendre, les premiers temps cela n'a pas été facile - ni pour elle ni pour les autres d'ailleurs. Je sais que c'est difficile à croire lorsqu'on connaît Madi aujourd'hui, mais elle était très dure à l'époque. Impitoyable envers tous ceux qui n'étaient pas de sa famille. Maman a reçu plusieurs appels des organisateurs du groupe. La situation est même devenue tellement toxique qu'à un moment ils ont failli l'expulser. Maman a eu une très longue discussion avec Madi. Je ne sais pas ce qu'elle lui a dit exactement, mais après ça les choses ont progressivement commencé à s'arranger. Elle s'est même fait une amie.

— Gina, déclara Julian en désignant la petite fille brune sur la photo.

Desmond lui lança un regard étonné mais s'abstint de tout commentaire. Ils continuèrent à tourner les pages de l'album jusqu'à la fin. Desmond commentait parfois une photo ou lui indiquait dans quelles circonstances elle avait été prise.

— La plupart des clichés nous représentent lorsque nous étions enfants, soupira-t-il lorsqu'ils eurent atteint la fin de l'album. Je ne vois vraiment pas ce qui pourrait intéresser Ray là-dedans.

— La seule photo qui sorte du lot, c'est celle du groupe de parole, dit pensivement Julian en revenant sur cette page. Je sais que c'est un peu tiré par les cheveux, mais est-ce que Ray et Loraine ne pourraient pas se trouver parmi ces enfants ? Leur âge correspond.

— Mais Madi les aurait reconnus, objecta Desmond.

— Ce n'est pas évident. Je suis allé récemment à une réunion d'anciens du lycée, et il y a pas mal de gens que j'aurais été bien incapable d'identifier, a fortiori en dehors de tout contexte. Et dans ce cas précis la différence d'âge est encore plus importante…

Julian observa plus attentivement la photo.

— Je vois au moins deux fillettes qui pourraient ressembler à Loraine. Et ce garçon-ci pourrait bien être Ray s'il s'est affiné à l'adolescence… Cela vaudrait peut-être le coup de trouver qui étaient les enfants avec lesquels elle ne s'entendait pas du tout. Qu'avons-nous à perdre ?

— Rien, reconnut Desmond. En revanche, nous avons beaucoup à gagner si cela nous permet de retrouver Madi…

19

Madi reconnut aussitôt la carrure et la démarche de l'homme qui venait d'entrer dans la pièce.

— Je suis ravi de te revoir, ma jolie, lui dit-il en rabattant sa cagoule, révélant le visage de l'homme au couteau. J'imagine que ce n'est plus la peine de jouer à cache-cache puisque tu vas bientôt nous quitter...

Il sortit de sa poche le couteau à cran avec lequel il l'avait menacée deux jours plus tôt et se mit à le faire tourner entre ses doigts.

— Cette fois, ton petit ami n'est pas là pour nous interrompre, reprit-il en allant chercher une chaise métallique au fond de la pièce.

Il l'installa de façon à faire face à Madi. Il était si proche d'elle que leurs genoux se touchaient presque. Elle ne put s'empêcher de remarquer l'éclat malsain de ses yeux verts tandis qu'il l'observait pensivement.

— Le moment est venu de faire un peu mieux connaissance, lui dit-il en posant la paume sur sa cuisse.

Elle sentit sa chair se hérisser à ce contact. Elle se força pourtant à dissimuler sa réaction de dégoût.

— Je croyais que votre patron vous avait envoyé chercher sa femme.

— Il a envoyé mes camarades, acquiesça l'homme au couteau. Malheureusement, ils n'ont trouvé personne à l'endroit que tu nous avais indiqué. Alors il m'a chargé de te poser des questions de façon un peu plus convaincante. C'est ma spécialité, tu vois…

— Qui êtes-vous ? demanda-t-elle, bien décidée à s'en tenir au plan que Miller et elle avaient établi.

— Je crois que tu n'as pas compris la règle du jeu, ma belle. C'est moi qui pose les questions et toi, tu y réponds. Et tu vas commencer par me raconter comment tes frères et toi avez organisé la disparition de Loraine Wilson, l'autre soir.

— Je n'ai rien organisé du tout, protesta Madi. Et mes frères n'étaient même pas sur place. Tout ce que je sais de Loraine, c'est qu'elle est la femme de Nathan Wilson, qu'elle a séjourné dans mon auberge et que c'était l'une des femmes les plus insupportables qu'il m'ait été donné de rencontrer. Mais contrairement à votre patron je n'ai pas pour habitude de tuer ni de faire disparaître les gens que je n'aime pas.

L'homme la regarda droit dans les yeux et se fendit d'un sourire presque admiratif.

— Belle défense, commenta-t-il. J'ai presque failli y croire. Malheureusement pour toi, Mme Wilson a dit à son mari que tu l'avais appelée pour lui demander de passer te voir. Et on a retrouvé la trace d'un appel passé de ta chambre vers son portable. Drôle de coïncidence, tu ne trouves pas ?

— Cela prouve juste que quelqu'un s'est introduit une première fois dans ma chambre pour passer ce coup de téléphone, répliqua Madi.

— Admettons, concéda l'homme au couteau. Je veux bien croire qu'on puisse se glisser dans un appartement pour y passer un coup de fil. Mais j'ai beaucoup plus de mal à croire que quelqu'un soit venu y déposer un cadavre et que tu ne te sois rendu compte de rien.

— J'étais dans mon bain, expliqua Madi en s'efforçant de répondre le plus posément possible. Et j'écoutais de la musique.

Un sourire salace se dessina sur les lèvres de son interlocuteur.

— Très franchement, reprit-elle, j'ignore qui a tué Kathy Smart et pourquoi on a essayé de me faire porter le chapeau. J'ai pensé que c'était vous, lorsque vous nous avez attaqués à l'auberge. Je me suis même dit que cela pouvait être Loraine Wilson elle-même.

— Et pourquoi aurait-elle fait une chose pareille ?

— Peut-être parce qu'elle avait envie de disparaître.

— Tu as vraiment une imagination fertile, déclara l'homme au couteau. Loraine a mis le grappin sur Nathan Wilson, et je peux te dire qu'elle l'a bien ferré. Pourquoi aurait-elle renoncé à un homme riche et puissant qui lui accorde tout ce qu'elle désire ?

— Je ne sais pas, reconnut Madi.

— Tu ne sais pas et pour cause… Tous les indices pointent dans la même direction, vers toi en l'occurrence. Et je sais depuis bien longtemps que les explications les plus simples ont le plus de chances d'être les bonnes. C'est ce que l'on appelle le principe du rasoir d'Ockham, figure-toi. Et à propos de rasoir…

D'une pression sur le manche de son couteau, l'homme fit jaillir la lame au fil acéré.

— Elle ne sait rien, objecta Miller. Comment voulez-vous faire parler quelqu'un qui ne sait rien ?

— Les gens pensent souvent que la torture n'est pas un moyen efficace d'obtenir des informations. Ils se disent que la douleur pousse la plupart des victimes à avouer n'importe quoi, juste pour mettre un terme à leurs souffrances. Ce qu'ils ne comprennent pas, c'est que la torture n'est pas une technique infaillible, c'est un art. Un art dans lequel je suis passé maître…

Se penchant en avant, il força Madi à poser la main bien à plat sur le banc.

— La première chose à établir dans la relation que l'on a avec quelqu'un que l'on va torturer, déclara-t-il, c'est la confiance. Je dois être convaincu que les réponses de la victime seront honnêtes. Et la victime doit être convaincue que je suis vraiment prêt à faire ce qu'il faut pour les obtenir.

D'un geste aussi rapide que fluide, l'homme planta la lame de son couteau dans la main de Madi, la clouant au banc et lui arrachant un hurlement de souffrance. Il retira la lame aussi vite qu'il l'avait insérée. La douleur était atroce, semblant irradier tout le long de son bras.

Lorsque Miller avait mis au point leur plan d'action, un peu plus tôt, elle n'avait pas imaginé que son bourreau la frapperait de façon préventive. Mais il était trop tard pour reculer, à présent.

— Maintenant, reprit l'homme sur un ton toujours aussi décontracté, nous avons établi cette relation de confiance. Vous savez que je suis sérieux et honnête. Et vous allez pouvoir répondre à ma première question : qu'avez-vous fait de Loraine Wilson ?

— Madi, ça va trop loin ! s'exclama Miller. Je ne vais pas le laisser continuer à vous charcuter juste pour de l'argent !

L'homme au couteau se tourna vers lui et le considéra d'un air amusé.

— Enfin, on dirait que nous avançons. De quel argent est-ce que vous voulez parler, Miller ?

— Ne lui dites rien ! lança Madi, jouant le jeu. Je peux le supporter.

— Si je le laisse faire, vos frères vont me tuer. Je tiens plus à ma vie qu'à deux cent cinquante mille dollars.

— Qu'est-ce que c'est que cette histoire ? s'enquit l'homme au couteau.

— C'était une idée de Desmond…

— Miller, ça suffit ! s'écria Madi, feignant de protester.

— Il était convaincu que si nous enlevions Loraine Wilson nous pourrions convaincre son mari de nous verser quatre cent mille dollars, soit cent mille dollars chacun.

L'homme au couteau fronça les sourcils.

— Je ne vous crois pas, répondit-il. Tout le monde sait que les Nash et vous vous détestez depuis toujours.

— C'est vrai, reconnut Miller. Et c'est justement ce qui a donné à Desmond l'idée de faire appel à moi. Il avait besoin de quelqu'un que l'on ne pourrait jamais soupçonner d'être complice des Nash. De quelqu'un qui serait aussi capable de faire le sale boulot. Et les triplés sont bien placés pour savoir que ce genre de boulot ne me fait pas peur…

— Pourquoi avoir tué cette Kathy Smart ? s'enquit l'homme au couteau, qui ne paraissait toujours pas convaincu.

— Pour détourner l'attention de mes collègues de la police, expliqua Miller. Tant qu'ils croyaient Loraine morte, ils n'avaient pas de raison de la chercher. Normalement, j'aurais dû accompagner le coroner et veiller personnellement à ce qu'il ne reste rien du corps de Kathy. Mais il y a eu un cafouillage, et c'est Holloway qui a été envoyé à ma place.

— Pourquoi l'avez-vous enlevé, alors ?

— Parce qu'il nous avait vus.

— Vous auriez pu vous contenter de le tuer. Après tout, vous avez bien abattu le coroner.

— Cela n'aurait jamais dû arriver. Mais Carl et Lee se sont défendus, et nous avons été obligés de faire la même chose. Ensuite, je n'ai pas vu l'intérêt de tuer Lee alors que nous pouvions lui donner une part. Du coup, Desmond a décidé de faire passer la rançon à un million de dollars.

L'homme au couteau laissa échapper un petit sifflement admiratif.

— Pas mal, commenta-t-il. Et, vous savez quoi, je pense que Wilson aurait accepté de payer…

— Je n'en suis pas si sûr, répondit Miller d'un air faussement abattu. S'il avait été prêt à payer, il n'aurait probablement pas fait appel à vous.

— Vous n'en savez rien, intervint Madi d'un ton maussade. Je pense comme lui qu'il aurait été prêt à payer pour récupérer sa morue. Il est plein aux as !

L'homme au couteau éclata de rire.

— Je te découvre sous un nouveau jour, ma jolie, s'exclama-t-il joyeusement. Et je dois bien reconnaître que tu as des tripes…

— Si elle avait un peu moins de tripes et un peu plus de cervelle, nous n'en serions peut-être pas là aujourd'hui, grommela Miller.

— Désolé d'interrompre votre petite scène de ménage, mais on m'a chargé de localiser Mme Wilson. Est-ce que vous savez où elle est ?

— Elle n'a pas bougé…

— Miller ! protesta Madi.

— Elle est toujours à l'auberge.

— Impossible, déclara l'homme au couteau. Nous avons fouillé toute la baraque.

— Pas tout, répondit Miller d'un air entendu.

— Je peux vous torturer pour obtenir l'information, vous savez…

— Oh ! je suis prêt à vous le dire. Mais vous aurez besoin de nous deux pour entrer, par contre. Je ne tenais pas à ce que les Nash décident brusquement de me doubler ou de m'éliminer et j'ai installé un système de sécurité biométrique à double identification.

— Très bien, s'exclama leur interlocuteur en faisant

disparaître son couteau dans l'une de ses poches. Dans ce cas, nous allons faire une petite promenade tous les trois. Mais je vous préviens : si vous avez essayé de me rouler, je tuerai l'un d'entre vous que je choisirai à pile ou face. Et je vous promets que je prendrai tout mon temps…

Dorothy Nash remit à Julian le revolver qu'elle était allée prendre dans son armoire.

— J'ai toujours respecté la loi, lui dit-elle gravement. Mon mari était le shérif de cette ville, et deux de mes fils sont dans la police. Mais je pense aussi qu'à certains moments il faut savoir enfreindre la lettre de la loi pour en préserver l'esprit. Je pense que nous nous comprenons, monsieur Mercer.

— Appelez-moi Julian, madame.

— Seulement si vous m'appelez Dorothy. Après tout, si Dieu le veut, vous serez bientôt le père de ma petite-fille.

— Je ferai ce que j'aurai à faire, Dorothy, répondit-il gravement. Pour ma fille et pour la vôtre.

— Bien. Madi et moi avons parfois eu des différends, par le passé, mais c'est parce que nous sommes toutes deux des femmes de caractère - des têtes de mule, aurait dit mon mari.

Julian ne put s'empêcher de sourire : il aimait le franc-parler de Dorothy.

— Vous feriez bien de vous y habituer, ajouta-t-elle. Votre fille aura de qui tenir.

— C'est ce que j'ai cru comprendre.

— Ramenez-les toutes les deux saines et sauves, Julian.

— Vous pouvez compter sur moi, répondit-il en s'assurant que le cran de sûreté de l'arme était bien enclenché.

Il glissa le pistolet à sa ceinture, sous le blouson qu'il portait.

— Attendez un instant, lui demanda Dorothy.

Elle s'éclipsa l'espace de quelques minutes avant de revenir avec un chapeau de cow-boy qu'elle posa sur sa tête.

— Il appartenait à mon mari, annonça-t-elle. De cette façon, s'il continue à pleuvoir, vous n'aurez pas de gouttes dans les yeux au mauvais moment.

Elle s'écarta pour le contempler d'un air approbateur.

— Maintenant, vous avez vraiment l'air d'un local, déclara-t-elle.

— Merci, Dorothy, lui dit-il, touché par ce cadeau très personnel.

Elle l'étreignit chaleureusement avant de s'écarter pour le regarder droit dans les yeux.

— Je l'ai déjà dit aux garçons mais je vous le répète : dès que vous aurez du nouveau, qu'il s'agisse de bonnes ou de mauvaises nouvelles, je veux que vous m'appeliez. Je serai chez Desmond avec Nina, Molly et Clive.

— C'est promis, répondit-il.

En dépit du ton léger qu'elle avait employé, Julian percevait distinctement la tension qui l'habitait. Il avait d'autant moins de mal à la repérer que lui-même ressentait exactement la même chose.

Cela faisait vingt minutes que Desmond et lui avaient fait part à Declan de leur hypothèse concernant Loraine et Ray. Le shérif avait promis de se renseigner au plus vite, et l'attente qui s'en était suivie lui avait semblé durer une éternité. Lorsque Declan avait enfin rappelé son frère, Dorothy avait entraîné Julian à part pour lui remettre discrètement le revolver.

Lorsqu'il rejoignit Desmond, ce dernier écoutait avec attention ce que son frère était en train de lui dire. Lorsque Julian l'interrogea du regard, il leva un doigt pour lui demander un peu de patience.

— Très bien, conclut-il enfin. Je transmets ça à Julian,

et nous revenons vers toi dès que nous aurons trouvé quelque chose.

Il raccrocha et se tourna vers Julian, qui constata qu'il paraissait à la fois inquiet et très excité.

— Je vous dois des excuses, lui dit-il. J'avoue que je n'y croyais pas beaucoup, mais il est possible que vous ayez vu juste au sujet des photos. En tout cas, tous deux ont changé d'identité, à un moment de leur vie.

Un détail revint brusquement en mémoire à Julian.

— Lorsque nous étions au chalet, Loraine a appelé Ray « Cooper ». Sur le coup, j'ai pensé que c'était juste un pseudonyme qu'elle avait utilisé par réflexe…

— Nous ignorons comment il s'appelait auparavant, répondit Desmond. Ce que nous savons, en revanche, c'est qu'il semble être apparu tout à coup, il y a trois ans, lorsqu'il s'est fait recruter sur un chantier de construction. Avant cela, on ne trouve strictement aucune trace de lui nulle part. Caleb s'est entretenu avec son patron qui lui a dit ne pas savoir grand-chose à son sujet. Il est discret, compétent et intelligent. Il a aussi une vilaine cicatrice sur le bras qui est partiellement recouverte par un tatouage. Apparemment, Ray a une petite amie régulière que Caleb essaye de localiser.

— Et Loraine ?

— D'après l'assistant de Nathan, elle a officiellement changé de nom, il y a cinq ans. Il ne se rappelait plus son ancien patronyme, hélas. Jazz demandera à Nathan s'il en sait plus dès qu'elle aura réussi à le joindre, mais pour l'instant il ne répond pas à ses appels.

— Il n'y a qu'un élément que nous puissions confronter à la photo des enfants, déclara Julian en entraînant Desmond vers le salon. La cicatrice sur le bras. Avec un peu de chance, c'est lié au traumatisme dont souffrait Ray lorsqu'il était petit…

Il prit l'album qui était resté ouvert à la bonne page et se pencha pour observer plus attentivement le garçon qu'il avait remarqué un peu plus tôt sur la photo.

— Là ! s'écria-t-il en désignant son bras. Je reconnais que ce n'est pas très visible, mais j'ai bien l'impression qu'il y a une tache plus sombre sur la peau.

— Vu la piètre qualité du cliché, il pourrait ne s'agir que d'un jeu d'ombre et de lumière, objecta Desmond, se faisant l'avocat du diable.

— Caleb a-t-il précisé où se trouvait la blessure en question ?

— Non, il a juste dit que c'était au bras, sans préciser lequel.

Mais la voix du frère de Madi trahissait l'espoir qui l'habitait désormais.

— Il nous faudrait une autre photo de ce gamin, déclara-t-il. Je sais que Madi a stocké une bonne partie de ses souvenirs de jeunesse dans le grenier de la grange. Mais maman a insisté pour que nous en transférions une partie dans le grenier de l'auberge. Elle était convaincue qu'un de ces jours Madi se réconcilierait avec son passé et qu'elle serait heureuse de les avoir.

— Elle ne s'était pas trompée, confirma Julian. Je suppose que le fait d'attendre un bébé l'a naturellement conduite à repenser à sa propre enfance… Quoi qu'il en soit, nous devrions nous séparer pour couvrir un maximum de terrain en un minimum de temps. Si cela vous convient, je vais aller fouiller le grenier de l'auberge. Demandez à votre mère de jeter un coup d'œil dans la chambre de Madi. Vous vous chargerez du grenier de la grange.

— C'est d'accord, dit Desmond. Vous aurez besoin de ma voiture, ajouta-t-il en sortant un trousseau de la poche de son blouson. Il y a aussi une clé de l'auberge. Appelez-moi si vous avez la moindre question.

Julian hocha la tête.

— Bonne chance, lança-t-il à Desmond avant de s'éloigner à grands pas en direction du parking.

Il s'installa au volant du coupé sport du frère de Madi et se dirigea à vive allure vers l'auberge de la jeune femme. Durant tout le trajet, il ne cessait de penser à elle et à leur bébé. Il se jura que dès qu'il les aurait retrouvés il demeurerait à leur côté quoi qu'il arrive.

Lorsqu'il parvint enfin à l'auberge, il s'attendait à trouver le parking désert. Au lieu de cela, deux véhicules y étaient garés. L'un d'eux était la voiture de Madi, ce qui n'avait rien d'anormal, étant donné qu'ils avaient utilisé presque exclusivement la sienne avant qu'elle lui soit volée à la clairière.

L'autre véhicule était une camionnette noire. Se demandant à qui elle pouvait bien appartenir, Julian s'en approcha et jeta un coup d'œil à l'avant. La première chose qui attira son regard fut le blouson en cuir qui était posé sur le siège du côté passager.

Dans le dos était imprimé un scorpion qui ressemblait trait pour trait à celui qui était tatoué sur l'avant-bras de l'homme au couteau avec lequel il s'était battu ici même.

— Retour à la case départ, s'exclama d'un ton goguenard l'homme au couteau lorsque Madi, Miller et lui se retrouvèrent dans l'entrée de l'auberge. Alors ? Où est Mme Wilson ?

— Je vous l'ai dit : au sous-sol, répondit Madi en frottant machinalement le bandage que lui avait posé l'homme au couteau.

Sa blessure saignait toujours, et une tache écarlate était apparue en surface.

— Il faut d'abord que j'aille chercher la clé qui se trouve là-haut, ajouta-t-elle.

— J'espère que tu ne me mens pas, ma belle. Je n'ai pas envie de te faire souffrir inutilement.

Madi se força à soutenir son regard, espérant que la peur parfaitement authentique qui s'y lisait suffirait à le convaincre de sa bonne foi.

Miller avait initialement suggéré qu'ils conduisent les hommes de Nathan Wilson au ranch plutôt qu'à l'auberge mais elle avait refusé, craignant que cette expédition ne tourne au massacre. L'auberge avait au moins le mérite d'être vide. Madi espérait pouvoir se servir de l'un des téléphones qui s'y trouvaient pour alerter Declan.

L'homme qui les avait accompagnés et qui avait été envoyé en éclaireur s'approcha de la rambarde du premier étage.

— La voie est libre, annonça-t-il. Elle disait la vérité : il n'y a personne ici.

— Parfait, s'exclama l'homme au couteau. Je vais les faire monter tous les deux. Toi, Manuel, reste près de la porte et fais le guet. Si quelqu'un se pointe, avertis-moi immédiatement. C'est compris ?

— Compris, affirma son comparse, qui commença à redescendre l'escalier.

— En avant marche, les amis, leur ordonna l'homme au couteau. Et pas de bêtise.

Madi s'engagea la première dans l'escalier, suivie de Miller puis de leur geôlier qui fermait la marche en sifflotant joyeusement.

Madi savait qu'elle ne pourrait pas continuer à gagner du temps indéfiniment. Tôt ou tard, l'homme au couteau s'apercevrait qu'elle avait essayé de le mener en bateau. D'ici là, elle devait impérativement trouver un moyen pour que l'un d'eux - Miller ou elle - soit séparé du reste du groupe.

— La clé est dans ma chambre, dit-elle.

Ils empruntèrent la deuxième volée de marches et parvinrent à l'étage qu'occupait son appartement. Toujours en file indienne, ils pénétrèrent dans le salon où l'on avait découvert le corps de Kathy Smart. Sans s'arrêter, elle gagna la chambre à coucher voisine.

Là, elle se retourna et échangea un coup d'œil avec Miller qui hocha imperceptiblement la tête. Tous deux savaient qu'ils étaient arrivés au bout du chemin et qu'ils allaient bientôt devoir risquer le tout pour le tout.

— Y a-t-il un problème ? leur demanda l'homme au couteau en croisant les bras sur sa poitrine.

Il ne se départait pas de son sourire goguenard, comme si tout cela l'amusait au plus haut point. Peut-être était-ce le cas, d'ailleurs. Car, si Miller et elle jouaient leur vie, pour lui il ne s'agissait sûrement que d'une mission parmi tant d'autres. Sans doute ne se souviendrait-il d'eux que parce qu'elle était enceinte.

Cette pensée éveilla en elle une rage sourde qui se répandit dans tout son être, menaçant de faire voler en éclats le self-control qu'elle était parvenue à conserver jusque-là. Ce qui la mettait le plus en colère, c'était l'idée qu'elle ne connaîtrait jamais son propre enfant, l'idée qu'elle ne reverrait jamais le père de ce dernier.

Au cours des jours qu'elle venait de vivre en compagnie de Julian, elle s'était laissée aller à croire qu'un avenir radieux était possible, que les sentiments qu'ils avaient l'un pour l'autre finiraient peut-être par triompher. Et la perspective de perdre ce bonheur à peine entrevu la rendait folle de rage.

De quel droit cet homme entendait-il la priver de son avenir ? Elle voulait aimer et être aimée. Elle voulait fonder une famille et voir ses enfants grandir. Elle voulait vieillir auprès de Julian. Et elle ne se laisserait pas voler son rêve sans se battre de toutes ses forces.

— Non, répondit-elle en se déplaçant légèrement de façon à trouver un meilleur équilibre. Il n'y a aucun problème…

Elle sentait que Miller ne la quittait pas des yeux et espéra que, même avec les mains attachées, il parviendrait à lui venir en aide.

— À vrai dire, reprit-elle, je viens de prendre conscience d'une chose…

— Peut-on savoir ce dont il s'agit, ma belle ?

Elle perçut la tension nerveuse qui habitait Miller en cet instant. Il était prêt à passer à l'action et n'attendait plus que son signal. Elle s'étonna de la facilité avec laquelle, en dépit de leur inimitié, tous deux avaient développé une forme de complicité qui leur permettait de communiquer sans même avoir à se parler.

— Je crois que vous aimez tellement votre couteau que vous n'êtes pas du genre à porter une arme à feu, dit-elle.

Avant même que l'homme ait eu le temps de lui répondre, Miller fonça sur lui à toute vitesse, le propulsant violemment en direction du dressing de Madi, qui était grand ouvert. Se joignant à l'assaut elle s'élança à son tour, le percutant avant qu'il ait eu le temps de sortir son couteau à cran.

Il tomba à la renverse dans l'immense placard, entraînant avec lui une série de vêtements et de cintres. Déjà, Miller était sur lui, utilisant ses pieds pour le bourrer de coups.

— Manuel ! appela l'homme à tue-tête.

Miller continua à le frapper avec une sauvagerie presque terrifiante. Madi hésitait, craignant de le gêner. Sa grossesse la désavantageait cruellement dans un tel corps-à-corps.

— Madi ! s'exclama Miller. Fermez la porte !

Elle tourna les talons et se rua vers l'entrée de l'appartement. Déjà elle entendait un bruit de course dans l'escalier. Mais alors qu'elle s'apprêtait à refermer la porte elle prit conscience du fait que celle-ci avait été défoncée, la nuit où Julian et elle s'étaient enfuis par le toit. La serrure pendouillait, inutilisable.

À cet instant, Manuel déboucha en haut des marches, un pistolet à la main. Il le pointa aussitôt sur Madi, et celle-ci eut tout juste le temps de retenir sa respiration avant qu'une détonation assourdissante résonne dans toute la maison.

Elle ferma les yeux, guettant la douleur qui ne manquerait pas de s'ensuivre. Mais elle ne vint pas. Se pouvait-il que Manuel l'ait manquée alors qu'il se trouvait presque à bout portant ?

Le cœur battant à tout rompre, elle rouvrit les yeux et s'aperçut que ce dernier était étendu de tout son long sur le sol, à moins de trois mètres de l'endroit où elle se tenait.

— Madi ? s'exclama Miller en accourant vers elle. Vous êtes touchée ?

Elle secoua la tête, toujours interloquée.

— Quelqu'un lui a tiré dessus, lâcha-t-elle, gagnée par une brusque bouffée d'espoir. Julian ? C'est toi ?

Ce ne fut pourtant pas Julian qui déboucha d'un pas tranquille au sommet de l'escalier.

— Désolée de te décevoir, ma chère, répondit Loraine en levant le revolver qu'elle tenait à la main.

20

Avant même que Madi comprenne ce qu'elle s'apprêtait à faire, Loraine pointa son arme sur Miller d'un geste presque négligent. Elle ouvrit le feu, et ce dernier fut violemment projeté en arrière par la puissance de l'impact. Madi eut tout juste le temps de le rattraper avant qu'il percute le sol. Elle dut s'arc-bouter pour ne pas être déséquilibrée.

— Miller ! s'écria-t-elle.

— Fuyez, lâcha-t-il avec difficulté.

Loraine éclata d'un rire cristallin comme si la scène la divertissait au plus haut point.

Se détournant, Madi entraîna Miller à l'intérieur de l'appartement. Il ne chercha pas à l'en empêcher, mais il était évident que chaque pas lui coûtait. Tous deux atteignirent la chambre à coucher. Malheureusement, la porte était dans le même état que celle qui donnait sur le palier.

— Le dressing, souffla Miller.

Tous deux traversèrent la pièce et s'engouffrèrent dans cet ultime refuge. Elle poussa Miller à l'intérieur, et il tituba avant de s'effondrer près de l'homme au couteau. Déjà, Loraine avait atteint la porte de la chambre.

— Ne sois pas ridicule, Madeline, lui dit-elle. Ce n'est vraiment pas le moment de jouer à cache-cache.

Madi rabattit violemment la porte du dressing. Craignant que le loquet ne résiste pas très longtemps à d'éventuels coups de feu, elle tira le fauteuil qui se trouvait là pour bloquer le battant.

Elle ne se faisait guère d'illusions sur la résistance de la porte elle-même : Loraine n'aurait guère de mal à la faire voler en éclats si elle le décidait. Il lui suffirait par exemple de se servir comme bélier de l'extincteur situé sur le palier.

Sans attendre, Madi alla s'agenouiller auprès de l'homme au couteau inconscient. Elle le fouilla rapidement à la recherche d'un téléphone portable et constata avec un mélange d'effroi et de frustration qu'il n'en avait pas. Elle trouva en revanche le fameux couteau à cran dont elle s'empara. Il ne serait pas d'une grande utilité contre le revolver de Loraine, mais c'était la seule arme dont ils disposaient pour le moment.

— Madi ! Écartez-vous de la porte, souffla Miller avant de se mettre à tousser convulsivement.

Elle le rejoignit dans le coin du dressing jusqu'où il s'était traîné. C'est alors qu'elle prit réellement conscience de la gravité de la blessure qu'il venait de subir. Il avait été touché en pleine poitrine et continuait à perdre beaucoup de sang. S'emparant de plusieurs T-shirt qui se trouvaient sur une étagère voisine, Madi entreprit de faire pression sur la blessure pour tenter d'endiguer l'hémorragie.

— Madeline, Madeline…, fit la voix de Loraine qui devait se tenir juste devant le dressing. Mais qu'est-ce que tu espères, au juste ? Regarder ton ami se vider de son sang ? Seras-tu seulement capable de le réconforter dans ses derniers moments ? Franchement, j'en doute. Tu n'as jamais été très douée pour cela. Tu as toujours préféré utiliser les mots pour faire mal.

— Mais qu'est-ce que je vous ai fait ? s'écria Madi, partagée entre stupeur et colère.

Elle ne parvenait pas à comprendre la haine que lui vouait cette femme.

La porte du dressing fut violemment ébranlée, mais le fauteuil qui la bloquait lui permit de tenir bon.

— Ne me dis pas que tu ne m'as toujours pas reconnue ! lança Loraine en riant de plus belle. Il faudra que je raconte ça au Dr Pulaski. Elle m'avait dit que je serais méconnaissable, mais je ne me doutais pas que ce serait à ce point…

— Je ne comprends pas, balbutia Madi. Qui êtes-vous ?

— Je te sens un peu déroutée, la nargua Loraine. C'est tout à fait naturel, tu sais. Cela fait si longtemps que nous nous sommes perdues de vue. Mais je ne t'ai pas oubliée, Madeline Nash. Tu m'as fait suffisamment de mal pour que cela ne risque pas d'arriver…

— Qui êtes-vous ? répéta Madi d'une voix qui trahissait à présent plus de colère que d'angoisse.

Loraine paraissait décidée à jouer avec ses nerfs, mais elle comptait bien ne pas se laisser faire.

— J'espère qu'au moins tu te rappelleras mon nom…

Madi garda résolument le silence, refusant de jouer au chat et à la souris. Loraine - ou quel que puisse être son nom - avait toutes les cartes en main. Elle attendrait qu'elle les abatte.

— Est-ce que Tabitha Walker évoque toujours quelque chose pour toi ?

Madi se figea, le cœur battant à tout rompre. Ces quelques syllabes l'avaient brusquement fait basculer dans un passé qu'elle avait espéré à jamais aboli, un passé qu'elle avait essayé de cacher au fond d'une boîte, dans un grenier. L'espace de quelques instants, elle se demanda avec angoisse si le simple fait de rouvrir cet album photo n'avait pas suffi à invoquer ce fantôme tout droit surgi de son enfance.

Mais c'était absurde, bien sûr. Les fantômes n'existaient

pas. Et Loraine était arrivée à l'auberge bien avant qu'elle repense à cet album.

— Qui est-ce ? murmura Miller à ses côtés.

— Réponds-lui, l'encouragea Tabitha. Tu lui dois bien ça. Après tout, c'est à cause de toi qu'il va mourir…

— Tabitha est l'une des rares personnes qui me détestent plus que vous, dit-elle à Miller.

Tabitha laissa perler un nouvel éclat de rire.

— C'est exact, s'exclama-t-elle. Vous voyez, inspecteur, vous n'êtes pas le seul à maudire le nom de Madi Nash. Malheureusement, vous ne vivrez pas pour vous réjouir de sa mort. Vous êtes censé avoir été tué par Madi, qui est morte des mains de mon mari. Quant à moi, je n'ai eu d'autre choix que de tirer sur Nathan pour tenter de défendre Madi… En vain. Alors, la boucle sera bouclée, et toutes les vengeances seront consommées.

Madi ne put réprimer un frisson. Il paraissait évident que Tabitha n'avait pas toute sa raison.

— Madeline, ne sois pas ridicule. Ouvre cette porte. Ne m'oblige pas à demander à Cooper de venir la défoncer.

— Ce n'est pas possible, murmura Madi, horrifiée.

Elle avait de plus en plus l'impression de se trouver projetée au sein d'un enfer spécialement conçu pour ranimer ses angoisses d'enfant.

— Que se passe-t-il ? l'interrogea Miller d'une voix plus faible encore qu'auparavant.

— Elle vient juste de comprendre qu'elle était réellement condamnée, expliqua Tabitha d'un ton triomphant. Ses péchés de jeunesse reviennent la hanter…

— Qu'est-ce qu'elle veut dire par là ? souffla Miller. Qui sont ces gens ?

— Tabitha Walker et Cooper Tosh, répondit-elle d'une voix blanche. Après l'enlèvement, j'ai développé une forme de syndrome post-traumatique. Mes parents m'ont alors inscrite à un groupe de parole réservé aux enfants qui avaient subi des chocs du même genre - accidents graves, agressions, attentats… Tabitha et Cooper en faisaient partie.

À mesure qu'elle parlait, les souvenirs remontaient à la surface, et elle commençait à comprendre pourquoi ses contacts avec Loraine, alias Tabitha, avaient été si difficiles dès le début.

— Tabitha et Cooper étaient des enfants à problèmes, comme nous tous. Mais ils étaient plus cruels que la moyenne. Un jour, je les ai surpris en train de maltraiter l'un de nos camarades. Alors, j'ai pris un malin plaisir à les humilier. J'aimerais pouvoir dire que c'était uniquement par souci de la justice. Mais la vérité, c'est que cela me permettait de me libérer de la colère que j'accumulais en moi, à cette époque. Il m'a fallu du temps pour apprendre à me contrôler. Et entre-temps Tabitha et Cooper avaient quitté le groupe de parole.

Elle secoua la tête d'un air incrédule.

— Le plus étrange, c'est que cela faisait des années que je n'avais pas pensé à eux. Jusqu'à aujourd'hui, où j'ai retrouvé une photo sur laquelle on nous voit tous les trois…

Miller se redressa péniblement sur un coude et regarda Madi droit dans les yeux.

— Vous devez absolument vous enfuir, murmura-t-il de façon à ne pas être entendu par Tabitha. Courez jusqu'à la fenêtre et enfuyez-vous par le toit comme vous l'avez fait l'autre nuit. Si vous restez ici avec moi, nous sommes perdus tous les deux.

— Pas question ! Je ne vous laisserai pas ici. Nous faisons équipe, Miller.

Il secoua la tête.

— Vous devez penser à votre fille, objecta-t-il.

Madi ouvrit la bouche pour protester et la referma aussitôt. Miller avait raison : ce n'était pas seulement elle qu'il essayait de sauver. Et elle devait faire passer la vie de son enfant avant tout le reste. Il dut lire ce revirement dans ses yeux, car il lui décocha un pâle sourire.

— Bonne chance, Madeline Nash, souffla-t-il.

Ravalant les larmes qui lui montaient aux yeux elle serra doucement la main de Miller dans la sienne.

— Adieu, lui dit-elle. Je ne vous oublierai pas. Et un jour je parlerai à ma fille de l'homme auquel elle doit la vie.

Sur ce, Madi fit jaillir la lame du couteau à cran et se rapprocha de la porte du dressing. Elle fit tourner doucement le loquet, puis compta jusqu'à trois avant d'arracher le fauteuil qui bloquait le battant. Ouvrant la porte à la volée, elle se rua sur Tabitha qui se trouvait juste derrière.

Prise de court, celle-ci eut à peine le temps de se jeter de côté pour éviter la lame acérée qui fendit l'air à quelques centimètres de son visage. Sans demander son reste, Madi se rua vers la fenêtre pour gagner le balcon.

De l'intérieur de la maison lui parvint une détonation. Elle ne savait pas sur qui Tabitha avait ouvert le feu, mais elle ne s'attarda pas pour le découvrir. Prenant appui sur la rambarde du balcon, elle se hissa péniblement sur le toit. L'adrénaline qui s'écoulait dans ses veines devait démultiplier sa force, car elle y parvint presque sans difficulté.

Haletante, elle ne s'accorda qu'une poignée de secondes pour récupérer avant de s'élancer le long du toit, en direction du dôme central.

Derrière elle, Tabitha était apparue sur le balcon de la chambre. Avec une agilité impressionnante, elle se hissa à son tour sur le toit et tira de nouveau. L'impact de la balle apparut juste devant les pieds de Madi qui s'arrêta net.

— Ne te méprends pas, Madeline ! Contrairement aux hommes de mon cher époux, je ne perdrai pas mon temps à te courir après à travers bois alors qu'une balle suffirait à en finir ici et maintenant.

Pour le lui prouver, elle tira de nouveau à ses pieds.

— Au cas où tu aurais encore des doutes à ce sujet, je n'aurai aucun mal à t'abattre.

Madi abaissa le couteau qu'elle tenait toujours à la main.

— Pourquoi, Tabitha ? lui demanda-t-elle. Pourquoi es-tu venue ici ? Pourquoi t'en prends-tu à moi après toutes ces années ?

Tabitha secoua la tête d'un air réprobateur.

— Décidément, tu n'as pas changé, Madeline. Tu penses toujours être le centre de toutes les attentions. Je ne devrais peut-être pas être étonnée : tu étais déjà comme cela lorsque nous étions enfants… Mais au risque de te décevoir tu n'es qu'un personnage secondaire dans cette histoire.

— Je veux bien le croire, répondit Madi, qui commençait réellement à se lasser de ses grands discours. Alors dis-moi qui sont les protagonistes de cette affaire et ce que nous faisons sur ce toit, exactement…

— C'est très simple. Ou plutôt, ça l'aurait été si ton petit ami ne s'en était pas mêlé. On découvrait mon corps dans ton salon, tu te retrouvais condamnée pour meurtre, et moi j'étais libre de disparaître une bonne fois pour toutes.

— Et pourquoi tenais-tu tant à disparaître ?

— Par amour, bien sûr.

— Pour Cooper ? devina Madi.

— Évidemment ! Cooper est le seul homme que j'aie jamais aimé.

— Et ton mari ?

Tabitha haussa les épaules.

— Je l'ai épousé pour son argent, rien de plus. Et j'en ai bien profité. Mais un jour Cooper et moi nous sommes retrouvés un peu par hasard. Nous avons eu une aventure et j'ai compris que, sans même m'en rendre compte, c'était lui que j'attendais depuis des années.

— Et qui était cette pauvre Kathy Smart qui devait passer pour toi ?

— La petite amie de Cooper. Elle me ressemblait beaucoup, ce qui n'est probablement pas très étonnant. Mais pourquoi se contenter de l'imitation lorsqu'on peut avoir l'original ?

— Pourquoi n'êtes-vous pas partis tous les deux ? objecta Madi. Rien ne vous obligeait à tuer qui que ce soit.

— Tu te trompes : Nathan Wilson n'aurait jamais accepté de me laisser partir - a fortiori avec un autre homme. Officiellement, c'est un homme d'affaires très respectable de Kilwin. Mais officieusement il est à la tête du gang Scorpio, l'un des principaux pourvoyeurs de drogue de la région. Il aurait envoyé des hommes à lui à mes trousses à travers tout le pays.

Tabitha haussa les épaules.

— Je te l'ai dit, tu n'es qu'un personnage secondaire : celui dont nous comptions nous servir pour mettre en scène ma mort. Lorsque nous avons appris que tu vivais toujours à Overlook et que tu avais fondé cette auberge, nous avons décidé de joindre l'utile à l'agréable et d'en profiter pour prendre notre revanche.

— Après toutes ces années ? s'exclama Madi, incrédule.

— Tu connais le proverbe : la vengeance est un plat qui se mange froid. Nous avons fait les choses sans précipitation : Cooper est venu à Overlook, il y a plusieurs mois de cela, pour repérer les lieux et préparer notre petite mise en scène. J'ai profité de ce délai pour accumuler suffisamment d'argent pour nous permettre de vivre tranquilles pendant quelques années.

— Mais les choses ne se sont pas passées comme vous l'espériez, n'est-ce pas ? Julian est arrivé à l'improviste, me fournissant un alibi. Puis vous n'avez pas réussi à faire disparaître le corps de Kathy Smart qui a pu être identifiée par la police scientifique. Et ton mari a fini par découvrir que tu n'étais pas morte…

— Nous nous sommes adaptés au fur et à mesure, répondit Tabitha avec une pointe d'agacement dans la voix.

Il était évident qu'elle n'appréciait pas beaucoup de se trouver prise ainsi en défaut - particulièrement par quelqu'un qu'elle avait cru pouvoir berner.

— D'ailleurs, il est temps d'en finir avec cette histoire, poursuivit-elle. La scène de crime que la police va découvrir ici devrait occuper les enquêteurs pendant un moment. Avant qu'ils comprennent qui a tué qui et pourquoi, nous serons loin, Cooper et moi.

— Vous pourriez partir dès à présent, objecta Madi. Vous aurez assez d'avance pour atteindre la frontière mexicaine. Tu ne crois pas que suffisamment de gens sont morts comme cela ?

Tabitha secoua la tête. Dans ses yeux, Madi lut la même haine et la même rage qu'autrefois. Et elle ne put réprimer un frisson en songeant qu'elle-même aurait parfaitement pu suivre la même voie. Seul l'amour de sa mère et de ses frères l'avait empêchée de sombrer comme l'avait visiblement fait Tabitha.

— Je ferai tout ce qui est en mon pouvoir pour assurer notre sécurité et notre avenir, déclara celle-ci d'une voix glacée. Je ne reculerai devant rien pour cela.

Tabitha leva son revolver, s'apprêtant visiblement à faire feu sur Madi. Celle-ci eut tout juste le temps de demander pardon à sa fille de n'avoir pas su la défendre. Mais une voix familière retentit alors derrière les deux femmes.

— C'est exactement ce que j'étais en train de me dire.

Stupéfaites, elles se tournèrent toutes deux vers Julian qui venait de se hisser sur le toit et tenait Tabitha en joue.

— Si vous touchez à Madi et à ma fille, je vous tuerai sans la moindre hésitation, déclara-t-il d'une voix parfaitement calme et maîtrisée. Ensuite, je laisserai votre petit ami continuer à se vider de son sang dans le hall.

Tabitha laissa échapper un cri d'effroi inarticulé.

— Si vous posez votre arme, j'appellerai immédiatement les secours, et il devrait s'en sortir sans trop de séquelles, ajouta Julian. C'est à vous de choisir.

Madi ne put s'empêcher d'admirer l'aura d'assurance et d'autorité qui émanait de Julian en cet instant. Rien ne paraissait pouvoir le toucher.

— Comme je suis beau joueur, je préfère vous prévenir, reprit-il en opérant un mouvement tournant qui lui permettait de se rapprocher progressivement de Madi sans cesser de viser Tabitha. Jusque très récemment, j'appartenais aux forces spéciales et j'étais considéré comme l'un des meilleurs tireurs de mon unité.

Tabitha dut comprendre qu'en pressant la détente elle parviendrait peut-être à tuer Madi, mais qu'elle le payerait de sa vie et de celle de l'homme qu'elle aimait. À contrecœur, elle abaissa son arme et la laissa tomber sur le sol.

— Envoyez-la dans ma direction, lui ordonna Julian.

D'un coup de pied, Tabitha propulsa le pistolet vers lui. Sans cesser de la tenir en joue, il s'agenouilla pour ramasser l'arme qu'il glissa sous sa ceinture.

— Maintenant, appelez les secours ! s'exclama Tabitha d'une voix presque suppliante.

— C'est déjà fait, annonça Julian. Je pense que toutes les forces de police et une bonne partie des ambulances du comté sont en train de converger vers l'auberge, en ce moment même.

— Vous m'avez menti ! s'exclama Tabitha d'un ton presque choqué.

Julian ne prit même pas la peine de relever. Sans attendre, il couvrit la distance qui le séparait de Madi pour venir la serrer dans ses bras.

— Est-ce que tout va bien ? lui demanda-t-il d'un ton inquiet.

Madi sentit un large sourire se dessiner sur ses lèvres et elle s'autorisa enfin à se détendre.

— Maintenant, oui, répondit-elle en se blottissant dans son étreinte.

21

Chance Montgomery prit le chapeau de cow-boy que Dorothy avait offert à Julian et le fit tourner entre ses doigts pour le considérer d'un air de connaisseur.

— Pas vraiment mon style, commenta-t-il. Mais je dois bien reconnaître qu'il a de l'allure. On dirait que tu t'es adapté très rapidement à l'ambiance de la région.

Julian ne put s'empêcher de rire, ce qui lui arracha une petite grimace de douleur. Le médecin lui avait promis qu'il ne garderait aucune séquelle des multiples blessures qu'il avait reçues au cours de ces derniers jours - y compris une balle de revolver que Cooper Tosh lui avait logée dans le gras de l'épaule.

Chance s'empara du sac de voyage de Julian que Dorothy avait apporté du ranch lorsqu'elle avait appris qu'il devait être hospitalisé. Il saisit aussi l'un des bouquets de fleurs que son ami avait reçus en guise de remerciement. Julian attrapa les trois autres, et ils quittèrent la chambre d'hôpital dans laquelle il venait de passer quatre jours interminables. Mais les médecins avaient tenu à s'assurer qu'il était parfaitement rétabli avant de l'autoriser à sortir.

Les deux amis se dirigèrent vers le parking sous l'œil amusé des infirmières de service.

— Est-ce que tu crois que le maire d'Overlook va te

remettre les clés de la ville ? plaisanta Chance lorsqu'ils eurent déposé leurs bouquets dans le coffre de sa voiture.

— Qui sait ? répliqua Julian sur le même ton. Declan va peut-être me proposer un poste au sein de la police locale.

— J'ai cru comprendre qu'ils avaient arrêté pas mal de monde grâce à toi.

— C'est surtout grâce à Madi et Miller, précisa modestement Julian. Ce sont eux qui ont transmis l'adresse de la planque de Nathan Wilson et de ses hommes.

— Et les deux autres ?

— Tabitha et Cooper ? Eh bien, figure-toi que Tabitha n'exagérait pas lorsqu'elle professait son amour inconditionnel. Elle a accepté de plaider coupable pour le meurtre de Kathy Smart et du coroner à condition que la sentence de Cooper soit réduite au minimum.

— Tu ne crois pas qu'elle ait commis ces meurtres ? s'étonna Chance tandis que tous deux prenaient place à l'avant de sa voiture.

— Si, bien sûr. Mais je ne crois pas qu'elle ait agi seule.

Chance démarra et prit la direction du ranch des Nash où Julian avait été invité à séjourner, le temps de se remettre de ses blessures.

— Je la comprends, remarque, ajouta ce dernier pensivement. Elle est prête à tout pour protéger la personne qu'elle aime.

Il jeta un coup d'œil embarrassé à son ami.

— À ce propos, lui dit-il, je crois que je te dois des excuses.

Chance lui lança un regard étonné.

— Lorsque j'ai décidé de fournir un alibi à Madi, je t'ai demandé de confirmer mes dires, au cas où on t'interrogerait à ce sujet. Cela signifiait mentir à la police. Je n'aurais pas dû faire une chose pareille. Et j'en suis vraiment désolé.

Chance éluda ses excuses d'un haussement de ses larges épaules.

— Je sais que tu ne m'aurais pas demandé une telle faveur si ça n'avait pas été réellement important. Tu avais confiance en Madi, et moi j'avais confiance en toi. Tu n'as rien à te reprocher, je t'assure. D'ailleurs, si je n'avais pas voulu jouer le jeu, je ne me serais pas gêné pour te le dire, crois-moi.

— En tout cas, je te remercie de l'avoir fait.

— Il n'y a pas de quoi. Mais dis-moi, est-ce que tu sais ce qu'est devenu Nathan Wilson, en fin de compte ?

— Le procès n'a pas encore eu lieu, bien sûr, et on ne peut rien affirmer. Mais si j'ai bien compris il est vraiment dans de sales draps : même si le procureur ne parvient pas à prouver qu'il est à la tête du gang Scorpio, il n'en reste pas moins qu'il a engagé des hommes pour torturer un policier en service et une femme enceinte. Inutile de te dire que ce n'est pas le genre d'accusations que les juges voient d'un très bon œil. Dans le cadre du compromis qu'elle a passé avec le bureau du procureur, Tabitha a également accepté de fournir un certain nombre d'informations concernant les biens et les comptes en banque dont dispose son mari. Apparemment, le fisc et le FBI étaient tous deux très intéressés…

— Et ce n'est pas comme s'il avait plus de chance sur le plan sentimental, commenta Chance. Si j'ai bien compris, sa femme a commencé par le tromper, puis elle a détourné une partie de son argent et elle a fini par se faire passer pour morte afin de pouvoir couper définitivement les ponts avec lui. Et lorsque enfin elle se fait arrêter elle balance toutes ses combines à la police…

— Malheureux en affaires et en amour, renchérit Julian avec un sourire malicieux. Il lui resterait bien le jeu, mais je ne suis pas sûr qu'il ait encore de quoi miser quoi que ce soit…

Les deux amis demeurèrent quelques instants silencieux, perdus dans leurs pensées respectives.

— Tu es toujours décidé à lui poser la question ? demanda alors Chance.

— Plus que jamais.

— Et que feras-tu si elle refuse ?

C'était une possibilité à laquelle Julian avait longuement réfléchi durant les quatre jours qu'il venait de passer cloué sur un lit d'hôpital.

— Quoi qu'il arrive, je compte m'installer à Overlook, déclara-t-il. Je veux voir ma fille grandir. Je veux passer autant de temps que possible en sa compagnie. Dis bien à ton oncle que je suis désolé.

— Je crois qu'il comprendra très bien que tu donnes la priorité à ta famille. Moi aussi, d'ailleurs, même si j'aurais beaucoup aimé que nous puissions continuer à travailler ensemble.

— Qui sait ? À terme, je pourrais peut-être monter une filiale dans la région. Je ne crois pas qu'il y ait de compagnie de sécurité par ici.

— C'est une idée à creuser, acquiesça Chance.

Quelques minutes plus tard, il se gara devant le ranch des Nash.

— Pas trop nerveux ? demanda-t-il à Julian.

— Je crois que je ne me suis jamais senti aussi terrifié de ma vie, reconnut ce dernier.

— C'est bon signe, à mon avis.

— Si tu le dis…, soupira Julian en ouvrant la portière. Souhaite-moi bonne chance.

— Bonne chance.

Comme Julian faisait mine de se diriger vers la porte

d'entrée qui venait de s'ouvrir, révélant une silhouette au ventre rebondi, Chance le rappela.

— Tu n'oublies pas quelque chose ? lui demanda-t-il.

Plongeant la main dans la poche de son blouson, il en sortit une petite boîte recouverte de velours rouge. Julian laissa échapper un juron, et Chance éclata de rire.

— Évite peut-être ce genre de vocabulaire, quand tu lui feras ta demande, et tout devrait bien se passer…

Madi se contempla d'un œil critique dans la glace en pied que sa mère avait fait descendre dans le petit salon.

— Qu'est-ce que tu en penses, Addison ? murmura-t-elle à l'intention de sa fille. Tu ne trouves pas qu'on ressemble à une énorme meringue glacée, toutes les deux ?

Comme si elle sentait que sa mère s'adressait à elle, sa fille lui décocha un petit coup de pied.

— Eh, ce n'est pas ma faute si tu n'es pas encore là pour voir ça. Tu n'as qu'à t'en prendre à ton père. C'est lui qui tenait absolument à ce que la cérémonie ait lieu avant ta naissance… Et ne t'avise surtout pas de sortir de là avant au moins demain matin. C'est bien compris ?

Elle fut interrompue par quelques coups frappés à la porte du salon. Ce devait être Declan qui venait la chercher pour la conduire jusqu'à l'autel installé dans le jardin.

— Entre, lança-t-elle.

À sa grande surprise, ce ne fut pas son frère qui poussa la porte mais Christian Miller. Contrairement à son habitude, il était vêtu de façon très élégante. En apercevant Madi, il ôta respectueusement le stetson flambant neuf qu'il arborait ce jour-là.

— Vous êtes vraiment ravissante, lui dit-il.

— Et vous, vous avez l'air en pleine forme, pour un

homme qui vient de subir deux opérations et à qui les médecins ont ordonné de rester au lit.

Miller haussa les épaules.

— Je ne voulais pas rater cette cérémonie, répondit-il. Et à ce propos je voulais vous remercier pour votre invitation.

Madi secoua la tête.

— Vous plaisantez ? s'exclama-t-elle. C'est en grande partie grâce à vous que ce mariage a lieu. Sans vous, il n'y aurait probablement même pas de mariée…

Elle l'observa plus attentivement, se demandant pourquoi il était venu la trouver, quelques minutes seulement avant la cérémonie.

— Il y a quelque chose que je dois vous dire, lui avoua-t-il alors. Je pense qu'il est important que vous le sachiez. Et je compte sur vous pour en informer vos frères, à l'occasion.

— Je vous écoute, l'encouragea-t-elle, de plus en plus intriguée.

Miller prit une profonde inspiration avant de se jeter à l'eau.

— C'est au sujet de ce qui s'est passé, lorsque vous aviez huit ans…, commença-t-il.

À ces mots, Madi sentit les battements de son cœur s'emballer dans sa poitrine.

— Votre père était convaincu que l'homme qui vous avait enlevés avait un informateur au sein de la police. J'ignore ce qui l'avait amené à cette conclusion, mais le fait est qu'il a décidé d'interroger l'ensemble de ses hommes. Lorsque ça a été mon tour, je lui ai menti au sujet de l'endroit où je me trouvais ce jour-là. Et votre père a fini par s'en apercevoir…

Miller se mordilla nerveusement la lèvre, cherchant ses mots.

— Voyez-vous, lorsque j'étais plus jeune, je n'étais pas ce que l'on peut appeler quelqu'un de bien. En tout cas, pas vis-à-vis de mon épouse… J'avais régulièrement des aventures avec d'autres femmes, et ça avait été le cas le jour de votre enlèvement. Je ne voulais pas que cela se sache, bien sûr, et c'est la raison pour laquelle j'ai menti à Michael…

Miller haussa les épaules d'un air fataliste.

— Dès qu'il a compris que je lui cachais quelque chose, il s'est convaincu qu'il avait trouvé le traître qu'il cherchait. À partir de ce moment-là, il ne m'a pas laissé un instant de répit. Il espérait me faire avouer, vous comprenez. Et c'est ce que j'ai fini par faire - sauf que ce que je lui ai avoué n'avait aucun rapport avec l'enlèvement…

Miller baissa les yeux et sembla s'absorber dans la contemplation du chapeau qu'il tenait à la main.

— J'en ai voulu à votre père. Pas parce qu'il m'avait soupçonné d'être complice de cet enlèvement mais parce qu'il m'avait forcé à me confronter à mes propres mensonges. Il m'a promis de ne rien dire à personne, et je suis certain qu'il a tenu parole. Mais la vérité a tout de même fini par se savoir. Ma femme l'a appris et elle a décidé de demander le divorce…

Redressant la tête, Miller regarda Madi droit dans les yeux.

— Ce que j'essaye de vous dire, je crois, c'est que votre père était quelqu'un de bien, contrairement à moi. Si je lui ai reproché d'être responsable de mes malheurs, pendant toutes ces années, c'est parce que c'était plus facile que de reconnaître que le véritable responsable de tout ce gâchis c'était moi et personne d'autre…

Il laissa échapper un soupir.

— Je suis désolé d'avoir reporté ma rancune sur lui et sur votre famille pendant toutes ces années, lâcha-t-il.

Madi couvrit la distance qui les séparait pour le serrer dans ses bras.

— Merci de m'avoir raconté tout ça, inspecteur. Je sais que cela n'a pas dû être facile pour vous…

Miller lui rendit son étreinte avant de reculer d'un pas. Visiblement ému, il remit son chapeau et s'éclaircit nerveusement la gorge.

— Je suis heureux de l'avoir fait, lui dit-il. Et maintenant il vaudrait mieux que je retourne rapidement m'asseoir avec les autres. Votre frère Declan ne devrait pas tarder à arriver.

Il lui décocha un sourire affectueux avant de s'éclipser, la laissant de nouveau seule. Émue par la confession qu'il venait de lui faire, Madi sentit ses yeux s'embuer de larmes.

— Est-ce que ça va ? lui demanda avec inquiétude Declan, qui venait d'entrer à son tour.

— Très bien, lui assura-t-elle. Je n'ai pas l'habitude d'être aussi heureuse, c'est tout…

Declan ne put s'empêcher de rire.

— Ce doit être une bonne sensation, déclara-t-il.

— Ça l'est, acquiesça-t-elle en se rapprochant de lui pour lui prendre le bras. Et quelque chose me dit que ce n'est qu'un début…

Declan lui sourit, et elle sentit son cœur se serrer sous l'effet de l'émotion. Elle avait toujours eu un rapport très particulier, presque fusionnel, avec Caleb et Desmond. Mais, quoique de tout autre nature, l'amour qu'elle éprouvait pour son grand frère était aussi profond - peut-être même plus encore car il s'était construit en dépit de leurs différences.

Bras dessus, bras dessous, ils s'apprêtèrent à quitter le petit salon par la porte-fenêtre qui donnait directement sur le jardin. Les rideaux étaient tirés, dissimulant ce qui se passait à l'extérieur. Declan s'arrêta un instant, la main sur la poignée.

— Tu sais, lorsque Julian t'a demandée en mariage, en sortant de l'hôpital, je me suis dit que c'était peut-être un peu précipité. Mais depuis je vous ai vus ensemble et je crois vraiment que vous êtes faits l'un pour l'autre.

— Oui, répondit-elle avec emphase.

— Je crois que tu tiens le ton juste, lui dit-il en riant. Il ne te reste qu'à répéter ça dans quelques minutes.

Elle sourit et il poussa la porte, révélant la pelouse où étaient installés des dizaines de bancs sur lesquels étaient réunis tous les gens qu'elle aimait et qui comptaient à ses yeux. Puis retentirent les premières notes de la musique que Julian et elle avaient choisie, et ils s'avancèrent en direction de l'autel.

Elle n'avait d'yeux que pour celui qui se trouvait droit devant et qui l'attendait, la dévorant lui aussi du regard. Il lui parut plus séduisant encore qu'il ne l'avait jamais été, et le bonheur qu'elle pouvait lire sur son visage reflétait parfaitement celui qui l'habitait en cet instant.

Et, tandis qu'elle marchait vers lui, elle avait l'impression de sortir enfin vraiment des ténèbres dans lesquelles elle avait été plongée alors qu'elle n'avait que huit ans.

Le sentier avait été long et périlleux depuis lors, mais il l'avait menée jusqu'à cet homme merveilleux avec lequel elle était bien décidée à cheminer jusqu'à la fin de sa vie.

Retrouvez prochainement,
dans votre collection

BLACK ROSE

Protégée par son ennemi, de Lena Diaz - N°662

LES JUSTICIERS - 1/4

Alors qu'elle enquête sur la disparition tragique de sa meilleure amie, Hayley se rend au château de Dalton Lynch car elle le soupçonne d'avoir assassiné la jeune femme. Surprise de trouver la demeure vide, elle y entre par effraction et se fait surprendre par le maître des lieux. Mais, alors qu'elle s'attend au pire, elle se rend compte, troublée, que rien chez cet homme d'une grande noblesse ne colle avec l'idée qu'elle se faisait d'un tueur froid et cruel...

La traque de l'impossible, d'Elizabeth Heiter

Quel démon pousse Darcy Altier à enlever des enfants et à les élever comme les siens ? C'est la question que se pose Alanna, elle qui, à l'âge de cinq ans, a été arrachée à sa famille et a grandi au fin fond de l'Alaska avant de dénoncer Darcy à la police... Aujourd'hui son ancienne « mère » est sortie de prison, et voilà qu'un petit garçon est à nouveau kidnappé. Persuadée que Darcy a repris ses vieilles habitudes, Alanna, accompagnée de Peter, un policier solitaire, se lance à sa recherche dans les montagnes hostiles d'Alaska.

La promesse d'un garde du corps, de Jennifer Morey- N°663

« Je vais vous protéger, vous et votre fille »... Désemparé, Callum songe à la promesse qu'il vient de faire à Hazel Hart. Ainsi, troublé par la beauté de la jeune femme, ému par la fragilité d'Evie, sa petite fille, il a dérogé à la règle qu'il s'était imposée depuis le drame qui a brisé sa vie. Mais comment refuser d'être leur garde du corps alors qu'Evie vient d'être témoin d'un meurtre et que sa mère et elle sont désormais en grand danger ?

À la recherche de la vérité, de Colleen Thompson

En arrivant sur le ranch de Beau Kingston, Emma ne se doute pas que son enquête concernant les méfaits des éoliennes sur la faune animale va tourner au drame. Dès le premier jour, son assistant meurt dans des circonstances mystérieuses. Puis elle est victime d'une série d'intimidations... Bien décidée à poursuivre ses investigations, elle s'interroge : quel est donc le rôle du séduisant Beau Kingston dans cette inquiétante affaire ?

Retrouvez prochainement,
dans votre collection

BLACK ROSE

Un père dans la tourmente, de Nichole Severn - N°664

La fillette gît, inconsciente, sur le trottoir... Le souffle coupé, Benning la prend dans ses bras et pousse un soupir de soulagement : sa fille de six ans est indemne. Mais Owen, son frère jumeau, a été enlevé par les hommes qui les ont agressés. Poussé par l'urgence, il prend alors une grave décision : il va faire appel à Ana pour retrouver son fils. Ana, la seule enquêtrice en qui il ait confiance. Ana qui a brisé son cœur sept ans plus tôt...

Un mensonge si périlleux, de Tyler Anne Snell

Jamais Riley n'aurait dû accepter de remplacer sa sœur jumelle à la soirée organisée pour le retour en ville de Desmond Nash... D'abord parce que, contre toute attente, elle est tombée sous le charme du beau rancher et ne sait plus comment lui révéler sa supercherie. Ensuite – et surtout – parce que, au sortir de la fête, elle a été poursuivie en voiture par un inconnu qui a tenté de la tuer. Une attaque qui visait sa sœur et qui la terrifie...

Soupçons sur un inconnu, de Cassie Miles - N°665

Engagée pour enquêter sur Ben Crawford, un millionnaire que son ex-femme cherche à destituer de la garde de leur fille, Liz Norton, détective privée, décide de se faire embaucher chez lui. Mais, bien qu'elle se soit promis de ne pas mêler travail et sentiments, elle ne peut s'empêcher de tomber sous le charme de cet homme aussi fascinant que mystérieux...

Un protecteur inattendu, d'Elle James

Trop séduisant pour être inoffensif... Méfiante, Melissa examine l'homme aux allures de *bad boy* qui prétend être là pour assurer sa protection. Pourtant, sa mission semblait simple : récupérer un pli à la poste et retrouver Cord, son meilleur ami, dans un bar pour le lui remettre. Mais Cord n'est pas venu au rendez-vous. Et Melissa n'a plus d'autre choix que de confier sa vie à un inconnu.

Retrouvez prochainement,
dans votre collection

BLACK ROSE

Une femme à l'épreuve, de Beth Cornelison - N°666

Lorsqu'un meurtre est commis dans le domaine qu'elle a quitté cinq ans plus tôt, Tamara, qui travaille désormais pour la police scientifique, hésite à s'y rendre, tant ce lieu lui rappelle de douloureux souvenirs. Et puis, elle est certaine d'y revoir Clay Colton, son ex-mari. L'homme qu'elle n'a jamais cessé d'aimer et à qui elle pense tous les jours...

Sous fausse identité, de HelenKay Dimon

En emménageant dans le Maryland sous un faux nom, Jocelyn n'a qu'un but : se reconstruire. Peut-être ici pourra-t-elle enfin oublier le psychopathe qui l'a enlevée et séquestrée. Peut-être sera-t-elle capable de laisser à nouveau un homme l'approcher... Et pourquoi pas Ben Tanner, dont elle a fait la connaissance quelque temps plus tôt, et qui semble avoir le don de fissurer sa carapace ?